还原与阐释

20世纪30年代中国的
美国文学形象构建

张宝林 著

中国社会科学出版社

图书在版编目(CIP)数据

还原与阐释:20世纪30年代中国的美国文学形象构建/张宝林著.
—北京:中国社会科学出版社,2018.6
(西北师范大学外国语言文学文库)
ISBN 978-7-5203-2881-4

Ⅰ.①还… Ⅱ.①张… Ⅲ.①文学—文化交流—研究—中国、美国—20世纪30年代 Ⅳ.①I206②I712.06

中国版本图书馆 CIP 数据核字(2018)第 165906 号

出 版 人	赵剑英
责任编辑	陈肖静
责任校对	杨 林
责任印制	戴 宽

出 版	中国社会科学出版社
社 址	北京鼓楼西大街甲 158 号
邮 编	100720
网 址	http://www.csspw.cn
发 行 部	010-84083685
门 市 部	010-84029450
经 销	新华书店及其他书店
印 刷	北京明恒达印务有限公司
装 订	廊坊市广阳区广增装订厂
版 次	2018 年 6 月第 1 版
印 次	2018 年 6 月第 1 次印刷
开 本	710×1000 1/16
印 张	23.75
插 页	2
字 数	343 千字
定 价	99.00 元

凡购买中国社会科学出版社图书,如有质量问题请与本社营销中心联系调换
电话:010-84083683
版权所有 侵权必究

目　录

序 ……………………………………………………… 邵宁宁（1）

绪论 …………………………………………………………（1）

第一章　"他者"崛起：构建美国文学形象的外部语境 …………（14）
　　第一节　美国崛起及其影响力在中国扩散 …………………（15）
　　第二节　美国文学的发展与成熟 ……………………………（24）

第二章　"自我"症候：构建美国文学形象的内部语境 …………（34）
　　第一节　文学现代化诉求与美国文学译介 …………………（35）
　　第二节　"文学场"分化与美国文学译介队伍 ………………（45）
　　第三节　都市文化语境与美国文学传播 ……………………（58）

第三章　辛克莱热：阶级/革命话语与美国文学形象构建 ………（71）
　　第一节　阶级/革命话语与辛克莱热 …………………………（72）
　　第二节　构建主体的身份认同变化 …………………………（82）
　　第三节　翻译辛克莱：从话语实践到政治实践 ……………（88）

第四章　休士热：民族/国家话语与美国文学形象构建 …………（99）
　　第一节　美国黑人及其文学：20世纪30年代中国的
　　　　　　公共议题 ………………………………………（100）

第二节　杨昌溪与美国黑人文学形象构建 …………………（112）
　　第三节　休士：民族革命还是阶级革命斗士？ ……………（126）

第五章　"自由"的文学：自由主义话语与美国文学形象构建 ……（135）
　　第一节　杜衡与"现代美国文学专号"的自由主义话语生成 …（136）
　　第二节　"现代美国文学专号"中的美国文学形象及其
　　　　　　构建策略 ………………………………………………（145）
　　第三节　"现代美国文学专号"构建美国文学形象的诉求 …（154）

第六章　刘易斯热：多元话语交织与美国文学形象构建 ………（162）
　　第一节　"诺奖情结"与刘易斯热 ……………………………（163）
　　第二节　刘易斯获奖：相关争论与刘易斯形象构建 ………（174）
　　第三节　美国获奖：相关争论与美国文学形象构建 ………（182）

第七章　选择与安排：文学史、翻译与美国文学形象构建 ……（192）
　　第一节　在世界文学格局中选择和安排美国文学 …………（193）
　　第二节　翻译选择与美国文学形象构建 ……………………（218）

第八章　从"ABC"到"新传统"：美国文学形象构建的
　　　　　整体变迁 …………………………………………………（242）
　　第一节　《美国文学ABC》与美国文学"旧"形象 …………（243）
　　第二节　《新传统》与美国文学"新"形象 ……………………（257）

结语 ………………………………………………………………………（279）
参考文献 …………………………………………………………………（288）
附录 ………………………………………………………………………（299）
后记 ………………………………………………………………………（368）

序

20世纪30年代中国的美国文学形象构建，是一个很有意思的话题。它既属比较文学的领域，也与对中国现代文学史的认识密切相关。中国现代文学的形成，从所受影响说，除了它与传统之间的那一种藕断丝连的关系，更明显的还是受到了许多外来的影响。其中来自美国的影响，是很重要的一个方面。

作为世界上最大的新兴资本主义国家，美国的崛起带给世界的，始终是一种使人不易简单言说的影响。且不论从17世纪英国的清教徒到杰斐逊，从马克思到马丁·路德·金，从马克·吐温到卡夫卡、菲兹杰拉德，各人心目中，原本就有不同的"美国"形象，就说20世纪以来的中国，从严复到胡适，从冰心到闻一多，从毛泽东到邓小平，不同时期、不同阶层的中国人心目中的"美国"形象，也可谓相当多元、歧出，或令人向往，或令人厌恨，种种情状，不一而足。像许多中国人认识中的"美国"一样，中国人对"美国文学"的认识，也有一个复杂的变化过程。中国人了解的"美国文学"，不同于原生的"美国文学"，也不同于不同历史时期、不同派别美国本土人士眼中的"美国文学"。中国人对"美国文学"的认知，必然受到自身认知环境的影响。选择什么，扬弃什么，彰显什么，遮蔽什么，都不仅仅取决于对象自身，而更取决于接受语境和主体建构的需要。而由这一过程所勾勒出来的"美国文学"形象，也堪称这一时期中国人心目中整体的"美国"形象的一个重要组成部分。因而，理清这一切，也就不仅是比较文学研究的需要，同时也是中国现代文学研究的题中应有之义。

20世纪30年代，正是美国崛起并将其影响大幅度扩散到世界的一个关键时期，同时，也是中国现代文学经历了早期的创造冲动，开始建构起它的多元格局的重要时期。美国文学在这一时期中国的大量介绍，不仅为当时的读者提供了一批批崭新的审美认知对象，而且也以种种不同的方式渗透于正在生长中的中国现代文学肌理，对中国文学的多元建构产生了不可低估的影响。

在20世纪30年代的中国，世界诸多思潮竞相登场。即便就本书涉论所及，我们也可以看到，包括传统或新兴的人文主义、自由主义以及阶级/革命、民族/国家话语在内的许多思潮，在这一时期的中国文学界，都有着相应的反响。无论是梁实秋等大力推介白璧德的人文主义思想，还是施蛰存、杜衡等有意美化美国的"自由"文化生态，抑或是杨昌溪等追随或参与民族主义文艺运动的文人刻意凸显美国黑人文学中的民族/国家意识，都是对各种世界性思潮做出的积极回应，事实上也对促生或壮大中国的文学、文化和政治思潮具有积极意义。30年代也是世界性的左翼文化运动高涨的一个时期。美国左翼作家的创作和活动，同样既影响到了中国对它的认知，也影响到了当时中国的文学活动和创作。本书所揭示的中国作家对美国作家辛克莱、休士的兴趣，就是证明。

20世纪30年代是美国文化世界影响的形成时期。当时的美国已有"黄金国"之称，但其文化尚处于不断赢得世界认可的过程当中。在这之前，美国已多次获得诺贝尔奖的其他奖项，但从未获得文学奖。这就导致刘易斯1930年获诺贝尔文学奖，就像当代中国作家莫言之获奖一样，也曾不仅被读解为作家个人获奖，而且被解读为国家获奖，而其引起的种种纷争和热议，不仅当日就已传至中国，而且至今仍然能带给我们许多的启示。

对于上述种种，前人已或多或少有所研究。宝林这本书的意义，或可谓使之更加自觉，更加系统。

宝林从2012年开始随我读博，现在他的专著即将出版，要我在前面写几段话，算作序。我知道，这是他对我的尊重，我不该怠慢。然而，临到写作，还是一拖再拖。这一方面固然是因为种种的"忙"，另一方面也出于某种莫名的畏难情绪。这里涉及的问题实在太复杂了！他这本书，是在博士论文基础上修订发挥而成的，作为导师，我对其形成过程、主要内容自然都比较熟悉。当时的考虑，无论是学术的，还是世俗的，他在绪论和后记里都说得很清楚了，这里似乎也无须再说更多的话。这篇"序"，本来不作也罢。然而终究还是却不过宝林的好意，也不忍心让他失望。就勉强写这么一点吧。

宝林是一个异常勤奋的人，也是一个对学术、文化有真的追求的人。为写这本书，他已付出了很多的时间和精力，但他对自己的工作，似乎仍然有许多不满。这表明，对于这个问题的研究，他原本还有更远大的抱负，更开阔的视野，只是限于时间和种种现实的催迫，才将目前的成果阶段性推出。因而，一边交付出版，一边感觉意犹未足。对于这一点，我也是深有同感的。如今的学术，已入计划生产之途。为了完成预定的计划，我们常常不得不让我们的成果"早产"，不无遗憾地将一些本该再加细致琢磨的东西拿给读者，以致在大量的出版物面前，我们总不免会有一些惘然若失的感觉。失去的是什么呢？乍看似乎无非是一些兴味，一些情趣，一些从容自得、纯粹自然的致知之乐，然而，细想却又不止于此。

不过，可以勉励宝林，也可用以自勉的是，在我看来，在知识的求索上，恰恰是那些对之真有兴趣的人，才会有对自己工作的不满；只有那些总是能够自觉不足的人，才能做出真正有意义的工作。其实，就像坎贝尔所说，就连人类本身，出生时也只能算是半成品。书稿既已完成，那就让它去接受读者的批评吧。倘能因之引起人们对问题的更多的兴趣，那也就不枉作者的辛劳了。

邵宁宁

2018 年 3 月 25 日，天涯听风楼

邵宁宁：海南师范大学文学院教授，博士生导师。

绪 论

19世纪中叶以来，整个中国文明开始接受"欧风美雨"的洗礼，中国的各个层面也加快了现代转型的步伐。现代转型，涉及的不仅是社会、经济、制度和文化等方面的转变，更是人的转变。面对异域"他者"不断介入这一几乎不可逆转的事实，中国文人的心灵状态和精神构造开始悄然发生变化。他们不但一改向来对异域"他者"的鄙夷态度，而且将"他者"树立成了自己革新图变的典范。

如果说中国的现代转型，最初主要是面对"他者"冲击时被迫做出的回应，那么，文人们意识到自己的民族/国家确实与"他者"存在诸多差距之后，借鉴"他者"的经验来实现"自我"更新，无疑变成了一种主动的选择。异域"他者"对近现代中国产生的深刻影响，在很大程度上就是中国人基于内部的现实和精神需要，主动接受"他者"而自然衍生的结果。显然，他们主动拥抱"他者"，并在不同的层面上展开借鉴，主要是为了达到"文化利用"[①]的目的。因此，考察中国包括文学在内各个领域的现代转型，我们除了借鉴费正清等人研究中国问

---

① 史景迁指出，伏尔泰、黑格尔等欧洲哲学家和思想家关注中国文化，实际上就是为了文化利用。他写道："大多数作家都是在他们感到所处的文化前途未卜的时候开始研究中国的。对于那些深怀不安全感和焦虑感的西方人来说，中国在某种程度上成了他们的一条出路或退路。"其实，鸦片战争之后觉醒了的中国文人在重视域外资源本体意义的基础上，将它们"拿来"，主要是"为我所用"，因此，同样是一种文化利用。参见［美］史景迁《文化类同与文化利用》，缪世奇、彭小樵译，北京大学出版社1997年版，第186页。

题时奉行的"冲击—回应模式"①,还有必要借鉴柯文"在中国发现历史"②的思路,重点考察中国的现实语境、内在需要和主体实践。我们除了重视异域"他者"在中国的影响力不断扩散,还需认真辨析中国实践主体在社会文化现代转型的整体语境中面对"他者"的姿态和举措,深入思考他们积极借鉴"他者"的深层动机和深远影响。

在现代中国多元混杂、多义交汇的历史文化场域中,文人被卷入了对"他者"既排斥抗拒又吸收融入的复杂关系当中,开始艰难、匆忙地从事意义实践。借鉴"他者"的文学经验,推进"自我"的文学变革,便是他们意义实践的重要组成部分。一方面,梁启超等晚清革新派将文学视为推动社会变革的重要力量。他们赋予了文学神圣的使命,大大提高了文学在社会文化中的地位。自此,文学如何才能有效参与社会政治实践,就成了中国文人争论不休的议题。另一方面,在"地方的和民族的自给自足和闭关自守状态,被各民族的各方面的互相往来和各方面的互相依赖所代替""各民族的精神产品成了公共财产"的时代③,中国文人不再盲目自信自己的文学传统和文学实践成果,具备了热情关注和积极借鉴域外文学的心理基础。就这样,域外文学不仅成了中国文学实现现代转型时主动选择的参考对象,而且对中国现代文学的发生发展产生了实质性的影响。因此,研究中国现代文学,就必须深入考察它与域外文学之间的复杂关系。

如果以域外文学为出发点,那么,它进入中国,被中国现代文学吸收借鉴,进而产生影响,就是一种重要的跨文化传播现象。当然,域外文学不会自己进入中国,而是需要传播主体。西洋传教士或驻华使节等,尽管是域外文学在中国最初的重要传播主体④,但它在中国得以广

---

① [美]费正清:《美国与中国》第四版,张理京译,世界知识出版社1999年版。
② 柯文在《在中国发现历史》等著作中指出,应该从中国发展的内在理路而不是从外力、外因角度来考察中国的历史与现状。参见[美]柯文《在中国发现历史——中国中心观在美国的兴起》,林同奇译,中华书局2005年版。
③ 《马克思恩格斯选集》第1卷,人民出版社1995年版,第276页。
④ 比如,19世纪50年代,英国作家约翰·班扬的小说《天路历程》被传教士用文言翻译出来,19世纪60年代,英国驻华使节威妥玛翻译了美国诗人朗费罗的诗歌《人生颂》。

泛传播并产生深刻影响，主要靠的还是不断涌现而出的作为个体或者群体存在的中国文人。因此，研究中国现代文学与域外文学的关系时，我们更需立足于中国文人主体，考察他们如何审视和阐释、选择和安排域外文学。事实上，只有从中国这一角度出发"发现"历史，我们才能厘清域外文学如何作为"鲜活"的思想和话语资源参与中国文学的现代性建构。

如果从中国主体的角度加以考察，域外文学进入中国这一现象，就是中国文人针对域外文学展开的物质生产、精神生产、知识生产和话语生产。所谓物质生产，主要指的是中国文人以翻译、介绍、评论等形式，将域外文学加工成形形色色的物态文本。但是，在这一物态文本的生产过程中，精神生产、知识生产和话语生产也相伴而生。如何选择和阐释域外文学，最终将它生产成什么样子，不仅受制于他们的教育背景和知识结构，而且受制于他们的话语立场、精神状态等。在现代中国生产域外文学，本来就是"感时忧国"的文人回应中国现实、想象中国未来的重要方式。从某种意义上来说，这也是一种伦理实践。他们最终生产出的不只是物态文本，还是知识和话语，而作为知识和话语存在的域外文学又借助物态文本这一载体，在被交换、被消费的过程中传播开来，影响了其他人认知域外文学和其他相关事物的方式。

作为话语实践和精神实践的域外文学生产，从根本上来讲，就牵涉到中国现代实践主体如何对"他者"的文学展开认知和想象，如何对它们做出选择和安排。在这一过程中，对于全部或者局部的域外文学，他们在形成一般印象和基本认知的同时，也通过具体的译介选择行为和实践成果造成了彰显和遮蔽。由于中国实践主体的介入，自然生成的域外文学进入中国文学场域之后，明显出现了"变异"，衍生出了新的意义。其实，无论是认知和想象，还是选择和安排，抑或是彰显和遮蔽，都是他们对域外文学形象的改写或者重构实践。

何为"形象"？秦启文和周永康认为，其包括三层含义：一是指人和物的相貌形状；二是指能够作用于人的感官，使人产生印象、观念、思想及情感活动的物质；三是指具体与抽象、物质与精神的统一。① 也就是说，形象既基于一定的事实，又是观念的产物，更为重要的是，它是事实和观念的结合体。美国学者科特勒（P. Kotler）指出："形象指人们对某一对象形成的信念、观念和印象。"② 这一定义虽然非常笼统，但也揭示出了形象的客观性和主观性特征。较为完整的形象，必然是自塑和他塑结合、客观事实和主观判断结合的产物。某一事物的形象到底如何，虽然离不开它表现出的实际情形，但毕竟融入了构建主体的价值判断和重构实践。因此，构建出来的形象，既是构建主体对事物"本然"面貌的"改写"，又是彰显他们话语立场的重要载体。

域外文学自身的发展历程和创作实绩，是自塑形象的重要力量。特定的民族/国家文学在历史发展的长河中到底经历了怎样的沉浮变迁，呈现出了怎样的特点，出现了哪些重要的作家作品，这些按理来说都是客观的。但形象也是他塑的产物，具有很强的主观性特征。构建出的域外文学形象，固然可以折射出"他者"的部分"真实"，但因为受到构建主体自身话语立场、知识视野等的影响，必然会与其"本然"形象存在不小差距。

构建域外文学形象，虽然是构建主体针对"他者"展开的跨文化话语实践，但毕竟在特定的本土语境中展开。本土的社会文化语境和文学需求既是促动"他者"形象构建的强大动力，又是重要的影响因素。与此同时，构建主体在言说"他者"的过程中，必然会掺入自己的价值判断标准，体现出本土现实关怀意识，传达出对"自我"的认知和想象。

因此，研究中国现代文人的域外文学形象构建，我们在重视域外文学历史变迁和现实状况的同时，还需要充分考虑中国本土的社会文化语境和复杂构建主体，还原和阐释"他者"形象构建的基本状况、内在逻辑和历史文化意义，深入考察"他者"形象与"自我"形象构建之

---

① 秦启文、周永康：《形象学导论》，社会科学文献出版社2004年版，第2页。
② Philip Kotler, *Marketing Management, Analysis, Planning, Implementation and Control* (9th ed.), Upper Saddle River, NJ: Prentice Hall International, Inc., 1997, p. 607.

间的互动关系。

相对于中国文学而言，英国文学、美国文学等都属于域外文学。这些不同民族/国家的文学，在社会文化背景、演进轨迹和内在特质等方面存在显著差异。因此，所谓的域外文学并非是一个规整的、单一的存在，它只能是一个呈现出显著差异性的复合体。与此同时，中国现代尽管因为某种共同性的存在而貌似是一个连续体，但事实上，它是一个各个时段之间呈现出差异性、某一时段内部也呈现出丰富性的杂合体。还值得注意的是，中国现代参与域外文学译介的文人非常多，他们在表现出特定群体性认同的同时，也在个性特征、文化选择、话语实践和知识素养等层面呈现出巨大的差异性。因此，基于长时段，笼统讨论中国现代文人如何构建域外文学形象，虽然能够把握一些最基本的事实，厘清一些最基本的线索和逻辑，但也容易出现问题。

笔者认为，研究中国现代文人如何构建域外文学形象时，要是漠视了不同的域外文学相互之间或某一域外文学内部呈现出的差异性和丰富性，中国现代不同时段之间或同一时段内部的差异性和丰富性，以及中国现代文人作为群体或者个体的差异性，则有可能做出一些并不符合客观实际的、大而无当的判断。因此，要更为有效地还原和阐释中国现代文人如何构建域外文学形象，就很有必要择取一个相对较短的时段，尽可能综合考虑该时段内的各种复杂因素，从不同的维度考察该时段内特定民族/国家文学形象被构建的复杂状况。

面对中国现代文学的多个时段和现代中国接受域外文学的多个来源，笔者择取了20世纪30年代和美国文学，试图还原这一时段中国的美国文学形象，阐释与之相关的一些问题。之所以做出这样的选择，主要基于以下四点考虑。

第一，20世纪30年代既是"中国现代文学史上一个至关重要的阶段"[①]，又是一个"异调谐声"[②]的时代。

[①] [美]李欧梵：《现代性的追求》，生活·读书·新知三联书店2000年版，第248页。
[②] [美]孙康宜主编：《剑桥中国文学史》下卷，刘倩等译，生活·读书·新知三联书店2013年版，第542页。王德威主撰该著第六章"1841—1937年的中国文学"。

在这一时段,中国文学名家名作不断涌现而出,现代文学趋于成熟。同时,中国文人的域外文学译介呈现出了前所未有的繁荣态势。他们在共同追求现代民族/国家构建、普遍彰显出"亚政治文化"① 特征的同时,也在政治选择、文化选择和诗学选择等方面出现了明显分化。整个"文学场"随之也呈现出了剧烈分化的状态。因此,这一时段尽管就整体而言,确实存在诸多同一性,但它事实上是一个不可化约的整体。不同倾向的文人群体共存,不同潮流的文学同在,构成了这一时段的显著特点。这为美国文学被多元译介、美国文学形象被多元构建提供了重要前提。

20世纪30年代中国文坛的风起云涌、发展变化已经成了历史。它本来是一种客观存在。按理来说,历史研究者就应当按照历史本来的面目去展开叙述,但"叙述即选择,选择就是省略"②。因此,在不同的叙述者笔下,同样的历史可能会呈现出不同的面目。叙述什么,舍弃什么,彰显什么,遮蔽什么,如何叙述,如何评价,等等,都在很大程度上受制于叙述主体的视野、立场和姿态。在当下,我们很有必要以"宽阔的胸怀,宽容的心态,宏放的眼光,历史的视角"③,正视20世纪30年代中国的多元文学生态以及对域外文学的复杂接受状况。

鉴于20世纪30年代中国文学自身的重要性和复杂性,我们就需要在全面挖掘、重新考辨各类历史文献的基础上,立足于中国文人具有共同性和差异性这一事实,透过各种历史叙述的迷雾,尽可能对其做出还原和阐释。从这个角度来说,还原和阐释这一时段中国的美国文学形象构建,不仅有助于厘清美国文学在中国被接受的复杂状况,而且有助于加深对这一时段中国文学多元生态的认识。

第二,20世纪30年代是美国和美国文学迅速崛起之后,开始在世界范围内急遽扩散影响力的重要时段。与此同时,中国文人对美国文学

---

① 关于20世纪30年代中国文人群体的"亚政治文化"特征,可参见朱晓进《政治文化与中国二十世纪三十年代文学》,人民出版社2006年版。
② 赵园:《想象与叙述》,人民文学出版社2009年版,第229页。
③ 张大明:《主潮的那一面:三民主义文艺与民族主义文艺》,中国社会科学出版社2010年版,第3页。

的态度也明显发生了变化。

在这一时段,美国已经彰显出了强大的硬实力,在国际上树立起了"大国""强国"形象。相应地,美国的文化软实力大幅提升,美国文学也逐渐步入了"黄金时代"①,营造出了现实主义文学、浪漫主义文学、现代主义文学、古典主义文学等多元共存的文坛格局。呈现出繁荣态势和多元格局的美国文学,既成了20世纪30年代不同倾向的中国文人群体竞相"争夺"的重要对象,又成了他们展开话语实践、彰显主体立场的重要场域。秉持不同话语立场的中国文人,既做出了不同的译介选择,又构建出了不同的美国文学形象。

仅在20世纪30年代,美国就有辛克莱·刘易斯、奥尼尔、赛珍珠三位作家,荣获诺贝尔文学奖。至此,美国文学在世界文学格局中的地位大大提高,国际范围内质疑美国文学独立性和创造性的声音也随之减弱。这一时段中国的美国文学形象构建虽然明显呈现出了共时性差异,但也出现了整体性变迁。正是从这一时代开始,中国文人将美国文学作为世界文学格局中的重要存在来加以接受。值得注意的是,除了在一些特殊时期,这一时段构建出的美国文学"新"形象基本上延续了下来。

总体来看,20世纪30年代中国的美国文学形象构建本身呈现出复杂性,在整个中国的美国文学形象构建史上也具有重要的意义。因此,要研究美国文学如何进入中国以及中国如何接受美国文学,这一时段都是很重要的。

第三,研究20世纪30年代中国文人的美国文学形象构建,既便于重新"发现"一些颇有意义的现象,拓宽现代文学研究的视野,又便于深入透视他们如何认知和选择美国、如何认知和想象中国。

虽然"进入80年代,现代文学研究开始进入一个以'发现'为标志的历史时期"②,但由于受到各方面原因的限制,很多有意义的问题

---

① 虞建华等:《美国文学的第二次繁荣》,上海外语教育出版社2004年版,第2页。
② 邵宁宁等:《当代中国现代文学研究(1949—2009)》,中国社会科学出版社2014年版,第56页。

并未引起学术界足够重视。比如，赵家璧因为主编《中国新文学大系》等，在现代编辑出版史上享有盛名。这早已引起学术界关注。然而，他也是20世纪30年代中国重要的美国文学翻译和研究者。他不仅翻译了许多美国文学作品，而且撰写出版了中国第一部研究美国文学的专著《新传统》，构建出了美国文学的全新形象。对此，偶有研究者提及，但从未展开深入探讨。再比如，曾虚白撰写了中国第一部以单行本形式存在的美国文学史，名为《美国文学ABC》。他的史著出版，标志着20世纪30年代依然有不少中国文人轻视美国文学，但他评价美国文学时表现出的"游移"态度，也预示着中国文人轻视美国文学的时代即将结束。可惜的是，研究曾虚白的学者本来就很少，研究他的美国文学史著述的学者就更为罕见。这就导致他的美国文学译介实践，还有很大的开掘空间。除了上面提到的这两个现象，20世纪30年代中国文坛出现的黑人文学热、刘易斯热、赛珍珠热等现象以及郑振铎、施蛰存、杨昌溪等文人的美国文学译介实践，都有待于进一步还原和阐释。

面对美国既庞大存在又深刻介入中国这一事实，20世纪30年代的中国文人选择和阐释美国文学时，既传达了对美国的复杂认知和判断，又蕴含着对中国自身现状的认知和未来走向的想象。而这一切，都涉及中国文人如何构建美国形象，如何选择中国政治、文化道路等问题。美国文学既是一种重要信息，又是构建和承载美国这一"想象共同体"的重要媒介。因此，中国文人接受美国文学，接受的不仅是文学，而且是美国的方方面面。他们对美国文学的选择和阐释，也涉及对美国的选择和阐释。这就导致同样一个美国，在中国呈现出了多副面孔。如何选择和阐释美国，绝不是简单的技术问题，而是观念问题。这在很大程度上涉及如何认识中国现实状况，如何设计中国未来走向。

考察中国现代文人针对美国文学展开的形形色色话语实践，我们既可以感受到他们强烈的现实关怀意识和理想主义情怀，又不得不面对他们因为过分的意识形态诉求而造成的诸多偏颇甚至谬误。对于他们认知美国的策略、想象中国的途径，我们有必要做出深入反思。只有反思，才能总结出相关的经验和教训，才能让历史更为有效地服务于当下中国第四，大量的研究论著虽然大致厘清了 20 世纪 30 年代中国接受美国文学的基本状况，但很少有学者从形象构建的角度切入，集中研究这一时段的中国文人如何在世界文学格局中把握美国文学、认知其内部构造等重要问题。这就导致许多研究成果既无法还原美国文学在中国特定时期呈现出的复杂形象，又无法阐释清楚中国文人认知和想象、选择和安排美国文学的内在逻辑。

近年来，一大批以中美文学关系为对象的研究成果不断涌现而出，不仅出现了大量翻译文学史和宏观探讨中美文学关系史的论著①，而且有相当多的学者开始考察某一美国作家作品在中国的传播和接受状况，研究中国现代某一文人如何接受、传播整体的美国文学或某一作家作品②。这些研究成果，为我们进一步展开研究打下了扎实的基础，提供了重要的线索。但毫无疑问，其中还有许多值得继续开拓的空间。

---

① 代表性的著作有王建开《五四以来我国英美文学作品译介史 1919—1949》（上海外语教育出版社 2003 年版）、谢天振和查明建主编《中国现代翻译文学史 1898—1949》（上海外语教育出版社 2004 年版）、杨义主编《二十世纪中国翻译文学史》（百花文艺出版社 2009 年版）、曾小逸主编《走向世界文学——中国现代作家与外国文学》（湖南文艺出版社 1985 年版）、范伯群和朱栋霖主编《中外文学比较史 1898—1949》（江苏教育出版社 1993 年版、2007 年版）、龙泉明等《跨文化的传播与接受——20 世纪中国文学与外国文学的关系》（人民文学出版社 2010 年版）、朱徽《中美诗缘》（巴蜀书社 2002 年版）、贺昌盛《想象的互塑：中美叙事文学因缘》（南京大学出版社 2009 年版）、周宁等《中外文学交流史（美国卷）》（山东教育出版社 2015 年版）等。代表性的论文有施咸荣《美国文学在中国》（《翻译通讯》1983 年第 12 期）、张合珍《美国自然主义文学在中国》（《国外文学》1994 年第 1 期）、张旭《美国现代诗歌翻译在中国》（《中国翻译》1997 年第 6 期）、姚君伟《美国文学在近现代中国的译介》（《新文学史料》2011 年第 1 期）、王玉括《非裔美国文学研究在中国：1933—1993》（《南京邮电大学学报》2011 年第 2 期）等。

② 代表性的著作有刘海平、朱栋霖《中美文化在戏剧中交流——奥尼尔与中国》（南京大学出版社 1988 年版）、董洪川《荒原之风——T. S. 艾略特在中国》（北京大学出版社 2004 年版）、杨仁敬《海明威在中国》（厦门大学出版社 2006 年版）、李怀波《选择·接受·误读——杰克·伦敦在中国的接受研究》（南京大学出版社 2012 年版）等。代表性的论文有盛宁《爱伦·坡与"五四"运动以后的中国现代文学》（《国外文学》1981 年第 4 期）、龙文佩《奥尼尔在中国》（《复旦学报》1988 年第 4 期）、徐广联《〈草叶集〉在中国》（《外国文学研究》1993 年第 3 期）、葛中俊《厄普顿·辛克莱对中国左翼文学的影响》（《中国比较文学》1994 年第 1 期）、邓啸林《鲁迅与美国作家及其作品》（《外国文学研究》1980 年第 4 期）、袁荻涌《郭沫若与美国文学》（《文史杂志》1992 年第 3 期）、姚君伟《徐迟与美国文学在中国的译介》（《外国文学研究》2005 年第 4 期）和《赵家璧与美国文学在中国的出版和译介》（《新文学史料》2011 年第 1 期）、王小林《吴宓与美国文学》（《中国文学研究》2012 年第 4 期）等。

首先，大量的文学翻译史或者翻译文学史著述侧重于翻译，在很大程度上忽视了中国文人接受美国文学的其他方式。虽然有些论著冠以"译介"之名，但往往将"译"视为"介"的一种重要形式，突出的是"译"。这或许是因为受到比较文学"译介学"这一命名以及对其"实"狭隘界定的影响。但是，突出"译"而忽视"介"的其他重要形式，必然会过滤掉很多至关重要的史实，也就无法厘清中国接受美国文学的多元途径和复杂形态。与此同时，许多论著着眼于较长时段，尽管都提及20世纪30年代，但因为关注面大而叙述的篇幅有限，无法就这一时段内部的复杂情形展开详细论述，也就过滤掉了许多同样重要甚至比被叙述出来的部分更重要的现象。

其次，无论是从中国某一文人在不同时段接受美国文学，还是从美国某一作家作品被不同的中国文人接受这些"点"出发展开的研究，也经常涉及20世纪30年代。此类研究确实便于深入，可以就某一"点"上的问题做得非常全面。然而，它们毕竟关注的只是"点"，视野不够开阔，缺乏对中国文人相互之间或者美国文学现象相互之间的对比分析。这就既无法勾勒出20世纪30年代中国文人接受美国文学的整体状况，又无法深入剖析这一时段不同的中国文人接受美国文学的共性和个性，无法较为客观地呈现出美国文学被接受的复杂性。

最后，许多研究成果停留在现象描述层面，对现象出现的深层逻辑缺乏深入的探讨。影响研究的方法被广泛运用，也使得美国文学在中国的传播和接受研究，几乎沦为对文学"债务"关系的清理。这就导致中国文人作为接受主体的作用没有被充分彰显出来，因而也无法展现出他们选择和安排美国文学时隐含的各种话语立场等。

基于上述几重考虑，本书旨在从形象构建的角度还原20世纪30年代的中国文人如何接受美国文学，阐释其内在逻辑和历史文化意义。本书既努力还原20世纪30年代中国文人认知、选择美国文学的状况和美国文学形象在中国的多元呈现形态，又力图深入阐释美国文学形象构建、美国形象构建与中国"自我"形象构建之间的互动关系。立足20世纪30年代中国文坛的复杂情势和美国文学发展的历史及现实状况，充分挖掘和利用丰富的历史文献资料，深入考察中国文人如何构建美国文学形象，如何同时融入对中美两国的认知和想象，是本书的创新之处。

还原和阐释是本书的重要追求。所谓还原，就是利用和挖掘各种文献资料，力图回到历史现场，尽可能呈现出历史本来的面目。所谓阐释，就是尽可能将人、事件和语境结合起来，重视历史语境、文学实践主体、实践过程等的复杂性，分析历史呈现出这个样子而不是那个样子的内在逻辑和丰富意义。无论是还原还是阐释，都需要我们既基于当下视野，又本着历史精神。伽达默尔告诉我们："历史精神的本质并不在于对过去事物的修复，而在于对现时生命的思维性沟通。"① 本书属于历史研究，致力于"修复"历史，但也是为了让历史在新的语境中生发出新的意义，与当下的我们实现"思维性沟通"。克罗齐说："当代性不是某一类历史的特征，而是一切历史的内在特征。"② 我们只有对历史做出当代阐释，并让其与当下境遇产生关联，历史的研究才能真正彰显出价值。柯林伍德说："历史的过程不是单纯事件的过程，而是行动的过程，它有一个由思想的过程所构成的内在方面；而历史学家所要寻求的正是思想过程。"③ 我们只有深入历史，去感悟那些鲜活的灵魂和律动的思想，并与之展开对话，他们的历史实践和精神遗产才不会成为尘封的历史素材，才有可能成为我们借重的资源。

本书除了绪论和结语，共包括八章的内容。

绪论部分主要阐述选题背景和研究意义。

前两章主要考察20世纪30年代中国构建美国文学形象的语境。第一章分析美国整体实力的提升和文学发展的现实状况如何影响中国的美国文学形象构建。第二章立足于中国语境展开，考察文学现代化诉求、文坛生态和都市文化发展如何影响美国文学形象构建。

中间四章主要基于重要案例，阐释不同话语形态与美国文学形象构

---

① [德] 伽达默尔：《真理与方法》，王才勇译，辽宁人民出版社1987年版，第249页。
② [意] 克罗齐：《历史学的理论和实际》，傅任敢译，商务印书馆1997年版，第3页。
③ [英] 柯林伍德：《历史的观念》，何兆武、张文杰译，商务印书馆2004年版，第224页。

建之间的关系。第三章主要以郭沫若翻译辛克莱为例,阐释阶级/革命话语如何参与美国文学形象构建。第四章主要以杨昌溪研究黑人文学为例,阐释民族/国家话语如何参与美国文学形象构建。第五章主要以《现代》杂志的"现代美国文学专号"为例,阐释自由主义话语如何参与美国文学形象构建。第六章主要以刘易斯热为例,阐释多种话语形态如何交织在一起,共同参与美国文学形象构建。

最后两章主要考察文学史写作和翻译选择如何参与美国文学形象构建。第七章先着眼于中国文人撰写和翻译的多部世界文学史著,考察他们如何在世界文学格局中认定美国文学的性质和地位、选择和安排具体的美国作家,接着将翻译视为构建美国文学形象的重要力量,考察其如何支援或者解构文学史构建出的美国"经典"作家形象。第八章主要通过对比分析两部美国文学专史,考察美国文学形象及其构建特点在20世纪30年代中国发生的整体性变迁。

结语部分先对全文的主要观点做一总结,再简要分析美国文学对于20世纪30年代中国文学现代性建构的参照性意义。

这里还需要说明四点。第一,本书所谓的美国文学形象和美国国家形象,一方面指中国文人在翻译、介绍和研究美国文学的过程中,对美国文学和美国国家形成的一般印象和基本认知;另一方面指他们的译介实践和译介文本事实上构建出的美国文学和美国国家的形象。第二,本书对20世纪30年代的界定,遵照的是中国现代文学研究界基本约定俗成的划分方式。它指的是"现代文学"的第二个十年,也就是1927年或1928年至1937年。第三,本书所谓的"中国",主要指的是中国大陆,不包括香港、澳门、台湾等区域。第四,本书所谓的"文人",指的是知识或者话语的生产者、传播者,实际上可以置换为"知识人"或"知识者"等。

1930年5月,朱自清给清华大学毕业生的致辞中写道:

> 这是一个特别的时代;也许特别好,也许特别不好,但"特别"是无疑的。这个时代像正喷涌的火山,像正奔腾的海潮;我

们生在这时代是幸福的,还是不幸的,诸君中也许将来有人能证明,我现在还不知道。但这是一个变化多、模式多的时代……①

现在看来,朱自清置身历史之中做出的判断,无疑是准确的。中国的 20 世纪 30 年代,无论从哪个层面来讲,都是一个"特别的时代",是一个"变化多、模式多的时代",是一个"幸福"和"不幸"的时代。我们尽管无法亲历历史,但幸运的是,还可以立足于当下视野,借助各种各样的文献资料去想象历史、叙述历史,在想象和叙述中触摸历史,进入历史。那么,就让我们借着中国文人如何构建美国文学形象这一话题,进入 20 世纪 30 年代的历史,去感受它的特别与变化、幸与不幸吧!

---

① 朱自清:《送毕业同学》,载朱乔森编《朱自清全集》第 11 卷,江苏教育出版社 1998 年版,第 287 页。

第一章 "他者"崛起：构建美国文学形象的外部语境

无论是以罗贝尔·埃斯卡皮等为代表的文学社会学研究，还是以海登·怀特等为代表的新历史主义研究，都强调文学研究需要充分地语境化，需要将具体的文学现象还原到它得以发生发展的历史语境当中。比如，法国学者埃斯卡皮就对文学研究"把集体背景看作一种装饰与点缀"的做法提出过激烈批评。在他看来，忽视了文学发生发展的社会文化语境，一切研究终将扭曲文学的基本事实。[①] 任何文学现象的出现，都依托特定的时空框架展开。割裂了语境展开诠释，既无法弄清它之所以呈现出这种面貌而不是那种面貌的原因，又无法揭示出它到底说明了什么问题，具有怎样的意义。只有将文学现象置放到特定的语境当中加以考察，并充分考虑到语境自身的复杂性，才有可能做出较为准确的阐释。只有这样，文学现象不再是孤立的事件，文学现象的来龙去脉、意义韵味才有可能显现出来。因此，语境绝不是文学研究可有可无的点缀，它本身是需要被正视的对象。

20世纪30年代中国的美国文学形象构建，从某种意义上来说，就是中国文人针对已经成为历史和正在发展变化的美国文学展开的跨文化话语实践。考察这一实践，需要将中国和美国语境都考虑在内。只有这样，才有可能贴近"历史"，回到"历史现场"，对复杂的形象构建现

---

① [法]罗贝尔·埃斯卡皮：《文学社会学》，王美华、于沛译，安徽文艺出版社1987年版，第1—2页。

象做出符合逻辑的阐释。

　　截至 20 世纪 30 年代，美国包括文学在内的软实力和经济、军事等硬实力均明显提升，也呈现出了急遽扩散态势。这构成了中国文人对美国文学展开意义实践的重要语境。假如美国既不是一个政治、经济和军事强国，又从未与中国的现实语境建立起意义关联，还在文学领域没有取得令人瞩目的成就，那么，20 世纪 30 年代的中国文人也就不会注目美国和美国文学，我们也就基本上无从谈起美国文学形象的中国构建问题。

第一节　美国崛起及其影响力在中国扩散

　　德国学者胡戈·迪塞林克研究德国文学在法国的传播状况时曾说："毋庸置疑的是，不同时期的德国文学作品在法国的销售量在很大程度上（这一点在法国比在任何别的国家都更明显）取决于那一时期'流行'的德国形象。"他进一步得出结论："一个国家在他国所具有的形象，直接决定其文学在他国的传播程度"，"这种现象在世界文学中也极为常见。"① 事实确是如此。尽管美国文学早在 19 世纪中期就进入了中国，但中国文人真正对其另眼相看并构建出全新的形象，则始于 20 世纪 30 年代。中国文人之所以开始热情关注美国文学，美国文学形象之所以能在中国发生巨大变化，与美国自身迅速崛起和它在"一战"之后的国际舞台上树立起"强国"和"大国"形象有很大关系。"一战"重创了英、法、德等欧洲大国，欧洲整体上呈现出了衰落的态势。新兴的苏联尽管已经开始具有原型意义，但尚未展现出足够的活力。然而，美国整个国家呈现出了蒸蒸日上的景象，无论是硬实力还是软实力，均明显有所提升。随着自身实力不断提升，美国在中国的影响力也进一步扩散。美国文学得以广泛传播，美国文学形象也发生

---

① ［德］胡戈·迪塞林克：《有关"形象"与"幻象"的问题以及比较文学范畴内的研究》，载孟华编《比较文学形象学》，北京大学出版社 2001 年版，第 84 页。

了巨大变化，便是其重要表征。

一　美国的崛起历程及现实状况

中国文人言说某种域外文学并参与其形象构建实践时，无可避免地要联想到产出这一文学的国度。他们对特定国家的认知和想象，会直接影响到对这一国家文学的认知和想象。20世纪30年代的中国文人面对的是整体实力迅速提升并已成为世界"大国"和"强国"的美国。美国的历史和现实，本身构成了中国文人认知和想象、选择和安排美国文学的重要语境。

美国政治学家约瑟夫·奈研究当代美国的实力问题时，引入了"软实力"这一概念，并将其与硬实力区分开来。在他看来，一个国家的硬实力主要包括经济和军事实力，而软实力主要指"文化、政治价值观和外交政策的吸引力，它是通过吸引而非威逼的形式来达到理想效果的能力"[①]。他还认为，只有硬实力和软实力相辅相成、相互促进，一个国家的整体实力才能够大幅提升。美国从1776年独立到20世纪30年代迅速崛起，实际上就是硬实力和软实力不断提升并在世界范围内扩散影响力的过程。

1776年，美国才作为一个独立的国家出现在世界舞台之上。当时，它只有从英属殖民地独立出来的13个州，国土面积约90万平方公里，人口也不足300万。经济总量大概只有英国的三分之一，也远远赶不上法国、西班牙等。南北战争之后，美国迅速实现了从农业国向工业国的过渡。到1894年，美国的工业产值已经高达94.98亿美元，位居世界第一，而当时分别居于世界第二位和第三位的英国和德国，则是42.63亿美元和33.57亿美元。[②] 到1900年，"美国的制造业产值超过了英、法、德三国的总和，其增长速度之快，简直创造了

[①] Joseph Nye, Jr., "Soft Power and American Foreign Policy", *Political Science Quarterly*, No.2, 2004.

[②] 黄安年：《美国的崛起》，中国社会科学出版社1992年版，第353—354页。

第一章 "他者"崛起：构建美国文学形象的外部语境

神话"①。独立之后不久，美国就不再满足于屈居美洲一隅，开始向北美大陆的各个方向扩张势力。从1776年到19世纪末，美国通过与英、法、西、葡等老牌殖民大国签订合约、发生武力冲突等方式，从大西洋一路向西扩张，占有了路易斯安那、佛罗里达、得克萨斯、加利福尼亚等区域，将领土面积扩张了将近3倍。与此同时，已经具备了一定实力的美国，也通过军事手段来进一步获取或者确保自身利益，发动或者参与了美西战争、侵华战争等。在这一过程中，美国的军事实力也大幅提升。总体来看，截至19世纪末，美国作为一个经济强国、领土大国和军事强国的形象初步树立了起来。

进入20世纪之后，美国经济实力进一步增强。"一战"的时候，美国尽管派兵参加了战争，牺牲了不少性命，但战火从未燃到本土。并且，它直到后期才卷入战争。在其他大国相互倾轧的时候，它却抓住机会努力发展国内产业，开展军火贸易，吸收了大量的国外资本。战后，随着英、法、德等西方大国的经济遭到重创，美国成为最大的债权国，在世界经济舞台上的绝对优势地位更加稳固，因而有了"黄金国"之称。美国在发展经济的同时，也扩充了军事力量。"1900年时美国仅有武装部队13万人，到1918年第一次世界大战结束时扩展到近500万人，成为最终击败德奥同盟的举足轻重的力量。"② 可以说，"一战"后，美国的大国、强国地位进一步提升。

尽管1929年爆发的经济危机，在很大程度上削弱了美国的实力，但经济危机波及全球，产生的是世界性影响。美国在实力衰退的同时，其他大国的实力也在同步下滑。而小罗斯福上台之后采取的一系列"新政"举措，逐渐止住了美国的颓势。因此，美国在国际上的绝对地位并未受到很大影响，它依然是世界上最强大、最富饶的国家。

在经济和军事实力迅速增强的同时，美国的政治软实力也逐渐提升。基于独立之初较为贫弱的实际，美国开国元勋们制定并奉行"孤

---

① James Kirby Martin ed., *America and Its Peoples: A Mosaic in the Making* (5th ed.), Pearson Education, Inc., 2004, p.455.
② 白建才等：《美国：从殖民地到惟一超级大国》，三秦出版社2005年版，第44页。

立主义"政策，决心不参与国际事务，一心想通过内部发展来壮大自己的实力。但随着硬实力有所增强，美国开始奉行门罗主义，试图将影响力扩散到整个美洲。它当时的口号是"美洲是美国人的美洲"。这也意味着美国开始部分抛弃最初的国际关系政策。随着实力进一步增强，尤其到了19世纪末，美国不再满足于获取和确保美洲的区域利益，已经做好了参与到世界事务当中的各种准备。第25任总统威廉·麦金莱发表卸任演讲时宣称："孤立主义已经不符合我们的现实需要……排外时期已经成为历史。"[1] 继任的西奥多·罗斯福总统不但鼓吹海外扩张，而且落实了前任的主张，通过大棒加金元政策来积极扩散美国的国际影响力。这就导致从此以后，美国处理外交事务时同时遵循着三种不同的原则。费正清将其总结为："东面对待欧洲，决不牵累到结盟关系中去，'我们不插手'；南面对待拉丁美洲，门罗主义，'你们不要插手'；西面越过太平洋，门户开放，'我们都插手'。"[2] 接着，因为在"一战"期间发挥了重要作用，美国开始在战后国际政治格局中扮演更为重要的角色。尽管威尔逊总统的很多主张因为受到各方面力量的牵制并未落到实处，但他俨然是战后格局的重要设计者。

经济实力和军事实力的明显增强，提升了美国在国际政治问题上的发言权。按照约瑟夫·奈的定义，政治实力显然是与经济和军事实力相对的软实力。但这种软实力的提升和扩散，与硬实力的提升和扩散紧密相连，甚至同步而生。无论美国做出怎样的外交决策，决定如何发挥政治影响力，其实一直在孤立主义与扩张主义之间摇摆，一直在努力平衡理想主义与现实主义原则之间的矛盾。

美国在提升经济、军事等硬实力和政治软实力的过程中，也同步提升了文化软实力，有时候甚至通过传教等手段"一厢情愿"地向世界播散它所认准的"普世价值"。"文化"是个众说纷纭的概念。比如，英国学者威廉斯曾提出，文化包括四个层面的含义：一是指心灵的普遍

---

[1] Richard W. Leopold, *The Growth of American Foreign Policy: A History*, New York: Alfred A. Knopf, 1962, p. 18.

[2] ［美］费正清：《费正清对华回忆录》，陆惠勒等译，知识出版社1991年版，第180页。

状态或者习惯,二是指整个社会知识发展的普遍状态,三是指各种艺术的普遍发展状态,四是指物质、知识和精神构成的整个生活方式。① 我国著名学者钱穆曾指出,"文化只是人类集体生活之总称,文化必有一主体,此主体即民族。民族创造了文化,但民族亦由文化而融成"②。不同学者的侧重点、观察点有所不同,往往得出了不同的结论。不过,笔者更认可爱德华·斯图尔特等美国学者将文化粗略地分为两类的做法。他们认为,文化包括两部分,一部分属于主观文化,包括观念、价值和思维方式,一部分属于客观文化,包括某一文化的社会制度和人工制品。③ 按照这种思路,美国的文化软实力形成和提升,便是在主观文化和客观文化两个领域不断进取并取得突破的社会和精神实践。

对于美国来说,政治和经济的独立早在1776年就基本完成,但因为其文化在很大程度上与英国、与欧洲同根同源,要真正实现文化的相对独立,则绝非一朝一夕的事情。不过,自从政治、经济独立之后,尤其是随着硬实力有所增强,美国就开始结合本土的社会实际,开掘本土文化精神,将创造本土文化、实现文化独立作为重要目标。经过多年的努力,它最终铸就了虽与欧洲有很大关联但也呈现出鲜明个性的文化特质。有学者就曾指出,"美国文化是以个人主义为核心、以基督宗教为主流、以种族关系为基础、以多元化为特色、以大众文化为主宰的文化"④。

经过一个多世纪的发展,截至20世纪30年代,美国在部分继承欧洲文化的基础上,充分吸收本土原住民和其他移民种族文化的特点,不仅凝成了个人主义、实用主义、多元主义、理想主义等主观文化形态,而且创造出了辉煌的美术、音乐、电影等客观文化产品。展现美国本土

---

① [英]雷蒙德·威廉斯:《文化与社会》,吴松江、张文定译,北京大学出版社1991年版,第18—19页。
② 钱穆:《民族与文化》,东大图书股份有限公司1989年版,第3页。
③ [美]爱德华·斯图尔特等:《美国文化模式——跨文化视野中的分析》,卫景宜译,百花文艺出版社2000年版,第2页。
④ 董小川:《美国文化概论》,人民出版社2006年版,第13页。

自然风光的"哈得孙河画派"、探索西部奇特生物和风景的"新边疆派"、用现实主义态度描绘生活的"垃圾箱画派"、揭露社会缺点的"新现实主义画派"等绘画流派,为美国美术的本土化发展添了砖,加了瓦。以爵士乐、布鲁斯、乡村音乐为代表的美国音乐,赢得了大量的听众,在世界范围内开始流行。娱乐业,从戏剧表演到好莱坞电影,也帮助美国在世界范围内构建起了富有魅力的国家形象。各种文学艺术协会、机构等在美国的建立,标志着全球的文化中心也逐步由欧洲的伦敦、巴黎向美国的纽约转移。

进入 20 世纪之后,美国在文化方面取得了辉煌的成就,使得它展现给世界的不仅是经济"暴发户"和政治、军事"霸权者"形象,而且是一个文化大国和强国形象。美国在经济、政治、军事和文化等方面呈现出的勃勃生机和"强大"形象,必然会影响到中国文人对美国的判断,当然也包括对美国文学的认知和想象。

二 美国影响力在中国的扩散

美国文学在中国的传播状况,是美国影响力在中国扩散程度的重要表征。美国文学在中国的形象,也与美国在中国的整体形象紧密相关。前者既是后者的重要组成部分,又在很大程度上受到后者的影响。20世纪 30 年代中国文人积极关注美国文学并参与其形象构建,虽受到美国国际地位明显提升的刺激,但也与长期以来中国人对美国的热情关注和美国影响力在中国的不断扩散有很大关系。

在漫长的历史进程中,"中国人既据有称雄东亚的权力,又怀有文化方面的优越感,于是便把他们的国家和文明认成世界真正的中心"[①]。因此,他们既不具备现代意义上的世界意识,又未能形成现代意义上的民族/国家观念。他们一直认为自己就是"人类",自己之外的所有人都是"蛮夷",自己生活的区域就是"天下",就是"世界",自己之外

[①] [美] 迈克尔·谢勒:《二十世纪的美国与中国》,徐泽荣译,生活·读书·新知三联书店 1985 年版,第 8—9 页。

的区域就是"化外",就是"蛮荒之地"。正是因为夜郎自大,中国既缺乏对世界形势的基本认识,又在其他国家积极推进现代变革时依然沉迷于自满状态。这种自大的迷梦,直到鸦片战争之后才慢慢惊醒。面对西方经济和军事势力的深刻介入,面对割地赔款、丧权辱国、无战不败、无约不损的中国现实,中国文人萌发了"上无以对祖先,下无以对后代"的耻辱感和内疚感,而"这种耻辱感和内疚感随着外患的日益加剧而逐渐强化,并升腾为一种羞愧、恼怒、激愤、易感的民族情绪与群体意识"[①]。

可以说,正是在异域他者的剧烈冲击之下,中国人曾经以自己为"人类""天下"和"世界"的意识逐渐土崩瓦解。对"世界"的重新认知、重新发现,既使得中国人把自己当作世界文明唯一之所的想象和幻影彻底破灭,又使得他们萌发了要将自己与世界、自己的文明与世界的文明联系起来的自觉意识。尤其是鸦片战争之后,中国被卷入了现代世界体系当中。面对强大的他者,面对不再单一的"世界",如何才能让自己的民族/国家存在下去并强大起来,便成了摆在"觉醒"了的中国人面前迫在眉睫的问题。与"我们"自己存在明显差异的"他者"的出现,既成为诱发"自我"重新定位的重要因素,又成为"觉醒"了的中国努力尝试参与和进入世界化轨道的强大动力。

鸦片战争之后,中国人已经开始较为自觉地追逐现代转型的"中国梦"。而这种"中国梦",至少包括追求自由、独立、平等和强大、统一等两个方面的内涵。对此,当时的中国人设计出了从内部和外部两个方向突破的路径。向内,则是改变旧有传统;向外,则是借鉴他者经验。如果说前者主要在于如何改变长期以来形成的落伍思想和专制流弊,从而具备现代性思维,并作用于社会实践层面,那么,后者就涉及以怎样的姿态面对和接受外部刺激,并将其作为推进中国现代化的重要资源。在中国试图借鉴外部资源来实现现代突围的过程中,实力不断得以提升的美国,无疑具有重要的原型意义。

---

① 栾梅健:《二十世纪中国文学发生论》,广西师范大学出版社2006年版,第68页。

在中国人"睁眼看世界"的时代浪潮中,美国成了备受关注的对象。林则徐的《四洲志》、魏源的《海国图志》、徐继畲的《瀛寰志略》等都以较多的篇幅介绍了美国的相关状况,注意到了美国进步的科技、开明的政治和国富民强的现实。从19世纪70年代开始,清政府更是向美国派出几批幼童留学,以期通过他们学习到美国的先进经验。进入20世纪之后,随着美国实力进一步提升,中国人对美国的关注程度更是大幅提升。对试图以美国民主制度来革新中国政治的文人来说,华盛顿及其代表的革新图变精神更是魅力无限。晚清革命派文人陈天华创作的《猛回头》,就号召中国学习美国那种脱英自立的勇气和举措。邹容创作的《革命军》的结尾部分,基本"照抄"了美国《独立宣言》中的相关文字。作者设计出的资产阶级民主共和国"中华共和国",也以美国为基本原型。孙中山等人掀起的辛亥革命,有效仿美国革命模式、构建美国式共和制度的明显意图。之后,胡适等赞赏美国民主制度的文人也一直在各个层面努力,力图将美国作为中国建设现代民族/国家的典范,尽管这种理想从未变成现实。

中国人在特定的层面主动拥抱了美国,而美国也采取一系列措施强行介入了中国。这两方面的因素共同作用,促使美国在中国的影响力大幅提升。陶文钊曾指出,"1784年(乾隆四十九年)2月22日,这是中美两国关系史上一个值得纪念的日子"①,因为就是在这一天,满载人参、毛皮、棉花等货物的美国商船"中国皇后"号从纽约港起航,开始远航中国。从此以后,美国与中国不仅建立了经济关系,而且在文化、军事和政治等领域产生了关联。

尽管美国曾独自或伙同他国强迫中国签订了《望厦条约》《天津条约》《辛丑条约》等不平等条约②,尽管它自19世纪80年代开始在本土实行"排华方案",但中国在20世纪40年代末期向苏联"一边倒"

---

① 陶文钊:《中美关系史 1911—1949》,中国社会科学出版社 2007 年版,第 1 页。
② 孔华润(Warren I. Cohen)曾将早期的美国外交称为"豺狼外交"(jackal diplomacy),意指豺狼跟在狮子后面捡骨头的外交。Warren I. Cohen, *America's Response to China: a History of Sino-American Relations* (5th ed.), New York: Columbia University Press, 2010, p.20.

之前，美国在中国主要呈现出"美丽的帝国主义者"① 的形象。这主要是因为美国在损害中国利益的同时，又与其他列强有不尽相同的表现。八国联军入侵中国之后，美国提出了"门户开放"政策，反对西方列强进一步瓜分中国。之后，它又将部分"庚子赔款"逐步返还中国，一方面资助中国学生留美学习，给中国培养了一大批分属不同领域的精英人才，另一方面扶持成立了中华教育文化基金会等文教机构。另外，它利用国家和民间力量，既在中国建立了燕京大学、圣约翰大学、金陵大学、东吴大学、之江大学、辅仁大学等在现代教育史、文化史上产生了重要影响的教会大学和许多中小学，又建立了协和医院、同仁医院等医疗卫生机构。美国的这些举措，不仅起到了扩散政治和文化影响力的作用，而且赢得了诸多中国人的好感。美国对中国表现出较为"友好"的态度，加上它在"一战"之后的国际问题上享有越来越大的发言权，导致中国在牵涉到国际利益纷争时，总喜欢将希望寄托给美国。比如，"九一八"事变后东北问题的解决，中国就曾将希望寄托在美国身上。尽管这一希望最终破灭，但足以显示出中国对美国的倚重。

美国尽管是中国文人选定的帮助自己实现现代转型的重要师傅，但它与其他帝国主义国家并无太大区别这一事实，也让中国文人面对这一师傅时一直怀有复杂、纠结的情感。这种情感随着20世纪20年代以来美国自身的矛盾越来越突出，变得更加鲜明。汪晖曾指出："帝国主义扩张和资本主义现代社会危机的历史展现，构成了中国寻求现代性的历史语境。"② 面对美国自近代以来针对中国采取的一系列掠夺和侵略行为，面对美国在"一战"后社会、文化层面暴露出来的危机和1929年突如其来的经济危机，即便是那些有严重"崇美"倾向的文人，也不再过分迷恋美国的一切，也不再主张将美国的一切都移植、照搬到中国。

总体来看，20世纪30年代的中国文人对美国持有既艳羡又仇恨、

---

① 这是 David L. Shambaugh（沈大伟）研究中国人美国观的一本著作的名字。David L. Shambaugh, *Beautiful Imperialist: China Perceives America, 1972-1990*, Princeton, NJ: Princeton University Press, 1991.

② 汪晖：《当代中国的思想状况与现代性问题》，《文艺争鸣》1998 年第 6 期。

既追逐又警惕的矛盾态度。鉴于美国自身的实力非常强大，它在中国的影响力也非常巨大，如何认识和接受美国，便成了这一时代的中国文人颇为关注的问题。许多文人曾将自己对美国的相关思考诉诸笔端。比如，邹韬奋曾以"忆语"的形式记录下了1935年访美的观察和感受，于1937年结集出版了《萍踪忆语》一书。在该书"弁言"中，他谈及出版该书，便是希望国人对"美国能有更深刻的认识"。他尤其提请大家关注"旧的势力和新的运动的消长，由此更可明了资本主义发达到最高的国家的真相和它的未来的出路"①。到底怎样的美国才是"真实"的美国？这主要取决于观察者的立场、视角和心态。然而，无论他们如何认知和想象美国，其实都已经形成了较为自觉的鉴别和选择意识。

在20世纪30年代中国文人普遍关注美国并积极思考如何认知美国的整体背景下，如何选择和接受美国文学，如何在世界文学格局中定位美国文学，如何在美国文学内部定位具体的文学流派和作家作品，便成了备受关注的问题。他们在对美国文学形成一般印象和基本认知的同时，也基于特定的期待视野和话语标准展开了选择和阐释，使美国文学以前所未有的繁荣态势进入了中国文学场域。这不仅标志着中国文人对美国文学的重视程度明显增加，而且为美国文学形象在中国呈现出整体性变迁和共时性差异提供了基本前提。

第二节　美国文学的发展与成熟

本尼迪克特·安德森指出，在近现代民族国家建立的过程中，面向大众的小说、报纸等现代传播媒介和文化制品，借助"印刷资本主义"的扩展而成为建构民族"想象共同体"的重要力量。② 对美国这一既是想象的又是事实存在的共同体而言，文学具有多重意义。它既是美国民

---

① 邹韬奋：《萍踪忆语》，生活书店1937年版。
② ［美］本尼迪克特·安德森：《想象的共同体：民族主义的起源与散布》，吴叡人译，上海人民出版社2003年版，第35页。

族文化身份得以构建的重要场域，又是承载美国文化的重要媒介，还是美国文化的重要组成部分。就第三层意义而言，美国文学便是美国软实力的重要构件，而它的发展历程和繁荣景象便是美国软实力不断提升的重要表征。

截至20世纪30年代，美国文学的实力大幅提升，而这事实上也成了它能频频吸引中国文人关注目光的重要原因。20世纪30年代中国文人在构建美国文学形象的过程中，尽管充分彰显了本土现实关怀意识，体现了明显的选择和鉴别意识，掺入了许多想象和叙述的成分，改写了美国文学的原生面貌，但他们无论如何选择、阐释和改造，都不可能无视美国文学的基本状况。因此，美国文学自身的历史轨迹和现实状况，尤其是它进入20世纪之后呈现出的繁荣景象，构成了中国文人构建其形象的另一个重要前提或者基本语境。

一 20世纪之前美国文学的发展历程

任何形象构建，都要多多少少基于客观事物本身。20世纪30年代中国的美国文学形象，尽管是中国文人构建出的产物，但这种构建绝非向壁虚造。美国文学的历史和现实，既构成了中国文人展开认知和想象的基础，又在很大程度上起到了制约作用。

同谈及中国文学需要界定一样，谈及美国文学，也涉及如何界定的问题。界定美国文学，除了需要界定何为文学，最根本的问题则是界定怎样的文学才算是"美国的"文学。

作为一个国家，美国是1776年才建立的，但它在建立之前，作为其主体的欧洲移民已经在美洲有两百多年的活动历史，其间也创造了不少文学艺术作品。还值得注意的是，在欧洲人踏上北美大陆之前，印第安世居民族已经在那里生存、繁衍了好长时间，主要通过口耳相传等形式留下了曲词、典仪、抒情诗、传说、神话等丰富的文学形态。并且，他们在美国独立建国之后，又成了合众国内部的一个少数民族。

就何为美国文学这一问题，我们至少可以有三种不同的理解或者建构方式。第一种是从美国独立建国算起，第二种是将欧洲人踏上北美大陆之后创造的文学都计算在内，第三种是将美国文学的历史拉长，将印第安人的文学传统也计算在内。在文学史观念更加开放、多元的当今时代，第三种方式已经赢得了许多人的认可。早在1988年出版的《哥伦比亚美国文学史》中，主编埃利奥特就认为，美国文学指的是"在后来成为美国的地方产生的所有书面的和口头的文学"①。

1918年，美国批评家布鲁克斯呼吁构建美国文学的新传统，并指出，绝大多数人提及美国文学的历史，脑海中马上浮现出的是那"了无生机、价值匮乏的过去"②。尽管他的说法过于极端，但其中也不无道理。如果将印第安人的文学传统置之不顾，美国文学则与英国文学同根同源，不仅操持同样的语言，而且深受后者创作取向的影响。再加上殖民心理的作祟，很长一段时间里的美国文学确实没有展现出足够的美国性。华盛顿·欧文、詹姆斯·库柏、"新英格兰诗人"等的创作，都有明显的模仿痕迹。比如，欧文就被称为"美国的格尔斯密斯"，库柏就被称为"美国的司各特"。这就导致美国本土创造的文学，尽管在写作题材等方面与英国文学、欧洲文学有明显不同，但在思想内涵和艺术风格方面存在很强的同质性。因此，长期以来，一直有人将20世纪之前的美国文学视为英国文学的支流。在美国文学尚未彰显出足够的美国性或者独立性之前，要梳理出真正的美国文学传统，确是一件勉为其难的事情。

不过，即便是20世纪之前，爱伦·坡、爱默生、惠特曼、马克·吐温等作家已经致力于美国文学的独立发展，并且奉献出了重要的创作实绩。现在看来，无论是"独立派"，还是"模仿派"，其实都是历史长河中的重要存在，都有其存在的价值。从这个意义上来说，美国文学的历史，并不像布鲁克斯说的那么凄惨。如何看待美国文学的历史，认定美国文学的性质，本身就关涉着如何构建美国文学的整体形象。

---

① Emory Elliott, "Preface", in Emory Elliott ed., *Columbia Literary History of the United States*, New York: Columbia University Press, 1988, p. xiv.
② Van Wyck Brooks, *Letters and Leadership*, New York: B. W. Hucbsch, 1918, p. 64.

第一章 "他者"崛起：构建美国文学形象的外部语境

除了印第安人铸就了历史悠久的文学传统，欧洲白人抵达美洲之后，就涌现出了约翰·史密斯、威廉·布拉福德、科顿·马瑟、乔纳森·爱德华兹、安妮·布拉德斯特里特等值得称颂的作家。他们创作了不少的记述性散文、宗教诗歌、布道文等。如果说殖民时期的文学具有浓厚的清教精神，那么，论辩风格则成了独立革命前后文学的显著特征，杰斐逊、潘恩、富兰克林等人都以创作政论文而著称。与此同时，诗人弗瑞诺、小说家查尔斯·布朗等创作的想象性文学作品也不断涌现而出，繁荣了美国文学的格局。

进入19世纪之后，随着经济基础的不断强大和社会文化的不断发展，美国文学的内容和形式都展现出了更为鲜明的本土化特色。其中，爱默生和梭罗的散文，狄金森和惠特曼的诗歌，爱伦·坡和马克·吐温的小说，尤其值得称道。从发展轨迹来看，19世纪美国文学大体经历了浪漫主义和现实主义、自然主义两个不同的阶段。在前一个阶段，欧文、库柏、朗费罗、布莱恩特等所谓的"模仿派"小说家、诗人，"更多地借用欧洲浪漫主义的基本精神和主要的风格特征，来反映和表达本地的内容和本地人的心绪"[①]。他们虽然遵从欧洲文学传统，但都立足于美洲本土，将殖民开拓的历史、民间传说等作为书写的重要对象。与此同时，爱默生、梭罗、狄金森、惠特曼等所谓的"独立派"散文家和诗人，也登上了文学舞台。他们不仅呼吁美国文学独立，而且为其独立做出了重要的贡献。《瓦尔登湖》《草叶集》等，早都成了文学经典。总体来看，从19世纪三四十年代开始，直到南北战争爆发，在二三十年里，美国文学呈现出了一片繁荣的景象，在散文、小说、诗歌、文学批评等领域都取得了不容忽视的成就。

南北战争之后，浪漫主义文学在继续发展的同时，许多作家受到实证主义、达尔文主义等的影响，开始更为关注社会现实，将"丛林"法则支配下普通大众的现实生活状况和精神状态作为重要的书写对象。当时经济的快速发展和阶层的不断分化，滋生了许多严峻的社会问题。

---

① 张冲：《新编美国文学史》第一卷，上海外语教育出版社2000年版，第220页。

同时，普通民众受教育水平的提高，也带动了文学的生产和消费。马克·吐温、亨利·詹姆斯、豪威尔斯、布雷特·哈特、克莱恩、诺里斯等重要作家开始涌现而出，再加上内战之前登上文学舞台的斯托夫人等关注现实的作家，19世纪美国文学中出现了现实主义和自然主义文学的巨潮。

二 20世纪初美国文学的繁荣景象及意义凸显

进入20世纪尤其是"一战"后，美国的经济实力迅速提升，为文学的大规模生产创造了必要的条件。大众文化的兴起，刺激了文学生产和传播，也使文学成为重要的消费对象。尼采生命哲学、弗洛伊德主义、马克思主义、柏格森的新型时间观念等不断传入美国，为作家观照世界和人生提供了重要的思想养分和视角。社会的急剧转型，战争造成的心理创伤，再加上人们对"正常秩序"的渴望，使得"美国进入了怀疑主义、保守主义和不满情绪盛行的年代"[①]。

爱默生曾说："新的时代经验总需要新的表达，这个世界总是在等待属于自己的诗人现世。"[②] 在社会和文化的急剧转型期，作家的生存状态和精神状态也发生了巨大变化。面对新的生存体验和精神感受，他们急需将自己的困惑与迷茫、希望与失望等复杂心理传达出来。当传统的美学规范不能适应新的表达内容时，他们便开始尝试革新文学的表达形式。这两方面的因素，促使新时代的文学在内容和形式上呈现出了与传统文学不同的特点，也参与创造了布莱德伯里所谓的20世纪20年代"文化沸腾"[③]。1929年爆发的经济危机，产生了多层面的影响，就文学领域而言，主要体现在促进了激进文学的发展。

---

① [美]卢瑟·S. 路德克：《导言：探寻美国特性》，载［美］卢瑟·S. 路德克主编《构建美国——美国的社会与文化》，王波等译，江苏人民出版社2006年版，第11页。

② Paul Lauter ed., *The Heath Anthology of American Literature* (2nd ed.), Lexington: D. C. Heath and Company, 1994, p. xxx.

③ Malcolm Bradbury, "Preface", in Malcolm Bradbury and David Palmer eds., *The American Novel and the Nineteen Twenties*, London: Edward Arnold, 1971, p. 6.

第一章 "他者"崛起：构建美国文学形象的外部语境

总体来看，进入 20 世纪之后，随着社会外在的变化和人内在的变化，美国文学开始急剧转型、猛烈分化。越来越多的作家参与文学话语实践，使得美国文学在二三十年代呈现出了前所未有的繁荣景象。彰显不同美学规范、意识形态诉求的文学共存于同一时代舞台之上，造就了美国文学的多元格局。对这一时代的文学景象与 19 世纪中期的文学勃兴和 20 世纪五六十年代的文学繁荣做了比较之后，虞建华指出："无论是文学在社会上所处的地位，还是美国作家表现出来的创作激情，这一前一后的两次繁荣，都难以同 20 世纪二三十年代出现的气势磅礴的文学大潮相提并论。"[①]

在这一时段，19 世纪风行的浪漫主义和现实主义、自然主义文学潮流依然在蔓延，出现了伊迪丝·华顿、维拉·凯瑟和杰克·伦敦、德莱塞、辛克莱、刘易斯、安德生、赛珍珠等分属两个不同潮流的重要作家。即便是这些作家，其实也参入了时代巨变的混流，在新的时代形成了新的生存感受，并将其诉诸笔端，从而表现出了与传统文学明显不同的意识形态。正是因为习惯已久的生活秩序开始破碎，信奉已久的价值观念开始倾塌，华顿和凯瑟等人在作品中集中传达了怀远念旧的情绪，转向了对"天真时代"的渴盼、对"开拓时代"的讴歌。正是因为现实的矛盾愈加突出、底层的生活愈加艰难，辛克莱、德莱塞等才决心彰显社会的良心，试图打破温文尔雅的文学传统，运用粗犷的艺术风格，将严峻的社会问题和备受挤压的破碎心灵作为表现对象。

在上述作家遵从传统文学规范、体现新型意识形态的同时，更多的作家加入了现代主义文学实验的阵营，从而加快了美国文学整体转型的进程。

美国文学的急剧转型，先从诗歌领域开始。有学者指出，"1880 年至 1910 年，差不多是美国诗歌的黑暗时代。其时，马克·吐温、亨利·詹姆斯、豪威尔斯、德莱塞、克莱恩、华顿奠定了美国小说不可动

---

① 虞建华等：《美国文学的第二次繁荣》，上海外语教育出版社 2004 年版，第 1 页。

摇的地位，诗歌却被推向到文学世界的边缘。"① 但从 20 世纪的第二个十年开始，以意象派为先导、以艾略特等为主将的现代派诗歌，打破了美国诗歌自狄金森和惠特曼去世之后的"沉寂状态"，也动摇了以"风雅派"诗人为主导的诗歌潮流。在新诗派与"风雅派"围绕诗体和诗质展开的论战中，"'风雅派'虽占上风，但反叛派诗歌运动的势头不容小觑。如果说前者主要垄断了名誉和地位，那么后者则激起了更多的兴趣，也让大家感到了更多的希望"②。崇尚创新的现代主义诗人，连同弗罗斯特等依然遵循传统诗歌规范的诗人，共同促生了美国诗歌的繁荣。无论是新派的《荒原》（艾略特著），还是"半新不旧派"的《波士顿以北》（弗罗斯特著），都是这一时期诗歌中的经典之作。

美国小说也呈现出繁荣发展的态势。除了上面提到的众多小说家，斯坦因、海明威、菲茨杰拉德、福克纳、帕索斯等现代主义作家不断登上文学舞台，每每将迷茫、困惑、骚动、探寻的复杂文化心理用创新的文学形式表达出来，从而扩充了美国小说的内容，革新了小说表达的技巧。"老人帮"奉献出了《美国悲剧》（德莱塞著）、《教授之家》（凯瑟著）等新作，青年小说家的《太阳照样升起》（海明威著）、《了不起的盖茨比》（菲茨杰拉德著）、《喧哗与骚动》（福克纳著）等巨著迭出。与此同时，以巴勒斯的"泰山系列"和钱德勒的推理小说为代表的通俗小说也不断得以生产。不同导向的小说作品共存一时，同台争艳，满足了不同层次读者的阅读需求。

美国剧作家有意开展群众性的小剧场运动，一步步走出了商业化戏剧的窠臼。以奥尼尔为代表的剧作家们树立起了美国戏剧独立的旗帜。他们主张美国戏剧应该摆脱欧洲传统的影响，在内容上主要以表现美国社会、历史、人民的情感为主，在表现形式上也力求创新。除了彰显表现主义特征的奥尼尔，以霍华德、莱斯等为代表的关注社会现实的剧作

---

① Christopher Beach, *The Cambridge Introduction to Twentieth-Century American Poetry*, Cambridge: Cambridge University Press, 2003, p.7.
② David Perkins, *A History of Modern Poetry: from the 1890s to the High Modernist Mode*, Cambridge and London: The Belknap Press, 1976, p.101.

家，以考夫曼为代表的百老汇喜剧作家，等等，共同促进了美国戏剧的发展和成熟。为此，有学者就指出，"20年代是美国戏剧走向民族化、现代化的辉煌时期"①。

读书风尚的形成，带动了文学批评事业的发展，趣味高雅的报纸杂志成了批评家施展才华的重要阵地。从20世纪初到30年代，美国批评界主要形成了以白璧德、谢尔曼和穆尔为代表的新人文主义批评，以兰色姆和艾略特为代表的新批评，以帕林顿和威尔逊为代表的历史文化批评，以卡尔浮登、希克斯和高尔德为代表的左翼批评。不同的批评流派有明显不同的价值导向。比如，具有保守主义倾向的新人文主义批评家，"考察了当今世界的各种支配性观念，检视了哲学和社会思想中的相对主义、日常生活中的物质主义、文学中的浪漫主义和自然主义等不良倾向，认为20世纪的人类已经迷失了方向"②。因此，他们致力于恢复古典秩序和理性传统，将批判的矛头对准了现代新潮文化。

就20世纪前二三十年的美国文学发展史而言，除了上述，还有三个非常值得注意的现象。一是族裔文学的发展。在20世纪20年代的"哈莱姆文艺复兴"中，休士等黑人诗人、小说家涌现而出。斯坦因、高尔德等具有犹太背景的作家，尽管在创作中并不特别彰显种族身份，但他/她们取得的成就，也是犹太人在文学领域大有作为的重要表征。二是左翼文学的发展。杰克·伦敦、辛克莱、高尔德、约翰·里德、帕索斯、休士等是这一时期明显彰显激进意识形态的作家。他们与彰显青春文化和迷茫情绪的菲茨杰拉德等作家明显不同，在创作中主要发出了变革社会、政治和经济制度的要求。三是女性文学的繁荣。上文提到的华顿、凯瑟、赛珍珠、斯坦因等，都是女性作家。她们在男性作家占主导地位的文学舞台上开辟出了属于女性的空间，发出了女性的声音。

进入20世纪之后的美国文学，无论对于美国自身还是对于世界而言，都具有重要意义。

---

① 杨金才：《新编美国文学史》第三卷，上海外语教育出版社2002年版，第383页。
② David Hoeveler Jr., *The New Humanism: A Critique of Modern America*, Charlottesville: University of Virginia Press, 1977, p. 3.

一方面，美国文学大师辈出，开始引领世界文学潮流。尽管美国在19世纪产生了爱伦·坡、惠特曼、爱默生、马克·吐温等具有国际影响力的作家，但在进入20世纪之后的短短三十多年间，美国为世界奉献出了更多的文学大师和文学经典。活跃于这一时期美国文坛的艾略特、福克纳、海明威、奥尼尔等，都是公认的世界文学巨匠。这些作家积极运用象征主义、表现主义、心理分析、意识流的文学手法，传达了现代人在现代生活中的复杂现代感受，并且深入到了对现代社会文化的反思和重构层面，推动了现代主义文学的发展。艾略特的《荒原》、海明威的《太阳照样升起》等，既是开时代先锋的作品，又持久发挥着影响力。除了上面提到的几位现代主义作家，德莱塞、杰克·伦敦、辛克莱等人的现实主义小说和报告文学，也产生了国际性影响。

另一方面，美国文学丰富了世界文学的大观园，赢得了世界认可。作为民族文学的美国文学，记录的是美国现代社会发展的独特经验，承载的是美国独特的文化价值观念。如果20世纪之初有人质疑它的独立性还有一定的依据，到了20世纪30年代，要是有人还持如此论调，则显得过于武断。仅在20世纪30年代，美国就有刘易斯（1930年）、奥尼尔（1936年）和赛珍珠（1938年）三位作家荣膺诺贝尔文学奖，而这一时期登上文学舞台、参与创造文学辉煌的艾略特、福克纳、海明威、斯坦贝克，后来分别于1948年、1949年、1954年、1964年获得该奖项。虽然获得诺贝尔奖并不能完全说明美国文学到底取得了多大的成就，但至少可以表明，美国文学备受轻视的时代已经悄然结束。20世纪呈现出繁荣景象和丰硕实绩的美国文学，不仅成了世界文学的重要组成部分，而且在很大程度上改变了世界文学的格局，树立起了全新的形象。

中国有悠久的文学传统，中国文人长期以来对自己的文学也非常自信。面对无论是和欧洲文学还是和中国文学相比历史都算不得"悠久"的美国文学，中国文人难免会产生"鄙视"心理。这实际上也是20世纪30年代之前中国文人不甚重视美国文学的重要原因。在美国已然成为世界"大国"和"强国"的语境下,20世纪30年代的中国文人在整体观照美国时,自然会密切关注美国文学的发展近况。随着美国文学自身呈现出繁荣发展的态势,大大提升自己在世界文学格局中的地位,欧洲等区域的文人对它的态度也明显发生了变化。这些都会影响到中国文人对美国文学的认知和想象。总体来看,20世纪30年代的中国文人质疑和否定美国文学的论调明显减弱,美国文学在中国的形象也发生了整体性变迁。与此同时,美国文学本身是多元的存在,可以满足中国文人的不同接受需求。他们按照自己的期待视野和话语标准对其展开选择和阐释,有所彰显,有所遮蔽。这就导致美国文学形象在中国整体出现变迁的同时,也呈现出了丰富性或差异性。

第二章 "自我"症候：构建美国文学形象的内部语境

中国文人的美国文学形象构建，虽然是基于美国文学发展历程和现实状况的话语实践，但毕竟在特定的中国语境下展开。因此，考察这一跨文化话语实践，我们除了要重视美国和美国文学的实际情形，还需要充分考虑中国文学的内在需求以及中国的社会、政治、经济和文化环境等。原因主要在于，它们无不影响着中国文人对美国文学的认知和想象、选择和阐释，无不影响着美国文学形象在中国的生成和演变、断裂和延续。

20世纪30年代尽管经常被称为中国现代文学的第二个十年，但它也是民国政府在大陆的"黄金十年"。研究这一时段中国构建美国文学形象的语境，我们在现代性视角之外，还有必要重视"民国机制"[①]，还有必要引入"民国史"[②] 和"民国性"[③] 视角。这几种着眼于民国的提法，实际上都认为民国时期"特定的国家历史情境才是影响和决定

[①] 关于"民国机制"，可参见李怡《中国现代文学史叙述范式之反思》（《中国社会科学》2012年第2期）和《"民国文学"与"民国机制"三个追问》（《理论学刊》2013年第5期）等。

[②] 关于"民国史"视角，可参见秦弓（张中良）《现代文学的历史还原与民国史视角》（《湖南社会科学》2010年第1期）和《三论现代文学与民国史视角》（《文艺争鸣》2012年第1期）等。

[③] 关于"民国性"视角，可参见张堂錡《从"民国文学的现代性"到"现代文学的民国性"》（《文艺争鸣》2012年第9期）、韩伟《"民国性"：民国文学研究的应有内涵》（《西北师范大学学报》2014年第2期）和《民国文学：一种新的研究范式在崛起》（《甘肃社会科学》2014年第4期）等。

'中国文学'之'现代'意义的根本力量"①。总体来看，中国文学的现代化诉求依然是20世纪30年代中国文人积极引介美国文学的强大动力，这一时段中国文坛的剧烈分化，为美国文学以多元的面貌进入中国提供了重要保障，而这一时段中国都市文化的发展，也为美国文学在中国得以广泛传播创造了基本条件。

第一节 文学现代化诉求与美国文学译介

早在19世纪中叶，美国文学就进入了中国，但长期以来，无论是译介的力度还是实际产生的影响，都赶不上英、法等国的文学。随着"一战"后美国国际地位大幅提升、美国文学更为繁荣和文学大师频频出现，中国文人才将美国文学作为推动中国文学现代化的重要资源来加以对待。他们在大力译介美国文学的同时，也以全新的方式认知和感受美国文学。因此，20世纪30年代中国的美国文学形象构建，首先离不开中国文学的现代化诉求以及在这种内在需求的促动下文人们开展的文学译介实践。

一 现代世界文学与民族文学意识的形成

无论是在20世纪30年代还是之前，中国文人对美国文学的关注和译介，都是以形成较为自觉的世界文学意识和民族文学意识为基本前提的，而这二者又与世界意识和民族/国家意识相伴而生。尽管就实践层面而言，晚清以来的中国人在建设现代民族/国家的道路上屡屡受挫，但在观念层面，他们形成了现代意义上的世界意识和民族/国家意识，萌发了让世界进入中国、让中国走向世界的强烈愿望。中国人在逐步形成现代世界意识、民族/国家意识的同时，也逐渐具备了较为明晰的世

---

① 李怡：《"民国文学"与"民国机制"三个追问》，《理论学刊》2013年第5期。

界文学意识和中国文学意识。正是在具备这种意识的基础上,中国文人开始有意识地引进域外文学资源,以期推动自身文学的现代化进程。

学术界论及中国人世界文学观念和世界文学意识的形成,往往会提到歌德和马克思的世界文学观念在中国的传播和影响。① 确实,他们是较早提出世界文学概念并对其展开系统阐释的文化精英。如果说歌德从文化人类学和文学本体论的角度阐发世界文学,更多传达的是一种崇高的文化理想,那么,马克思在辩证思考经济基础与上层建筑关系的基础上形成的世界文学观念,必将随着世界市场的形成而变成一种客观现实。因此,有学者指出:"如果说歌德的世界文学带有更多乌托邦的建构色彩,那么马克思恩格斯的世界文学已经开始指向一种审美现实。"②

在我们看来,中国人现代意义上的世界文学意识,并不是接受外来世界文学观念影响的结果,而是他们在具备世界意识和民族/国家意识之后自然生成的产物。在意识到中国仅仅是世界中的一国或者一个民族之前,以"天下"自居的中国人并没有把自己的文学定位为民族文学,而是将其想象成了"世界"文学。但是,伴随着现代世界文学意识的形成,中国人在定位自己的文学时明显出现了转变。他们开始意识到,中国文学仅仅是世界文学的一个组成部分,在世界文学中,中国文学仅仅是民族文学而已。因此,现代意义上的中国文学观念,也与现代意义上的世界文学观念同步而生。有学者就曾指出:"没有'世界文学'的观念,就不会有现代的'中国文学'观念的产生。"③

然而,具备了世界意识和世界文学意识、中国意识和中国文学意识,并不意味着中国文人就立马意识到作为民族文学而存在的中国文学与世界文学有一定的"差距",从而萌生自己的文学需要现代转型并融入世界的自觉意识。早在1904年就撰写了《中国文学史》的黄人,即

---

① 比如,张珂就曾考察过歌德和马克思的世界文学观念在晚清民初的传播问题。参见张珂《晚清民初的"世界意识"与"世界文学"观念的发生》,《中国比较文学》2013年第1期。

② 刘洪涛、张珂:《全球化时代的世界文学理论热点问题评析》,《清华大学学报》2014年第6期。

③ 张未民:《中国文学与世界文学——从"天下之文"走向"世界文学"的中国化》,《中国比较文学》2011年第4期。

是如此。他虽然在《中国文学史》中引进了世界文学的观念，认为中国文学仅仅是世界文学的一个分支，但确实指出："夫以吾国文学之雄奇奥衍，假罄其累世之储蓄，良足执英、法、德、美坛坫之牛耳。"① 南社的高旭等人，亦是如此。高旭虽然积极主张引进西学，但坚持认为："中国国学之尤为可贵者，端推文学。盖中国文学为世界各国冠，泰西远不逮也。"② 由此可见，近现代中国文人即便意识到中国在经济、军事、制度等方面，与"世界"存在很大的差距，并产生了追赶世界、融入世界的自觉意识，但依然可能认为中国文学丝毫不输于世界其他各国。虽然任何民族的文学都有其存在的价值，因此没有必要完全以别国的或者所谓的"世界"标准来考量其优劣，但部分中国文人对中国文学的盲目自信，的确与他们对世界文学的过分"无知"有很大关系。

在世界文学意识和中国文学意识逐渐凝成的背景下，与对中国文学过分自信的文人形成鲜明对比的是，一部分文人意识到，中国文学需要借助外来力量的刺激来矫正发展趋向。于是，他们便形成了通过翻译等手段吸收和借鉴域外文学的自觉意识。比如，早在19世纪末，旅法文人陈季同就指出：

> 我们现在要勉力的，第一不要局限于一国的文学，嚣然自足，该推扩而参加世界的文学；既要参加世界的文学，入手方法，先要去隔膜，免误会。要去隔膜，非提倡大规模的翻译不可，不但他们的名作要多译进来，我们的重要作品，也须全译出去。③

陈季同无疑是中国最早具备世界文学意识的文人之一。他的相关表述至少说明，一部分中国文人产生了对中国文学的反思意识，并开始积极思考如何发展中国文学、如何参与世界文学的问题。

---

① 黄人：《清文汇序》，转引自汤哲声、涂小马《黄人》，中国文史出版社1998年版，第91页。
② 高旭：《南社启》，《民吁日报》1909年10月17日。
③ 胡适：《论翻译（与曾孟朴先生书）·附录（曾先生答书）》，载欧阳哲生编《胡适文集》第4卷，北京大学出版社1998年版，第616—617页。

呼吁世界文学进入中国、中国文学走向世界，暗含着中国文人的文学现代性诉求。汪晖曾指出，现代性概念体现着非常明确的时间意识，它"首先是一种时间意识，或者说是一种直线向前、不可重复的历史时间意识"[①]。在现代中国，作为时间意识的"现代"，又被悄悄置换为一种空间意识。西方被认为是现代的、先进的，而中国被认为是古典的、落后的。中国文人遭遇灿烂辉煌的西方文学并意识到自己的民族文学明显"落伍"之后，就必然会质疑中国传统的文学观念和文学成就，产生解构传统文学秩序的强烈冲动，并将借鉴他者的经验作为重要的追求。正如吉登斯所指出的，"现代性带来的生活方式，将迫使我们史无前例地脱离传统的秩序"，遭受所谓的"现代性断裂"[②]。这大概也就成了部分中国现代文人激烈反传统的内在逻辑。之所以要反传统，就因为在他们看来，自身的传统是一种窠臼、一种羁绊，不仅不利于文学变革，而且成了社会文化现代转型的巨大障碍。尽管现在看来，这种极端思维方式本来就存在很大问题，事实上也留下了不少不良影响，但在当时的语境下，面对过于庞大的传统或者保守势力，它显然具有积极的意义。

二　美国文学：中国文学现代化的重要"借镜"

伯曼将现代性理解为"一种对于时间和空间、自我和他人、生活的可能性及危险性的体验"。他指出，"成为现代的，也就是成为世界的一部分"[③]。中国文学的现代性诉求，从一开始，就必然包含着走向世界、融入世界的理想。为了发展壮大中国民族文学，让其有效参与到世界文学当中，赶上世界文学发展的最新潮流，就有必要借鉴他者的经验。将域外文学视为中国文学实现现代性建构的重要参照，既绽露了中

[①] 汪晖：《韦伯与中国的现代性问题》，载《汪晖自选集》，广西师范大学出版社1997年版，第2页。

[②] Anthony Giddens, *The Consequences of Modernity*, Cambridge: Polity Press, 1996, p. 4.

[③] Marshall Berman, *All that is Solid Melts into Air: The Experience of Modernity*, New York and London: Penguin Books, 1982, p. 15.

国文人非常浓烈的自卑心理和焦虑情绪，又彰显了他们试图自强的决心和勇气。正是在这种复杂心理的作用下，中国文人开始大量译介世界文学作品，梳理世界文学谱系，翻译和撰写世界文学史著。在域外文学的价值得到充分肯定的前提下，美国文学连同其他国家的文学一起进入了中国，成了促进中国文学现代性建构的重要资源。

从晚清开始，尤其是到了"五四"时期及其之后，中国文学需要借鉴"他者"的经验来实现现代转型，基本成为文人的公共意识。比如，1921年，新知识分子掌握的《小说月报》发表了《改革宣言》，明确阐述译介域外文学，"非从事摹仿西洋而已，实将创造中国之新文艺"，而"译述西洋名家小说"，"介绍世界文学界潮流之趋向"，也是为了"讨论中国文学革进之方法"①。该刊同期发表的《文学研究会简章》，也宣称自己的宗旨是"研究介绍世界文学，整理中国文学，创造新文学"②。新知识分子出于建设中国新文学的需要，也开始大力肯定翻译及其译者在整个文化系统中的价值。他们已经充分意识到，译者不再是中国文学建设过程中可有可无的角色，他们的翻译实践也不再是"崇洋媚外"或者"为稻粱谋"的文字游戏。

到了20世纪30年代，借鉴域外文学资源依然是许多人设计的推动中国文学进步、促进中国社会发展的重要途径。比如，《小说月报》1929年出版了"现代世界文学专号"，包括上下两册。编者写道："如果我们不欲自绝于世界的文坛，如果不甘于低首唐诗、宋词、八家古文，元明小说戏剧之前……则我们必须很明白现代世界文坛趋势。"③再比如，伍蠡甫谈到如何研究西洋文学时指出，必须以"做现代的一个中国人"为出发点，"从积极方面培植自己的文字，以推动社会的新发展，于消极方面吸收外国的新食粮，以作培植的资源"④。

关于译介美国文学的意义，20世纪30年代的中国文人讨论颇多。

---

① 沈雁冰：《改革宣言》，《小说月报》1921年第12卷第1号。
② 《文学研究会简章》，《小说月报》1921年第12卷第1号。
③ 记者：《最后一页》，《小说月报》1929年第20卷第7号。
④ 伍蠡甫：《怎样研究西洋文学》，《出版周刊》1936年第189期。

比如，《现代》杂志1934年出版了"现代美国文学专号"。编者在"导言"中先高度肯定了域外文学译介对于中国文学现代化的意义，接着集中阐述了美国文学的独特意义。在编者看来，美国文学不仅是现代的，而且具有独立、自由和创造精神，这种精神不仅体现在美国的文学层面，而且落实到了社会、政治等其他层面，因此中国的新文学建设就有必要借鉴美国的经验。赵家璧在《新传统》一书"序"中也写道："我觉得现在中国的新文学，有许多地方和现代的美国文学有些相似的地方"，因此我们"可以从他们的作品里认识许多事实，学习许多东西的"[①]。这其实也是他展开美国文学研究的重要动力。

　　值得注意的是，尽管为了有效建设中国的民族文学并努力融入世界文学，20世纪30年代之前的中国文人就已经开始关注美国文学，但因为美国的殖民地背景和美国文学受到欧洲文学深重影响这一事实，他们往往在欧洲文学的框架内定位和定性美国文学。中国文人如何构建美国文学形象，构建出怎样的美国文学，一个至关重要的问题是如何认定和判断美国文学的性质。以欧洲文学的标准评判美国文学，质疑和否定它的独立性或者民族性，必然无法构建出积极的美国文学形象。要构建出具有独立性和创造性的美国文学形象，先得承认美国文学是世界文学中承载着独特民族文化特性的重要一支，而不是将其视为欧洲文学的附庸。事实上，美国文学在20世纪30年代之前的中国呈现出比较消极的形象，与中国文人未能足够重视它的民族性有很大关系。进入20世纪30年代之后，中国文人面对迅速崛起的美国和美国文学，开始逐渐摆脱欧洲中心主义意识，不仅从民族/国家文学的角度定性和定位美国文学，而且对其展开了积极译介和吸收借鉴，美国文学也开始在中国呈现出全新的形象。

三　美国文学译介的整体状况

　　美国文学在中国的形象，在很大程度上受制于中国文人对美国文学

[①]　赵家璧：《新传统》，良友图书印刷公司1936年版，第2—3页。

的了解程度和译介选择状况。他们以怎样的姿态面对美国文学，做出了怎样的译介选择，使得哪些作家作品进入了中国，都关涉到美国文学形象在中国的构建问题。20世纪30年代中国文人构建美国文学形象，既基于这一时段的相关认知和译介选择，又离不开前辈们对美国文学的认知和想象、选择和安排。因此，20世纪30年代和之前中国文人译介美国文学的基本状况，是我们研究美国文学形象构建问题时必须加以考虑的。

在中国文人普遍重视域外文学资源的大背景下，作为世界文学重要组成部分的美国文学，也成了被译介的重要对象之一。美国文学尽管在20世纪之前就进入了中国，但因为受到各种条件的限制，未能出现丰硕的译介成果。进入20世纪之后，中国文人对美国的关注度明显提升。1901年，林纾与魏易合译的《黑奴吁天录》出版，掀开了美国文学在中国扩大影响力的序幕。从此之后，越来越多的美国作家作品被译介进了中国。有学者研究1911年至1927年间中国的美国文学译介状况时指出，这一时段"基本上属于沉寂时期"[①]。但事实上，这一时段的美国文学译介成果已有不少，而且呈现出了两个非常鲜明的特点。

一方面，小说、诗歌、戏剧和文学批评等不同文类同时受到了重视。就小说而言，除了斯托夫人的小说《黑奴吁天录》被翻译之外，华盛顿·欧文、霍桑、爱伦·坡、马克·吐温、欧·亨利、杰克·伦敦等美国小说名家的作品，也被大量翻译进来。就诗歌而言，惠特曼、爱伦·坡、朗费罗、蒂斯代尔等活跃在美国文学不同阶段、代表不同诗歌潮流的诗人诗作，同时得到了中国文人的重视，共时进入了中国。就戏剧而言，20世纪30年代之前中国文人主要关注的是美国的小剧场运动，不仅翻译了部分剧作，而且发表了一些介绍文章。就文学批评而言，因为学衡派的介入，美国新人文主义的相关理论家及其成果被大量译介进来，成为制衡"新文化"派"过激"倾向的重要力量。与此同时，诸如文学社会学批评等其他批评类型也被译介进来。这一时段的报

[①] 马祖毅等：《中国翻译通史》第二卷，湖北教育出版社2010年版，第671页。

刊发表、书局出版了许多有关美国文学批评的论著。

另一方面，美国文学的意识形态因素和艺术革新精神，同时受到了中国文人重视。这两种译介取向有时候呈现出分裂状态，有时候又成功地合二为一。《黑奴吁天录》得到翻译并产生很大影响，是中国文人重视美国文学意识形态因素的一个典型例子。这部艺术价值并不高的作品非常受欢迎，主要是因为它彰显了反抗压迫、呼吁自由的精神，满足了中国建构新型社会政治意识的需求。就追求艺术创新而言，"五四"文人重视美国意象派的诗歌及其理论，便是一个很好的例子。比如，胡适不仅在《文学改良刍议》等论文中悄悄化用了美国意象派的诗歌主张，而且翻译了意象派诗人蒂斯代尔的诗《关不住了》。然而，惠特曼进入中国，是最能体现中国文人融合两种译介取向的典型例子。在"五四"时期，中国文人不仅将惠特曼的诗翻译过来，而且就惠特曼诗歌的精神展开了热烈讨论。比如，《少年中国》创刊号（1919年7月15日出刊），登载了田汉的文章《平民诗人惠特曼的百年祭》。田汉将惠特曼定性为"平民诗人"。在他看来，美国能够开始支配世界，在精神上靠的就是民主主义，而惠特曼的诗歌就发扬了美国精神。如果说田汉更强调惠特曼诗歌的"平民性"、民主主义等精神内质，那么，刘延陵更看重惠特曼诗歌的艺术创造精神。在他看来，"惠特曼不但是美国新诗的始祖，并且可称为世界的新诗之开创之人"[①]。

随着美国的影响力进一步扩散和美国文学自身的成就更加突出，20世纪30年代的中国文人除了继续重视前期已经开始关注的美国文学现象之外，也开始关注它的最新动态，将美国文坛新近出现的许多文学现象介绍到了中国。这不仅包括海明威、福克纳、帕索斯、赛珍珠等新近涌现出来的作家及其作品，而且包括美国的"新兴文学"运动、刘易斯和奥尼尔荣膺诺贝尔文学奖等。中国文人不仅提升了对美国文学的关注度，而且开始更为积极地参与译介实践。

在20世纪30年代，中国文人译介美国文学的规模明显增大。根据

---

① 刘延陵：《美国的新诗运动》，《诗》1922年第1卷第2期。

第二章 "自我"症候：构建美国文学形象的内部语境

王建开综合多种文献来源做的统计，1927年之前中国以单行本形式出版的美国文学书籍每年都在5部之下，但1927年之后生产的量明显开始增加，1927年至1937年，分别出版了7部、9部、15部、16部、21部、20部、19部、32部、32部、22部、32部。[①] 除了书局出版了大量单行本，报刊登载了更多的有关美国文学的译文和介绍、研究文本。这就导致美国文学以更加多元、更加繁荣的姿态进入了中国。整体来看，20世纪30年代中国译介美国文学的质和量都明显有所提升。

首先，美国文学得到了全方位的关注。除了以辛克莱等为代表的左翼文学，以奥尼尔等为代表的戏剧、以艾略特等为代表的现代诗歌和诗论、以白璧德等为代表的文学批评等，也被大规模译介进来。就文类而言，与之前相比，这一时段最大的变化就是美国戏剧得到了前所未有的关注。尽管20世纪30年代之前美国戏剧的发展状况已经受到中国文人的关注，但这种关注基本停留在介绍层面，还没有过渡到作品的翻译实践层面。然而，进入20世纪30年代之后，除了奥尼尔之外，莱斯、辛克莱、高尔德等人的戏剧作品也受到了中国文人的关注。族裔文学受到重视，也是美国文学被全方位关注的一个重要表现。美国本身是个多民族国家。在一个以白人为主导的社会文化环境中，少数族裔也努力通过文学创作的方式发出自己的声音。这就促使犹太文学、黑人文学等也取得了不小的成就。就20世纪30年代而言，中国文人尤为重视美国黑人文学，尤其是诗人、小说家休士。他的小说和诗歌同时被翻译过来，相关讨论也非常之多。[②]

其次，20世纪30年代中国文人在译介美国文学的过程中，表现出了明显的选择和安排意识。20世纪30年代之前尤其是"五四"之前，中国文人的美国文学译介显得缺乏系统。尽管从梁启超发表《译印政治小说序》开始，翻译域外文学就被当作救国强民的重要工具，但"文学的重要性尚未真正显示出来，所以那个时代对于外国文学的翻译

---

① 王建开：《五四以来我国英美文学作品译介史（1919—1949）》，上海外语教育出版社2003年版，第64—65页。

② 具体情况可参见本书第四章的相关论述。

多少带有一种随意性"①。就美国文学而言，尽管霍桑等名家的名作被译介进来，但《小说丛报》等译介最多的，却是那些即便在通俗文学史上也几乎没有名号的作家的作品。到了20世纪30年代，中国文人把握美国文学的能力明显增强，不同的文人基于不同的诉求对其做出了明确的选择，不再像之前的文人那样"盲目"地加以译介。他们在做出选择的过程中，既根据自己的需要和理解，又基于美国文学的部分实际，对它做出了相应的安排。

最后，辛克莱、赛珍珠、刘易斯、休士、艾略特等作家在短期内被集中译介，从而成为当时中国文坛的热点现象。比如，1931年，赛珍珠创作的以中国农村为题材的长篇小说《大地》出版。她及其小说在欧美世界引起极大反响的同时，也立刻引起了中国文人的关注。仅在1932年至1935年间，中国至少出版了八个赛珍珠作品的汉译单行本，其中《大地》的译本（包括节译和全译）就有四个②，而报纸杂志登载的有关赛珍珠及其创作状况的评论文章、报道等非常之多，至少有七八十篇③。

美国文学的发生发展既是一种客观的历史演进，又是一种重要的文学经验和社会政治实践。中国文人将美国文学作为重要的接受对象，与其说是将它作为知识来加以接受，以期增进知识、推动学术进步，还不如说是为了借鉴它的经验，将它视为促进中国文学和其他层面现代化的重要参照。从这个意义上来说，中国文人自晚清以来开展的美国文学译介，就与中国多个层面的现代性诉求紧密相关。尽管时至20世纪30年代，中国踏上现代转型的征程已有不少时日，事实上也取得了不小的成绩，但现代化作为一种崇高的社会、文化理想，是一个永远不会终结的过程。如何继续借鉴异域资源来谋求自我发展，依然是一个重要命题。

---

① 谭桂林：《本土语境与西方资源——现代中西诗学关系研究》，人民文学出版社2008年版，第17页。

② 分别是伍蠡甫译《福地》（上海黎明书局1932年版）、张万里和张铁笙译《大地》（北京致远书店1933年版）、胡仲持译《大地》（上海开明书店1933年版）、马仲殊译《大地》（上海商务印书馆1934年版）。

③ 具体译介情况可参见本书的附录一。

综上，中国社会文化和文学现代转型的内在需求，是20世纪30年代中国文人积极关注和广泛译介美国文学的强劲动力。经过他们的具体选择和译介实践，美国文学在20世纪30年代不仅以前所未有的繁荣态势进入了中国，而且对中国文学的自我更新产生了重要影响。他们在对美国文学形成基本认知、做出基本判断的同时，也通过翻译、介绍、研究等干预性手段，"改写"了美国文学的本来面目。因此，中国的现代化诉求以及在这种内在需求促动下展开的域外文学译介实践，构成了20世纪30年代中国构建美国文学形象的重要语境。

第二节 "文学场"分化与美国文学译介队伍

文学的现代化诉求，尽管是20世纪30年代中国文人关注美国文学并在这一过程中构建其形象的重要动力，但这一时段中国的文坛情势和文人群体构成，也是重要的影响因素。"五四"时期，中国文坛第一次出现了剧烈分化，新文人群体迅速崛起。他们既成为对抗传统或者保守文化势力的重要力量，又成为引介域外文学资源以期推动中国文学建设的生力军。虽然"五四"之后的文化和文学往往被史家叙述成新文化和新文学，但事实上，新文人从未能够"独统"文坛。即便是新文人内部，也充满了诸多分歧。按理来说，正是因为多元声音的存在，文坛才呈现出了多元的格局，相互之间起到了制衡的作用，为文学的健康发展提供了基本保障。但就中国现代文学史而言，过分的分歧和争端，也滋生了各种极端思维和话语形态，事实上损害了文学创作和译介实践得以展开的正常秩序。文坛的分歧和争端，本身就是一把双刃剑。

进入20世纪30年代之后，随着接受留学教育和国内新式教育的文人群体不断涌现而出，加上政治情势进一步复杂化，中国文坛生态也发生了巨大变化，出现了阶级/革命、民族/国家、自由主义、保守主义等彰显不同利益诉求的话语形态。文坛剧烈分化和多元话语形态共时呈现，构成了这一时段的显著特点。不同的文学势力，同时意识到了文学在社会意识形态构建方面的重要意义。因此，他们既对美国文学资源展开了激烈争夺，又对其按照自己的政治意识形态和诗学标准，做出了不同的选择和阐释，从而使得美国文学在中国文学场域中呈现出了多元的形象。尽管美国文学本身是一个多元的存在，在自己的文学场域中也具有多副面孔，但它的形象在20世纪30年代的中国呈现出共时性差异，在很大程度上是由中国文坛的复杂情势所决定的。为此，分析20世纪30年代中国文坛的格局、话语形态和文人群体，也是我们研究美国文学形象构建时必须要做的工作。

一　中国文坛的多元格局与多型话语

总体来看，20世纪30年代中国文人构建美国文学形象，是在"政治场"和"文学场"剧烈分化的基本语境中展开的。文坛的多元格局和多型话语，构成了美国文学形象被多元构建的重要内在逻辑。

到了20世纪30年代，面对外部势力的不断挤压和内部情态的日渐窘迫，中国文人在从事文学实践时，无论是思考如何启蒙还是探索如何救亡，无论是倡导阶级革命还是呼吁"民族中心意识"建构，无论是张扬自由主义还是彰显阶级或民族革命意识，其实都蕴含着强烈的民族主义诉求。这一时段的文学尽管表面上呈现出多元复调的色泽，但从终极价值诉求上来讲，具有一定的趋同性。然而，我们在注意到不同文学势力的追求有共同性的同时，还需要正确面对他们存在差异性这一客观事实。我们不能完全以共同性来遮掩他们至少在话语实践层面表现出的多元性和复杂性。

如果我们按照布迪厄的方式，将整个20世纪30年代的中国文坛视为一个"文学场"，那么，这个本应"遵循自身的运行和变化规律的空间"，明显受到了文学之外的其他场域尤其是"政治场"的影响，从而呈现出了分化状态。在这个虽貌似规整但实际上明显呈现出分裂状态的场域中，各种具有不同诉求的"个体或集团处于为合法性而竞争的形式下"①，文学话语实践就成了不同的个体或者集团展开竞争的重要舞台。

20世纪30年代中国"文学场"的分化，首先体现在诗学选择层面。因为党派政治因素的介入，文学要承担起传播政治意识形态的功能。那么，文学能否有效传播自己所需要的意识形态，文学能否有效参与自己所期待的社会文化建构，便成为文人们评判文学价值的重要标准。这导致本来都具有存在合法性的文学潮流和作家作品，被人为地划入了不同的等级。古典主义文学被认为是保守的象征，浪漫主义文学被解读为向壁虚造的游戏，现代主义文学也被扣上小资产阶级颓废文学的帽子。就现代主义文学而言，即便是曾对其怀有饱满热情的沈雁冰，也一改曾经的褒扬态度，转向了严厉批判。他认为，文学"进化"链条上出现的象征主义、神秘主义、表现主义、唯美主义、达达主义、未来主义等现代主义文学潮流，在克服自然主义的弊端方面确实有功，但它们都有些病态，甚至比自然主义还要严重。他写道："反对自然主义的太客观的描写，当然是好事，但结果弄得自己使人不懂，那么，艺术就成了'幻术'，失却了社会的意义。"②

就20世纪30年代中国的文学实际而言，尽管有不少文人从事古典主义、浪漫主义和现代主义的文学创作和译介工作，但遭到了左翼和右翼文学势力的同时攻击。这导致现实主义文学的"地位"大大提高，其他文学潮流只能处于夹缝当中。但这并不意味着其他文学潮流的创作和译介就没有取得成绩，更不意味着秉持这些诗学原则的文人就心甘情愿接受现实主义诗学原则的"收编"。正因为不同的文人有不同的诗学追求和主张，相互之间展开论战就成为必然的事情。"文学论争不仅构成了20世纪中国文学发展的重要内容，而且也成为20世纪中国文学嬗变的主要动力。"③ 20世纪30年代中国文人在诗学选择层面展开的争论

---

① ［法］皮埃尔·布迪厄：《艺术的法则——文学场的生成和结构》，刘晖译，中央编译出版社2001年版，第262页。
② 方璧（茅盾）：《西洋文学通论》，世界书局1930年版，第285页。
③ 郭国昌：《二十世纪中国文学的大众化之争》，百花洲文艺出版社2006年版，第1页。

和多姿多彩的文学实践，使得这一时段的文学在现代文学三十年中显得最为辉煌。

政治道路和文化道路的不同选择，是造成这一时段的"文学场"出现严重分化的更重要原因。在各种权力关系错综交叉的社会空间结构中，"鉴于在各种不同的资本及其把持者之间的关系中建立的等级制度，文化生产场暂时在权力场内部占据一个被统治的位置"[①]。因此，"文学场"在很大程度上受到由政治等构成的"权力场"的制约和影响。它在彰显自主性原则的同时，也可能与"政治场"等在很大程度上保持同谋关系，反过来起到助长或生成的作用。

近代以来，面对中国政治、文化领域出现的明显弊端，"变"成了许多文人的共识。这直接涉及中国政治道路和文化道路的重新选择问题。这两方面的选择，早在晚清就开始了。"戊戌变法"尽管失败了，未能给中国政治和文化的变革产生实质性的影响，但它集中体现了接受新观念的文人变革中国的宏伟理想。他们不仅试图在政治实践层面以欧美模式来革新中国制度和文化，而且将自己的变革理想诉诸想象性文学创作。梁启超的《新中国未来记》以及其他文人创作的政治幻想小说，"有关未来中国的想象，大都和国家强大、社会公平、文教昌盛联系在一起，而所有这一切，又都依稀以欧美近代社会为原型"[②]。1911年发生的辛亥革命，从形式上结束了中国的专制制度。尽管它最终滑入了法国革命模式，但接纳英美式的民主和自由文化，建立英美式的民主和共和制度，成了中国许多政治和文化精英的明确追求。

进入"五四"时代之后，西方的民主、自由和平等观念在中国得以进一步传播，更为深入人心。与此同时，马克思、恩格斯和列宁倡导的阶级革命观念也进入了中国，苏联较为成功的社会主义政治实践更是让接受了马克思主义的中国文人兴奋不已。这就导致"早在20年代，

---

① [法]皮埃尔·布迪厄：《艺术的法则——文学场的生成和结构》，刘晖译，中央编译出版社2001年版，第193页。
② 邵宁宁：《现代中国的弥赛亚信仰与乐园想象》，《文艺争鸣》2014年第11期。

苏联对于中国，就已具有某种理想原型的意义"①。因此，从"五四"时代起，当西方国家形态和文化模式已然成为中国建设现代民族/国家的重要参照时，到底是选择欧美模式还是选择苏联道路，就成了中国政治、文化生活中的重要议题。

还值得注意的是，在"五四"时代，面对同样的西方文化，到底是选择近现代文化还是选择体现普遍原则的古典文化，也引起了激烈争论。如果说在"五四"之前，中国文坛面对域外文化时，争论的主要是到底要不要承认自己的不足，到底有没有必要接受和利用域外文化资源，那么，"五四"时期及其之后，最重要的争论就变成了接受域外文化的哪些部分的问题。比如，"五四"时期学衡派与"新文化"派之间的争论，就曾围绕这个问题展开。学衡派的吴宓、梅光迪、胡先骕等人貌似非常"保守"，但事实绝非如此。他们与努力追求欧美新文化的新文化派知识分子一样，也在思考如何借鉴域外资源来促进中国文化的现代转型。不过，与胡适等人选择美国现代文化不同，学衡派诸君选择了白璧德及其信奉的价值体系。这二者之间的根本分歧，"并不在于整体性地肯定或者否定西方文化，而在于学习西方文化的哪一个部分"②。

进入20世纪30年代之后，中国政治和文化选择的问题变得更为严峻。1928年，国民党从形式上统一了中国，使中国基本上成了一个现代意义的民族/国家。以蒋介石为核心的国民党政府尽管以孙中山提出的"三民主义"为口号，有效仿英美政治和文化模式的意图，但在实践层面，却经常运用专制独裁的手段。即便它采取了各种极端手段，但还是未能完全掌控政治和文化领导权，反而使自己滑入了专制主义泥沼，招致来了多方面的批评。其中最具挑战性的，当属左翼政治势力及其支持者。随着接受了马克思主义、信奉苏联模式的共产党势力不断崛起，国民党的正统地位和政治、文化领导权屡遭挑战。从某种意义上来说，当时国民党和共产党的冲突，就是政治道路和文化道路选择方面的

---

① 邵宁宁：《现代中国的弥赛亚信仰与乐园想象》，《文艺争鸣》2014年第11期。
② 赵稀方：《另类现代性的构建——从翻译看〈学衡〉派》，《安徽大学学报》2014年第3期。

冲突。

葛兰西曾将领导权分为政治领导权和文化领导权（精神或道德领导权）。随着国民党在形式上统一中国和共产党势力不断强大，国共两党及其各自的支持者围绕政治领导权展开的斗争不断升级。它们在争夺政治话语权和领导权的同时，也对文化领导权展开了激烈争夺。领导权"不是'自然赋予'某个特定阶级进行持续统治的，它需要争取、再造和维系"[①]。正是因为意识到文学能够发挥"宣传"和"武器"功能，能够在领导权争夺过程中起到重要作用，无论是国民党还是共产党，都对文学资源展开了激烈争夺。

沈从文曾指出："民十八以后，这个带商品性得商人推销的文学事业被在朝在野的政党同时看中了，它又与政治结合为一。"[②] 有共产党背景的文人群体率先发起了普罗文学运动，得到了大批文学青年的支持。为了维护政治统治，构建一元意识形态，国民党官方也试图发挥文学艺术的宣传和改造功能，相继发起了"三民主义文艺运动"和"民族主义文艺运动"。因此，文学就成了他们彰显各自话语的重要载体和激烈斗争的重要场域。在左翼文人看来，国民党扶持的文学就是"屠夫文学"[③]，就是"流氓文学"[④]。但在右翼文人眼中，普罗文学却是"畸形的病态"[⑤] 的文学、"荒诞的梦呓的"[⑥] 文学。

然而，无论国、共及其支持者在哪个层面上展开争夺，各自一直保持着相对稳定的话语立场，也彰显出了以不同立场为底色的话语形态。就在他们分别秉持和彰显的阶级/革命话语与民族/国家话语呈现出明显对峙之势时，另外一股对斗争双方均持批判立场的势力也参与到众声喧哗之中，彰显出了自由主义话语形态。他们既指责国民党专制，希望它

[①] [英]利萨·泰勒、安德鲁·威利斯：《媒介研究：文本、机构与受众》，吴靖、黄佩译，北京大学出版社2005年版，第31页。
[②] 沈从文：《文运的重建》，载刘洪涛编《沈从文批评文集》，珠海出版社1998年版，第56页。
[③] 史铁儿（瞿秋白）：《屠夫文学》，《文学导报》1931年第1卷第3期。
[④] 宴敖（鲁迅）：《"民族主义文学"的任务和运命》，《文学导报》1931年第1卷第6、7期。
[⑤] 曹剑萍：《开端》，《开展》1930年创刊号。
[⑥] 《民族主义文艺运动宣言》，《前锋月刊》1930年创刊号。

能够践行民主，又不满共产党的"红色"革命实践，主张渐进变革，促进社会改良。就文艺而言，胡适、梁实秋、胡秋原、杜衡等人既挑战国民党试图统一文艺、构建一元意识形态的主张，又非常不满有共产党背景的左翼文人将文学视为阶级革命的工具，进而剥夺文学的相对独立性。在他们看来，无论是民族主义文艺还是普罗文艺，均是为政治意识形态和斗争实践服务的"党派文艺"。比如，梁实秋批评普罗文学运动时说，"我觉得它的理论是不健全的，它的作品也是不成功的"[1]。他也批评国民党的文艺统制，说"以任何文学批评上的主义来统一文艺尚且不可能，用政治上的一种主义来统一文艺就更其不可能"[2]。现在看来，梁实秋等人倡导文艺的独立性无疑是合理的，但当时却遭到了左翼、右翼文学势力的激烈攻击。

就20世纪30年代中国的"文学场"而言，除了上面提到的三大群体，还有大众通俗文人以及保守主义文人等。众多不同倾向的文人共存于这一时段的文学舞台上，相互之间展开攻击，既丰富了现代文学的格局，又起到了动态制衡的作用。如果超越"政治正确"的立场，我们就会看到，20世纪30年代中国严重分化的"文学场"中涌现而出的各种文学群体及其主张，都在某种程度上具有存在的合法性。

在20世纪30年代中国特定的社会历史文化语境中，有相似利益诉求和精神结构的文人形成了有形或无形的群体，从而与有不同利益诉求和精神结构的其他群体之间呈现出了较为显著的差异性。这种群体内的认同和群体外的排斥，通过一定的话语实践展现出来，便形成了不同的话语形态。因此，这一时段"文学场"的分化，也是话语形态的分化。在这一时段，蕴含不尽相同甚至差异很大的价值诉求的话语形态不断得以彰显，出现了诸如阶级/革命话语、民族/国家话语、自由主义话语、大众通俗话语，等等。

特定的文学势力和特定的话语形态之间往往具有同构性。比如，左翼文人往往彰显阶级/革命话语，自由主义文人往往彰显自由主义话语。

---

[1] 梁实秋:《文学的严重性》,《新月》1930年第3卷第4期。
[2] 梁实秋:《论思想统一》,《新月》1929年第2卷第3期。

但情况远远要比这个复杂。首先，不同的文学群体共时活跃在20世纪30年代的历史舞台之上。当时，世界观念和进化观念已经广为传播，也相应形成了世界主义话语和进化话语，而这两种观念或者话语又基本上成了他们共同的心理结构和言说尺度。其次，任何一种话语形态，都不是某一文学群体的专属品。比如，左翼文人也在某种程度上彰显出了民族/国家话语。再次，不同文学群体，除其中的核心人物之外，相互之间的界限不是特别明晰，他们彰显的话语形态也往往呈现出叠合之势。最后，不同的文学群体可能会体现不同的身份认同，而不同的身份认同可能也呈现为不同的话语形态。反过来，不同的话语形态可能也彰显了不同的身份认同。

总之，20世纪30年代的中国文人整体上呈现出分化状态。他们既有不同的政治文化和诗学选择，又彰显出了不同的身份认同和话语标准。在文学的功用普遍受到重视的背景下，美国文学作为重要的域外文学资源，自然成了他们激烈争夺的对象。面对整体的美国文学，他们从中选择符合自己期待视野和话语标准的部分，在突出和强调这一部分的同时，又贬低和遮蔽了其他部分。彰显或者遮蔽哪些部分，无疑会影响到美国文学在中国呈现出怎样的形象。因此，美国文学的形象在20世纪30年代的中国文学场域中呈现出巨大差异，在很大程度上是整体分化的中国文坛选择和安排的结果。

二 美国文学译介队伍壮大及分化

20世纪30年代中国文坛的剧烈分化，固然是美国文学被多元译介、美国文学形象被多元构建的基本背景，但具体的译介实践和形象构建实践，是由积极关注美国文学的文人完成的。因此，讨论这一时段的美国文学形象构建，除了要关注文坛的整体状况，还得具体分析美国文学的译介队伍。[1]

---

[1] 关于重要译介者的介绍和成果概述，参见本书的附录二。关于重要译介者的具体译介成果，参见本书的附录三。

第二章 "自我"症候：构建美国文学形象的内部语境

在20世纪30年代，中美之间的文学文化交流明显增多。奥尼尔、休士①等美国作家曾短期访华，温德和翟孟生②等美国教授曾在华从教，斯诺、史沫特莱和赛珍珠等在中国长期生活。这些都客观上起到了传播美国文学的作用。然而，一个个具体的中国文人，却构成了生产和传播美国文学的重要主体。没有他们，美国文学不会自己莫名其妙大规模进入中国。即便美国人或者其他国家的相关人士有意向中国推介美国文学，那也会因为受到语言、文化等因素的限制，无论是质还是量，都不会非常理想，至少无法产生大规模的影响。

在这一时段，伍光建、胡适、郭沫若、吴宓、郁达夫、傅东华、程小青等一大批早在"五四"时期或之前成名的文人，都积极投入了美国文学译介实践。除了他们，林语堂、叶公超、梁实秋、周扬、胡风、洪深、余上沅、刘大杰、钱歌川、杨昌溪、罗皑岚等留学英、美、日等国的青年文人，也逐渐学成回国，加入了译介美国文学的队伍。这批文人，加上之前有留学背景的胡适、吴宓、郭沫若诸人，成为美国文学在中国得以生产和传播的生力军。他们深受留学所在国文化环境的影响，具备了全新的知识结构和审美情趣，形成了更为开阔的视野和多元的价值取向。有学者在谈到留学生与中国文学现代化的关系时写道："中国现代文学30年浓缩西方文学3个世纪所走过的路程，没有中国近现代留学生的努力是不可能达到的。"③ 同样我们可以说，20世纪30年代中国的美国文学译介，要是没有胡适、叶公超等留学生的努力，可能就会暗淡许多。

除了上述两批文人，曾虚白、施蛰存、赵景深、顾仲彝、马彦祥、赵家璧、卞之琳、徐迟、祝秀侠、邱韵铎、汪倜然等本土培养出来的年轻文人，也不断涌现而出。他们基本上都是在"五四"新文化熏陶下成长起来的，虽然身在本土，但有些曾就读于教会大学，有些曾受惠于

---

① 奥尼尔出于对东方文化的仰慕，于1928年悄然访华。他在留沪期间，曾接受过张嘉铸等人的访问。休士于1933年春结束对苏联的访问之后来华，曾受到傅东华等人的欢迎。
② 二人曾任教于清华大学。
③ 沈光明：《留学生与中国文学的现代化》，华中师范大学出版社2011年版，第69页。

有留洋背景的文人。这批人也加入了美国文学译介的队伍，做出了不可磨灭的贡献。

论及20世纪30年代中国的美国文学译介队伍，我们还得注意两点。第一，有些文人尽管并未积极译介美国文学，但对其也非常关注。比如，鲁迅在自己的文章中多次谈及美国左翼作家辛克莱，并引述他的文字，阐发自己对文艺功能的看法，与梁实秋展开了论辩。他还曾为上海湖风书局1931年出版的李兰译、马克·吐温著《夏娃日记》作序。另外，他还批评过赛珍珠的中国书写①，与斯诺、史沫特莱等的联系也非常紧密。再比如，茅盾尽管翻译过美国文学②，但量并不多。不过，他也表现出了对美国文学的关注，不但曾和鲁迅一样批评过赛珍珠，而且在小说创作中部分借鉴了辛克莱、帕索斯等的表现策略。第二，有些文人在这一时段尽管译介美国文学的量非常有限，但具有开拓性的意义。比如，赵萝蕤翻译的艾略特诗作《荒原》于1937年出版，"使得整个中国文学界有机会目睹这位文学巨擘的'庐山真面目'"③。再比如，李初梨仅在《怎样地建设革命文学》一文中按照"革命文学者"的意图，有意"误读"了辛克莱的文艺观念。但辛克莱的文艺理论能在中国流行开来，与他的这篇文章关系很大。

20世纪30年代中国的美国文学译介队伍在壮大的同时，也明显出现了分化。他们对美国文学做出的选择和安排，固然与个人好恶、学术视野等有关，但无不受到那个时代政治形势、文化氛围、文学风习等的影响。他们面对整体的美国文学，以自己的立场做出选择和安排，彰显出了不同的话语形态。比如，郭沫若、周扬、祝秀侠、邱韵铎等明显左倾的文人，主要关注的是辛克莱、杰克·伦敦、高尔德等美国左翼或有左翼倾向的作家创作的现实主义作品；叶公超、施蛰存、徐迟等自由主

---

① 鲁迅在1933年11月15日写给姚克的信中也说："中国的事情，总是中国人做来，才可以见真相，即如布克夫人……她所觉得的，还不过一点浮面的情形。"参见鲁迅《与姚克书》，载《鲁迅全集》第12卷，人民文学出版社1981年版，第12页。

② 比如，在《译文》杂志，茅盾翻译、发表了斯劈伐克的《给罗斯福总统的信》（第3卷第3期，1937年5月16日出刊）和牟伦的《菌生在厂房里》（第3卷第4期，1937年6月16日出刊）。

③ 董洪川：《"荒原"之风：T. S. 艾略特在中国》，北京大学出版社2004年版，第94页。

义文人，倾向于译介艾略特、庞德等现代主义诗人的诗作和相关文论；吴宓、梁实秋等接受了白璧德影响的文人，继续将新人文主义作为重要的译介对象；程小青等通俗作家，将美国通俗小说作为自己选定的翻译对象；杨昌溪、汪倜然等参与或者追随"民族主义文艺运动"的文人，更为关注能够彰显民族意识的美国作家作品。

不同的文人群体对美国文学有明显不同的译介取向。我们在此仅以部分期刊的译介取向为例①，简要考察译介队伍分化对美国文学译介产生的影响。

麦克卢汉指出，媒介即"讯息"，即"人的延伸"，"任何媒介（即人的任何延伸）对个人和社会的任何影响，都是由于新的尺度产生的"②。不同的个体或者群体具有不同的追求，在发挥媒介的功能时相应地引进了不同的尺度，也将在社会文化场域中产生不同的影响。哈贝马斯也曾论及传媒。他指出，在公共领域中，传媒可能成为被"行动者"操纵的力量，而"具有操纵力量的传媒被夺了公众性原则的中立特征"③。就20世纪30年代各个期刊的美国文学译介而言，尽管它们都面向"公众"，似乎具有"中立特征"，但事实上绝非如此。不同的刊物有不尽相同的立场和价值诉求，因而，它们在营造公共领域的同时，又在人为地制造分化。

期刊或者杂志，"杂"固然是其重要特征，但在20世纪30年代中国"权力场"严重分化的语境下，为了配合"权力"的争夺，许多期刊的运作明显呈现出集团化的特征。它们"杂"性不足，却趋同性十足。尤其是那些呈现出"同人"性质的期刊，成了特定群体彰显自己价值观念的重要载体。比如，叶公超在回忆《学文》杂志的创办情况时就明确说：

---

① 此处仅举少数例子说明，具体情况可以参见本书的附录四。
② ［加］马歇尔·麦克卢汉：《理解媒介：论人的延伸》，何道宽译，商务印书馆2001年版，第33页。
③ ［德］哈贝马斯：《公共领域的结构转型》，曹卫东等译，学林出版社1999年版，第15页。

我们这班人受的都是英美教育，对于苏俄共产主义文艺政策本无好感。因此，对上海一些左翼作家走上共产党路线一点，大家都十分反对，一致认为对我国未来新文艺发展具有莫大的不良影响。要对抗他们，挽救新文艺的命运，似乎不能没有一份杂志。《学文》的创刊，可以说是继《新月》之后，代表了我们对文艺的主张和希望。①

左翼文人主办的《前哨》《引擎》《拓荒者》等期刊，具有明显的激进倾向，大多出版时间不长，即遭国民党官方查禁。② 为了配合左翼文学运动，这些刊物在译介美国文学时，更为关注美国左翼文学的发展状况，将美国的左翼作家或者具有左翼倾向的作家作为译介重点。比如，1931年4月25日，《前哨》文艺半月刊创刊于上海，是左联的机关刊物之一，从第2期起更名为《文学导报》，又被国民党官方以"反动文艺刊物"之名于1931年11月查禁。该刊登载的与美国文学有关的文章只有两篇。创刊号为"纪念战死者专号"，登载了《美国"新群众"社来信》。《新群众》是美国左翼文人主办的激进刊物，主要撰稿人有高尔德、帕索斯等。第2期（1931年8月5日出刊）登载了《世界无产阶级革命作家对于中国白色恐怖及帝国主义干涉的抗议》，共五则，第二则为"美国无产阶级诗人和作家密凯尔果尔德"声援中国革命的相关言论。

在20世纪30年代左翼文人充分利用现代传媒彰显阶级/革命意识形态的同时，国民党官方倡导的"民族主义文艺运动"，也依托期刊等传播媒介大张旗鼓地开展起来。《前锋月刊》《文艺月刊》《现代文学评论》《矛盾》等刊物都有国民党官方背景，在一定程度上彰显了民族主义意识形态。尤其是《前锋月刊》，经常登载一些攻击普罗文学运动和

---

① 叶公超：《我与〈学文〉》，载陈子善编《叶公超批评文集》，珠海出版社1998年版，第256页。
② 吴效刚：《民国时期查禁文学史论》，中国社会科学出版社2013年版。参见该书的"附录：民国时期查禁文学书刊目录"。

第二章 "自我"症候：构建美国文学形象的内部语境

自由主义文学的文章。然而，就美国文学译介而言，与有左翼背景的诸多刊物相比，它们更具有包容性。1930年10月10日，"民族主义文艺运动"的重要刊物《前锋月刊》创刊于上海。该刊创刊号登载了《前锋月刊征稿条例》，其中第二条即为"关于世界民族主义文艺的译作及介绍"。该刊将彰显"民族中心意识"作为主要宗旨，因此在译介美国文学时，将族裔文学作为重点，同时也译介了杰克·伦敦等在他们看来可以彰显民族意识的作家作品，以期为中国的"民族主义"文学创作者提供借鉴。同样是一个杰克·伦敦，在左翼的眼中，他却是普罗文学的代表。

在左翼文人群体和右翼文人群体激烈争夺"文学场"的时候，自由主义文人也通过期刊彰显自己的文艺主张和政治立场。他们创办或者主持的期刊，呈现出了与前二者均有所不同的风貌。就译介美国文学而言，这些刊物更切近于右翼刊物，与左翼刊物形成了鲜明对比。《真美善》《新月》《青年界》《现代》等，均是如此。比如，1928年3月10日创刊于上海的《新月》月刊，虽然不是纯文学刊物，但文艺作品的创作、翻译和介绍占了很多的篇幅。该刊主要由叶公超、梁实秋、徐志摩、罗隆基等自由主义文人编辑。他们在译介美国文学时呈现出了很强的包容性。译介的对象既有爱伦·坡、哈特等19世纪作家，又有奥尼尔的剧作、新诗运动等。

根据上面的分析，期刊成了不同的文人群体彰显自己政治立场、文化立场、审美情趣的重要媒介，而翻译、评说美国文学，则是他们彰显自己话语形态的重要渠道。不同的文人群体面对客观存在的美国文学，基于自己的期待视野，选择和译介自己需要的部分。他们的文学译介，从本质上来讲，就是在充满竞争的文化场域中既受制于"权力"又服务于"权力"争夺的话语实践。正是因为有竞争，有争夺，本来就多元存在的美国文学，才以多元的姿态进入了中国文学场域。

需要译介美国文学尽管成了20世纪30年代许多中国文人的共识，但译介哪些部分，对其做出怎样的阐释，却成了更有争议的问题。在不同的文人秉持不同诗学原则、具有不同政治和文化追求的时代，到底是选择以马克·吐温、辛克莱、德莱塞等为代表的现实主义文学，还是选择以惠特曼、霍桑、维拉·凯瑟为代表的浪漫主义文学，抑或是选择以庞德为代表的意象主义、以桑德堡为代表的都市诗、以奥尼尔为代表的表现主义戏剧、以海明威和福克纳为代表的新潮小说等，都不是纯粹的文学问题。

选择什么，舍弃什么，彰显什么，遮蔽什么，可能都牵涉到文学之外的因素。然而，正是因为当时的文人基于形形色色的诉求做出了多元选择和阐释，美国文学才得以在中国呈现出多元形象。比如，左翼文人突出了美国文学的"赤色"形象，遮蔽或者轻视了其多元生态，自由主义者致力于构建多元共存的美国文学形象，而民族/国家话语的秉持者更热衷于凸显美国文学中的民族斗争因素。基于20世纪30年代中国"文学场"分化这一基本语境，既整体观照，又展开对比分析，才能较为准确地把握美国文学形象在中国的多元呈现形态和复杂建构逻辑。

第三节　都市文化语境与美国文学传播

从"乡土中国"到"都市化社会"的转型，构成了中国现代社会发展的基本趋向。都市化进程，在很大程度上影响了中国文学的发展变迁。中国现代文学本身是在都市文化语境中发生、发展和壮大的。李欧梵就曾指出："从晚清开始，中国现代文学就滋长在城市环境之中。当它在'五四'期间发展成为'新文学'的时候，它也随之成为城市知识阶层的喉舌。"[①] 20世纪30年代的中国文学，无论是左翼文学，还是以新感觉派、现代诗派为代表的自由主义文学，都深深地打上了都市的烙印。研究这一时段中国的美国文学形象构建，我们也不能忽视上海、北京等在中国现代文学史上举足轻重的区域形成的都市文化语境。在这些较为集中显现了都市文化特性的地域空间里，新市民阶层的形成、现代传播媒介的繁荣和现代教育的兴起，为美国文学被广泛译介、美国文

---

① ［美］李欧梵：《文学趋势：通向革命之路，1927—1949年》，载［美］费正清、费维恺主编《剑桥中华民国史——1912—1949年》，中国社会科学出版社1994年版，第560页。

学形象被多元构建创造了必要的条件。

一 新市民阶层与美国文学消费

都市是"一个独特类型的定居地,并且隐含着一种完全不同的生活方式及现代意蕴"①。现代都市的发展,促进了新市民阶层和新型的市民文化形态。新市民在积极参与社会公共事务的同时,也在文化上呈现出了生产性和消费性的特点。他们在创造物质、消费物质的同时,也积极参与了精神产品的生产和消费。随着普通市民受教育水平不断提高,文学生产和消费也就构成了他们社会文化生活的重要内容。20世纪30年代是民国社会最为稳定、经济发展最为迅速的时段。相对安定的社会环境和较为强大的经济基础,为文学的生产和消费提供了基本的保障。李今在研究20世纪30年代海派文学迅速崛起的原因时就曾指出,新感觉派小说等之所以成为这一时段显著的文学现象,是与"市民大众在这个时期成长为重要的社会力量和消费主体分不开的"②。

随着中国新市民阶层出现,美国文学成了被消费的潜在对象,而它自身的一些特点,也能够满足不同层次读者的需要。首先,与欧洲文学相比,美国文学具有明显的平民化特点。如果说欧洲作家喜欢写贵族或者其他上层社会阶层,美国作家更喜欢呈现普通人为了改变自身命运而不断奋斗的历程。其次,进入20世纪之后的美国作家特别喜欢呈现社会现代化进程中人的精神困顿,而中国的现代都市人也面临着同样的问题。再次,美国的通俗文学非常发达,马克·吐温等严肃作家的作品也具有诙谐幽默等通俗文学创作的特征。最后,美国现代文学本身呈现出多元的格局,不同政治倾向、思潮流派的作家作品共存,因此,不同读者从中择取符合自己口味的部分具有了可能性。

通俗小说被大量翻译、传播,是20世纪30年代中国新市民阶层生

---

① [英]雷蒙·威廉斯:《关键词:文化与社会的词汇》,刘建基译,生活·读书·新知三联书店2005年版,第44页。

② 李今:《海派小说与现代都市文化》,安徽教育出版社2000年版,第294页。

产和消费美国文学的一个重要现象。

跟新中国成立之后一段时间的计划经济模式有很大不同，20世纪30年代的中国主要遵循的是市场经济模式。文学生产经济利益的实现，最终都要落实到文学消费者也就是读者的层面。只有读者愿意掏腰包购买，相关的文学产品才能进入大规模流通的环节，体现出交换的价值。在这一时段，"新文学"或者严肃文学尽管拥有庞大的读者群，但通俗文学市场依然非常发达。有研究者分析这一时段通俗文学的发展状况时指出：

> "五四"新文学这时已经完全站住了脚跟，并进而成为真正的文学主流，已不把旧通俗文学看作是自己的主要竞争对手。……但这并不意味着新文学掌握了全部读者和文学市场。事实上，无论是上海还是北平这样的城市，旧派小说仍然拥有大量的市民读者。①

正是因为拥有广大的读者市场，张恨水、还珠楼主等人创作的通俗小说才得以大量出版发行，成了20世纪30年代中国文化消费的重要组成部分。也同样是在这样的语境下，巴勒斯、范达痕、奥尔科特②等美

---

① 钱理群等：《中国现代文学三十年》，北京大学出版社1998年版，第260页。
② 巴勒斯（Edgar Rice Burroughs, 1875—1950）以创作探险小说而著名，他的作品主要译作有张碧梧译《重圆记》（共四册，商务印书馆1927年版）、俞天游译《古城得宝录》（共两册，商务印书馆1927年版）、俞天游译《弱岁投荒录》（共两册，商务印书馆1927年版）、俞天游译《猿虎记》（共两册，商务印书馆1927年版）、吴衡之译《宝窟生还记》（商务印书馆1928年版）、俞天游译《兽王豪杰录》（商务印书馆1928年版）等。在他的小说中，"泰山"系列故事最为著名。1934年出版的《中学生》杂志第41期曾刊登短文《"泰山"故事集之销行》。该文写道："英文小说'泰山'（Tarzan），写的是猛兽和野人的故事，在各国销行非常广远。据最近的统计，该书的英文本已销到八，〇〇〇，〇〇〇册；此外尚有十六国的译本。这故事的作者勃莱安（Edgar Rice Burroughs），从事写作此书，已达二十年，连续出版的'泰山'故事共三十九集。其第三十九集名《泰山与黄金城》（Tarzan and the City of Gold）是去年九月一日出版的。"范达痕（S. S. V. Dine, 1888—1939）以创作侦探小说著名。他的作品主要译介有程小青译《贝森血案》（世界书局1932年版）、《金丝雀》（世界书局1932年版）、《黑棋子》（世界书局1933年版）、《神秘之犬》（世界书局1934年版）等。奥尔科特（Louisa May Alcott, 1832—1888）以创作女性小说著名。她的作品的主要译作有郑晓沧译《小妇人》（杭州浙江图书馆1932年版）、郑晓沧译《好妻子》（上海科学公司1933年版）、须白石译《小妇人》（上海中学生书局1934年版）、顾惠民译《好妻子》（上海中学生书局1934年版）、杨镇华译《小妇人》（世界书局1935年版）、汪宏声译《好妻子》（上海启明书局1936年版）、汪宏声译《小男儿》（上海启明书局1937年版）等。

第二章 "自我"症候:构建美国文学形象的内部语境

国通俗作家的小说,也成为中国文人大力译介的对象。

读者市场固然是决定文学翻译选择的重要力量,但译作在进入市场与读者大众见面之前,先要经过掌握着文化资本的出版商和编辑之手。埃斯卡皮曾指出,出版文学的过程也是选择的过程,因为出版者和编辑首先"对可能存在的大众想看的书或将购买的书做出事实性的判断",然后从大量的作品中"挑选出最符合这些读者大众的消费需求的作品"投入生产。① 出版商出版文学作品的目标诉求很多,我们不能排除政治意识形态构建、文化发展等经济利益之外的追求,但依然不能否认,对许多人来讲,从事文学生产本身是一种谋取经济利益的重要手段。与此同时,一个出版机构要长久立足于现代经济场域之中,不谋取一定的经济利益来维持正常的运转,显然也不现实。如果说出版商主要从能否盈利的角度来决策出版哪些作品,那么,受雇于各种书局或者出版机构的编辑,事实上充当着文化产品市场重要的"守门人"② 角色,帮助出版商选择那些可能适应市场、可能盈利的作品。

除了读者、编辑和出版商因素,我们也不能不考虑译者的因素,因为出版商、编辑和读者的选择最终要落实到译者的选择层面,并通过译者的选择和翻译实践呈现出来。译者从事翻译实践的动机很多,但在市场经济环境下,通过翻译外国文学来赚取一定的稿酬,是一大批文人谋生的重要手段。比如,夏衍在20世纪20年代末30年代初,每天要翻译两千字。他翻译一千字能获得稿酬两元,一个月大约能有120元的收入。相对于生活无着落的朋友,他俨然是"富户"③。既然这样,译者在做出翻译决策时,也会适当考虑自己的译作能否面世,能否为自己赢得一定的实际利益。大量的域外通俗小说和左翼文学被翻译,与这种追

---

① [法]罗贝尔·埃斯卡皮:《文学社会学》,王美华、于沛译,安徽文艺出版社1987年版,第88页。

② 一般认为,"守门人理论"最早由美国社会心理学家、传播学家库尔特·勒温(Kurt Lewin)提出。文学传播"守门人"的职责主要在于:检查和筛选文学信息,"清洁维护"文学文本,引导读者接受,在生产者和接受者之间架起沟通的桥梁。参见文言主编《文学传播学引论》,辽宁人民出版社2006年版,第11页。

③ 夏衍:《懒寻旧梦录》(增补本),生活·读书·新知三联书店2000年版,第88页。

求不无关系。

二 现代传媒与美国文学传播

进入现代之后，随着生产技术的进步和社会结构的变化，传媒在现代生活中的作用日益凸显出来。各种现代传媒既成了文人宣扬自己政治主张、文化理念的重要工具，发挥了重要的政治文化功能，又成了普通大众文化消费的重要对象，发挥了商业文化功能，还促使文学观念、主题和文体等发生了深刻变化，发挥了审美再造功能。

文学总需要通过一定的媒介来承载和传播，它的发展变迁也必然会受到传播媒介发展变迁的影响。关于传媒对于文学的意义，我们至少可以从三个维度来理解：它既是文学的重要载体，又是连接作者与读者的重要中介，还是文学生产与传播的重要语境。在中国现代文学的发生和发展过程中，传媒发挥的作用是不容忽视的。有学者就曾指出："文学在现代传播媒体的直接影响下，从接受主体、创作主体到文体样式，都发生了深刻的变化。"[1] 中国现代都市文化语境下现代传媒的发展和繁荣，不仅深刻促进了本土文学创作的变革，而且在文人译介和传播美国文学的过程中发挥了重要作用。

哈贝马斯提出了"公共领域"这一重要概念，并给它下了如下定义："所谓'公共领域'，我们首先意指我们的社会生活的一个领域，在这个领域中，像公共意见这样的事物能够形成。公共领域原则上向所有公民开放。"[2] 在20世纪30年代的中国，书局、期刊、舞台等虽然不是"向所有公民开放"的领域，通过它们事实上也无法形成广泛的"公共意见"，但它们确实已经具备了准"公共领域"的性质。它们既是当时社会生活中的重要领域，又是中国文人传播和实践自己文化理想的重要平台，还事实上向部分公众开放。

---

[1] 周海波：《现代传媒视野中的中国现代文学》，中华书局2008年版，第3页。
[2] [德]哈贝马斯：《公共领域》，载汪晖、陈燕谷主编《文化与公共性》，生活·读书·新知三联书店1998年版，第125页。

第二章 "自我"症候:构建美国文学形象的内部语境

在20世纪30年代,中国出现了很多的书局和报纸期刊,形成了激烈的竞争态势。它们构成了美国文学得以广泛传播的重要媒介①。就这一时代出版美国文学书籍的机构而言,最重要的要数商务印书馆、中华书局、世界书局、生活书店等。各个书局在出版域外文学书籍时呈现出多元化的姿态。在爱伦·坡、德莱塞等严肃作家的作品得以出版的同时,巴勒斯、范达痕、奥尔科特等的通俗小说也被各个书局争相译介出版。尽管各个书局都有自己的文化理想,并不完全为谋利而生,但在现代市场环境下,它们也确实追求商业利益。因此,它们在出版包括美国文学在内的文学作品时,需要适时考虑受众的接受喜好。通俗文学之所以被大量出版,无非是为了迎合普通大众的阅读需要。而出版一些严肃的甚至带有激进色彩的文学作品,更能展示它们在现代语境下的政治和文化担当意识。何况,在20世纪30年代的"亚政治文化"语境中,激进文学本身能够吸引诸多青年读者,让他们在阅读的过程中部分释放压抑的政治文化心理。

20世纪30年代积极参与美国文学译介的文人,有相当一部分就曾供职于书局。供职书局既是他们谋生的重要手段,又是他们实现自己文化理想的重要渠道,为他们生产和传播美国文学提供了诸多便利。比如,施蛰存曾受雇于现代书局编辑大型文学期刊《现代》。他以该刊为平台,部分彰显了自由主义和先锋派的文化立场,既为不同倾向的作家作品提供了重要的发表空间,又积极引进了西方的现代主义文学潮流,其中就包括美国的意象诗、海明威和福克纳等新锐作家及其作品。兹将为传播美国文学做出重要贡献的中国文人及其曾经供职的书局列表如下:

文人	书局
伍光建	商务印书馆
曾虚白	真美善书店

---

① 关于一些重要书局译介美国文学的具体成果,参见本书的附录五;关于一些重要的期刊译介美国的具体成果,参见本书的附录六。

续表

文人	书局
伍蠡甫	黎明书局
张梦麟	中华书局
赵景深	开明书店、北新书局
钱歌川	中华书局
顾仲彝	商务印书馆
刘燧元	北新书局、上海远东图书公司
叶公超	新月书店
刘大杰	上海大东书局
叶灵凤	现代书局
施蛰存	上海第一线书店、水沫书店、现代书局
黄源	上海新生命书店
蹇先艾	生活书店
汪倜然	世界书局
赵家璧	上海良友图书印刷公司

20世纪30年代中国的电影等现代传媒已经较为发达[1]，但这主要是一个以书籍、报纸、期刊等为主的印刷媒介时代。尽管书局以单行本形式出版了许多与美国文学有关的书籍，但期刊因其得天独厚的优势，在生产和传播美国文学方面同样做出了很大甚至比单行本书籍更大的贡献。朱光潜就曾说："在现代中国，一个有势力的文学刊物比一个大学的影响还要更广大，更深长。"[2]

20世纪20年代中期之后，中国社会文化生活中的一个重要变化，就是期刊开始大量涌现而出，其中既有主要以商业追求为导向的，又有侧重于传播党派观念的，还有集中彰显同人立场的。不同导向的期刊共时出现，繁荣了当时的文学传播媒介。杨寿清曾这样描述当时杂志业的盛况："自民国二十一年到民国二十六年秋事变前止，各种杂志时生时

---

[1] 到了20世纪30年代，除了以美国为首的电影生产大国的电影在中国广为传播之外，中国本土的电影业也开始繁荣发展，出现了"明星""联华""天一"等著名电影公司。参见钟大丰、舒晓鸣《中国电影史》，中国广播电视出版社2007年版。

[2] 朱光潜：《我与文学及其他》，安徽教育出版社1996年版，第91页。

灭，但一般的趋势是越出越多，估计全国比较重要的杂志有五六百种，总数达一千数百种。"① 张静庐谈到1934年的杂志业时曾说："一个月内近千种杂志，每天平均二三十种出版"，"广事搜罗各种杂志，陈列在一起，等于一个'杂志市场'了"②。

期刊的繁荣，为文人展开话语实践提供了重要的物质条件。在借鉴域外文学来发展中国文学、促进社会变革基本成为共识的20世纪30年代，期刊便是中国文人生产和传播美国文学的重要媒介，美国文学在中国"最原始、最真实、最生动的面貌"③ 也通过它们得以显现。

在众多的期刊当中，鲁迅与茅盾、黎烈文合作创办的《译文》杂志于1934年9月出版，因是"我国现代最早的专门译介外国文学的刊物"④，格外引人注目。除了《译文》，《小说月报》《真美善》《世界文学》等杂志在大量发表创作的同时，也明确将译介域外文学规定为自己的重要任务。比如，1934年10月1日创刊于南京的《世界文学》杂志，由伍蠡甫主编。它的一个显著特点便是大量登载世界文学译介文章。该刊《发刊词》明确规定了刊物的任务："介绍各国文学，估量它对于世界文学的价值；登载形式或内容可以取资的作品；用绝对客观态度，探寻中国文学走向世界文学的途径。"该刊尽管只出版了六期，但每期都刊发有关美国文学的文章，数量非常之多，涉及的范围也很广。除了上述这些刊物，《文艺月刊》《文学》《青年界》《北新》《现代文学评论》等刊物，尽管并未在"创刊宣言""发刊词"之类的文字中，明确提出译介域外文学的任务，但在实际操作层面，也将其作为重要内容。它们译介美国文学的成果非常丰硕，丝毫不输于前面提到的一些刊物。

除了书局和期刊，舞台也是美国文学尤其是戏剧文学在20世纪30年代中国得以传播的重要媒介。与其他文类相比，戏剧是一门复合的造

---

① 杨寿清：《中国出版界简史》，永祥印书馆1946年版，第62页。
② 张静庐：《在出版界二十年》，上海杂志公司1938年版，第184页。
③ 赵家璧：《序》，载应国靖《现代文学期刊漫话》，花城出版社1986年版，第2页。
④ 谢天振、查明建：《中国现代翻译文学史（1898—1949）》，上海外语教育出版社2004年版，第105页。

型艺术，戏剧作品的魅力，在很大程度上要通过演出展现出来。作为美国现代戏剧的代表性人物，奥尼尔的剧作除了被中国文人生产成物态文本得以广泛传播之外，也被多次搬上舞台。比如，1930年，《捕鲸》由中国现代话剧奠基人之一的熊佛西执导，在中国第一次公演；1931年，上海劳动大学那波剧社公演了邵惟和向培良执导的《战线内》；1932年，上海宁波同乡会公演了赵丹执导的《天边外》，上海成立的大学戏剧团体联合会演出了由洪深执导的《琼斯皇》。① 除了奥尼尔的剧作，主要以小说著称的辛克莱创作的《梁上君子》，也曾在1930年1月初由艺术剧社在上海公演。

三 现代教育与美国文学传播

有学者在论及中国现代教育与现代文学的关系时指出："中国现代教育，作为一种体制、一种组织形式、一种公共空间，在中国现代文学的发生与发展过程中起了决定性的作用。"② 同样，中国现代教育在传播美国文学的过程中，也发挥了很重要的作用。学校是现代教育得以实施的重要机构。一批批美国文学生产队伍的出现，离不开学校所提供的教育。因此，学校既是美国文学在现代中国得以生产、传播的重要媒介，也是培养新型生产队伍的重要基地。

自中国实施现代教育以来，英语教育和英语文学教育就成了大学和中学教学的重要内容。作为英语文学的重要组成部分，美国文学在现代中国已经进入了课堂，成为重要的教学素材。一方面，用文学作品来教授语言是现代中国外语教育的一大特点。美国小说《红字》（霍桑著）、《见闻札记》（欧文著）等，便是经常被选用的英语语言教学素材。另一方面，相关文学史、文学选读、文学批评课程都常常涉及美国文学。比如，清华大学外国文学系在20世纪30年代就开设有"西洋文学概

---

① 刘海平、朱栋霖：《中美文化在戏剧中交流——奥尼尔与中国》，南京大学出版社1985年版。可参见该书有关奥尼尔剧作在20世纪30年代中国演出情况的论述。
② 张大明主编：《中国文学通史》第九卷，江苏文艺出版社2011年版，第550页。

要""现代西洋文学""西洋文学批评""戏剧概要"等课程。1936年开设的"现代西洋文学"课程,包括诗、戏剧和小说三部分,分别由王文显、温德、吴可读三位教授主讲。该课程的"学程说明"写道:"本学程专为本系四年级学生而设,其目的在使该级学生接近现代欧美各国著名之诗、戏剧及小说。"① 美国剧作家奥尼尔、诗人艾略特和庞德等,便是教授们重点讲授的内容。将美国文学作为重要教学内容纳入课程设置的结构,相关教师对其做出的选择和阐释,在很大程度上影响了广大学生群体对美国文学的认知和想象。

我们也可以从一些文人的相关自述中,找到美国文学被作为教学素材的许多佐证。比如,曾虚白在1929年为自撰的《美国文学ABC》作序时写道:

> 我最先接近西洋文化是在美国人开的教会学堂里,所以开始引起我文学兴味的是美国文学——就是霍桑的《乱林故事》和《红字》等书。以我个人说,美国文学实在是我文学的启蒙师,是个在文艺之园里给我斩荆拔棘的功臣。②

再比如,刘大杰在20世纪30年代介绍自己的文学生涯时,也提到自己在大学接触美国文学的情况。据他描述,他当时上的虽然是中文系,但选修了许多英文课程,并得到从美国回来的基督徒王女士的教导,学习了《英美小说集》,接触到了霍桑、爱伦·坡、欧·亨利等美国作家。而他自此对美国文学产生了强烈的兴趣,以至后来翻译了杰克·伦敦的《野性的呼唤》等作品。③

又比如,"九叶诗人"辛笛曾说:"30年代前期中国的大学有着良好的学术氛围,清华大学、北京大学聘请了不少学养有素的中外教授任

---

① 黄延复:《二三十年代清华校园文化》,广西师范大学出版社2000年版,第347页。
② 曾虚白:《美国文学ABC》,世界书局1929年版。
③ 刘大杰:《追求艺术的苦闷》,载郑振铎、傅东华编《我与文学》,生活书店1934年版,第55页。

教,及时介绍西方文学的最新动态。"① 在当时中国大学聘请的外籍教授中,北京大学聘用的英籍教授、诗人艾克敦(H. Acton),清华大学聘用的英籍教授和批评家瑞恰兹(I. A. Richards)、美籍教授温德(R. Winter)和翟孟生②(P. D. Jameson)等,都赫赫有名。他们在这些学校任教时,主要讲授与英语现代诗歌、西洋文学批评等有关的课程,为传播美国文学做出了一定的贡献。

除了这些外籍教授,20世纪30年代留洋归来和本土培养的中国文人,有相当一部分也曾短期或长期从事教育工作,其中就有不少在教育领域产生了重要影响。择要列表如下:

文人	任教学校
胡适	北京大学
郑晓沧	东南大学、浙江大学
傅东华	北京高等师范、上海大学、上海中国公学、复旦大学
吴宓	东南大学、清华大学
洪深	复旦大学、暨南大学、青岛大学
林语堂	北京大学、厦门大学
余上沅	北京美专、上海光华大学、北京大学
伍蠡甫	复旦大学、暨南大学
张梦麟	上海大夏大学
赵景深	上海大学、复旦大学
梁实秋	东南大学、国立青岛大学、北京大学
顾仲彝	厦门集美学校、暨南大学、复旦大学
黄药眠	百侯中学、金山中学
叶公超	北京大学、北京师范大学、暨南大学、清华大学
刘大杰	复旦大学、安徽大学、暨南大学
罗皑岚	南开大学
汪倜然	中国公学大学部、中华艺术大学

---

① 辛笛:《我和西方诗歌的因缘》,《外国文学评论》1995年第3期。
② 佩弦(朱自清)曾翻译Jameson的诗论《纯粹的诗》,发表于《小说月报》第18卷第12号,1927年12月10日出刊。朱自清将作者名译为"詹姆生"。

第二章 "自我"症候：构建美国文学形象的内部语境

续表

文人	任教学校
祝秀侠	复旦大学
马彦祥	济南齐鲁大学、南京国立戏剧专科学校
徐霞村	北京大学、北京师范大学、济南齐鲁大学
卞之琳	保定育德中学、四川大学、西南联大

这些文人的课堂教学活动，本身就是生产和传播美国文学的重要途径，事实上也给青年学生产生了深刻的影响。比如，辛笛、赵萝蕤、卞之琳等曾受惠于叶公超的青年学子，后来多次谈及他当年从教的情景和自己所受到的影响。辛笛回忆自己就读清华大学外文系的情景时，就谈及叶公超。他写道："在叶公超的《英美现代诗》课上我接触到艾略特、叶芝、霍普金斯等人的诗作。叶公超旁征博引，侃侃而谈，我们听得忘了下课的铃声。"① 赵萝蕤是艾略特诗作《荒原》在中国最早的译者。1932年她进入清华大学攻读研究生时，曾跟随叶公超学习文艺理论。她不仅叹服叶公超学识的渊博，说"他的文艺理论知识多得很，用十辆卡车也装不完的"，而且提到叶公超对《荒原》的深入理解，说与美籍教授温德相比，"叶老师的体会要深得多"，"温德教授只是把文字典故说清楚，内容基本搞懂，而叶老师则是透彻说明了内容和技巧的要点与特点"②。卞之琳谈及《水星》杂志的编辑、出版过程时，也提到叶公超，说"他是第一个引起我对二、三十年代艾略特、晚期叶芝、左倾的奥顿等英美现代派诗风兴趣的"③。

除了上面提到的这些中国文人，还有一些人很值得注意。尽管他们并未将美国文学生产为物态的文本，但也在教学的过程中热衷于介绍。王文显便是其中之一。他长期任教于清华大学外文系，并担任主任一职。他不仅自己创作戏剧，而且在教学过程中积极介绍易卜生、奥尼尔等现代欧美剧作家。后来，曾经受惠于他的李健吾、张骏祥等人，都曾

---

① 辛笛：《我和西方诗歌的因缘》，《外国文学评论》1995年第3期。
② 赵萝蕤：《怀念叶公超老师》，《读书》1989年第Z1期。
③ 卞之琳：《星水微茫忆〈水星〉》，《读书》1983年第10期。

撰写过关于他从教的回忆性文字。①

综上，20世纪30年代中国都市文化的发展和成熟，不仅使美国文学成了新市民阶层文化消费的重要对象，而且为文人们译介和传播美国文学创造了比较好的社会文化环境。无论是书局、期刊、舞台等现代传播媒介，还是学校等文化教育场所，都是美国文学形象被多元构建和不断构建的重要载体或者场域。因此，考察20世纪30年代中国构建美国文学形象的语境，就不能忽视都市文化的发展状况。

上一章已经指出，时至20世纪30年代，美国文学已经取得了长足进展，出现了诸多具有世界性影响的作家作品，在世界文学格局中树立起了全新的形象。面对已经引起世界震撼的美国文学，中国文人不仅慢慢消解了对其的轻视态度，而且开始将其作为重要的资源来加以引介。这既是为了推动中国文学的现代化进程，又是为了建构新型的社会意识形态。与此同时，这一时段的中国文坛在严重分化的同时，既涌现出了较为庞大、成熟的美国文学接受队伍，又具备了接受美国文学的良好物质条件和文化环境。在"政治场"和"文学场"整体分化的语境中，形形色色的内在需求，是中国文人积极接受美国文学的强劲动力，而成熟的文化环境和良好的物质基础，为他们以多元化的姿态大规模译介美国文学、构建美国文学形象提供了必要条件。

总之，20世纪30年代的中国在各个层面发生的变化，构成了文人们构建美国文学形象的重要语境，影响了他们的构建实践。这一时段中国的美国文学形象构建，就是在这种内部语境连同美国迅速崛起、美国文学繁荣发展所构成的外部语境中展开的。内外两种语境形成合力，不仅影响了中国文人对美国文学的认知和想象、选择和安排，而且促使美国文学形象在中国出现了整体性变迁和共时性差异。

---

① 参见张骏祥《〈王文显剧作选〉序》、李健吾《〈王文显剧作选〉后记》，均发表于《新文学史料》1983年第4期，另参见人民文学出版社1983年出版的《王文显剧作选》。

第三章　辛克莱热:阶级/革命话语
　　　与美国文学形象构建

20世纪初的美国文学延续了19世纪现实主义文学的暴露和批判传统，出现了一大批以现实主义为主要诗学追求、以社会变革为主要意识形态追求的作家作品。到了"红色的三十年代"，受国际共运的影响，美国更是出现了以约翰·里德俱乐部为核心、以《新群众》等为重要传播媒介的左翼作家群。高尔德、休士等明确彰显激进意识形态的作家，与德莱塞、安德生、辛克莱、刘易斯、帕索斯等一道，共同壮大了美国左翼文学的阵营。

1933年7月，同样属于左翼阵营的美国黑人作家休士访问苏联之后来到中国，接受采访时他说：

> 在美国，政府对于普罗文学并不加严厉的压迫，可是好的作品却也并不多。现在能在国际占个地位的还只有哥尔特（M. Gold）和帕索士（J. Dos Passos）二人。以美国之大，而纯粹普罗文学的杂志就只有《新群众》一种，而《新群众》又只有这么一点的篇幅，那么普罗文学在美国没有多大发展可知了。[①]

尽管休士并不看好左翼文学的成就，但截至20世纪30年代，在整个美国文学格局中，它确实已经成为一股重要的势力，出现的具有世界

---

① 伍实（傅东华）：《休士在中国》，《文学》1933年第1卷第2期。

性影响的作家也远远不止两位。左翼文学的兴起和繁荣，本身构成了美国文学形象的一个重要侧面。

  在20世纪30年代中国文人大力译介美国文学的语境下，左翼文学首先受到了关注。面对多元共存的美国文学，中国左翼文人或有左翼倾向的文人尤为青睐辛克莱、杰克·伦敦和德莱塞等作家。在众多的美国左翼作家中，辛克莱是被重点译介的作家。他的作品在短时间里大量进入中国，从而促生了20世纪30年代中国文坛的辛克莱热。如果说"五四"时期中国文人心目中的美国文学偶像是惠特曼，那么，到了这一时段，辛克莱则取而代之。20世纪30年代的中国左翼文人在译介辛克莱等作家时，明显彰显了阶级/革命话语立场。正是在这一话语立场的作用下，他们抬高了辛克莱等人，遮蔽或者贬低了美国文学的其他潮流及其作家作品。过于突出辛克莱等作家，造成的客观后果之一便是美国文学在中国呈现出了鲜明的"赤色"形象。至少在左翼文人的视界中，具有激进色彩的作家作品才是美国文学中最具有价值的部分。本章主要以郭沫若翻译辛克莱的小说为例，阐述阶级/革命话语与美国文学形象构建之间的关系。

第一节　阶级/革命话语与辛克莱热

  阶级/革命话语是20世纪30年代中国文坛出现的重要话语形态，也是文人们选择和阐释美国文学、构建美国文学形象的一个重要标准。如果说"五四"时代侧重于个人主体的启蒙，那么，到了20世纪20年代末，随着中国政治领域发生了一系列重大事件，左翼或有左翼倾向的文人认为，中国已经或者应当进入"革命文学"的时代。他们将阶级意识启蒙作为自己的重要使命，不仅自己致力于"奥伏赫变"，而且试图通过文学的手段启蒙阶级意识淡薄的普罗大众。左翼文人凭借对"革命文学"的命名权，将阶级/革命视为先进性和正义性的代名词，将阶级/革命意识构建作为文学的重要追求，将现实主义诗学视为至高无上的文学标准。

他们既试图以阶级/革命话语置换和驱逐个人主义或者自由主义话语,又努力用它来对抗国民党官方倡导的三民主义和民族主义话语,还致力于消除文学中的"浪漫""萎靡""颓废"等"不良"趋势。正是在阶级/革命话语逐渐形成和迅速彰显的过程中,中国文人尤其是左翼文人对辛克莱展开了积极译介。他也因此成了新时代的文学和文化偶像。

一 阶级/革命:美国文学形象构建的重要尺度

左翼文人在努力彰显阶级/革命话语、实践现实主义诗学的同时,认为文学应该肩负起领导时代的神圣使命,但又意识到中国的作家和文学远远落在时代的后面。因此,他们决心从两个方向努力:一是努力创造本土文学,开展本土文学批评,以期服务于中国的阶级革命和解放事业;二是大力译介域外文学,尤其是译介具有革命意识形态的作家和作品,声援世界无产阶级革命运动,以期促进全世界被压迫阶级尽早获得解放。这就导致他们的文学实践既具有本土现实针对性,又彰显了世界主义情怀。有学者指出:"1928年发生的普罗文学运动第一次使中国文学和世界文学产生了直接的联系,它和国际无产阶级文学运动形成了一种时代的共振,用今天时髦的名词来说,就是实现了'国际接轨'。"[①]正是在这样的背景下,左翼文人将关注的目光投向了域外文学中足资自己借鉴的资源。

按照当时共产国际的"世界革命"话语体系,世界无非包括师、敌、友三种力量。对中国左翼而言,"师"当然是社会主义"老大哥"苏联,"敌"当然是英美等帝国主义国家,"友"则是与自己有相似命运的弱小民族国家。中国左翼文人选择域外文学资源时,"师"和"友"的文学自然成了首选的对象,但他们并不忽视"敌"内部那些"阶级兄弟"创作或关注"阶级兄弟"生存状况的文学。从某种程度上来说,他们彰显出的世界主义情怀,更多是基于阶级认同,而这实际上

---

① 旷新年:《1928:革命文学》,山东教育出版社1998年版,第87页。

也成了他们关注美国左翼文学的重要内在逻辑。

对于中国左翼文人而言，阶级/革命话语是选择美国左翼文学、阐释其他文学潮流的重要尺度。为了配合新兴社会意识形态的建构，他们热衷于介绍左翼文学在美国的发展状况。比如，《文学杂志》是北方左联的机关刊物，该刊第1卷第2期刊载的《美国文坛近况》一文有点名不副实，因为它介绍的全是1930年国际革命文学局第二次大会召开之后美国普罗文学的发展状况。它提到了美国普罗文学斗争的十条纲领，包括发展约翰·里德俱乐部、继续办好《新群众》、团结和扶持黑人艺术家、英译普列汉诺夫等人的文艺批评著作、创作符合美国实际的马列主义文艺批评著作，等等。它还写道："美国的普罗文学运动，现在已渐走上高度的发展了。这个不只是他们的欢喜，那也是我们的，全世界的普罗列他利亚的欢喜。"①

除了整体关注美国左翼文学，阶级/革命话语的秉持者也以此为尺度阐释具体的美国作家作品。我们姑且以奥尼尔为例。奥尼尔是美国著名的表现主义戏剧大师，属于典型的现代主义作家，也具有一定的左翼色彩。他尽管有鲜明的底层关怀意识，但更侧重于挖掘和呈现人的复杂心理世界，致力于探索人在"上帝已死"的时代该何去何存的问题。20世纪30年代中国文人尽管已经注意到了后者，但更喜欢对他做社会学批评和意识形态判断。我们在此举三个例子。克修在热捧辛克莱等左翼作家的同时，对奥尼尔的表现主义戏剧很不以为然。他说："虽则他的 The Hairy Ape② 是被视为社会主义剧，却总还不是和我们很接近的。他是一个诗人，一个幻想者。许多篇戏剧（尤其是 The great god Brown③），是太神秘一点了。"④ 在《现代美国文学评论》一文中，林疑今在抬高美国左翼诗歌和社会学文学批评等的同时，也论及奥尼尔，说他的出现是"重大的事件，在美国沉寂的剧坛上闪耀其惊人的

---

① 非白：《美国文坛近况》，《文学杂志》1933年第1卷第2期。
② 原文没有用斜体，应写为 The Hairy Ape。
③ 原文如此，既没有用斜体，中间的两个词首字母也没有大写，应写为 The Great God Brown。
④ 克修：《现代美国文坛概况》，《现代小说》1929年第3卷第1期。

光辉","把美国资本制度悲惨的社会毫无粉饰地暴露出来"①。在《奥尼尔的戏剧》一文中,黄英(钱杏邨)颇为欣赏奥尼尔的艺术技巧和题材选择,但也有所不满,因为在他看来,奥尼尔没有揭示出受压迫者"走向光明的生长"。他写道:

> 但他的戏剧,我依然是不能绝对满意的,因为在他的戏剧里所反映的,只是水手们的悲苦的生活,只是忠实而同情的表现了他们的生活,他只看到了他们的生活的悲惨,他没有看到这一些人们的走向光明的生长,至于他的技术形式,我是满意,我没有什么话可说。②

考察上述几位文人的评论,我们便会清晰地感受到,他们不仅按照现实主义的尺度阐释奥尼尔,而且非常重视他的作品有无呈现出关心底层、改变社会现实的意识形态因素。

20世纪30年代中国文人按照阶级/革命的标准选择和阐释美国文学,对美国文学形象构建产生了两方面的影响。一方面,具有左翼倾向的美国作家作品大量进入了中国③,使得美国文学在很大程度上呈现出了"赤色"形象。另一方面,突出左翼文学,必将遮蔽其他倾向的作家作品,因而无法对其作出较为公允的评价。有些作家作品甚至被树立成了批判的靶子。比如,鲁迅、茅盾、祝秀侠等在20世纪30年代都曾激烈批评赛珍珠。我们研究阶级/革命话语与美国文学形象构建之间的关系时,除了要注意被有意彰显的内容之外,还需要正视哪些内容被否定和遮蔽了。中国文人对美国文学的特定部分有意做出的否定和遮蔽,本身是构建美国文学形象的一种重要方式。

---

① 林疑今:《现代美国文学评论》,《现代文学评论》1931年创刊号。
② 黄英(钱杏邨):《奥尼尔的戏剧》,《青年界》1932年第2卷第1期。研究奥尼尔在中国接受状况的学者频繁引用这一段话,但或许是因为许多人并没有亲自查看原文,直接从他人的研究成果中加以引用,导致引文经常与原文不甚相符。此处的引文来自原刊,理当无误。另外,该文正文结束时用括号署名"方英","方英"也是钱杏邨的笔名,但目录和正文标题下均署名"黄英"。特此说明。
③ 本书附录七呈现了杰克·伦敦等美国左翼作家在20世纪30年代中国的译介状况。

二 辛克莱：新文学、文化偶像

20世纪初，美国出现了旨在揭发政治丑闻、经济丑闻和生活丑闻的"黑幕揭发运动"。众多进步记者和作家参与其中，以改良社会为主要宗旨，但因其激进倾向，遭到了官方压制。在这场运动中，厄普顿·辛克莱是个重要角色。他于1906年出版了《屠场》，即刻引起了热烈反响，最后促使政府通过了食品卫生法案。他于1917年出版了《石炭王》，以煤矿工人罢工为主要素材。他于1927年出版了《煤油》，涉及哈定政府的石油丑闻。而他1928年出版的《波士顿》，更是揭露了美国政府的政治黑幕。与此同时，他在《拜金艺术》等文艺论著中集中阐明了艺术与社会、阶级之间的关系，把阶级意识作为审美的重要尺度。尽管列宁早在1915年就指出，"辛克莱是一个有感情而没有理论素养的社会主义者"[①]，但客观写实的文风、激进的政治文化立场和《屠场》等一系列创作实绩，为他在美国左翼文学史上奠定了稳固的位置。

在美国现代作家中，辛克莱进入中国算是比较早的，尽管学术界论及中国译介他的基本状况时往往将实际进入的时间延后了好几年。根据笔者掌握的资料，早在1915年1月23日出版的《礼拜六》第34期，就刊登过辛克莱的肖像，肖像下方注有"美国小说家曷泊登新克来亚（Upton Sinclair）"。同期刊登的"图画"还有"意大利大文豪但丁（Dante）"等。茅盾在1924年讨论西方作家对待"一战"的态度时，把辛克莱当作"社会主义文学家"的代表，认为其认清了战争爆发的真正原因。[②] 鲁迅在1925年翻译的厨川白村《描写劳动问题的文学》一文中，也提到了辛克莱的小说《屠场》，指出"Upton Sinclair 的 The Jungle 之类""一时风靡了英美读书界"[③]。然而，中国文坛真正开始广

---

① 列宁：《英国的和平主义和英国的不爱理论》，载《列宁全集》第26卷，人民出版社1988年版，第282页。
② 茅盾：《欧洲大战与文学：为欧战十年纪念而作》，《小说月报》1924年第15卷第8号。
③ ［日］厨川白村：《描写劳动问题的文学》，鲁迅译，《民众文艺周刊》1925年第5期。

泛关注辛克莱,则始于1928年。

在"革命文化"语境下,辛克莱备受中国左翼文人青睐,并被当作美国"新兴"文学的代表而大加追捧。在《新兴文学概论》一书中,顾凤城写道:"在美国的普罗作家中,最值得加以注意的,是 Upton Sinclair, Jack London, Michael Gold 等。"① 在《美国新兴文学作家介绍》一文中,余慕陶介绍了"近三十年来震动了美国,不,震动了全世界的四位文坛将士",其中就包括上述三位。② 在《现代的世界左派文坛》一文中,陈勺水认为,"现代世界左派文坛的既成大家"应该包括五位,其中就有辛克莱和杰克·伦敦。③ 在《大众文艺》"新兴文学专号"下册刊载的《辛克莱和这个时代》一文中,祝秀侠写道:"掌握着世界新兴文学的健将,不能不推到俄国的高尔基,掌握着美国新兴文坛的两大健将,不能不推到甲克伦敦和辛克莱了。"④

兹将20世纪30年代中国文人译介辛克莱的相关状况以表格的形式呈现于下⑤:

---

① 顾凤城:《新兴文学概论》,光华书局1930年版,第263页。
② 余慕陶:《美国新兴文学作家介绍》,《大众文艺》1930年第2卷第3期。
③ 陈勺水:《现代的世界左派文坛》,《乐群》1929年第1卷第2期。
④ 祝秀侠:《辛克莱和这个时代》,《大众文艺》1930年第2卷第4期。
⑤ 本表在制作的过程中,除了参考北京图书馆编《民国时期总书目》(书目文献出版社1992年版)、贾植芳和俞元桂主编《中国现代文学总书目》(福建教育出版社1993年版)、上海图书馆编《中国近现代丛书目录》(手写印刷本1979年版)、唐沅等编《中国现代文学期刊目录汇编》(知识产权出版社2010年版)和吴俊等编《中国现代文学期刊目录新编》(上海人民出版社2010年版),还通过查阅大成老旧刊全文数据库、CADAL(大学数字图书馆国际合作计划)数据库和中国国家图书馆、中国社会科学院图书馆等收录或者收藏的相关文献,做了相应的纠正和补充工作。另外,还需说明几点:

(一)有些原作者和作品的译名与现在通用译名有所不同,有些没有翻译,笔者在整理该表时均按照原样录入,不予修订。

(二)有些刊物和出版机构将英文人名译为汉语时省去了名和姓中间的"·",比如,"葛普东·辛克莱"被写成"葛普东辛克莱"。笔者在整理该表时均按照现在的惯例予以补全。

(三)有些刊物和出版机构将英文作品名、刊物名译为汉语时加了引号,有些加了书名号,有些则没有加任何符号,笔者在整理该表时均按照现在的惯例加了书名号。

(四)本表第四列"刊物名"加"数字",表示该刊第几卷第几期(号)。比如,"北新3:12"表示《北新》第3卷第12期。

(五)本表第五列标示出版时间时,在数字中间加了逗号。比如,"1927,7,1"表示1927年7月1日。

(六)下文正文和附录中出现的表格,资料来源和处理方式均与本表一致,不再一一说明。

译介者	原作者	译介成果	出处	出版时间
顾均正	辛克莱	位居二楼的人	小说月报 19：10	1928, 10, 10
赵景深		辛克莱的《波士顿》出版	小说月报 20：2	1929, 2, 10
赵景深		奥尼尔与得利赛	小说月报 21：3	1930, 3, 10
赵景深		辛克莱的《山城》	小说月报 21：4	1930, 4, 10
高地		辛克莱	小说月刊 1：3	1932, 12, 15
郁达夫		翻译说明就算答辩	北新 2：8	1928, 2, 16
郁达夫	Upton Sinclair	拜金艺术（连载多期）	北新 2：10	1928, 4, 1
起应		辛克来的杰作：《林莽》	北新 3：3	1929, 2, 1
爱侬	辛克莱	拉靴带	北新 3：9	1929, 5, 16
王煦	辛克莱	艺术与商人	北新 3：18	1929, 10, 1
小竹	[日] 北泽新次郎	辛克莱的美国教育观	北新 4：1, 2	1930, 1, 16
山风大郎		介绍辛克莱氏新著《山城》	北新 4：13	1930, 7, 1
		辛克莱像	现代小说 3：1	1929, 10
佐木华	辛克莱	波士顿之行：关于《油》的被禁	现代小说 3：1	1929, 10
叶灵凤		辛克莱的《油!》	现代小说 3：1	1929, 10
佐木华	辛克莱	二重观点	现代小说 3：2	1929, 11, 15
佐木华	辛克莱	几个美国的无名作家	现代小说 3：4	1930, 1, 15
钱歌川	辛克莱	向金性	现代文学 1：2	1930, 8, 16
谷非		辛克莱打官司	现代文学 1：3	1930, 9, 16
杨昌溪		失败的辛克莱	现代文学 1：4	1930, 10, 16
杨昌溪		辛克莱的厄运	现代文学 1：5	1930, 11, 16
杨昌溪		辛克莱的官运不亨	青年界 1：1	1931, 3, 10
杨昌溪		辛克莱谈诺贝尔文学奖金	青年界 1：2	1931, 4, 10
钱歌川	辛克莱	小鱼与梭鱼	青年界 3：1	1933, 3, 5
钱歌川	辛克莱	大众所要求的	青年界 3：3	1933, 5, 5
钱歌川	辛克莱	坐下的工作	青年界 3：5	1933, 7, 5
巴尔		辛克莱与高尔基	文艺新闻 8	1931, 5, 4
余慕陶		辛克莱的《波士顿》(24续)	文艺新闻 23	1931, 8, 17
		一九三二年诺贝尔文学奖金将为辛克莱所得？	文艺新闻 37	1931, 11, 23
		藏《屠场》一本已足杀头而有余	文艺新闻 58	1932, 6, 6

第三章 辛克莱热:阶级/革命话语与美国文学形象构建

续表

译介者	原作者	译介成果	出处	出版时间
邱韵铎、吴贯忠	辛克莱尔	实业领袖(2:2 续)	大众文艺 2:1	1929,11,1
王一榴	辛克莱	电椅	大众文艺 2:4	1930,5,1
祝秀侠		辛克莱和这个时代	大众文艺 2:4	1930,5,1
		辛克莱的上帝观	文学 6:6	1936,6,1
		辛克莱论惠特曼	文学 8:2	1937,2,1
吉人	U. 辛克莱	马克·吐温的悲剧	译文 2:1	1935,3,16
天虹	U. 辛克莱	奥·亨利论	译文 2:6	1935,8,16
许天虹	U. 辛克莱	关于杰克·伦敦	译文(复刊)1:3	1936,5,16
		辛克莱的 epic 运动	刁斗 1:3	1934,11,1
郭根		欧洲文坛零讯竞选失败后的辛克莱	刁斗 2:1	1935,4,1
卢又陵	辛克莱	杰麦·海精司	海上旬刊	1928,7,25
峰		辛克莱的信	语丝 5:1	1929,3,11
冯乃超	Upton Sinclair	拜金主义——艺术之经济学的研究	文化批判 2	1928,2,15
李一氓		"拖住"——Sinclair 传	流沙 3	1928,4,15
邱韵铎	辛克莱尔	肥皂箱——美国新诗人底介绍(2 期续)	畸形 1	1928,5,30
赵荫棠	辛克莱	反抗的不朽作家	华严 1:6	1929,6,20
林疑今	辛克莱	卖淫的铜牌与诗人	新文艺 1:3	1929,11,15
关存英	Upton Sinclair	天然女(2:2,3,4 续)	戏剧 2:1	1930,1,15
祝秀侠		辛克莱的《潦倒的作家》	拓荒者 2	1930,2,10
伊索	辛克莱	恋爱论	民众生活 1:22	1930
邱韵铎	U. Sinclair	动物园	艺术 1	1930,3,2
		辛克莱与辛克莱·刘易士	文艺月刊 6:1	1934,7,1
余慕陶		辛克莱论	读书月刊 2:4,5	1931,8,2
汤增敭	辛克莱	人生鉴	当代文艺 1:4	1931,4,15
张梦麟	辛克莱	拜金艺术(13,15,19 期续)	海潮 12	1932,12,4
钱歌川		葛普登·辛克莱	现代 5:6	1934,10,1
俊		辛克莱	新中华 4:16	1936,8,25
蒯斯曛	U. Sinclair	被逐诗人的人生相	世界文学 1:2	1934,12,1
慕陶	辛克莱	黄金国	新文学 1:2	1935,5,10

续表

译介者	原作者	译介成果	出处	出版时间
季愚		辛克莱的《不许通行》	光明 2：11	1937，5，10
曾泽炳	辛克莱	文学与新闻文学	春云 2：1	1937，7，1
林疑今		易译《屠场》之商榷	新文艺 1：5	1930，1，15
叶灵凤		辛克莱的新著	戈壁 1：1	1928
		辛克莱的新作	出版月刊 5	1930
孙席珍		读《辛克莱评传》后的一种感想	中国新书月报 1：3	1931，2，25
高扬		辛克莱的新著	书报评论 1：4	1931
言		亚东将出辛克莱底《沙米尔》	书报评论 1：4	1931
张迪虚	辛克莱	辛克莱论社会	社会与教育 3：24	1932
梁实秋		辛克莱尔的《拜金艺术》	图书评论 1：5	1933，1，1
易凌		辛克莱的最近杰作 William Fox	国际情报副刊 1：13	1933
丁宁		美作家辛克莱的《理想国》	行健月刊 5：6	1934，12，15
		文学家辛克莱运动加州州长	时事月报 11（卷）	1934
		辛克莱书在德禁销	时事旬报	1934，8，1
浣华		辛克莱落选以前	唯爱 15、16	1934，12，1
莲清		辛克莱论生育节制	东方杂志 32：5	1935，3，1
		辛克莱著作及其当选省长	浙江图书馆馆刊 4：1	1935，2，28
徐奶		辛克莱婚姻改造案的四纲要	女子月刊 4：1	1936，1，1
		辛克莱论法西主义	时事类编 4：19	1936，11，1
		辛克莱的《合作》	时事类编 5：6	1937，3，16
坎人	辛克莱	石炭王	上海乐群书店	1928
傅东华	辛克莱	人生鉴	上海世界书局	1929
席涤尘	辛克莱	潦倒作家	上海前夜书店	1929（？）
陆公英	辛克莱	机关	上海南华图书局	1929
易坎人	辛克莱	屠场	上海南强书局	1929
黄药眠	辛克莱	工人杰麦	上海启智书局	1929
林微音	晏普东·辛克莱	钱魔	上海水沫书店	1929
陈恩成	辛克莱	拜金主义——美国文艺界的怪状	上海联合书店	1930
葛藤	辛克莱	太平世界	上海昭昭社	1930
孙席珍		辛克莱评传	上海神州国光社	1930

第三章 辛克莱热：阶级/革命话语与美国文学形象构建

续表

译介者	原作者	译介成果	出处	出版时间
钱歌川	辛克莱	地狱	上海开明书店	1930
易坎人	辛克莱	煤油	上海光华书局	1930
陶晶孙	辛克莱	密探	上海北新书局	1930
邱韵铎、吴贯忠	辛克莱	实业领袖	上海支那书局	1930
麦耶夫	辛克莱	山城	上海现代书局	1930
余慕陶	辛克莱	波斯顿	上海光华书局	1931
曾广渊	辛克莱	追求者	上海现代书局	1931
彭芳草	辛克莱	都市	上海神州国光社	1931
郭沫若	辛克莱	血路	上海南强书局	1932
钱歌川	辛克莱	现代恋爱批判	上海神州国光社	1932
王宣化	辛克莱	罗马的假日	上海实现社	1932
平万	辛克莱	求真者	上海亚东图书馆	1933
张迪虚	辛克莱	辛克莱论社会	上海新生命书局	1933
糜春炜	辛克莱	亚美利加的前哨	上海绿野书屋	1934
伍光健	U. Sinclair	财阀	上海商务印书馆	1934
雯若	辛克莱	婚姻与社会	上海天马书店	1934
林微音	辛克莱	钱魔	上海天马书店	1934
缪一凡	辛克莱	文丐	上海商务印书馆	1935
张仕章	辛克莱	辛克莱的宗教思想	上海青年协会书局	1937

通过上表，我们足以感受到 20 世纪 30 年代中国译介辛克莱的盛况。无论是他的小说和戏剧作品，还是文学和社会批评文字，都在短时间里大量进入了中国。许多文本，甚至出现了抢译、重译和变更名称出版的现象。除了大量翻译他的作品，有人开始介绍他的个人生活、社会活动和艺术观点等，还有人对他的作品本身展开了研究。在众多译介辛克莱的文人当中，郭沫若、周起应、叶灵凤、祝秀侠、余慕陶、孙席珍和邱韵铎等具有明显的左翼倾向。辛克莱能成为 20 世纪 30 年代中国文坛的热点现象，与这批人做出的译介努力不无关系。

在"革命文化"语境中，辛克莱不仅在中国得到了广泛的译介，而且产生了巨大的影响。尤其是他的"文艺即宣传"这一观念，对中国左翼构建自己的文艺理论发挥了重要作用。杨义就曾指出,"革命文学"兴起之后,"来自美国进步作家辛克莱的'一切的文学,都是宣传'的法则,取代了'五四'时期来自法国作家法朗士的'文学作品,都是作家的自叙传'的法则"①。尽管文学发展的实际证明,20世纪30年代的中国文坛过分突出辛克莱艺术观念和文学创作的意义,确实产生了不利影响,但在当时,他无疑是中国文学场域中最具冲击力的美国作家,因此也立刻引起了文学研究者的重视。比如,朱自清1929年至1933年在清华大学、北京师大和燕京大学讲授新文学、讨论"外国的影响"问题时,即将辛克莱的理论与作品作为重要内容。②

总体来看,20世纪30年代的中国文人在大力译介美国左翼文学时,不仅凸显了辛克莱在激进社会意识形态构建方面的重要意义,将他认定成了这一文学潮流的代表性作家,而且将他安排到了美国文学的顶端,将他想象成了美国最重要的作家。这就致使辛克莱在20世纪30年代的中国文学场域中呈现出了极其伟岸的形象,成为与高尔基、罗曼·罗兰等人并称的世界文学大家。尽管现在看来,这无疑存在明显的偏颇,但至少可以说明,20世纪30年代的中国文人开始重视美国文学,开始有意借鉴美国文学的部分经验来促进"自我"变革。

第二节 构建主体的身份认同变化

李初梨等人在建构中国的革命文学理论时,借用了辛克莱的观点,使得很多人听说了辛克莱的名号。然而,在郭沫若的《屠场》《煤油》《石炭王》等译作面世之前,辛克莱的作品被翻译过来的实际上并不多。许多人尽管听说过他的大名,但无缘一睹他作品的真正风貌。因此,在中国的辛克莱传播史和形象构建史上,郭沫若无疑是一个很重要

---

① 杨义:《中国现代小说史》第2卷,人民文学出版社2005年版,第3页。
② 朱自清:《中国新文学研究纲要》,载朱乔森编《朱自清全集》第8卷,江苏教育出版社1993年版,第83页。

的角色。

郭沫若是"五四"高潮期以"狂飙诗人"的身份登上中国文坛的,大胆张扬自我、抒发自我情绪的浪漫作风,构成了他作品的基本底色。就这个时代郭沫若的创作文风和思想基调而言,他与辛克莱之间建立起联系的可能性似乎不大。然而,历史的事实却是,在"革命文学"语境中,这位曾经的"狂飙诗人"尽管意识到辛克莱的"立场并不是Marx-Leninism",只是"革命的同伴者"①,但还是积极参与了译介辛克莱的实践,于1928年至1930年间接连翻译出版了他的《石炭王》②《屠场》③和《煤油》④等三部长篇小说。

郭沫若翻译辛克莱的小说,是一种主动的选择,而不是外力强制的结果。也就是说,认同辛克莱及其代表的文学和文化,是他做出翻译选择的主要原因。那么,郭沫若这样一位"五四"时期崇尚个性和天才的"狂飙诗人",为什么能够转向认同辛克莱并积极翻译其作品呢?要理解这一问题,我们必须走出对郭沫若"五四"浪漫主义诗人身份的浪漫想象和对其个性主义话语特征的简单定位,而需要以动态的眼光,考察他的话语从"文学革命"到"革命文学"时代的流变轨迹及其特征。

一 "五四"高潮期的狂飙诗人身份定位

在整个"五四"高潮期,郭沫若积极参与了"人"在思想意义和道德意义、情感意义和审美意义上的"解放",与其他作家一道,共同掀起了中国现代文学史上至关重要的"人的觉醒"和"人的发现"⑤浪潮。无论是他的诗歌创作还是文艺观念,都彰显了尊崇个性和表现自我

---

① 易坎人:《写在〈煤油〉前面》,载辛克莱《煤油》上册,易坎人译,光华书局1930年版。
② [美]辛克莱:《石炭王》,坎人译,乐群书店1928年版。
③ [美]辛克莱:《屠场》,易坎人译,南强书局1929年版。
④ [美]辛克莱:《煤油》,易坎人译,光华书局1930年版。
⑤ 郁达夫在总结"五四"文学时指出:"五四文学的最大贡献,第一个要算个人的发现。"郁达夫:《导言》,《中国新文学大系·散文二集》,良友图书印刷公司1936年版,第5页。

的话语特征。个性主义、主情主义和艺术无功利,构成这种话语的基本特征。他"恣意妄为"的个性主义话语,"对于习惯于压抑自己的情感,心灵不自由的中国人……简直是具有革命意义的"①。

随着《女神》这一"前空千古,下开百世"的文学巨著于1921年由上海泰东书局出版,郭沫若以新诗人的身份正式登上文坛,也被后来的史家认定为"五四时代的第一位最有贡献的诗人"②。诗人如凌驾于一切之上的"天狗",既大胆抒发个人情感,以放荡不羁的激情冲击压抑个性、蔑视自我的传统精神和现实环境,又避免了胡适的《乐观》、康白情的《草儿》等早期新诗过于直白浅露、余味不足的缺点,真正撼动了旧体诗创作的大营。

在现代诗坛,郭沫若和胡适等早期白话诗人一样,共同需要冲决的是中国绵延千古的旧体诗写作传统。因此,他们基于新诗人身份的想象和构建需要,在很大程度上表现出我群一致性认同。然而,郭沫若也对胡适等倾向于写实主义的诗人,表现出明显的他群差异性认知,彰显了主情主义的鲜明个性。他接受美国诗人惠特曼影响创作的诸多诗篇,集中体现了这种个性特征。他曾将自己"五四"时期的创作分成泰戈尔式、惠特曼式和歌德式三个时段,并认为"第二段是惠特曼式,这一段时期正在'五四'的高潮中,做的诗是崇尚豪放、粗暴,要算是我最可纪念的一段时期"③。

在这一时段,郭沫若不仅致力于文学创作实践,而且发表了诸多彰显浪漫主义和个性主义文艺观念的言论。一方面,他秉持"艺术的非功利性"。在《论国内的评坛及我对于创作上的态度》一文中,他集中阐述了这一主张:"假使创作家纯全以功利主义为前提以从事创作,上之想借文艺为宣传的利器,下之想借文艺为糊口之饭碗,这个我敢断定一句,都是文艺的堕落,隔离文艺的精神太远了。"④另一方面,他崇

---

① 钱理群:《试论五四时期的"人的觉醒"》,载王晓明主编《二十世纪中国文学史论》第一卷,东方出版中心1997年版,第323页。
② 赵家璧:《话说〈中国新文学大系〉》,《新文学史料》1984年第1期。
③ 郭沫若:《郭沫若全集(文学编)》第12卷,人民文学出版社1992年版,第186页。
④ 郭沫若:《论国内的评坛及我对于创作上的态度》,《时事新报·学灯》1922年8月4日。

尚天才、个性、激情、灵感和自我表现。他非常欣赏雪莱和歌德的诗学观念，认为"诗不是'做'出来的，只是'写'出来的"①。同时，他指出："只要是我们心中诗意诗境底纯真的表现，命泉中流出来的 Strain，心弦上弹出来的 Melody，生的颤动，灵底喊叫；那便是真诗，好诗，便是我们人类底欢乐底源泉，陶醉底美酿，慰安底天国。"②

二 "革命文学"时代的自我调整

随着"五四"的高潮落幕，中国的现实语境发生变化，狂飙突进的时代精神也逐渐式微。如果说"五四"时期文人主要面对的问题是如何借鉴西方文化资源反对传统并构建新兴文化，思考的重点在于如何通过思想启蒙的方式实现"立人"和"立国"的重大使命，那么，北伐战争和大革命失败后的中国文人，不得不面对残酷的现实革命斗争。这就迫使这一时代的文人不得不深入思考，如何才能将思想层面的革命与现实层面的革命结合起来。在整个中国由"文学革命"向"革命文学"悄然转变的时代，郭沫若放弃了先前的主张而转向了集体认同，开始大力宣扬阶级革命，试图为"大众"立言，从而彰显出了极力否定浪漫主义和个人主义、积极倡导阶级/革命的话语特征。

然而，郭沫若的这种变化并不是突然发生的。其实，早在1923年到1924年间，他的艺术观念和思想倾向就已经开始出现较为明显的变化。他后来谈及自己的思想历程时说，创办《创造周报》之后，"以前的一些泛神论的思想，所谓个性的发展，所谓自由，所谓表现，无形无影之间已经遭了清算。从前在意识边上的马克思、列宁不知道几时把斯宾诺莎、歌德挤掉了，占据了意识的中心"③。他在1924年8月9日写给成仿吾的信中也说，自从翻译河上肇的《社会组织与社会革命》之

---

① 郭沫若：《郭沫若致宗白华》，载田汉、宗白华、郭沫若《三叶集》（影印本），上海书店1982年版，第6页。
② 同上。
③ 郭沫若：《郭沫若全集（文学编）》第12卷，人民文学出版社1992年版，第184页。

后，自己的思想发生了明显"转变"："我现在成了个彻底的马克思主义的信徒了！马克思主义在我们所处的这个时代是唯一的宝筏。"①

如果说上面两个例子仅仅是郭沫若事后的自我陈述或者辩解，那么，他在《创造周报》上发表的一些文章，便是他这一时段思想开始发生变化的更为直接的证据。比如，他在该刊第3号发表了《我们的新文学运动》，明确提出时下的文学要承担起"反抗资本主义的毒龙"的使命，而"我们的运动要在文学之中爆发出无产阶级的精神，精赤裸裸的人性。我们的目的要以生命的炸弹来打破这毒龙的魔宫"②。后来，他又发表《太戈尔来华的我见》③一文，明显提出了"无产阶级"和"资产阶级"对立的思想，认为泰戈尔的和平主义思想反映的是资产阶级的趣味和立场，并因此对其持否定态度。这些都无不说明，郭沫若已经从阶级的角度来看待文学和评判作家。

其实，郭沫若早期的诗歌，比如《女神·序诗》中已经出现了"我是个无产阶级者""我愿意做个共产主义者"这样一些带有强烈政治色彩的词汇。④郭沫若后来说，使用这样的词汇不过是玩文字游戏而已，当时他"实际上连无产阶级和共产主义的概念都还没有认识明白"⑤。现在看来，"在诗人的知识/想象空间里，'无产阶级'一词是一个道德意象（moral image）的物质载体（physical form）"⑥。如果说，郭沫若早期运用诸如"无产阶级"等词汇，主要是出于构建道德自我形象的朦胧意识，那么，1924年之后他大量使用此类词汇时，既对它们有了更为深刻的认识，又具备了明确的阶级/革命意识形态建构诉求。而正是出于这种诉求，他不但大力宣扬文艺的功利性，而且率先提出了"革命文学"的主张。在《革命与文学》一文中，他梳理了革命与文学的关系，并直接得出了一个数学公式："革命文学＝时代精神，更简单

---

① 郭沫若：《郭沫若全集（文学编）》第16卷，人民文学出版社1989年版，第9页。
② 郭沫若：《我们的新文学运动》，《创造周报》1923年第3号。
③ 郭沫若：《太戈尔来华的我见》，《创造周报》1923年第23号。
④ 郭沫若：《〈女神〉汇校本》，湖南人民出版社1983年版。
⑤ 郭沫若：《郭沫若文集（文学编）》第12卷，人民文学出版社1992年版，第147页。
⑥ 曹清华：《中国左翼文学史稿（1921—1936）》，中国社会科学出版社2008年版，第11页。

地表示的时候,便是文学＝革命。"① 在《英雄树》一文中,他更是强调文艺应该"领导着时代走",应该"鼓动革命",并且呼吁文艺青年"当一个留声机器"②。

换个角度来看,郭沫若文学主张方面发生的变化,其实与他的身份认同发生变化息息相关。有学者指出:

> 身份用来描述存在于现代个体中的自我意识。现代自我被理解为是自主的和自我反思的,德国哲学家黑格尔把个人主义、批判和自主行动的权利,看做是现代主体性的三个主要特征。身份的这种自我反省的一面意味着在现代,身份被理解为是一个规划。它不是固定的。③

郭沫若逐渐形成并彰显阶级革命话语形态的过程,其实也是一个不断反思、不断规划、不断调整自我身份认同的过程。他说:

> 我以前是尊重个性,景仰自由的人,但在最近一两年之内与水平线下的悲惨社会略略有所接触,觉得在大多数人完全不自主地失掉了自由,失掉了个性的时代;有少数的人要求主张个性,主张自由,总不免有几分僭忘。④

正是因为具备了这样的意识或者觉悟,他才努力矫正自己作为小资产阶级知识分子的身份,力图站在普罗大众的立场上为集体的自由和解放而斗争。这实际上也标志着他的思想基调,开始从追求"个人解放"向"阶级解放"过渡。

转向提倡阶级/革命话语、身份认同发生位移之后,郭沫若的文艺

---

① 郭沫若:《革命与文学》,《创造月刊》1926年第1卷第3期。
② 麦克昂(郭沫若):《英雄树》,《创造月刊》1928年第1卷第8期。
③ [英]阿雷德·鲍尔德温等:《文化研究导论》,陶东风等译,高等教育出版社2004年版,第231页。
④ 郭沫若:《〈文艺论集〉序》,《洪水》1926年第1卷第7期。

观念发生了巨大变化。他在以阶级/革命视角观照文学的同时，也基本上否定了个人主义和浪漫主义。他认为，新时代需要的是为"第四阶级"即为无产阶级发言的文艺：

  这种文艺在形式上是写实主义的，在内容上是社会主义的。除此以外的文艺都已经是过去的了。包括帝王宗教思想的古典主义，主张个人主义自由主义的浪漫主义，都已经过去了。①

为了与浪漫主义"诀别"，为了赋予革命文学真理性的地位，他更是宣布：第四阶级兴起之后，"浪漫主义的文学早已成为反革命的文学了"②。

从尊崇个人到归依集体，从张扬个人主义话语到彰显阶级/革命话语，都标志着郭沫若身上发生了巨大的变化。事实上，郭沫若本身就是一个矛盾的复合体。他既想追寻梦境，又想探求真理，既想扩充理智，又不愿放弃直觉。无论如何，抓住"变"这一特征，是我们理解郭沫若的一个关键，也是我们解开郭沫若这样一位曾经的"狂飙诗人"为何能够认同辛克莱并将其作为重要译介对象的钥匙。

第三节 翻译辛克莱：从话语实践到政治实践

  上文的论述即可说明，思想主张和文艺观念发生转变的郭沫若，已经具备了接受辛克莱的心理基础。然而，行为主体具备了必要的心理基础，并不必然会参与到某种实践当中。也就是说，我们从郭沫若"变"的角度回答了他为什么能接受辛克莱之后，还需进一步分析他为什么要积极参与译介辛克莱的实践。笔者认为，郭沫若翻译辛克莱，尽管受到了日本左翼文学界的影响，但主要是基于他对翻译功用的认识和阶级/

---

① 沫若（郭沫若）：《文艺家的觉悟》，《洪水》1926年第2卷第16期。
② 郭沫若：《革命与文学》，《创造月刊》1926年第1卷第3期。

革命话语形态构建的需求。从某种意义上来说，他的文学翻译实践本身就是一种政治实践。

一　翻译选择与阶级/革命话语彰显

郭沫若1927年因发表讨蒋檄文《请看今日之蒋介石》，遭到国民政府通缉，于1928年2月逃亡日本。尽管如此，"他的精神世界蕴含着永远求新、求变、求先的渴望和动力，这就使得他在一段时间内仍成为国内左翼文学界的一种先锋性存在"①。连续翻译辛克莱的三部小说，即是其追求"先锋性"的重要表征。

郭沫若翻译辛克莱的小说，与日本左翼文学界热烈接受辛克莱不无关系。众所周知，日本的左翼文学运动对中国左翼文学界产生了巨大的影响。有学者就曾指出："基于新文学以来中日文学之间的密切联系，又由于1927年大革命失败后中苏关系断绝，思想交流严重受阻，邻近的日本就成了左翼文学思潮在中国最重要的传播源。"② 日本不仅是中国左翼文人接受苏联和西方理论的重要中转站，藏原惟人、福本和夫等日本理论家的相关论述，也在中国得以广泛传播。郭沫若流亡日本时，日本出现了所谓的"辛克莱时代"。左翼文学界不仅将辛克莱的作品视为典范之作，而且把他以"调查的艺术"为标志的创作理念，视为拯救日本无产阶级文学的强有力道路。青野季吉、前田河广一郎等人，积极参与了对辛克莱的译介，小林多喜二的《蟹工船》、叶山嘉树的《生在海上的人们》等不少左翼文学作品，也在写作素材、表现手法等方面受到了辛克莱的影响。在这样一种文学氛围中，思想左倾的郭沫若难免会受到感染。日本文艺界大力提倡辛克莱，对始终关注中国革命文化建设的郭沫若来说，无疑是一种激励。这也就有可能导致他将关注的目光投向辛克莱，并最终参与了翻译实践。

---

① 陈红旗：《中国现代作家与左翼文学的互动相生》，东方出版中心2016年版，第27页。
② 徐美燕：《论中国左翼文学思潮中的"日本元素"及其产生的正负效应》，《东北师大学报》（哲学社会科学版）2011年第4期。

郭沫若避难日本时期，确实将很多精力花在了文字学、历史学研究等领域。有学者对此展开分析时曾指出，客观原因主要是"日本政府的监控使其丧失了言说无产阶级革命文学的空间和自由"，而主观原因是"他的兴奋点发生转移"，"对革命文学的关注力度自然就小了"①。得出这样的结论，大概是因为没有足够重视他当时参与的翻译实践及其意义。笔者认为，郭沫若在这一时段并非不关注革命文学，而是改变了策略。他选择翻译辛克莱，其实是想通过翻译这种话语实践形式参与中国国内的文学和政治实践，彰显自己的阶级／革命话语立场，确认自己的"在场感"。他虽是"革命文学"的重要提倡者，但"革命文学"的时代真正到来，"革命文学"的理论提倡和创作实践如火如荼开展的时候，他无法像许多热血青年那样，直接参与国内风起云涌的社会文化和现实革命斗争。然而，地理上的阻隔和现实的生存压力，不但未能切断他对祖国的内心热望和现实关怀，反而激发了他变换形式参与国内实践的热情。

笔者认为，郭沫若身处日本时期彰显阶级／革命话语形态的策略，大致可分为消极和积极两类。

激烈否定"五四"，攻击曾经的文学同道，大抵属于消极策略。以激进话语形态参与历史建构的"革命文学"提倡者认为，无产阶级的文学是"为完成他主体阶级的历史的使命，不是以观照的——表现的态度，而以无产阶级的阶级意识，产生出来的一种斗争的文学"②。在他们看来，作家的阶级意识便是决定文学内涵的重要因素。他们将阶级作为划分文学阵营的核心标准，既极力否定曾经的自我（上述郭沫若话语形态的转变就是如此），又言辞激烈地对先辈作家展开了批判。比如，冯乃超批评文学研究会的诸多成员、鲁迅、郁达夫、张资平等人时就指出，大多数作家出自小资产阶级，这些没有形成"革命认识"的作家，只是自己所属阶级的代言人，"他们历史的任务，不外一个忧愁

---

① 陈红旗：《中国现代作家与左翼文学的互动相生》，东方出版中心2016年版，第35页。
② 李初梨：《怎样地建设革命文学》，《文化批判》1928年第2号。

的小丑（Pierotte）"①。再比如，李初梨认为鲁迅无法认识到意识斗争的重要性和实践性，说鲁迅"对于布鲁乔亚氾是一个最良的代言人"，"为布鲁乔亚氾当了一条忠实的看家狗"②。显然，这样的文学批评，既上升到了意识形态判断的层面，又降格为人身攻击。

比冯乃超和李初梨有过之而无不及，郭沫若断定小资产阶级作家"大多数是反革命派"③，甚至将鲁迅视为"封建余孽"和"法西斯谛"的"二重性的反革命"④。更为重要的是，在《文学革命之回顾》一文中，他从整体上否定了"五四"文学革命，认为"陈、胡、刘、钱、周"这些"新兴资产阶级暴发户"，"真确的在资本主义的大纛之下或有意识或无意识地在那儿挣扎"⑤，但未能奉献出划时代的作品。有研究者指出，郭沫若之所以发表该文，"是不想成为这次历史机遇的旁观者，而是想利用它，为回国造好一定的舆论准备，至少是让国内文坛明确意识到他的存在，而且是一个激进姿态的存在"⑥。笔者认为，这种分析有一定的道理。

如果说上述种种是郭沫若通过否定和批判形式彰显阶级/革命话语的消极策略，那么，翻译辛克莱则是他参与革命意识形态构建的积极策略。而他选择这样的策略，与他对翻译功用的认识不无关系。刚登上文坛不久，郭沫若便与文学研究会诸君之间展开过"处子和媒婆"之争。他批评当时的"国内人士只注重媒婆，而不注重处子；只注重翻译，而不重产生"，认为翻译"只能作为一种附属的事业，总不宜使其凌越于创造、研究之上，而狂振其暴威"⑦。尽管他的此类言论确实具有轻

---

① 冯乃超：《艺术与社会生活》，《文化批判》1928年创刊号。
② 李初梨：《请看我们中国的Don Quixote的乱舞——答鲁迅〈醉眼的朦胧〉》，《文化批判》1928年第4号。
③ 麦克昂（郭沫若）：《桌子的跳舞》，《创造月刊》1928年第1卷第11期。
④ 杜荃（郭沫若）：《文艺战线上的封建余孽——批评鲁迅的〈我的态度气量和年纪〉》，《创造月刊》1928年第2卷第1期。
⑤ 麦克昂（郭沫若）：《文学革命之回顾》，《文艺讲座》第一册，1930年4月10日。
⑥ 孟文博：《郭沫若否定"五四"文学革命动因考》，《中国现代文学研究丛刊》2015年第2期。
⑦ 郭沫若：《给李石岑的信》，《民铎》1921年第5期。

视翻译的倾向，但这事实上，只是他在特定语境下关于翻译的一面之词和偏激见解。这些言论既不能遮蔽他从事的大量翻译实践，也不能消解他后来对于翻译重要性的充分肯定。发表了这样的言论时隔不到两年，他在1923年创办的《创造周报》上发表了《一个宣言》，并指出："我们应该把窗户打开，吸纳些温暖的阳光进来。如今不是我们闭关自守的时候了……我们要宏加研究、绍介、收集、宣传，借石他山，以资我们的攻错。"①

中国的左翼文学运动尽管有本土基础，但在理论建构等方面具有一定的外源性。为了建设中国的革命文学，当时的左翼文人向国内大力译介国外相关理论性著作时，也将译介的对象投向了世界范围内的左翼文学作品。有学者指出，"翻译有助于促进本土文化话语的建构，它就不可避免地被用来支持雄心勃勃的文化建设，特别是本土语言和文化的发展。"② 左翼文学界这样做，就是为了借鉴异域的话语资源，为国内营造革命文化氛围、培植和创作较为成熟的文艺作品做必要的铺垫。在这种重视异域资源的背景下，重视翻译工作的郭沫若，更有理由参与译介辛克莱的话语实践。

郭沫若从"五四"时期就开始从事外国文学翻译实践。不过，这一时段他翻译的作品大多具有浪漫主义特征。1921年，他与钱君胥合译了德国小说家施笃姆的悲剧爱情小说《茵梦湖》。1922年，他翻译了歌德名著《少年维特之烦恼》。就美国文学而言，他曾翻译过惠特曼的诗歌《从那滚滚大洋的群众里》《坦道行》等。对施笃姆、歌德和惠特曼的翻译均可说明，郭沫若的思想主张和文艺观念与他做出的翻译选择具有一致性。更明确点说，翻译浪漫主义文学作品进一步确证了郭沫若的个人主义话语形态，而他之所以选择翻译这些作家作品，与他的个性主义和浪漫主义追求不无关系。但正如上述，转向阶级/革命话语立场

---

① 郭沫若：《一个宣言》，《创造周报》1923年第22号。
② Lawrence Venuti, "Translation and the Formation of Cultural Identities", in Christina Schaffner and Helen Kelly-Holmes eds., *Cultural Functions of Translation*, Clevedon: Multilingual Matters Ltd., 1996, pp. 9 – 25.

之后，郭沫若开始积极译介辛克莱这样一位主张"文艺即宣传"、具有现实主义创作风格和政治激进意识的作家之作。

将两个不同时段郭沫若的话语形态和翻译选择加以对比，我们不难发现，二者之间存在明显的逻辑对应关系。更进一步讲，在"革命文学"时代，郭沫若翻译辛克莱的作品，是有明确诉求的。正是出于阶级/革命话语形态构建的需要，他才贯彻了自己重视翻译的主张，将译介的对象定位到了日本已经开始大力译介的辛克莱身上。而正是通过这些翻译实践，郭沫若的阶级/革命话语立场和他作为左翼知识分子的身份也得以彰显。因此我们可以说，郭沫若翻译辛克莱，充分体现了外来影响、主体话语立场与翻译选择之间的互动关系。

二 从文学实践到政治实践

身份是"人们对世界的主体性经验与构成这种主体性的文化历史设定之间的联系"[①]。在现代语境下，各个行为主体逐渐丧失了过去那种恒定不变、确定无误的文化身份感，因而永远踏上了对自我文化身份不断追寻和定位的建构征程。事实上，主体面对身份危机时为重塑身份做出的种种努力，也是不断寻求认同和构建自我新身份的过程。通过形形色色的方式来寻求确定性，确立某种价值和意义，便是现代人生活中的基本事实。无论是身体实践还是话语实践，都是现代主体构建自我文化身份并彰显认同的重要途径。斯图亚特·霍尔指出，"文化身份是需要通过叙述才能表达出来的，它来自于一种'话语实践'"[②]。在众多的话语实践形式中，翻译无疑是非常重要的一种。从这个意义上来说，郭沫若翻译辛克莱，本身是构建自我文化身份的一种重要途径。然而，他的这一话语实践要真正发挥作用，还需要被翻译主体之外的其他读者广

---

① Paul Gilroy, "Diaspora and the Detours of Identity", in Kathryn Woodward ed., *Identity and Difference*, Sage Publications and Open University, 1997, p. 301.

② [英] 斯图亚特·霍尔：《文化身份与族裔散居》，载罗钢、刘象愚编《文化研究读本》，中国社会科学出版社2000年版，第209页。

泛接受。而读者能否真正接受这一话语实践，并通过他们让话语实践切实产生影响，尤其是作用于政治实践层面，原作者、译者和译作的声誉就成为重要的影响因素。

如前所述，郭沫若尽管明确意识到辛克莱的作品和思想具有一定的局限性，但依然花了很大的气力要证明译介辛克莱的必要性，试图通过话语来操控原作者及其作品在中国的声誉。有学者说，"策动翻译的人（可以是译者，也可以是出版商或编者）介绍外来作品时，往往要为它建立权威地位，而说明此作品在原语文化如何重要，是最常用的手法"①。其实，要树立"外来作品"的权威地位，除了需要论证它们在原语文化中的重要性，还需要让这些作品与本土实际建立起意义关联，说明它们对于本土来说有多么重要。事实上，这两方面的工作，郭沫若都做了。他利用自己在中国左翼文化界已经树立起来的身份和富有感染力的解说，在中国左翼文坛上为辛克莱努力树立"权威地位"，以期达到引导读者大众接受的目的。

首先，他反复申述辛克莱作品对自己的感染力。关于《屠场》，他在《〈屠场〉译后》中写道："我在译述的途中为他这种排山倒海的大力几乎打倒，我从不曾读过这样有力量的作品，恐怕世界上也从未曾产生过。"② 关于《煤油》，他指出该作是一部"力作"，体现出了"力量的排山倒海"③。茅盾曾指出，20世纪30年代中国"文坛上曾经出现过一个名词：'力的文学'"④。在郭沫若的心目中，辛克莱的作品无疑是"力的文学"。

其次，他着重强调了辛克莱作品的创作方法。革命文学的提倡者尽管大力论证了建设革命文学的必要性，但当时的创作实践并未因理论的倡导而走出困境。无论是蒋光慈的《野祭》、洪灵菲的《逃亡》等描写知识青年的"革命+恋爱"小说，还是蒋光慈的《短裤党》、华翰的

---

① 孔慧怡：《翻译·文学·文化》，北京大学出版社1999年版，第9页。
② 易坎人：《〈屠场〉译后》，载辛克莱《屠场》，易坎人译，南强书局1929年版。
③ 易坎人：《写在〈煤油〉前面》，载辛克莱《煤油》上册，易坎人译，光华书局1930年版。
④ 茅盾：《力的表现》，《申报·自由谈》1933年12月1日。

第三章 辛克莱热:阶级/革命话语与美国文学形象构建

《暗夜》等描写工农武装斗争的作品,都存在公式化、概念化和口号化的弊端。它们不但与普通大众的生活实际相去甚远,而且无法真正被普通大众理解和接受。茅盾在《从牯岭到东京》一文中,就谈到这个问题。他指出,尽管革命文学作家把"劳苦大众"设定为自己作品的读者对象,但"劳苦群众并不能读,不但不能读,即使你朗诵给他们听,他们还是不了解"①。针对中国左翼文学实践领域尚未出现"伟大的作品",反而存在"不能把捉着时代精神的毛病",郭沫若在《桌子的跳舞》一文中明确提出了应对策略。他认为,中国作家应该借鉴辛克莱"调查的艺术"。他说:"象 Upton Sinclair 的'King Coal'一类的作品,那没有到炭坑里面去研究过是绝对写不出来的呀。"② 在《写在〈煤油〉前面》一文中,他也指出,辛克莱"有周到的用意去搜集材料"和"有预定的计划去处理材料"的优点,而他的这些优点和态度"是充分地可让我们学习的"③。

最后,凸显辛克莱作品的思想内涵和政治立场。在郭沫若看来,"坚决地立在反资本主义的立场,反帝国主义的立场","从内部来暴露资本主义的丑恶",便是辛克莱"最有辉煌的一面"④。他说:"我在目前要介绍辛克莱的主要的意义",便是想让读者通过他的"作品中来领略领略所谓'欧美式的自由'"⑤,从而对资本主义世界形成清醒的认识,最终走出信奉和宣扬欧美自由的文人构建出的有关欧美的"幻影"。

出于意识形态的对抗,中国左翼文人基本上形成了"拥苏反帝"的思维模式。他们在彰显阶级/革命话语的过程中,一方面将资本主义国家备受压迫的"阶级兄弟"引为同道,另一方面对这些国家的政治和经济制度等持坚决否定态度。为此,他们将关注的目光投向了资本主义国家内部展开自我批判的作家,并大力译介了这些作家彰显激进意识形态的作品。郭沫若对辛克莱的译介选择,便是如此。其实,他大力肯

---

① 茅盾:《从牯岭到东京》,《小说月报》1928 年第 19 卷第 10 号。
② 麦克昂(郭沫若):《桌子的跳舞》,《创造月刊》1928 年第 1 卷第 11 期。
③ 易坎人:《写在〈煤油〉前面》,载辛克莱《煤油》上册,易坎人译,光华书局 1930 年版。
④ 同上。
⑤ 同上。

定辛克莱对资本主义的暴露效果，针对的不仅仅是美国这一他者。更为重要的是，他试图通过言说他者来变相表达对依赖于资本主义国家的国民党政府的不满，从而论证了中国无产阶级革命的必要性。他试图通过翻译"从内部来暴露资本主义的丑恶"的作品，让中国读者认识到资本主义的缺陷，从而转向支持他们所倡导的阶级革命，认同他们要努力构建的无产阶级意识形态。

辛克莱的小说属于文学作品，郭沫若翻译这些小说显然属于文学话语实践。然而，正如有些学者所指出的，"翻译不能被简单定义为交流、信息传达或广义上的重新书写，同样，翻译也不是一项单纯的文学或美学活动，尽管它总是与某一特定文化空间内的文学实践密切联系在一起"①。郭沫若尽管想借助辛克莱这一异域资源，矫正中国左翼文学创作实践中存在的不足，达到推动左翼文学建设的目的，但同样重要的是，他想发挥文学的社会政治功能，起到变革中国社会和政治的效果。可以说，翻译辛克莱这一话语实践，集中体现了郭沫若试图将文学实践与政治实践融汇到一起的美好愿望。

在20世纪30年代的中国，国民党为了构建一元意识形态，实现独裁专制，在文化领域大力实施控制方略，其中包括控制媒介、扶持官方文艺团体、推行官方文艺政策，乃至查禁书刊、捕杀进步作家，大肆鞭伐不符合自己意识形态的政治和文学势力。然而，正如福柯所说，"哪里有权力，哪里就有抵抗"②。所谓"抵抗"，就是"对所提倡的、所极力灌输的指令的一种不情愿"③。在这样的语境下，郭沫若翻译彰显阶级/革命意识形态的辛克莱的小说，就起到了挑战和解构国民党官方意识形态的作用。刘禾就曾指出，翻译绝不是一种中性的、远离政治及意识形态斗争和利益冲突的行为。④ 显然，郭沫若的翻译，本身就有"抵

---

① Antoine Berman, *L'epreuve de l'étranger*, Paris: Editions Gallimard, 1994, p. 174.
② Michel Foucault, *The History of Sexuality*, New York: Pantheon, 1978, p. 95.
③ Even-Zohar, "Cultural Planning and Cultural Resistance in the Making and Maintaining Entities", *Sun Yat-Sen Journal of Humanities*, 2002, p. 48.
④ [美]刘禾：《跨语际实践——文学、民族文化与被译介的现代性》，宋伟杰等译，生活·读书·新知三联书店2002年版，第115页。

抗的政治"意味。然而，官方为了维持社会系统的稳定和自己所倡导的意识形态的权威性，绝不会心甘情愿忍受形形色色的"抵抗"。它必将通过各种手段查禁和压制异端意识形态及其载体和传播者。事实上，仅1931年到1934年间，郭沫若翻译的三部辛克莱的小说，都曾多次遭到查禁。比如，1931年1月和1932年9月，《煤油》被查禁，理由分别是"普罗文艺作品"和"普罗文艺"；1934年1月，《石炭王》被查禁，理由是"鼓动阶级斗争"；1934年1月和2月，《屠场》被查禁，理由是宣扬"阶级斗争"[①]。这些查禁行为说明，官方已经意识到辛克莱作品的颠覆性。这反过来说明，辛克莱的作品对处于"边缘"的中国左翼来说，具有重要的文化和政治意义。

辛克莱尽管是一个作为个体而存在的作家，但无论是在中国，还是在美国，抑或是在世界左翼文化圈里，他都被建构成了"新兴"文学和文化的代表。从这个意义上来说，郭沫若选择辛克莱，也就是选择了他所表征的一种文化。而他基于阶级/革命话语标准做出的这种选择，既是诗学的，又蕴含着建构新型意识形态的诉求。在20世纪30年代的中国左翼文化语境中，阶级/革命意识形态往往与现实主义的诗学观念紧密结合在一起。现实主义不仅被树立成了最高等级的诗学原则，而且被赋予了承载阶级/革命意识形态、改变现实和创造未来的崇高使命。正是基于这种逻辑，具有激进意识形态的现实主义作家，就被中国左翼文人建构成了文学多元系统中等级最高的部分。这成了他们评判国内创作的重要标准，阐释世界文学并对其做出选择的重要依据。现在看来，辛克莱的作品，无论是按照诗学准则还是意识形态准则来评价，都的确存在一些问题。但正如上文所论述的，郭沫若在选择他时有意凸显其光辉的侧面，而刻意淡化了他的不足。实际上，不仅仅是郭沫若如此。辛克莱在20世纪30年代的中国能成为文化偶像，与中国左翼文人对他的刻意"美化"不无关系。

---

① 吴效刚：《民国时期查禁文学史论》，中国社会科学出版社2013年版。

上文仅仅以郭沫若翻译辛克莱为例，阐释了 20 世纪 30 年代中国文人的阶级/革命话语形态与美国文学形象构建之间的关系。通过这一案例，我们便可看出二者之间明显存在互动关系，前者构成了后者的尺度，后者成了前者的重要表征。在呈现出明显分化态势的 20 世纪 30 年代中国文坛上，阶级/革命话语无疑是对官方意识形态最具挑战力的话语形态。这一话语形态参与进美国文学译介和形象构建时，明显突出了美国文学内部挑战现行社会制度、致力于构建新型意识形态的左翼文学。有意识地彰显，在很大程度上造成了对美国文学多元形象的遮蔽，因此，其偏颇之处也显而易见。

　　就中国的美国文学形象构建史而言，左翼文人构建出的激进或"赤色"形象，只是其中的一个重要侧面。这一侧面与其他倾向的文人构建出的其他侧面共时存在，形成对话关系，起到了相互补充和矫正的作用。当时间的距离拉开之后，我们共时考察 20 世纪 30 年代中国的美国文学形象时，既得承认它们各自的偏颇之处，又很有必要结合时空语境体悟其中蕴含的历史文化意义。

　　本章尽管着力于还原和阐释阶级/革命话语与"赤色"美国文学形象之间的关系，但无意于遮蔽左翼文人对美国文学其他部分的关注。就客观情形来看，秉持阶级/革命话语立场的文人，确实没有大力译介不符合自己意识形态和诗学追求的美国作家作品，但这并不意味着他们就不参与相关的讨论和阐释。而讨论或阐释，无论是做出积极的评价，还是消极的判断，本身都是构建美国文学形象的重要形式。

第四章 休士热:民族/国家话语与美国文学形象构建

在20世纪30年代,尽管阶级/革命话语是中国文人选择和阐释美国文学的重要尺度,但民族/国家话语与美国文学形象构建之间也开始呈现出重要关联。这主要体现在两个方面:一是热烈讨论美国文学作为民族文学的地位和性质;二是积极关注美国族裔文学的发展状况。

黑人文学是美国族裔文学的重要组成部分。截至20世纪30年代,它已经取得了长足进展,出现了休士等著名诗人和小说家。尽管邵洵美等极少数20世纪30年代文人认为,"和爵士音乐一样轰动的黑人诗","是走不出美国的,至少走不出英语的圈子"[①],但在中国文人普遍关注弱小民族及其文学艺术的大背景下,美国黑人文学被积极译介、热烈讨论却是一个不争的事实。他们在整体观照黑人文学发展状况的同时,尤为重视休士的文学道路和创作成就。这就使得休士成了20世纪30年代中国文坛的另一个热点话题。与此同时,休士也被他们建构成了民族革命斗士和阶级革命斗士两种不同的形象。中国文人对休士及其代表的美国族裔文学的关注,是这一时代美国文学形象构建的一个重要侧面。

20世纪30年代中国文人的美国黑人文学译介,已经引起当下学术

---

① 邵洵美:《现代美国诗坛概观》,《现代》1934年第5卷第6期。

界的关注。① 本章主要将民族/国家话语与美国文学形象构建之间的关系作为研究对象，先勾勒中国现代文人关注弱小民族及其文学艺术的传统，分析美国黑人及其文学如何成为20世纪30年代的公共议题，接着以参与或追随过"民族主义文艺运动"的杨昌溪为例，讨论民族/国家话语与黑人文学阐释之间的关系，最后以著名黑人作家休士为例，对比分析中国文人的民族/国家话语与阶级/革命话语在阐释黑人文学时呈现出的异同之处。

第一节 美国黑人及其文学:20世纪30年代中国的公共议题

美国黑人问题，尤其是文学问题，在20世纪30年代成了中国社会文化生活中的一个重要议题。这种对黑人及其文学问题的关注，既与中国文人自晚清以来关注弱小民族及其文学的传统有关，又与他们密切关注世界范围内的民族解放运动及其文学进展的时代潮流密不可分。值得注意的是，他们在言说黑人及其文学时，主要将黑人视为与美国白人相对应的弱势民族/种族。

---

① 这方面的代表性研究成果有王建开《五四以来我国英美文学作品译介史（1919—1949）》（上海外语教育出版社2003年版）、王玉括《非裔美国文学研究在中国：1933—1993》（《南京邮电大学学报》2011年第2期）、谭惠娟和金兰芬《美国非裔文学研究在中国：现状与问题》（《山东外语教学》2013年第2期）、韩晗《〈刀"式"辩〉及其他——以杨昌溪早期文学活动为中心的史料考察》（《浙江社会科学》2013年第4期）和《从〈黑人文学〉论早期美国文学研究的左翼视角》（《外国文学研究》2014年第6期）等。王玉括、谭惠娟和金兰芬的论文基本停留在事实的简单介绍层面。王建开在其专著第四章第十一节"文艺期刊对来华英美作家的推介"和第五章第五节"黑人文学的译介"，梳理了一些重要的史实，分析了黑人文学得到重视的原因。他尤其突出了休士1933年访华对于中国的黑人文学接受史的意义，并指出："以此为契机，黑人文学的译与介出现了突破性的进展。"（第191页）韩晗主要的关注点是杨昌溪的黑人文学研究。总体来看，近些年研究黑人文学接受状况的成果日益增多，但存在的不足也非常明显，主要体现在以下三个方面：其一，未能深入分析黑人文学被热烈译介的深层逻辑，未能充分重视黑人文学译介与中国30年代不同话语形态之间的互动关系等更为复杂的问题；其二，对有些史料缺乏辨析；其三，有些研究成果存在矫枉过正之嫌。

一　关注黑人现实境遇

黑人是美国的少数族裔。尽管南北战争期间林肯宣布解放了黑奴，但他们长期以来在事实层面遭受着不平等待遇，社会地位、经济状况等并没有得到明显改善。在中国自近代以来不断遭受"外侮"的大背景下，初步具备了现代民族/国家意识的中国文人，也将关注的目光投向了在美国备受种族歧视和压迫的黑人这一弱势群体。

在中国人了解和认知黑人生存状况的历史上，林纾和魏易合译并于1901年出版的《黑奴吁天录》，发挥了不可替代的作用。斯托夫人这部艺术价值并不高的作品，被翻译过来之后，在中国产生了很大的反响。中国文人在悲叹黑奴命运的同时，也将自己可能遭受"亡国灭种"的担忧和实现民族/国家自强的希冀投射于其中。林纾说："余与魏君同译是书，非巧于叙悲以博阅者无端之眼泪，特为奴之势逼及吾种，不能不为大众一号。"[①] 灵石阅读该著之后，撰写了《读〈黑奴吁天录〉》一文。他呼吁中国"四万万之同胞"能师法黑人"渴想自由之操，则乘时借势，一转移间，而为全球之望国矣"[②]。后来，《黑奴吁天录》又被中国留日学生改编搬上话剧舞台，进一步扩大了影响。

除了《黑奴吁天录》这一揭示黑人生存遭际的作品被翻译、改编和评介之外，清末民初的报刊、杂志上也时常登载与美国黑人有关的文章。比如，《大陆》杂志1903年第9期登载了《黑人之木棉织造场》一文，介绍美国南方的黑人木棉加工工厂；《新民丛报》1905年第29号的"政界时评"栏目，登载了《美国大统领拔用黑人》一文，介绍美国前总统罗斯福"力主拔用才能智略之黑人"，为黑人参与社会政治生活提供了更多机会；《万国公报》1906年第210期登载了英国人季理

[①] 林纾：《〈黑奴吁天录〉跋》，载薛绥之、张俊才编《林纾研究资料》，知识产权出版社2010年版，第91页。

[②] 灵石：《读〈黑奴吁天录〉》，载薛绥之、张俊才编《林纾研究资料》，知识产权出版社2010年版，第114页。

斐翻译的《美国黑人之近状》一文，述及黑人的受教育状况等；《学生界》1915年第1卷第1期登载了厄公撰写的《美国之黑人学校》一文，介绍了美国黑人学校的建设情况，并写道："美国虽以崇拜黄金为主义，而颇能重视人道。黑人学校之建设，其明证也。南北战争之结果，奴隶解放得以实行，而黑人学校即起于是役以后"；《时事月刊》1921年第1卷第8期登载了向植崑撰写的《黑人阿非利加之新潮》，主要介绍世界范围内黑人的民族解放运动，也述及美国，并写道："美国之人种问题，多年不能解决，即由此等黑人所构成，而黑人阿非利加主义，亦有此等黑人为先导者。"由上述几例可以看出，在20世纪30年代之前，中国文人就已经从不同的层面关注到了美国的黑人问题。

在民族解放运动风起云涌的时代大潮中，世界各地备受奴役的黑人随着民族意识逐渐觉醒，发出了呼吁自强、要求独立的声音。美国黑人也积极参与其中，不仅采取切实的行动反抗压迫和剥削，而且发出了独立建国的要求，甚至将这一要求通过文学的手段表达出来。这使得美国黑人文学追求艺术性的同时，也成为传达黑人政治诉求的重要载体。在20世纪30年代中国文人既关注中国现代民族/国家建设又注目世界范围内民族运动及其艺术进展的语境下，美国黑人的现实遭际、反抗情绪和文学艺术成就均得到了重视。

20世纪30年代的报纸杂志上刊登了很多介绍美国黑人及其民族运动的文章。比如，在发表于《东方杂志》的《美国的黑人问题》一文中，幼雄写道："在现今有色人种到处被白人排斥的潮流中，我们似乎也不能不注意到美国一千五百万黑奴的运命。"[①] 他除了描述黑人在政治、经济等领域遭受的压迫，也提到了杜波依斯等接受了教育并走向成功的黑人。作者事实上突出了黑人如何实现自强的问题。再比如，江枫撰写的《黑人问题》一文，尽管讨论的是世界范围内的黑人问题，但美国也是他关注的重点。在他看来，黑人要获得彻底解放，第一是要组织各国的黑人运动，第二是要团结世界各地的被压迫者。他说："沉瀣

---

① 幼雄：《美国的黑人问题》，《东方杂志》1927年第24卷第4期。

一气共同揭起反抗帝国主义，争取民族自决，是黑人解放运动之正确途径，也是解决黑人问题最彻底的办法。"① 直接将黑人民族运动作为言说重点的文章，主要有《黑人各族概况及其共和国建设问题》② 和《黑人民族运动之鸟瞰》③ 等。这两篇文章都在讨论世界范围内的黑人问题及其民权运动，均提到了美国黑人为实现自强和独立而做出的种种努力。另外值得注意的是，曾被林纾和魏易译为《黑奴吁天录》的斯托夫人小说《汤姆叔叔的小屋》，在20世纪30年代出现了新的译本。比如，上海商务印书馆1933年10月出版了徐应昶"重述"的《黑奴魂》。这部小说能够被重译、再版，与20世纪30年代中国文人关注美国黑人的境遇是分不开的。

二 关注黑人文学发展状况

尽管在20世纪30年代之前，美国黑人文学不像黑人的整体生存状况那样在中国得到普遍重视，但20世纪30年代的中国文坛对美国黑人文学的热情关注，却延续了清末民初形成的关注弱小民族文学的传统。这一传统的形成也与中国的现实遭际息息相关。在中国屡屡遭遇"外侮"的背景下，文人翻译、介绍世界范围内弱小民族的文学，绝不仅仅是为了满足了解世界、增长知识的需要，而是为了从这些民族的文学中吸取经验和教训，一方面改进和发展中国的民族文学，另一方面探索如何才能更为有效地发挥中国民族文学的功能，参与社会政治实践。关注弱小民族文学这一传统的形成，与周氏兄弟、《新青年》同人、《小说月报》同人等的努力分不开。周氏兄弟1909年翻译出版了《域外小说集》，尽管销量很差，在当时产生的影响不大，但开启了一种传统。在他们译介的16篇外国小说中，捷克、波兰、匈牙利、挪威、丹麦等弱小民族/国家的小说占了13篇。《新青年·易卜生专号》于1918年6

---

① 江枫：《黑人问题》，《中央月报》1936年第4卷第2期。
② 葛绥成：《黑人各族概况及其共和国建设问题》，《东方杂志》1929年第26卷第7期。
③ 易康：《黑人民族运动之鸟瞰》，《前锋月刊》1930年第1卷第3期。

月 15 日出刊，《小说月报·被损害民族的文学号》于 1921 年 10 月出刊，都将弱小民族/国家文学作为译介的重要对象。在后者的"引言"中，茅盾以"记者"身份写道：

> 凡在地球上的民族都一样的是大地母亲的儿子，没有一个应该特别的强横些。没有一个配自称为"骄子"！所以一切民族的精神的结晶都应该视同珍宝，视为人类全体共有的珍宝！而况在艺术的天地里，是没有贵贱，不分尊卑的！凡被损害的民族的求正义、求公道的呼声是真正的正义的公道。①

比较遗憾的是，在这一传统形成的过程中，同样作为弱小民族的美国黑人民族的文学，却没有得到广泛的译介。我们现在能够查到的，大概只有《黑人演黑人编的黑人戏》②等为数不多的几篇介绍文章。这种现象的出现，主要有两个方面的原因。第一，美国黑人文学在 20 世纪 20 年代才真正开始繁荣，所谓的"哈莱姆文艺复兴"便是其重要表征。在此之前，尽管已有不少黑人从事文学实践，但尚未产生很大的影响，尚未被美国主流文学界认可，当然更谈不上引起世界关注了。在这样的背景下，黑人文学未能得到中国文坛足够重视，也是不可避免的事情。第二，在 20 世纪 30 年代之前，整体的美国文学在中国尽管得到了相对较多的译介，但中国文人就它的地位和性质尚存很多争议，质疑和否定美国文学者大有人在。在这样的背景下，主要作为少数族裔文学而存在的黑人文学，更是难以引起中国文人的普遍重视。

20 世纪 30 年代中国文人除了继续关注美国黑人问题，也加大了对黑人文学、艺术的译介力度。就对黑人艺术的介绍而言，主要有《保尔·罗白逊——尼格罗艺术家》③《黑人的文学与艺术》④《黑人赴俄演

---

① 记者：《被损害民族的文学号·引言》，《小说月报》1921 年第 12 卷第 10 号。
② 拉曾：《黑人演黑人编的黑人戏》，《戏剧》1922 年第 2 卷第 3 期。
③ 任农：《保尔·罗白逊——尼格罗艺术家》，《前锋月刊》1931 年第 1 卷第 7 期。
④ 杨昌溪：《黑人的文学与艺术》，《万人月报》1931 年创刊号。

电影》①《黑人音乐家道生》② 等。在第一篇文章中，作者任农写道："向来被看作低贱民族的尼格罗人种，在美国却逐渐建立起他们自己的文化和艺术来了。而且这尼格罗民族底新兴文化和艺术不但日渐进展，并还侵入美国的文化和艺术，而发生许多影响。"在第二篇文章中，作者讨论了美国黑人的音乐和戏剧，并指出："黑人艺术中的民族意识的表现是一天比一天的尖锐化，要想恢复他们的大亚非利加，非在艺术中含蓄民族性的兴奋剂不可。"这几篇文章的题名没有标明国籍，但就内容来看，实际上讨论的都是美国黑人及其艺术成就。各位作者在叙述的过程中，共同突出了美国黑人新近在艺术上取得的进展，认为他们所取得的成就有助于提高黑人民族的地位，引起白人乃至世界的重视。

20世纪30年代中国文人积极参与了美国黑人文学译介，成果颇为丰硕。兹将相关译介状况以表格的形式呈现于下：

译介者	原作者	译介成果	期刊或出版社	出版时间
赵景深		黑人的诗	小说月报 19：11	1928，11，10
张威廉		黑人的新诗	小说月报 20：12	1929，12，10
姜书阁		黑人诗歌选译	语丝 4：52	1929，1，7
汪倜然	John Chamblain	美国黑人文学底启源	真美善 6：1	1930，5
易康		黑人诗歌中民族意识之表现	前锋月刊 1：1	1930，10，10
杨昌溪		黑人的文学与艺术	万人月报 1：1	1931，1，1
姚蓬子		黑人诗抄	文化生活 1：1	1931，3，10
罗念生		黑人的艺术	文艺杂志 1：1	1931，4
杨昌溪		黑人文学中民族意识之表现	橄榄月刊 16	1931，8，10
项远村	蒲寇·华盛顿	黑奴成功者自传	上海开明书店	1932
		黑人文学家兰格斯顿·休士来华留影	现代 3：4	1933，8，1
芒		《美国黑人诗集》	东方杂志 28：16	1931，8，25
		文学画报：休士在中国	文学 1：2	1933，8，1

---

① 《黑人赴俄演电影》，《现代》1932年第1卷第5期。
② 杨昌溪：《黑人音乐家道生》，《文艺月刊》1933年第4卷第1期。

续表

译介者	原作者	译介成果	期刊或出版社	出版时间
伍实		休士在中国	文学1:2	1933, 8, 1
伍实	休士	没有鞋子的人们	文学1:2	1933, 8, 1
		休士在苏联	文学1:3	1933, 9, 1
黄源	华脱·怀特	燧石里的火	文学1:4	1933, 10, 1
		休士在日本发表诗稿	文学1:4	1933, 10, 1
	休士	我也——	文学1:4	1933, 10, 1
	玛开	纽罕什尔的春天	文学1:4	1933, 10, 1
秀侠、征农	L. 休士	不是没有笑的（1:2, 3续）	文艺1:1	1933, 10, 15
椰玉女士	L. 休士	约翰孙姐姐的往事	文艺1:1	1933, 10, 15
彭列	休士	我们的春天	文艺月报1:3	1933, 11, 1
杨邨人	休士	我们的春天	生存月刊4:8	1933, 12, 1
杨昌溪		黑人文学	良友图书印刷公司	1933
育六	休士	一个可怜的小黑人	新时代6:2	1934, 2, 1
王沉	L. Hughes	我们的春天	新时代6:2	1934, 2, 1
庄启东	休士	公园的长凳	诗歌月报1:1	1934, 4, 1
庄启东	兰斯顿·休士	立体	诗歌月报1:2	1934, 5, 1
谷风	Hughes	给黑人女郎	文学2:5	1934, 5, 1
谷风	Frances Harper	给女人们	文学2:5	1934, 5, 1
谷风	Claude McKay	假如我们不能不死	文学2:5	1934, 5, 1
谷风	Hughes	长工	文学2:5	1934, 5, 1
谷风	Hughes	十月十六	文学2:5	1934, 5, 1
杨乔霜	Hughes	不识羞的寇拉	矛盾3:3, 4	1934, 6, 1
孟宗	兰斯顿·休士	我们的春天	诗歌月报2:1	1934, 10, 1
郑林宽		兰斯顿·休士	清华周刊42:9, 10	1934, 12, 27
祝秀侠	L. 休士	理发店	小说16	1935, 1, 15
允怀		黑人文学在美国	世界文学1:4	1935, 4, 20
祝秀侠	L. Hughes	辛弟的礼物	世界文学1:4	1935, 4, 20
黄钟	L. 修史	无耻的柯拉	译文终刊号	1935, 9, 16
征农	休士	祖母的寂寞	新文学1:2	1935, 5, 10
张克已	加尔沃顿	黑人文学的生长	文化评论5	1935
姚克	L. 休士	好差事没了	译文复刊1:2	1936, 4, 16

续表

译介者	原作者	译介成果	期刊或出版社	出版时间
姚克	L. 休士	圣诞的前夜	译文复刊1：3	1936，5，16
马骏	L. 休士	上帝给饥饿的孩子	文学丛报3	1936
夏征农、祝秀侠	L. 休士	不是没有笑的	良友图书印刷公司	1936
刘劲	L. 休士	玛德里	文艺突击1：4	1937
李劲	休士	安尼	新时代7：1	1937，1，1
章瑾		《不是没有笑的》（书评）	清华周刊45：12	1937，1，25
冯文侠	E. 莱格	美国黑人大众诗家斯特灵·布朗	时事类编5：3	1937，2，1
崇岗	休士	无廉耻的珂拉	新中华5：3	1937，2，10
杨任		黑人诗选	黎明书局	1937

三　黑人文学译介的特点

20世纪30年代中国的黑人文学译介不仅成果丰硕，而且呈现出了几个鲜明的特点。

其一，休士是被重点译介的黑人作家。中国文人不仅大量翻译了他的诗歌和小说，而且对他展开阐释时呈现出了较为明显的差异。下文将做详述，在此不赘。

其二，中国文人在翻译美国黑人文学作品的同时，也展开介绍和评论。他们不仅自己撰写介绍、评论文章，而且翻译了国外的相关论著。易康著《黑人诗歌中民族意识之表现》、杨昌溪著《黑人文学中民族意识之表现》和《黑人的文学与艺术》、允怀著《黑人文学在美国》、伍实著《休士在中国》、郑林宽著《兰斯顿休士》等，属于中国文人自撰的评介文章。除了这些，汪倜然翻译了姜伯伦（John Chamblain）著的《美国黑人文学底启源》，张克巳翻译了加尔沃顿（Calverton）著的《黑人文学的生长》等。这些评介文章通过诠释性的"干预"，事实上起到了引导中国大众读者接受美国黑人文学的作用。

其三，在相关评介文章中，中国文人除了勾勒美国黑人文学的谱系，描述黑人文学发展的近况，还着力于总结黑人文学的特征，分析其在美国文学中的地位问题。比如，在《黑人文学在美国》一文中，允怀先对整体的美国文学做了判断："在质在量，国产的美国文学都是十分贫弱"，接着说："在这一份贫弱的文学产业中，黑人文学，却占去了不很小的一部分。"他认为，"黑人文学所以在美国文学中能占取一席重要地位，就是由于它的'原始性'"。他所谓的"原始性"，指的是"文学基调的舒放及自然的精神"，也就是"创造性"或"创始性"。他也指出，美国黑人经历了非洲移民美洲的过程，导致其文学既不同于美洲，又不同于非洲，从而呈现了二重性。他说："在他们的每一件文学作品上，都有着'美国的''黑人的'清楚的钤印。"① 客观地讲，作者对美国黑人文学的性质做出了非常准确的判断。

再比如，汪倜然翻译了姜伯伦（John Chamblain）著的《美国黑人文学底启源》，并在译文前写了一段类似于"译者序"的文字。汪倜然先指出：

> 现在的黑人作家虽然尚未获得世界文坛的地位，但是他们当中，已有不少的可重视的小说家诗人和戏曲家；这些作品底文学价值并都不劣于一般的白人作家。

他接着写道：

> 黑人作家底作品，都表曝着强烈的民族意识和浓厚的反抗情绪。尼格罗民族在白种人世界之中所感受的苦闷与悲哀，所怀抱的希冀与热望，都在他们的作家底作品里透露了出来；这样的透露是愈到晚近愈明显。

他还说：

---

① 允怀：《黑人文学在美国》，《世界文学》1935年第1卷第4期。

第四章 休士热：民族/国家话语与美国文学形象构建

> 黑人文学是在发长的时期，将来的收获现在尚难逆料，但对于关心民族运动和世界文学的人，却是很该加以注意的。①

汪倜然是国民党"民族主义文艺运动"的重要参与者，也是国民党系刊物《前锋月刊》《现代文学评论》等的重要撰稿人。由上面引述的文字来看，他主要秉持的是民族/国家话语立场，关注的是作为民族/种族文学而存在的美国黑人文学的发生发展问题，突出了黑人文学彰显的民族意识和反抗情绪。

其四，美国黑人文学被明确纳入了"弱小民族文学"的范畴。《文学》杂志第2卷第5期为"弱小民族文学专号"，于1934年5月1日出刊。该专号除了介绍匈牙利、捷克、希腊、土耳其等弱小民族/国家文学，也登载了谷风翻译的黑人诗选，包括休士、墨克开（Claude McKay）、哈珀（Frances Harper）三位诗人的五首短诗，命名为《黑的花环》。尽管译者并未标明黑人诗人的国别，但事实上，他们均来自美国。同年6月1日，《矛盾》月刊第3卷第3、4期合刊出版，也称为"弱小民族文学专号"。该专号介绍文学的国别和前一个专号有很多重叠，也关注到了黑人文学。不过，前一个专号登载的是美国黑人诗歌，这个专号登载的却是休士的小说《不识羞的寇拉》，由杨乔霜翻译。

在差不多同一个时间，两个"政治"背景有较为明显不同的刊物②，出版了两个性质几乎完全一样的"专号"。这本身是一个值得注意的现象，事实上在近年已经引起宋炳辉等学者的关注。宋炳辉非常重视弱小民族文学在中国近现代的译介，并积极提倡和参与这一领域的研

---

① ［美］John Chamblain：《美国黑人文学底启源》，汪倜然译，《真美善》1930年第6卷第1期。
② 大型文学刊物《文学》1933年7月1日创办于上海，郑振铎、傅东华担任主编，黄源助编，茅盾作为"隐形主编"参与实际的编务。鲁迅尽管没有出现在编委会名单当中，却是背后的重要支柱。尽管该刊并不是标准的左翼刊物，但有很深厚的左翼背景，事实上也大量刊登了革命作家的作品。《矛盾》月刊1932年4月20日创刊于南京，由潘子农主编，接受国民党"津贴"的支持，但《矛盾》没有完全贯彻国民党的文艺政策、大力彰显民族主义话语，不但刊登过洪深、欧阳予倩等左翼或有左翼倾向的作家的作品，而且发表了老舍、施蛰存等自由主义作家的不少作品，为此曾遭到官方的批评和打压。但是，该刊存在官方背景是不争的事实，该刊的创办者和诸多撰稿人亲近或者依赖官方也是不争的事实。

究。在具体的研究过程中,他对所谓的"弱小民族文学"做了界定。他写道:

> 20世纪上半叶弱小民族文学的译介所指,从国别(区域空间)角度看来,一般是指:1. 欧洲弱小民族(英、法、德、意、俄等国之外的欧洲诸国)的文学在中国的译介;2. 除日本外其他亚洲国家(印度、朝鲜、越南、土耳其等)的文学在中国的译介;3. 在并不精确的意义上,还被用来指称对古代外国经典文学(古代希腊罗马、波斯、阿拉伯和印度文学)的译介。①

他提到了《文学》和《矛盾》分别出刊的"弱小民族文学专号",很详尽地梳理了两个专号刊登作家作品的国别,但很有意思的是,他回避了两个专号对美国黑人文学的译介。究其原因,大概是美国黑人文学不符合他对"弱小民族文学"下的定义。我们看到,他从"国别(区域空间)角度"界定弱小民族,将民族等同于国家。但在美国内部,黑人仅仅是一个少数族裔,其文学仅仅是美国的族裔文学。这显然不能纳入他的论述框架。更值得注意的是,他对弱小民族文学做出的界定,似乎与20世纪30年代中国文人对同一概念做出的界定有一定出入。比如,《文学》"弱小民族文学专号"刊登了化鲁(胡愈之)的《现世界弱小民族及其概况》一文。他认为,"弱小民族"应包括三层内涵:一是殖民地半殖民地遭受白人统治和压迫的"土民"或有色人种;二是有些国家内部的少数民族或"异民族";三是小国民族或弱小国家,尤其是"一战"后虽获得政治独立但经济文化依然遭受强国支配的新兴小国民族。他进而指出:

> 这三种民族有一共同点,即其民族文化,受帝国主义政治势力的支配,不能独立地自由地发展,所以不妨概括起来,给予"弱

---

① 宋炳辉:《弱小民族文学的译介与中国文学的现代性》,《中国比较文学》2002年第2期。

小民族"这一个总称。这些民族的文学艺术都表现出一种共同的特征：反帝的情感，也要求民族解放的热望。①

就美国黑人的情况而言，它显然属于胡愈之所谓的"弱小民族"中的第二类。按照胡愈之的理解，美国黑人文学也就属于弱小民族文学。《文学》和《矛盾》的编者其实正是基于这样的理解，不约而同地将美国黑人文学纳入了译介的范畴。我们对文学现象的还原，在以自己的尺度做出评判的同时，还需要尊重特定历史语境中的相关人物对特定现象的界说。

依照近些年来学术界广泛讨论的后殖民理论，美国黑人问题属于内部殖民问题。赵稀方研究后殖民理论时指出："殖民主义事实上不仅仅限于外部，也同样体现在内部主导民族与少数民族的关系上"，而"从理论上说，内部殖民应该是外部殖民的缩影，不过，由于涉及不同民族在一个国家内部的平等互存，内部殖民存在着自身的独特问题。"② 20世纪30年代的胡愈之等人，尽管并不具备后殖民或者内部殖民的理论自觉，但已经注意到了特定国家内部不同民族之间的支配与被支配关系。③

在《现世界弱小民族及其概况》一文中，胡愈之阐述了他对如何研究弱小民族的相关思考。他说："研究弱小民族，不应用着好奇的心理，却应该以反帝情感和民族解放热望这共同性上面去探索，才有些意思。"④ 如果按照他的这一思路，研究美国黑人文学，就应该注重挖掘其如何表现民族情绪、如何探索民族解放之路。事实上，20世纪30年代的许多文人研究美国黑人文学时，将他的这一思想落到了实处。当时

---

① 化鲁（胡愈之）：《现世界的弱小民族及其概况》，《文学》1934年第2卷第5号。
② 赵稀方：《后殖民理论》，北京大学出版社2009年版，第12—13页。
③ 上述讨论既无意于贬低宋炳辉的研究成果，又无意于抬高后殖民理论研究的相关成果，只是为了厘清20世纪30年代中国文人到底如何界定弱小民族、如何界定弱小民族文学，因为这不仅直接涉及他们阐释美国黑人文学的角度或标准问题，而且关涉着我们该如何还原和阐释历史的问题。
④ 化鲁（胡愈之）：《现世界的弱小民族及其概况》，《文学》1934年第2卷第5号。

不乏有人从阶级/革命的角度介入,将黑人在美国遭受歧视和压迫的问题解读成阶级压迫问题,笔者下文会对此有所论述。但笔者依然认为,20 世纪 30 年代中国文人将美国黑人视为弱小民族、美国黑人文学视为弱小民族文学,是一个很重要的事实。而这样的看取视角,在很大程度上也成了他们评价和阐释美国黑人文学的重要依据或者标准。

总体来看,20 世纪 30 年代的中国文人讨论黑人文学时,既将其单列出来,凸显其民族文化特性和历史文化内涵,又将其置于美国文学的整体格局中加以审视,厘定其发展轨迹,判定其文化属性和文学地位。讨论美国黑人文学,不仅要涉及黑人民族及其文学自身的历史变迁和现实状况,而且要涉及产生这一文学类型的美国社会文化环境。他们无论是将黑人文学视为美国文学的有机组成部分,还是认定其与主流的美国文学存在性质上的差异,其实都彰显出了民族/国家话语。他们关注黑人文学、阐释其社会文化内涵,尽管主要构建出的是黑人文学的形象,但也牵涉到对整体的美国文学形象和美国国家形象的构建。因此,黑人文学不仅是 20 世纪 30 年代中国文人彰显民族/国家话语的重要场域,而且进一步丰富了美国和美国文学在中国呈现出的多元形象。

第二节　杨昌溪与美国黑人文学形象构建

有研究者曾说:"在中国新文学史上,杨昌溪算是一个不为人所知的名字,甚至可以这样说,在鲁迅骂过的文人中,他是最不知名的一个。"[①] 然而,我们要研究现代中国的黑人文学乃至整体的美国文学形象构建史,就不能不提杨昌溪,因为他除了撰写中国第一部美国黑人文学研究专著《黑人文学》,还发表了其他一些译介文章,为传播美国黑人文学做出了重要贡献。

整体来看,杨昌溪并不局限于介绍或者研究某个具体的黑人作家及

[①] 韩晗:《〈刀"式"辩〉及其他——以杨昌溪早期文学活动为中心的史料考察》,《浙江社会科学》2013 年第 4 期。

其作品，而是致力于宏观把握黑人文学的发展状况和思想倾向。他的黑人文学研究，一直贯穿着民族/国家话语，黑人文学如何反映黑人的民族意识及其觉醒轨迹，一直是他关注的重点问题。因此，他的黑人文学研究和黑人文学形象构建，本身就是20世纪30年代中国构建美国文学形象的一个重要案例。

一 研究实绩考辨

1930年6月，南京成立了线路社，杨昌溪是其主要成员。因为曾参与或追随国民党的"民族主义文艺运动"，与许多有国民党背景的文人交往甚密，他在新中国成立之前就屡受左翼文人批评，在新中国成立后的特殊政治年代里也遭受了诸多不公平待遇。20世纪30年代左翼文人对他做出的政治判断，在后来的文学史书写、文学研究中得以延伸。这导致截至目前，除了韩晗等极少数人在努力为他"正名"之外，学术界并未足够重视他的文学成就。另外，就杨昌溪的黑人文学研究而言，即便是韩晗，在《〈刀"式"辩〉及其他——以杨昌溪早期文学活动为中心的史料考察》和《从〈黑人文学〉论早期美国文学研究的左翼视角》[1] 这两篇专事研究杨昌溪的论文中，论及的仅是《黑人文学》（上海良友图书印刷公司1933年版）一书。韩晗与杨昌溪孙女杨筱堃编的《黑人文学研究先驱杨昌溪文存》[2]，除了收录《黑人文学》一书，还收录了《黑人文学中民族意识之表现》（刊登在南京《橄榄月刊》第16期，1931年8月10日出刊）一文，关注的范围稍有所扩大。他们整理的"杨昌溪创作年表"，也仅提到这两项成果。他们撰写的"序言"也没有提及其他成果。不过，根据笔者考察，他们事实上遗漏了杨昌溪研究黑人文学的一部分成果。因此，我们要讨论杨昌溪的黑人文学研究，有必要先对一些基本事实做一清理。笔者主要做两项工作：一是发掘更多的成果，并辨析各项成果之间的关系；二是推断杨昌溪可能用了

---

[1] 分别发表于《浙江社会科学》2013年第4期和《外国文学研究》2014年第6期。
[2] 上、下两卷，台北秀威资讯科技有限公司2014年版。

笔名或化名，发表了一些包括黑人文学研究之内的文章。做这样的清理和辨析工作，有利于更为全面地把握杨昌溪研究黑人文学的状况。

就译介黑人文学而言，我们现在可以查到的署名杨昌溪的成果，除了韩晗和杨筱堃注意到的《黑人文学》和《黑人文学中民族意识之表现》，还有广州《万人月报》创刊号（1931年1月1日出刊）登载的《黑人的文学与艺术》。这三项成果尽管没有标明论述对象的国籍，但就实际内容来看，论述的全是美国黑人文学或者艺术。《黑人文学》出版于1933年，另外两项成果均发表于1931年，前者是在后两者的基础上加工改造出来的。因此，三项成果虽然存在诸多重复之处，但也有一些差异。

《黑人文学》一书由三部分构成：第一部分是"黑人的诗歌"，分上、下两个小部分；第二部分是"黑人的小说"；第三部分是"黑人的戏剧"。《黑人的文学与艺术》包括上、下两部分：上部是"黑人底文学"，包括"黑人底诗歌"和"黑人底小说"两个小部分；下部是"黑人的艺术"①，包括"黑人底音乐"和"黑人底戏剧"两个小部分。将这两项成果加以对比，我们发现：（一）前者舍弃了后者论述黑人音乐的内容；（二）后者在论述黑人诗歌和小说时，内容尽管与前者有重复之处，基本思路和结论也完全一致，但要比前者简略许多，尤其是省去了前者引用的诸多黑人诗歌和介绍黑人小说家的内容；（三）前者在论述黑人戏剧时，绝大多数内容与后者完全重复，但加进去了一部分介绍黑人戏剧家保罗·鲁滨逊的内容。《黑人文学中民族意识之表现》一文，主要论述美国黑人诗歌和小说中蕴含的民族意识。它有关黑人诗歌的内容非常简略，均不及另外两项成果，但论述黑人小说要比《黑人的文学与艺术》翔实，尤其是介绍了几位黑人小说家，而这些内容与《黑人文学》基本重复。

笔者查阅20世纪30年代中国文人评介黑人文学的相关史料，发现一个名为易康的人也非常活跃。他曾在《前锋月刊》发表了两篇论及

---

① 原文如此，用"的"，其余几个小标题都用"底"。

黑人问题的文章。其中一篇是创刊号（1930年10月10日出刊）发表的《黑人诗歌中民族意识之表现》，论述的全是美国黑人诗歌，另一篇是第3期（1930年12月10日出刊）发表的《黑人民族运动之鸟瞰》，介绍世界范围内的黑人民族运动。我们发现，《黑人诗歌中民族意识之表现》一文的内容与杨昌溪《黑人文学》第一部分即"黑人的诗歌"有90%以上的内容几乎完全相同。二者的差别主要在细节方面。第一，前者引用亚历山大诗《黑弟兄》时，多引用了七行。第二，前者引用休士的诗《我，也是——》时，不但有自己的翻译，而且抄录了他人的译文，并做了注释："此诗有张威廉君在《小说月报》二十卷十号①《黑人的新诗》一文中根据德文本译成之译文"，说张译虽与自己"根据英文原作者互有出入，但译文清新，特照抄以资参考"。第三，前者的文末引用了黑人洛克（Alain Locke）著《美国黑人文化中的尼格罗人》（The Negro in American Culture）中的一段话和黑人布洛勒（Benjamin Brawley）著《尼格罗人在美国小说》（The Negro in American Fiction）中的一段话，最后标明参考书目五条。后者在论述黑人诗歌时没有引用这两段话，但全书却以这两段话结束。值得注意的是，前者提到第二个黑人时明显写错了作者之名，将Benjamin写成了Bejamin，提到第二个黑人的著作时将其译为"尼格罗人在美国小说"，明显不符合汉语习惯。杨昌溪文亦是如此。第四，前者在文末"参考书目"后加有"附注"，感谢供职于上海某央行的黑人格威都莱·华盛顿（Gwendolyn Washington）为他译诗提供的帮助，但这是后者没有的。第五，前者将休士译为"佛士"，后者却全都译为"休士"。第六，二者在极个别地方的措辞、段落的划分方面有微小的差别。

上文的比较即可说明，易康的《黑人诗歌中民族意识之表现》一文与杨昌溪《黑人文学》的相关内容非常相像。并且，杨昌溪的三项研究黑人文学的成果，均在易康文发表之后才出现。这就让我们不由得产生联想：杨昌溪要么"抄袭"了易康的文章，要么用"易康"这个

---

① 原文有误，应是第十二号，不是第十号。

名字发表了相关文章。那么，这两种"可能性"哪种更大呢？

其实，杨昌溪和易康的成果高度相似的，不仅仅有上面提到的黑人诗歌研究。我们还能找到其他证据。比如，易康在1931年5月10日出刊的《现代文学评论》第1卷第2期发表了《西线归来之创造》一文，介绍德国青年作家雷马克小说《西线归来》的创作情况。杨昌溪撰写的《雷马克评传》于1931年7月由上海现代书局出版。该著第七章名为"西线归来之创造"，题目和内容均与易康之文完全相同。这两项成果一个在5月发表，一个在7月出版。时间如此接近，即便杨昌溪抄袭易康的文章，偷偷摸摸加到自己的书里，那也貌似有点"仓促"。这便让我们对杨昌溪是否"抄袭"了易康的文章更是心生疑窦。

我们还得注意另外四个情况。第一，杨昌溪又名杨康。杨康和易康这两个名字之间有很大的相关性。"杨"字繁体为"楊"，而这个字去除部首"木"之后，便成了"易"。因此，杨昌溪极有可能给自己取笔名或化名时，将"楊康"改写成了"易康"。第二，就相关成果来看，杨昌溪和易康均热衷于介绍世界范围内的民族运动及其文学的发展状况。第三，杨昌溪和易康均从事小说创作，作品多彰显民族意识和反抗情绪。更为重要的是第四种情况：杨昌溪和易康的有些文章经常发表在同样的期刊。比如，易康是《前锋月刊》的重要作者，上面提到的两篇有关黑人的文章均在该刊发表。除此之外，该刊还发表了他的创作小说《胜利的死》（创刊号）、《阴谋》（第3期）、《盗宝器的牧师》（第4期）和介绍性文章《新兴民族的民族运动与文学》（第2期）。杨昌溪也在《前锋月刊》发表文章，比如，该刊第7期登载了他的文章《现代西班牙文学与革命》。再比如，易康也在《现代文学评论》发表文章，上面提到的《西线归来之创造》即是如此。杨昌溪也是该刊的重要作者，不仅主持"现代世界文坛逸话"栏目，而且发表了《匈牙利文学之今昔》（创刊号）、《土耳其新文学概论》（第2卷第2期）等文章。我们可以想象，要是杨昌溪明目张胆抄袭易康的文章，那这种行为不被后者发现、不被后者周围的人发现并揭发的可能性似乎不大。

基于上述，笔者认为，"易康"极有可能是杨昌溪的笔名或者化名。正因为易康就是杨昌溪，杨昌溪对一些问题的看法和说法才同易康出奇地相似，杨昌溪才能如此"放心大胆"地将易康的相关文章直接收在自己的著作里面。

然而，易康和杨昌溪极可能是同一个人这个现象，尚未引起学术界关注。倪伟、钱振纲、周云鹏、毕艳、张大明、牟泽雄[①]等研究20世纪30年代"民族主义文艺运动"的学者，涉及相关内容时均同时提及这两个名字。韩晗尽管非常关注杨昌溪，但在相关文章中并未提及这一现象，他和杨筱堃编的《黑人文学研究先驱杨昌溪文存》未将署名易康的文章收录在内，他们为该著撰写的"序言"和整理的"杨昌溪创作年表"，也没有提到杨昌溪可能以易康这一名字从事文学实践[②]。

[①] 可参见倪伟《"民族"想象与"国家"统制：1928—1948年南京政府的文艺政策及文艺运动》（上海教育出版社2003年版）、钱振纲《民族主义文艺运动研究》（博士学位论文，北京师范大学，2001年）和《民族主义文艺运动社团与报刊考辨》（《新文学史料》2003年第2期）、周云鹏《"民族主义文学"（1930—1937年）论》（博士学位论文，复旦大学，2005年）、毕艳《三十年代右翼文艺期刊研究》（博士学位论文，湖南师范大学，2007年）、张大明《主潮的那一面：三民主义文艺与民族主义文艺》（中国社会科学出版社2010年版）、牟泽雄《民族主义与国家文艺体制的形成》（云南人民出版社2013年版）等。

[②] 假如易康果真是杨昌溪，我们就有必要在研究杨昌溪时将署名易康的相关成果考虑在内。笔者将自己查到的易康的相关成果整理如下表：

成果题名	性质	出处	出版时间
俄国的农民文学	介绍、批评	前锋周报14	1930，9，21
胜利的死	创作小说	前锋月刊1：1	1930，10，10
黑人诗歌中民族意识之表现	介绍、批评	前锋月刊1：1	1930，10，10
新兴民族的民族运动与文学	介绍、批评	前锋月刊1：2	1930，11，10
印度民族革命领袖女诗人奈都	介绍、批评	前锋月刊1：2	1930，11，10
黑人民族运动之鸟瞰	介绍、批评	前锋月刊1：3	1930，12，10
阴谋	创作小说	前锋月刊1：3	1930，12，10
意大利的诗歌	介绍、批评	世界画报251	1931
盗宝器的牧师	创作小说	前锋月刊1：4	1931，1，10
西线归来之创造	介绍、批评	现代文学批评1：2	1931，5，10

二 民族/国家话语与黑人文学阐释

在辨析杨昌溪研究黑人文学的相关史实、推断易康即是杨昌溪之后，我们就需要进一步分析他如何研究黑人文学、如何构建黑人文学形象。鉴于《黑人文学》一书基本能够涵盖《黑人诗歌中民族意识之表现》和《黑人文学中民族意识之表现》两篇文章的内容，我们在此仅讨论《黑人文学》，而不讨论这两篇文章。《黑人的文学与艺术》一文虽然与《黑人文学》有诸多重复之处，但在具体表述上差别较大，因此，我们也将该文纳入论述的范畴。

正如《黑人诗歌中民族意识之表现》和《黑人文学中民族意识之表现》二文题名所示，杨昌溪的黑人文学研究，实际上一直着力于阐述黑人文学如何表现黑人民族意识、表现了怎样的民族意识。在具体的研究中，他将美国黑人民族意识的现实状况、变化轨迹和复杂呈现形态作为阐述的重点。他异常重视黑人在美国遭受压迫的事实和逐渐觉醒的过程，充分肯定了他们积极参与世界黑人民族复兴运动并试图建立独立国家的政治诉求。这些均表明，民族/国家是杨昌溪言说美国黑人文学的核心话语标准。综观杨昌溪的黑人文学研究，我们会发现其呈现出以下五个特点：

第一，杨昌溪按照文学表现的民族意识的特点，先将黑人文学明确分为两个阶段，然后通过对比分析不同阶段的文学及其特点，揭示了黑人民族意识的现实状况和变化轨迹。

在第一个阶段，黑人民族意识淡薄、反抗意识不强。面对不可避免的现实生活苦难，他们往往从宗教中寻求安慰，对天堂展开了幻想，希望自己有一天能够"坐在天使的座上"，"吃那天使吃的珍尝"，"得了安适舒畅"，"同上帝一样"，"可以随心欲望"[①]。然而，幻想终归是幻想。为着生计，"为着热的火鸡和强烈的咖啡"，他们不得不终日拼命

---

① 本节引用的黑人诗歌均出自《黑人文学》一书，不再一一做注。

劳作，让自己努力成为"约翰·亨利式"的模范工人。他们难以承受现实的生活重压之时，甚至盼望自己尽快死掉，尽快回到属于自己民族的"迦南"圣地。为此，他们唱着："可爱的车子摇摇的低下，/它是来带我回家，/……/凭我的能力我端详了迦南。/在我的后面有一队天使，/他们是来带我回家。"

  杨昌溪将这一阶段黑人文学尤其是诗歌的特点，归纳为三点：一是"把他们在现实中所受的苦痛忘掉，认为他们在世上永得不着安慰和幸福，因此把皈依上帝作为他们唯一的安慰"；二是"知足的态度，他们在赞美亚非利加热道下的林莽，回想幼时他们在故乡的情况，在歌咏黑姑娘们的美，在吟咏美国的物质文明，在歌咏大自然的景色"；三是"忠实奴隶的表现，因为他们在许多年代的泡浸和陶镕中，已经失掉了民族的认识，并不了解白人与黑人的区别是怎样，并不曾了解他们的生活是否奴隶，而很忠实于他们的工作"①。总体来看，这一时段的黑人把自己承受的苦难当作命运的驱使，尽管内心有所不平，但没有表现出明确的反抗意识，也不可能把"文学当作唤醒民族觉悟的信号"②。

  到了第二个阶段，黑人文学的内质发生了明显变化。接受了教育的黑人开始积极参与民族运动，不仅通过文学作品来绽露自己已经觉醒了的民族意识，而且试图通过它来唤醒民族意识尚处在蒙昧状态的绝大多数同胞。黑人民族运动中涌现出了好多诗人和小说家，其中一部分人已经成为民族复兴的先锋。杨昌溪在《黑人文学》中提到了亚历山大（Lewis Alexander）、墨克开、休士等八位诗人。他指出，"在这一群诗人中，已经在诗歌里呈现了那与十九世纪不同的作品，他们已经感觉了需要一个独立而自由的国家"③。比如，墨克开的诗发出了"为民族而战的胜利之死"④ 的呼声，亚历山大的诗也"为他自己的民族而狂吼"⑤。在论及黑人小说家及其创作时，杨昌溪写道："小说家在描写上

---

① 杨昌溪：《黑人的文学与艺术》，《万人月报》1931年创刊号。
② 同上。
③ 杨昌溪：《黑人文学》，良友图书印刷公司1933年版，第30—32页。
④ 同上书，第22页。
⑤ 同上书，第24页。

都转变了方向,在意识上已经从缓和的领域而到了激烈的阶段。不仅在黑人文学方面开展了一个新的局面,而同时更为黑人民族解放运动开拓了一个新的时代。"① 这些小说家开始一改从前的"驯服奴隶"姿态,揭起了"自由和独立的旗帜"。虽然他们的势力尚不强大,但足以彰显出黑人要求自由和解放的意识已经非常明确、非常强烈。杨昌溪论及黑人戏剧时指出,戏剧是最能体现黑人民族意识的艺术类型之一。他着重提及了黑人演员保罗·鲁滨逊,并说:"鲁滨逊在演剧方面成功后,他的民族意识和志愿也伴着地位而高涨。"②

第二,杨昌溪尽管致力于对比和揭示不同阶段文学中表现的黑人民族意识,旨在凸显黑人不断觉醒的过程及其文学在不同阶段的表现形态,但也注意到了同一时段内黑人民族意识的复杂性,并未将其视为一个可以化约的整体。在评述第一阶段的黑人文学时,杨昌溪侧重于黑人被动、沉默的一面,但也指出,部分文学作品已经开始表露黑人对白人支配地位的质疑甚至反抗情绪。比如,有一首黑人诗歌将白人主人和黑人奴隶的生活状况做了明显对比:"太太住在高楼大厦中,/保姆住在后庭内,/太太握着伊的白人玩,/保姆拼命的工作不休。/主人们始终是骑马,/黑人们绕着他而工作不绝,/主人们在白天睡觉,/黑奴们在地底下挖掘。"与那些讴歌天堂、幻想来世、歌颂"模范"黑人的诗歌相比,此类诗歌明显表露出了新的质素。在杨昌溪看来,此类"劳动歌中已经很尖锐的表现着他们底反抗,和那民族出发底革命"③。到了第二个阶段,尽管相当一部分作家具备了民族意识,也致力于唤醒他人,但依然有一部分人"在思想和行动上都是很和平的"④,小说家爱德华兹(Harry Edwards)、邓肯(Naman Duncan)、夏芝(L. B. Yeats)等即是如此。

第三,杨昌溪具备"世界"眼光,能够结合时代语境,分析黑人

---

① 杨昌溪:《黑人文学》,良友图书印刷公司1933年版,第41页。
② 同上书,第53页。
③ 同上书,第3页。
④ 同上书,第40页。

民族意识呈现出特定形态并发生变化的原因。在《黑人文学》开篇，他写道："美国的尼格罗（Negro）人是世界上最被压迫的民族，在过去百余年间非惟他们的祖国亚非利加洲被帝国主义者分割，而且几乎全民族都成了一种主人所有的奴隶。"①这些沦为奴隶的黑人，尽管时刻面对着主人的淫威，但长期以来因为教育的缺乏、认识水平的有限，他们纵使意识到自己经受压迫和剥削的事实，既不反抗，又不控诉。然而，这种情况在林肯宣布解放黑人奴隶之后，开始悄然发生变化。杨昌溪写道："在解放后的黑人得着了教育的机会，在知识分子中所感到的民族间的种种不平，都在文学中反映着。"②随着黑人受教育面的扩大、受教育水平的提高，他们开始有意识通过文学来发出反抗之声。尤其是随着世界各地新兴民族解放运动的兴起，"被压迫的弱小民族都摆脱了樊笼，跑到了自然和独立的境地里"③，民族意识已然觉醒的美国黑人明确提出了民族平等、自由和解放的要求；"这一群人是看清了尼格罗民族的精神，是憧憬于大亚非利加洲中将有一个伟大的独立民族建设的国家。"④正如《新兴民族的民族运动与文学》（《前锋月刊》第2期）和《黑人民族运动之鸟瞰》（《前锋月刊》第3期）将美国黑人民族运动放到世界民族运动的大背景下加以考察，杨昌溪在《黑人文学》和《黑人的文学与艺术》中通过文学分析美国黑人民族意识的觉醒问题，也注意到了世界语境。在他看来，美国黑人文学表现的民族意识日益明确、日益强烈，一方面是由于美国内部因素的变化，另一方面有世界因素的影响。

第四，杨昌溪强调了黑人文学在美国文学大观园中的独特价值，认为黑人文学表现的民族性，是黑人为整体的美国文学做出的重要贡献。他写道："黑人虽然在物质上摆脱不了美国的势力，但是在文化上，乃至文学上，却自有他们的民族精神。"⑤尽管黑人长期以来遭受奴隶制

---

① 杨昌溪：《黑人文学》，良友图书印刷公司1933年版，第1页。
② 杨昌溪：《黑人的文学与艺术》，《万人月报》1931年创刊号。
③ 同上。
④ 杨昌溪：《黑人文学》，良友图书印刷公司1933年版，第20页。
⑤ 同上书，第35页。

度的戕害，也受到主导民族通过宗教、教育等手段的同化，但他们独特的民族精神非但没有消磨殆尽，反而能够在美国的多元文化格局中巍然独立。正是因为他们保留着民族特性，他们"对于美国文化的贡献，对于美国文学和艺术的贡献"，"反比号称文明的英国人和法国人以及西班牙人给与美国的还要强烈"①。这样的论述，既说明杨昌溪非常尊重文化的多样性，又说明他将文学视为彰显民族意识的重要载体，而这实际上也成了他重视黑人文学研究的重要内在逻辑。正是因为他认为文学可以体现民族精神，可以彰显民族意识，他才将黑人文学作为探究黑人民族意识觉醒过程及其表现形态的重要媒介。

第五，杨昌溪特别突出了文学对于美国黑人追求民族革命和独立建国的意义。在论述黑人诗歌时，他引用了美国批评家卡尔浮登（Calverton）在其编选的《美国黑人诗选》"引言"中写的一段话：

> 黑人文学出发的观点是民族的，而是为民族的自觉而创作，为民族的痛苦而歌吟，并不是为艺术而艺术。而且黑人文学之兴起，将来会因着文学之成长而达到全民族的兴起。……黑人对于将来的出路是必需要先着重于民族的自由和解放。②

杨昌溪不但引用了这段话，而且充分肯定了其合理性。这说明，在他看来，体现觉醒民族意识的黑人文学将有助于黑人实现民族解放大业。

上文已经提到，《黑人文学》全书以引用的两段话结束。在第一段话中，黑人领袖洛克号召黑人艺术家表现黑人的生活和思想，充分发挥文学艺术的社会政治功能，为促进民族崛起、为实现民族自由和独立做出力所能及的贡献。在第二段话中，布洛勒号召黑人积极参与民族解放和独立建国运动，以期建立捍卫黑人利益的政府。杨昌溪将这两段话放到一起，中间加了一点过渡性的词汇，实际上非常集中地透露了他对黑

---

① 杨昌溪：《黑人文学》，良友图书印刷公司1933年版，第35页。
② 同上书，第33页。

人文学的基本期待：它应该发挥重要的政治功能，成为民族/国家建设的利器。

在《黑人文学》全书的论述过程中，杨昌溪多次提到觉醒了的黑人发出的独立要求。我们将其择要引用于下：

> 近年来因为美国新兴工人运动的勃起，尼格罗人已经有了职业组合，而且认为必须有一个独立的国家来解决他们的一切，更加以黑人底知识分子的提倡，不仅民族的觉醒已成了当前的急务，而且他们还在国际工作方面努力。①
>
> 黑人是认识了他们所处的时代，认识了弱小民族要团结起来求生存和自由与独立的权利和势力的必要。②
>
> 所以无论在何处统治下的黑人已经认识到了白人阴谋和技俩，为要自由和解放，他们非得独立起来不可了。③

文学研究毕竟是一种主观性很强的阐释活动。研究者对任何问题的阐释，既可能有意剔除不符合自己论述逻辑和话语立场的内容，又可能将其因为符合自己的需要而适当放大。在笔者看来，杨昌溪之所以突出美国黑人在民族/国家层面的政治诉求，更多是由于黑人文学及其表现的民族意识，能够传达他对文学与民族/国家建设关系的思考。在创作中，杨昌溪往往将帝国主义侵略作为书写背景，通过树立他者来确立自我民族身份，致力于构建民族主义意识形态。在文学译介中，他非常关注包括美国黑人在内的弱小民族解放运动以及在这一过程中文学的进展状况，努力挖掘文学如何参与现代民族/国家意识构建。看来，文学与民族/国家建设的关系一直是杨昌溪关注的重点问题。那么，他在研究黑人文学的过程中突出黑人建设民族/国家的政治诉求，也就不足为奇。

杨昌溪尽管是国民党官方倡导的"民族主义文艺运动"的参与者

---

① 杨昌溪：《黑人文学》，良友图书印刷公司1933年版，第19—20页。
② 同上书，第30页。
③ 同上书，第48页。

或者追随者，但跟直接攻击普罗文学、鼓吹国民党文化统制的潘公展、朱应鹏、叶秋原（李锦轩）、张季平等人有显著不同。关注新兴或者弱小民族的解放运动及其文学进展，实际上是他参与或者追随这一运动的最重要方式。并且，他为《前锋月刊》《现代文学评论》《文艺月刊》等由国民党文人或者有国民党背景的文人主持的杂志长期撰稿，说明他的观念与官方及其支持者的话语立场差别不会太大，至少不会出现明显抵牾。即便他并不非常认同官方及其支持者的话语立场，但在跟这批人交往的过程中，也多多少少会受到相关话语的感染。因此，杨昌溪在研究黑人文学的过程中，彰显出了较为明显的民族/国家话语立场。对此，我们既不足为奇，又无须回避。

然而，长期以来主要因为政治因素的影响，学术界在谈到国民党发起的"民族主义文艺运动"及其主要呈现出的民族/国家话语形态时，往往抱有很大偏见。无论是对整个"民族主义文艺运动"及其话语立场，还是对具体的文人及其成就，学术界往往给予消极评价。更为可悲的是，还有相当一部分人及其成就被有意或者无意地"遗忘"了。杨昌溪便是其中之一。这就使得给杨昌溪这样的人"正名"，重新审视他们的存在及其贡献，显得很有必要。

韩晗的杨昌溪研究，实际上就在朝着这个方向努力。这一点值得我们肯定。在《〈刀"式"辩〉及其他——以杨昌溪早期文学活动为中心的史料考察》一文中，他集中考察了20世纪30年代前后杨昌溪从事的文学实践，通过辨析相关史料，解析了杨昌溪被"污名化"的原因，实际上有明显为杨昌溪"正名"的意图。他指出："纵观20世纪三十年代初的杨昌溪，实在可以算的是一个坚持普罗文学信念的左翼青年作家"，但这样一位青年未能跟胡风、周扬一道活跃于左翼文坛之上，则是因为他接受了"社会民主主义者们的'社会改良'政治主张"。他得出的结论是，"杨昌溪一生中政治选择飘忽不定"，经历了"从信仰社会主义到社会民主主义，再到三民主义"[①]等的演变。

---

① 韩晗：《〈刀"式"辩〉及其他——以杨昌溪早期文学活动为中心的史料考察》，《浙江社会科学》2013年第4期。

韩晗实际上在努力挖掘杨昌溪身上的"进步性"因素,而这一追求在他研究杨昌溪专著《黑人文学》的文章①中更是表露无遗。他将《黑人文学》作为早期中国文人从左翼视角开展美国文学研究的代表性著作,并指出,该著尽管受到弱小民族文学研究中族裔文学思想的影响,但更主要的是凸显了左翼视角,继承和发扬了中国左翼文艺观念的传统。正是因为将《黑人文学》视为彰显左翼文学批评传统的产物,他对该著中彰显的民族/国家话语形态持贬低态度。他甚至认为,杨昌溪过分突出黑人独立建国的政治诉求,导致该著出现了明显不当之处。比如,他写道:

> 更为不当之处在于,作为严谨的学术著述,《黑人文学》本不应有任何政治选择,但却因作者感情一发不可收拾,而使该著在面对非裔美国民众受到白人既得利益集团的压榨、欺凌时,竟然呼吁非裔美国人从美国分裂独立,建立一个自己的国家。从左翼视角上升为极左,使得该书有了瑕疵之憾。②

左翼文学批评实际上主要彰显的是阶级/革命话语,而韩晗又从《黑人文学》中努力挖掘符合左翼文艺批评传统的因素。这就导致他既将黑人在美国备受压迫和剥削的历史遭遇解读成了阶级问题,又将黑人要求独立自由的政治诉求解读成了反抗阶级压迫的重要政治实践。正是基于这一前提,他就将杨昌溪注意到黑人的反抗情绪,解读成了阶级/革命话语立场。但根据笔者上面的分析,杨昌溪在《黑人文学》中实际上主要凸显的是民族/国家话语,他把美国黑人问题主要视为民族问题,而不是阶级问题。尽管他也偶然用到了"革命"一词,但他指的是民族/种族革命,而不是阶级革命。在笔者看来,韩晗将《黑人文学》视为早期中国文人从左翼视角开展美国文学研究的代表性

---

① 韩晗:《从〈黑人文学〉论早期美国文学研究的左翼视角》,《外国文学研究》2014 年第 6 期。

② 同上。

著作，这本身就存在问题。要在 20 世纪 30 年代找一本从左翼视角展开美国文学研究的代表性著作，赵家璧 1936 年出版的《新传统》恐怕更为合适①。

另外，韩晗为杨昌溪正名的意图尽管非常良好，但实际上有矫枉过正之嫌。在中国历史的特定时段，杨昌溪等人因为被视为"民族主义文艺运动"的参与者或追随者而遭到了政治迫害。对于他们的遭遇，我们当然应该给予同情。对于时代的谬误，我们也无限惋惜。对于许多曾经因为政治意识形态的缘故而被歪曲了的事实，我们更有必要辨明真相，加以还原。然而，我们还需摆脱二元对立思维，没有必要为了正名而将对某些人、某些事的阐释从一个极端拉向另一个极端。在政治意识形态判断逐渐淡化、不再主导学术研究的当今时代，有些话题已经不再是学术禁忌。因此，面对杨昌溪等确实参与或追随"民族主义文艺运动"并积极彰显了民族/国家话语立场这一事实，我们既没有必要为了给他们正名而过分突出他们的左翼身份，将曾经扣给他们的帽子拿下，急着扣上另一顶或许并不合适的帽子，又没有必要因为正名的需要或者道义上的同情，在评价他们时从一种偏颇滑向另一种偏颇。

第三节 休士：民族革命还是阶级革命斗士？

在 20 世纪 30 年代，黑人文学同时得到了左翼文人和右翼文人的关注。这就导致黑人文学研究，成了两种不同的话语形态角力的重要场域。休士是备受 20 世纪 30 年代中国文人关注的黑人作家，他的小说和诗歌均得到了重视，像《我们的春天》等作品还出现了重译现象。具体情况，可以参见上文的列表。中国文人在积极翻译休士作品的同时，也对他的文学生涯、思想倾向和艺术风格等展开了阐释。鉴于休士是被重点关注的黑人作家，笔者在本节主要以他为例，对比分析 20

---

① 本书第八章第二节将对赵家璧的《新传统》做专论，此处不赘。

世纪 30 年代秉持不同话语立场的中国文人在阐释黑人文学时呈现出的异同之处。

一 民族革命斗士

杨昌溪并未撰写专论休士的文章,但他在《黑人文学》中论及黑人民族意识觉醒及其在文学中的表现时,却将休士作为重要的例证。他将休士置放到黑人民族运动的大背景下,讨论其文学实践的意义。他明确指出,"休士是现存的与墨克开同属于激烈革命文学一派的诗人和小说家"①,并提及休士的两部诗集。需要说明的是,杨昌溪这里说的"革命"不是中国左翼倡导的阶级革命,而是民族革命。他引用了休士的《我,也是——》一诗,说该诗反映了白人对黑人的鄙视和压迫,而正是因为备受压迫和剥削,黑人才发出了"我也是亚美利加"的呼声。他还引用了《我也是你的儿,白人》一诗,说该诗通过对比的手法将黑人和白人的生活淋漓尽致地描绘了出来。他引用的这两首诗,均同时提及白人和黑人。这时候,白人和黑人显然被他当作两个不同的民族/种族。因此,白人和黑人之间的问题,便是民族与民族或者种族与种族之间的问题,黑人反抗白人压迫,便是反抗民族/种族压迫。正是基于这种逻辑,他认为休士等在黑人民族运动中涌现而出的诗人,"已经感觉了需要一个独立而自由的国家"②。

论及黑人小说时,杨昌溪提到休士等作家"思想采取的是激进主义","在作品中表现着新的活力"③。他高度肯定了休士的小说《不是没有笑的》,认为这部作品是"突破黑人文学中的新纪元,有了这书一出,美国人貌视黑人不能长篇巨制的心理已减淡了不少"④。细察这样的表述,我们会意识到杨昌溪依然从民族/种族的角度来肯定休士小

---

① 杨昌溪:《黑人文学》,良友图书印刷公司 1933 年版,第 27 页。
② 同上书,第 31 页。
③ 同上书,第 41 页。
④ 同上书,第 44 页。

说的意义，因为白人长期以来鄙视黑人，认为黑人写不出像样的长篇小说。

总之，正如上文已经提到的，杨昌溪在阐释休士时主要彰显了民族/国家话语。休士的文学创作，实际上是他论证黑人民族意识觉醒的重要例证。在他的笔下，休士就是一个投身于民族/种族解放的革命斗士。

二 阶级革命斗士

与杨昌溪的阐释明显不同，伍实（傅东华）、郑林宽、祝秀侠、章瑾、允怀等其他阐释者彰显了阶级/革命话语，将休士塑造成了一个革命艺术家的形象。尽管他们在论及休士时具体表述有所不同，但不约而同地勾勒出了休士不同阶段作品思想主题的变化，实际上就将他的文学生涯解读成阶级意识不断觉醒的艰难历程。

1933年7月休士经由苏联来到上海，13日下午参加了现代杂志社、中外新闻社、文学社等社团举办的欢迎会。之后，傅东华化名伍实，撰写了《休士在中国》[①] 一文，发表于《文学》杂志的第1卷第2期。该文指出，休士尽管不是中国"名流"心目中的名流，但却是"呼吁奋斗的战士"[②]，因此有认识之必要。休士的"战士"或者"革命艺术家"身份，实际上成了傅东华关注他的最根本原因。不过，他注意到休士并不是天生的战士，而是经历了一个不断觉醒、不断走向革命的过

[①] 值得说明的是，傅东华撰写的《休士在中国》一文，后来以《关于休士》之名，收录祝秀侠和夏征农翻译、上海良友图书印刷公司1936年出版的休士小说《不是没有笑的》一书的文末。不过，在收录该书时，作者删去了原文中曾引起"风波"的第一段文字：休士"比之不久以前萧翁来华的声势，真所谓'不可同日语'，不但码头上没有士女们的欢迎，就是日报上也不见他的名字。这里面的道理自然很简单：萧翁是名流，自配我们的名流招待，且唯其是名流招待名流，这才使鲁迅先生和梅兰芳博士有千载一时的机会得聚首于一堂。休士呢，不但不是我们的名流心目中的那种名流，且还加上一层肤色上的顾忌！"该段文字因为有讽刺鲁迅之嫌，鲁迅读后颇为不满，引发了所谓的"休士风波"，最后以傅东华公开道歉收场。

[②] 伍实（傅东华）：《休士在中国》，《文学》1933年第1卷第2期。以下引自该文的内容不再一一做注，特此说明。

程。他写道:"我们在休士身上,见出了现代每个革命艺术家所必经历的发展阶段。"正是基于这种判断,傅东华在行文中就将休士思想的不断提升和艺术的不断发展作为阐释的重点。

傅东华将休士截至1933年短短十几年的文学生涯,分为了三个不同的阶段。在第一阶段也就是文学生涯的起步阶段,休士加入了"新青年"作家集团。这一集团的文人认为,接受教育和创作黑人文学艺术,有助于消除白人的偏见,实现黑人与白人之间的平等。休士也认为,艺术家有权利超然于社会之上,漠视当前的种族问题和社会问题。为此,他积极提倡"纯艺术",热衷于为布尔乔亚的唯美主义辩护。1926年出版的诗集《疲乏的悲歌》以抒情诗为主,向世界展示黑人之美,差不多使休士跻身于第一流诗人之列。这时候的休士尽管已经认识到理想与现实之间并不协调,但在自感寂寞之际,试图逃避现实,"要把罗曼底克的错觉来涂饰现实"。总体来看,这个阶段的休士"对于较好将来的梦是依稀恍惚的","他对于周围的现实的抗议是抽象的"。他接下来的一部诗集《好衣服给犹太人》,题材范围明显扩大,开始把劳工群众作为解决问题的中心,但他"仍旧还不是一个革命的艺术家,只是包含着将来成为革命艺术家的希望罢了",因为"他仍旧从民族的立场去研究黑色劳动者的问题,仍以为他们的一切苦痛都出于种族不平等。至于阶级差别的关系,他仍旧完全无视"。在傅东华看来,这个阶段的休士已经具备了朦胧的反抗意识,已经具备了成为一个革命文学家的潜质。接下来,休士开始步入第三个阶段。对休士1930年出版的小说《不是没有笑的》,傅东华颇多溢美之词。他认为,这部作品是休士成为一个写实作家、具备阶级革命意识的重要标志;这部作品的出版"不但构成了现代美国文坛的一大事件,并且构成了他的创作发达及全部黑人文学发达的一个重要阶段"。

综观傅东华对休士的评价,他彰显的是阶级/革命话语立场。他不仅将黑人问题视为阶级问题,而且以阶级/革命的标准来评判休士作品的思想内涵和艺术价值。休士如何克服自己的小资产阶级根性,如何站在革命阶级的立场上写作,成了他关注的重点问题。

郑林宽的《兰斯顿休士》①是一篇专论休士的文章。作者与傅东华阐释休士的视角非常相似，也将他定位成一个"抵抗那小资产阶级黑人文学勇敢的斗士前卫"，"黑人中第一位革命诗人"，并说："他逐渐摆脱了数世纪来受压迫造成的黑人种种坏的倾向，他更能抛弃了他许多同时代作家所不能抛弃的小资产阶级过激主义。"郑林宽也将休士的文学生涯分成好几个阶段，在论述《不是没有笑的》之前（即1930年之前）的创作时，基本看法与傅东华一致，此处不再重复。

值得注意的是，郑林宽更为欣赏休士1931年、1932年创作的诗歌，认为这是诗人"写作一巨大转折点"，标志着"他的艺术已经走入革命时期了"，因为他"已经把黑白无产阶级视为反抗资本主义唯一的力量"。鉴于该文尚未引起学术界的注意，兹将相关论述引用如下：

> 休士的艺术已经社会化了。他的题材现在已经是"危机"、"失业"、革命斗争等等问题了。一向在他小说中所感受刺激的种种文艺现在已经获到解决了。这位作家已经找着解决黑人工人的正路了，这真是各国工人阶级所取的公共路线——××主义革命斗争的路线。
>
> 被动的失望的因素已经为斗争的曲子取代了。休士的诗中时时刻刻喊起人们斗争情绪来，及全世界无产阶级联合起来。作者对工人阶级将获得革命的最后胜利一点上有十二分的信心。

由这些表述我们不难看出，郑林宽非常赞赏休士艺术中的阶级/革命意识形态。如果说傅东华的相关表述还显得较为含蓄，那么，郑林宽的表述就非常直白，直接赋予了休士无产阶级革命家的身份。

与傅东华和郑林宽的看法非常相似的，还有祝秀侠和章瑾。祝秀侠和夏征农翻译的《不是没有笑的》以单行本出版之前，《文艺》杂志第1卷第2、3、4期连载了其中几章。译文前有祝秀侠写的"附识"，高度肯定了该小说的价值，说它不仅"在美国文坛上引起了极大的注

---

① 郑林宽：《兰斯顿休士》，《清华周刊》1934年第42卷第9、10期。以下引自该文的内容不再一一做注，特此说明。

意"，而且"在黑人文学发达史中有着不可磨灭的位置"①。祝秀侠和夏征农的译本以单行本出版之后，章瑾在1937年1月25日出版的《清华周刊》第45卷第12期发表了同名书评，内容与傅东华的文章大致相同，此处不再引述。

允怀的《黑人文学在美国》并不是一篇专论休士的文章，但休士作为黑人文学的代表性作家，自然引起了他的注意。不过，他既致力于总结黑人文学的民族特征，指出种族问题是黑人文学表现的重点，又从经济基础与上层建筑的辩证关系出发，揭示黑人文学逐渐左倾的内在逻辑。他写道：

> 在黑人的文学中，我们很难找出与种族问题无关的作品。尽管所处理的题材取种种不同的方式：或则为民族的压迫，或则为黑人的"优长"，或则为种族的绝望的呻吟，或则为种族反抗之浓厚，或则为有产黑人的颓废，或则为无产黑人的斗争，要之势围绕着种族的核心。种族色彩之浓厚，在世界各国的文学中，无过于黑人文学。内中社会背境是不难寻索的：种族的意识，在黑人是比之任何人种更为深切的！②

从这些表述来看，作者似乎重在突出黑人文学如何表现黑人民族问题，似乎有意凸显民族/国家话语。然而，事实并非如此，因为在接下来的行文中，作者实际上突出了黑人文学的新变，即"渐趋于武器化、宣传化"。他说："今日整个的黑人文坛，正在向左盘旋的过程中"，而"在以前，在黑人文学中所反映出来的黑人问题，只是种族问题，而不是阶级的问题"。他明确指出，"在意识形态方面讲，过去的黑人文学，都应列入小资产阶级的范畴"。很明显，作者对彰显民族意识的黑人文学持贬低态度。在他看来，只有将黑人问题视为阶级问题的作家，才算

---

① 参见《不是没有笑的》中的祝秀侠"附识"，《文艺》1933年第1卷第1期。
② 允怀：《黑人文学在美国》，《世界文学》1935年第1卷第4期。以下引自该文的内容不再一一做注，特此说明。

具备了无产阶级的革命意识,才能真正创作出具有社会和历史价值的文学作品。

在具体的论述过程中,休士是允怀重点关注的作家。他论及黑人诗歌"感伤的呻吟"已被"挑战的怒号所取代"时提到休士。他论及黑人小说家开始关注社会下层并将"无产穷人"作为小说的中心人物时又提到休士,说休士的小说《不是没有笑的》是此类作品的代表作之一。论及黑人文坛开始左倾、黑人文学渐趋"武器化、宣传化"时,他还提及了休士,并认为休士的戏剧《司各暴罗有限公司》,"就是这一倾向之最明显的标志"。总体来看,他以阶级革命意识标准来评价休士,勾勒休士的文学生涯。他在整体论述美国黑人文学的变化轨迹时,也突出了休士文学创作和思想倾向的变化。这就导致他对休士的评价,与傅东华、郑林宽等人没有什么区别。

三 休士形象差异的实质

通过上文的对比分析,我们不难看到,同样是一个休士,杨昌溪与傅东华等人的阐释明显不同。前者将休士视为民族/种族革命的斗士,而后者将休士视为阶级革命的斗士。他们都注意到了休士作品中的革命意识,但却突出了不同的侧面。前者要彰显的是休士的文学创作对于唤醒黑人的民族意识、鼓动他们参与民族革命的意义,认为对黑人民族来说,当务之急是实现民族革命甚至能够独立建国。后者却将黑人当作美国国内的被压迫阶级,认为他们应该暂时搁置民族问题,而跟其他被压迫阶级一起,共同投身于阶级革命,通过阶级革命的手段来解决民族压迫的问题。从根本上来讲,这两种思路都涉及如何改变黑人生存现状的问题,但在路线设计上存在显而易见的差别。

杨昌溪与傅东华等人阐释休士时暴露出来的差别,其实就是民族/国家话语与阶级/革命话语之间的差别,而这种差别,在很大程度上就是两个不同的文学群体秉持的观念之间的差别。

20 世纪 30 年代的中国左翼认为,中国正处在"革命与战争的时代",

第四章 休士热：民族/国家话语与美国文学形象构建

"革命的元素积蓄又积蓄的使全世界成为一个热度很高端的火药库"①。在这样一个急需阶级革命的时代，中国的当务之急是联合国内外的被压迫阶级，反抗帝国主义和国内买办，通过革命的手段争取阶级的解放。正是基于这种理念，他们热衷于创作和译介具有阶级/革命意识形态的文学作品，并从这一视角对具体的作家作品做出评判。

然而，"民族主义文艺运动"的倡导者、参与者和追随者认为，当时是一个民族革命的时代。比如，民族主义文人朱应鹏在接受《文艺新闻》记者采访时说："世界人类有三大斗争，即两性斗争，阶级斗争，与民族斗争。以中国现在一般的情况来看说，是民族斗争的时代。"② 1932年10月3日，追随"民族主义文艺运动"的期刊《黄钟》创刊于杭州。其主编蘅子（胡健中）在创刊号的《献纳之辞》中说："我们当前的时代，我们以为是一个民族求生存的时代，是一个民族争取自由平等的时代，尤其是一个全世界弱小民族求生存和争自由平等的时代！"他还说：

> 在这样一个时代之下，被压迫的民族，虽常不免因社会经济组织的不良，而发生民族内部阶级的分化和冲突，然这种不幸的现象，只是时代的一隅，而绝不是时代的本身！在整个时代的前面，生息于其下的任何个人任何阶级，都应该认清是你的全体，而不应固执时代的片段！彻底说来，在当前的时代下，只有全民族的利益值得夺取，只有全民族的搏战值得参与，此外个人和阶级间的一切得失，都是细微渺小的争持，宏伟磅礴的民族意识和民族精神应该能够扫荡一切，消除一切，融合一切！——这是这个时代下一切从事文学者所应该体认的一个原则！③

正是基于这种对时代的判断，他们认为，中国的当务之急是树立民

---

① 《无产阶级文学运动新的情势及我们的任务》，《文化斗争》1930年创刊号。
② 《朱应鹏氏的民族主义文学谈》，《文艺新闻》1931年第2号。
③ 蘅子（胡健中）：《献纳之辞》，《黄钟》1932年创刊号。

133

族中心意识，参与反帝的民族革命斗争，并呼吁被压迫的民族文学家联合起来。与此同时，他们也极为关注其他民族/国家的民族运动以及文学进展。我们将杨昌溪与傅东华等人阐释休士时呈现出的差别，放到这样的大背景下加以考察，自能判断出他们呈现出异同的一个重要原因。

在整个20世纪30年代，随着国民党官方大力提倡和有意构建，民族/国家话语形态得以进一步强化，进一步彰显。它与阶级/革命话语、自由主义话语等其他话语形态既存在激烈竞争，又紧紧纠缠在一起。民族/国家话语虽然不是国民党官方、有国民党背景、曾经或者一直亲近和依赖国民党的文人的专属品，但不得不承认的是，这批文人确实是这一话语形态的重要彰显者。然而，因为长期以来中国学术研究中政治意识形态方面的顾忌，这批文人要么被树立成了反面的靶子，要么被有意无意地过滤掉了。他们彰显的话语形态和文学实践，既没有得到客观的评价，也没有被充分重视起来。有学者说："说不清国民党与现代文学的关系，一部现代文学史就永远是残缺不全的。"① 同样我们可以说，说不清有国民党官方背景的刊物、人物与美国文学译介之间的关系，一部美国文学在中国的接受史和形象构建史，就永远是残缺不全的。

需要说明的是，本章尽管以黑人文学为讨论的中心，但无意于突出秉持民族/国家话语的文人就仅仅关注黑人文学。其实，就同20世纪30年代"民族主义文艺运动"中出现的作家作品不像我们想象的那么恓惶一样，参与或追随过这一运动的文人译介美国文学的质和量，一点也不寒碜。他们不仅在自己主办的相关刊物上，大量登载有关美国文学的内容，而且亲自参与翻译和介绍美国文学的实践。杨昌溪、汪倜然等人的成果，尤为值得注意。总之，我们要还原和阐释20世纪30年代中国文人的美国文学形象构建，就不能忽视民族/国家话语的介入，就不能抹杀这一话语立场的秉持者所做出的贡献。重视了他们及其贡献，实际上也有助于我们看到历史的多元性，克服对历史形成的刻板印象。

---

① 马俊山：《走出现代文学的"神话"》，中国社会科学出版社2002年版，第8页。

第五章 "自由"的文学：自由主义话语与美国文学形象构建

强调文艺的相对独立性，重视文艺自身的审美价值，主张价值选择的多元化，尊重思想的多样化和差异性，是自由主义文人坚守的普遍准则。在20世纪30年代的中国，他们因为价值判断的独立性和立场的批判性，受到来自左右势力的夹攻。在左翼眼中，他们是国民党当局的帮闲甚或帮凶；在右翼文人看来，他们又是"缓性的小仇敌"[①]。尽管生存于四面楚歌的文化环境之中，他们不仅积极从事创作和批评实践，而且积极参与了美国文学译介。梁实秋对新人文主义的译介，叶公超对艾略特的译介，施蛰存对意象派和都市诗的译介，林语堂对表现主义文论的译介，等等，即是典型的例证。

尽管自由主义文人群体内部本身充满着差异性，但在基本立场和话语形态上，却呈现出了极强的趋同性。他们面对美国文学时，既不像郭沫若那样热衷于辛克莱，又不像杨昌溪那样偏爱黑人文学。其实，无论是他们对美国文学做出的选择还是阐释，都彰显了不同于阶级/革命话语和民族/国家话语的话语形态。为了进一步阐明20世纪30年代中国文人的自由主义话语与美国文学形象构建之间的关系，本章以《现代》

[①] 柳丝：《关于民族主义的文学》，《黄钟》1933年第38期。该文写道："'普罗'要抛弃民族观念，'普罗文学'固然是民族主义文学底对敌。可是民族主义文学底仇敌，并不限于'普罗文学'；凡是有害于民族的，无论使人堕落，颓废，或者颓唐无稽的，都是仇敌。无益于人生，只是空费时间的'麻醉剂'，也为民族主义文学所不容。'普罗文学'是急性的大仇敌，这些是缓性的小仇敌罢了。"

杂志的"现代美国文学专号"① 为个案展开研究。

"专号"是《现代》杂志的第 5 卷第 6 期，于 1934 年 10 月 1 日出刊，由施蛰存和杜衡共同署名主编。总体来看，"专号"高度肯定了美国现代文学的成就，突出了其自由创造精神和多元竞生态势，最终构建出了自由发展的美国文学形象。这一形象不仅传达了编者的自由主义政治、文化和文学理念，而且承载着他们对中国文学、文化和政治发展路径的想象。

第一节 杜衡与"现代美国文学专号"的自由主义话语生成

近些年来，杂志研究已然成为中国现代文学研究的一个重要领域。诸多学者对《新青年》《学衡》《现代》等杂志切实展开了研究，也从方法论的角度做了相关思考。比如，邵宁宁曾指出，我们可以将一份杂志"不仅看作是一个公共话语空间，而且也看成是一个语义场，一个由社会、作者、编者、读者共同参与构建而成的历史文化聚结点"②。按照这一思路，作为《现代》杂志中相对独立的组成部分，"专号"本身是一个相对独立的话语空间和语义场。因此，我们在重视它与《现

---

① 本章后面的论述，除了在各节的标题中，其余各处均将"现代美国文学专号"简称为"专号"。特此说明。近年来，研究"专号"的成果很多，主要集中在以下两个方面。其一，表彰其译介美国文学的功绩。这类成果要么停留在对其所载内容的简单介绍层面，要么主要关注它译介的桑德堡等现代主义诗人和海明威、福克纳等现代主义小说家，进一步阐释这些作家作品的译介与中国现代主义文学发生发展之间的关系。可参见姚君伟《美国文学在近现代中国的译介》(《中国比较文学》1999 年第 3 期)、潘少梅《〈现代〉杂志对西方文学的介绍》(《中国现代文学研究丛刊》1991 年第 1 期)、金理《从兰社到〈现代〉——以施蛰存、戴望舒、杜衡及刘呐鸥为核心的社团研究》(东方出版中心 2006 年版)、颜湘茹《层叠的现代——〈现代〉杂志研究》(中山大学出版社 2011 年版)等。其二，将其作为《现代》杂志在 20 世纪 30 年代文坛呈现独异风采的证据，由此来赞扬《现代》及其主编施蛰存为中国现代文学做出的贡献。可参见陈旭光《三十年代的"现代"诗派与中国现代都市诗的发生》(《浙江学刊》2001 年第 1 期)、杨迎平《施蛰存的翻译工作对中国现代文学的贡献》(《中国现代文学研究丛刊》2004 年第 4 期)等。

② 邵宁宁：《关于现代文学杂志研究的方法论思考》，《甘肃社会科学》2006 年第 3 期。

第五章 "自由"的文学：自由主义话语与美国文学形象构建

代》杂志存在延续性和共同性的同时，更需要关注它的独异性。总体来看，"专号"虽基本遵循了《现代》一贯的编辑方针，但作为一个相对独立的整体，它也呈现出了独异品格。其自由主义立场尤为引人注目，这在它的"导言"和"编后记"中体现得异常明显。笔者认为，"专号"与前期《现代》相比呈现出的鲜明自由主义话语立场，与杜衡在编辑过程中发挥了重要作用有很大关系。

一 "专号"的自由主义话语立场

一份报纸、杂志的最后呈现形态，是官方审查机关、赞助人、编者和作者等各方力量通过"斡旋"而最后妥协和平衡的结果。刘增人就曾指出，"以期刊为主要载体之一的现代文学，并不仅仅是文学事业，它们还往往是文化产业，是政治倾向、文学理念与经济利益动态平衡的产物"[①]。

1932年，施蛰存受雇于现代书局，开始编辑《现代》杂志。这为他实践自己的政治、文化理想提供了重要平台，但他在这一平台上的所作所为却要受到各种非我因素的影响和限制。后来他回忆说：

> 我和现代书局的关系，是佣顾关系。他们要办一个文艺刊物，动机完全是起于商业观点。但望有一个能持久的刊物，每月出版，使门市维持热闹，连带地可以多销些其他出版物。我主编的《现代》，如果不能满足他们的愿望，他们可以把我辞退，另外请人主编。[②]

既为了维持与赞助方的良好关系，又为了实现自己的文化理想，施蛰存编辑《现代》时，首先需要考虑的就是如何确立较为稳健的编辑方向。综观施蛰存发表的《创刊宣言》等，他的编辑主张大致可以用

[①] 刘增人等：《中国现代文学期刊史论》，新华出版社2005年版，第12页。
[②] 施蛰存：《〈现代〉杂忆》，载《沙上的脚迹》，辽宁教育出版社1995年版，第28页。

作者群体的非同人性、政治立场的中立性和艺术追求的兼容性来概括。

在《创刊宣言》中，施蛰存写道："因为不是同人杂志，故本志不预备造成任何一种文学上的思潮、主义或党派。"① 短短二三百字的《宣言》，他竟有四次强调了"不是同人杂志"。由此可见，非同人性是他编辑《现代》时遵循的最基本方针。他之所以特别强调这一点，无非就是为了避免该刊成为某一种文学或者政治势力张目的载体，"杜绝刊物上有可能出现的一元化的专制声音，强调刊物应该成为具有多元价值追求的文化场域"②。正是为了实践这样的编辑方针，施蛰存在前期《现代》上，为不同倾向的作家同时提供了发表作品的机会，要让《现代》"成为中国现代作家的大集合"③。在《现代》杂志上发表作品的，既有茅盾、鲁迅、郭沫若、周扬、冯雪峰、张天翼等左翼作家，又有巴金、老舍等民主主义作家，还有沈从文、戴望舒、穆时英、苏汶等自由主义作家。为了避免政治风险，《现代》也采取了"既不直接与现实政治同步，也不直接与现实政治对抗"的策略，"通过强调'非同人'而制造了一种相对富有弹性却又极有包容力的言说空间"④。

尽管施蛰存在创刊号的《编辑座谈》中说："这个月刊既然名为《现代》……我希望每一期本志能给读者介绍一些外国现代作家的作品"⑤，但就实际情况而言，他并未独尊现代文学或者现代派文学。从译介导向来看，《现代》虽然热衷于介绍英美意象派、日本新感觉派和法国象征主义等域外现代主义的作家作品，但这些充其量只是其中的一部分。就选材时限而言，该刊虽侧重于"现代"，追求先锋性、当下性，力争与世界文学保持同步，但也适当兼顾了其他时期的文学，比如曾刊发《歌德逝世百年纪念画报》《斯各特百年祭》⑥ 等。

---

① 施蛰存：《创刊宣言》，《现代》1932年第1卷第1期。
② 董丽敏：《文化场域、左翼政治与自由主义——重识〈现代〉杂志的基本立场》，《社会科学》2007年第3期。
③ 施蛰存：《编辑座谈》，《现代》1932年第1卷第6期。
④ 董丽敏：《文化场域、左翼政治与自由主义——重识〈现代〉杂志的基本立场》，《社会科学》2007年第3期。
⑤ 施蛰存：《编辑座谈》，《现代》1932年第1卷第1期。
⑥ 分别刊载于第1卷第1期和第2卷第2期。

第五章 "自由"的文学：自由主义话语与美国文学形象构建

正是因为《现代》实际上呈现出了多元化的译介取向，施蛰存颇为不满有些研究者将该刊认定为提倡"现代"观念或者是"现代派"的刊物。孙玉石推测，施蛰存之所以持这种态度，可能是出于对"'左'的文学思潮心有余悸"[①]。《现代》杂志确实发表了许多具有现代派意味的译作和创作，但将其风格"定于现代主义一尊，既与施蛰存的办刊宗旨以及实际情形相悖，也遮蔽了一个原本多元丰富的文学空间"[②]。因此，笔者宁愿相信，施蛰存不满研究者做出的一些判断，既是为了维护自己的编辑初衷或者重申自己的编辑理念，又是为了提请研究者注意他对于《现代》杂志而言具有编者和作者双重身份。尽管他无意促成什么流派、什么主义，但《现代》杂志敏感的读者注意到了施蛰存的创作嗜好，因此有意无意地"模仿"他的创作风格，这客观上促进了特定文学风潮的形成。

综上，施蛰存独立主编时期的《现代》杂志，无论是他发表的编辑宣言，还是作者群的构成，抑或是他对各种创作文本、译介文本做出的选择和安排，都无不体现出兼容并包的编辑立场。其实，最能反映他这种立场的是，他在《现代》杂志上为"文艺自由论辩"的双方均提供了平等交锋的平台，既发表了杜衡力主文艺自由的论文，又发表了鲁迅、瞿秋白、周扬等明确批判自由主义的文章[③]。值得注意的是，前期《现代》尽管曾被认定为自由主义文人的大本营，但实际上，隐藏在各种话语和文本背后的主编施蛰存，当年从未明确提出或者发表言论来公开支持文艺自由主义。

一份杂志的"前言"和"编后记"之类的文字，往往最能集中体现编辑者的思想主张和编辑立场。就"专号"而言，最能集中、明确彰显自由主义立场的地方，恰恰就是它的"导言"和"编后记"。在

[①] 孙玉石：《中国现代主义诗潮史论》，北京大学出版社1999年版，第151页。
[②] 金理：《从兰社到〈现代〉——以施蛰存、戴望舒、杜衡及刘呐鸥为核心的社团研究》，东方出版中心2006年版，第153页。
[③] 鲁迅发表的文章有《论"第三种人"》（第2卷第1期）等，易嘉（瞿秋白）发表的文章有《文艺的自由和文学家的不自由》（第1卷第6期）等，周起应（周扬）发表的文章有《到底是谁不要真理，不要文艺？》（第1卷第6期）等。

"导言"部分，编者指出，在独裁政治甚嚣尘上的时代，"人类用无数的生命去换来的自由，现在又从新被剥夺了去，而在美国，它却幸运的至少还保留着一点文学上的自由。我们坚信，只有自由主义才是文学发展的绝对而唯一的保障"①。编者也提请我们注意，正是这"作为一切发展之基础的自由主义的精神"，造就了"美国现代文坛上的那种活泼的青春气象"②。在编者看来，美国文学之所以能取得辉煌的成就并表现出巨大的发展潜力，就在于美国作家拥有自由的创作环境，能够充分发挥文学的自由和创造精神。从整体行文来看，突出自由对于美国现代文学发生和发展的意义，构成了"导言"的基调。"编后记"延续了这一基调，并明确提及"专号"的编辑方针："我们在这里要郑重声明：我们编这个专号，目的完全是在介绍，而不是有所提倡。"③也就是说，编者旨在呈现美国现代文学的多元图景，要打破的就是对某一种倾向的文学、文学批评的独尊态势。

二 杜衡在"专号"中的作用

"导言"和"编后记"的自由主义立场非常鲜明，理论非常自觉，充分彰显了编者对文艺自由主义的追求，对自由主义文化生态的高声呼吁。那么，"专号"为什么会与前期《现代》呈现出如此大的差别呢？笔者认为，这与杜衡的思想渗透和编辑实践有很大关系。

整个"专号"，虽由施蛰存和杜衡共同署名主编，但"导言"和"编后记"仅仅署名为"编者"。以往的研究往往突出施蛰存对于"专号"的意义，而未能充分重视杜衡在"专号"编辑过程中发挥的作用。因此，对于杜衡与"专号"之间的关系，我们很有必要结合相关资料做一分析。

有关杜衡与"专号"的编辑问题，资料相对较少。窦康在《戴杜

---

① 编者：《导言》，《现代》1934年第5卷第6期。
② 同上。
③ 同上。

衡先生年谱简编》中写道："是年①5月，先生独自主持《现代》编务。其时，现代书局资方发生内讧，施蛰存放弃编务。"② 他的这一论断也被其他一些研究杜衡和《现代》的学者广为引用。按照窦康编的年谱推断，"专号"就应属杜衡主编。然而，这一推论与施蛰存的说法虽有重叠之处，但也存在明显矛盾。

作为当事人，施蛰存曾多次提到《现代》杂志的编者问题。然而，如果仔细阅读，我们就会发现，他的说法本身是自相矛盾的。这里仅举二例。第一："编到第五卷……我感到这个刊物已到了日暮穷途，无法振作，就逐渐放弃编务，让杜衡独自主持。"③ 第二："在第五卷第六期，我编刊了一个《现代美国文学专号》……这个专号我经营了三个月……"④

在第一例中，施蛰存明确说，第5卷第1期之后杜衡就逐渐开始独自主持编务。如果施蛰存的说法确实准确，那么，"专号"出刊时虽将他列为主编之一，但他并未承担具体的编辑工作，至少没有起到主导性作用。按此推论，"专号"就可能是由杜衡来主持编辑的，或者说，杜衡可能承担了主要的编辑工作。就这点而言，施蛰存与窦康的说法一致。但问题是，笔者发现，窦康编辑的"杜衡年谱"，大量参考甚至照搬了施蛰存的回忆性文字。那么，窦康所编年谱的可靠性，就与施蛰存的说法是否可靠息息相关。

与第一例的说法明显矛盾的是，在第二例中，施蛰存又两次直接用单数"我"，明言自己承担"专号"的编辑工作。如果"专号"真是由他主编的，那么第一例引述的说法基本无法成立，因为《现代》杂志在第5卷第6期之后仅出版了四期，就退出了历史的舞台，而最后三期还是由别人编的。既然"专号"就是他主持编辑的，那么，他说自己逐渐放弃了编务而让杜衡独自主持，简直无从谈起。要让他的说法成

---

① 指的是1934年。
② 窦康：《戴杜衡先生年谱简编》，《新文学史料》2004年第1期。
③ 施蛰存：《〈现代〉杂忆》，载《沙上的脚迹》，辽宁教育出版社1995年版，第29页。
④ 同上书，第54页。

立，我们只能做出这样的推论：只有第6卷第1期是杜衡独自编辑的。但问题是，如果杜衡仅仅独立主编了一期，施蛰存又怎么可以说是自己"逐渐放弃编务"了呢？因此，《现代》尤其是"专号"的编者问题，还有重新讨论的必要。

施蛰存和杜衡都是"专号"的重要作者。施蛰存以施蛰存、安华、安簃、薛蕙和李万鹤等名字出现在"专号"的作者队伍当中。作为作者，他的贡献主要在于：承担了《现代美国诗抄》和海明威短篇小说《瑞士顶礼》的翻译工作，撰写了《现代美国作家小传》和"文艺杂语"《刘易士夫人不容于德国》等。与施蛰存的功绩相比，杜衡的功绩也不容忽视。他以杜衡和苏汶两个名字出现在"专号"的作者队伍当中：一是以苏汶之名撰写了长篇论文《安得生发展之三阶段》、翻译了休乌德·安得生的短篇小说《死》；二是以杜衡之名撰写了长篇论文《帕索斯的思想与作风》。因此，就对"专号"明显可视的贡献而言，杜衡和施蛰存可以说是平分秋色。然而，仅凭这些明显可视的工作，我们并不能判定杜衡在"专号"编辑过程中发挥的作用，我们充其量只能说他为"专号"顺利出刊贡献了不少稿件。

有学者曾指出："以期刊为主要载体的现代文学，还必须把编辑的作用考虑在内——作家所提供的仅仅是手稿，只有经过编辑的解码与再编码，才可能变成供读者阅读的文本。"① 一份杂志的出刊，作者提供的稿件固然很重要，但编辑人员的编辑理念以及受此影响而对稿件做出的选择和安排，也至为关键。因此，要考察杜衡在"专号"中的作用，我们还需辨析他从事了哪些没有明确署名或并不直接可视的工作。

"专号"的"导言"和"编后记"署名为"编者"，按理来说，就是施蛰存和杜衡两人，但笔者推断，这二者出自杜衡之手的可能性更大。我们先从"导言"中举出几例，与杜衡在《现代》刊发的其他文章做一对照考察。

在"导言"中编者提到，在"世界的左翼文学都不自觉的被苏联

---

① 刘增人等：《中国现代文学期刊史论》，新华出版社2005年版，第12页。

第五章 "自由"的文学：自由主义话语与美国文学形象构建

的理论所牢笼着"的时代，"美国的左翼作家并没有奴隶似地服从着苏联的理论，而是勇敢的在创造着他们自己的东西"①。编者以帕索斯为例，指出他虽思想左倾，但也不断追求文学创新，反过来影响了苏联文学。而"专号"专述帕索斯的《帕索斯的思想与作风》一文，就是杜衡的手笔。杜衡在文章最后一部分，专门谈到帕索斯在苏联的接受问题，并写道："最后，说一说帕索斯的作品在苏联所引起的注意，大概是一个有兴味的话题吧。"② 接着，杜衡陈述苏联批评家对帕索斯的不同态度，对其又做适当发挥："他说明了在艺术品的创作上，一切固定的规律是并不存在的，谁也不应该依据自己的文学主观来衡量别人。一些创作法则的规定都是徒劳的工作。"③《帕索斯的思想与作风》一文的最后一部分，简直就是对"导言"中涉及帕索斯文字的扩写。

"导言"提到要花三四年的时间，以专号的形式逐一介绍各个民族的文学，但接着就发表议论："三四年，这在事事必求速成的国人看来，是多么悠久的时间呀！"④ 这种对"事事必求速成"者的揶揄，与杜衡之前的说法非常一致。杜衡就非常喜欢将左翼的文艺追求称作"目前主义"或"速成主义"。比如，杜衡在《现代》第1卷第3期刊发的《关于"文新"与胡秋原的文艺论辩》一文中写道："（左翼文人）他们现在没工夫来讨论什么真理不真理。他们只看目前的需要，是一种目前主义。"⑤ 尽管"导言"没有明确指称左翼批评家，但这二者之间的联系是显而易见的。

"导言"中写道："我们的读书界，对二十世纪的文学，战后的文学，却似乎除了高尔基或辛克莱这些个听得烂熟了的名字之外，便不知道有其他的名字的存在。"⑥ 杜衡在《现代》第2卷第1期刊发的论文《论文学上的干涉主义》中，多次使用了"烂熟"一词。比如，他写

---

① 编者：《导言》，《现代》1934年第5卷第6期。
② 杜衡：《帕索斯的思想与作风》，《现代》1934年第5卷第6期。
③ 同上。
④ 编者：《导言》，《现代》1934年第5卷第6期。
⑤ 杜衡：《关于"文新"与胡秋原的文艺论辩》，《现代》1934年第1卷第3期。
⑥ 编者：《导言》，《现代》1934年第5卷第6期。

道:"我所看到的文学的任务目的决不是什么新奇的见解,正相反,我差不多只是说了一些已经由别人说得烂熟了的话。我在这篇文章里的重要目的,倒不仅仅要把这一些烂熟的论点重新提出来,而是在于这种文学的永久性任务的拥护。"① 两篇文章都使用了"烂熟"一词。难道施蛰存也喜好这个字眼?但从《现代》或者其他各处刊发的施蛰存的文章中,我们却找不到什么证据。

"导言"与杜衡其他文章之间的互文关系还有很多,这里不再一一比照。对于这种互文关系,我们可以有两种解释:一种是"导言"确实是杜衡的手笔,另一种是施蛰存在撰写"导言"时大量参考了杜衡的文章,充分吸收了他的观点,借鉴了他的文风和字眼。显然,第一种解释更有可能。

上文已经指出,"导言"和"编后记"具有鲜明的自由主义立场。笔者认为,它们是杜衡有感于当时的文化环境,基于自己的文坛处境,利用自己作为编辑的身份,借着言说美国文学来重申自己文艺主张的具体实践。与编辑《现代》时立场比较暧昧的施蛰存相比,杜衡一直坚守"免于偏见的自由"的价值立场,明确反对任何执于一端而拒绝接受异见的做法。在他看来,很多人所坚持的"真理",其实就是"偏见",而"偏见"便是人类最大的、永恒的灾难之源。② 当年,杜衡就因为发表明确彰显自由主义话语的文章,招致左翼文坛和右翼文坛的一致围剿。这导致他在当时的文坛处境非常艰难。为此,他特别看重能够保障自由言论的多元竞生文化环境,特别推崇促进美国文学健康发展的自由文化精神。从这个意义上来说,美国文学的多元生态,为杜衡彰显自由主义的文艺立场提供了更为便捷、更为有力的支撑。况且,施蛰存"逐渐放弃编务",既让杜衡掌握了更多的话语权,又让他拥有更多的机会来落实自己的主张,按照自己的意图选择和安排稿件。

基于上述几点,笔者认为,"导言"和"编后记"很可能就是杜衡的手笔,而由施蛰存撰写的可能性不大。退一步讲,如果"导言"和

---

① 苏汶:《论文学上的干涉主义》,《现代》1932 年第 2 卷第 1 期。
② 戴杜衡:《免于偏见的自由》,传记文学出版社 1979 年版,第 1 页。

"编后记"真是施蛰存的手笔,那只能说,他是在自我否定、自己扇自己的嘴巴。在编辑"专号"的过程中,杜衡发挥的作用是不容忽视的,他非但不是施蛰存的陪衬,还可能发挥了更大的作用。因此,我们不能简单地将"专号"的"导言"和"编后记"作为施蛰存文学观念或者编辑主张的佐证。另外值得注意的是,施蛰存"文集"或者"全集"①也将这两篇文字收录其中,显然将其视为施蛰存的成果。尽管我们不好做出过于充满想象力的揣测,也找不到更多的反驳证据,但依然觉得,这是一个大可质疑的问题。

杜衡早在 20 世纪 30 年代就开始供职于国民党的行政部门,又在大陆解放之际跟随国民党去了台湾,早在 1964 年就已去世。而施蛰存发表有关《现代》的回忆性文字,都是在进入新时期之后。无论施蛰存说什么,后来的研究者怎么说,杜衡永远都没有机会发表不同的意见了。另外,因为既有为国民党官方效力的背景,又在 20 世纪 30 年代公开对抗过左翼的文艺主张,杜衡在大陆一直"声誉"不佳。近些年来,专门研究他的成果偶有发表②,但事实上,很多问题还没有深入展开。杜衡依然是一个被轻视甚至被妖魔化了的人物。

第二节 "现代美国文学专号"中的美国文学
形象及其构建策略

无论在"专号"的编辑过程中到底是杜衡还是施蛰存发挥了更重要的作用,但最终呈现给我们的杂志文本足以表明:编者在具体的编辑过程中,不仅通过精心的选择和安排,使进入杂志的各个文本相互之间形成了对话关系,而且吸收了观点殊异的撰稿人,为他们搭建了平等对

---

① 刘凌、刘效礼主编:《施蛰存全集·北山散文集》,华东师范大学出版社 2011 年版。
② 可参见胡希东《情感与理智之间——杜衡的游离性与徘徊性》(《云南师范大学学报》2006 年第 5 期)、葛飞《信仰与怀疑——论杜衡的长篇小说〈叛徒〉》(《文艺争鸣》2007 年第 5 期)和《杜衡与〈现代〉杂志及写实主义》(《南京师大文学院学报》2013 年第 3 期)、张生《免于偏见的自由——从〈现代〉看杜衡的文艺批评的特点》(《同济大学学报》2010 年第 2 期)等。

话的平台。通过这种方式，编者进一步彰显了自由主义话语立场，突出了美国文学的现代性、独立性和创造性，构建出了全新的美国文学形象。

一 现代、独立、自由和创造的美国文学

在"专号"之前或者同时，中国有相当一部分文人因为美国文学的历史较短，加之与英国文学或者欧洲文学同根同源，从而质疑或贬低其文学成就，甚至否定其独立性和创造性。比如，沈雁冰为《小说月报》撰写"海外文坛消息"，其中有一则名为《美国文坛近状》。该短文开头转述了美国文艺杂志 Dial（《日暮》）登载在 Little Review（《小评论》）等杂志上的广告。他接着写道："美国现代文家有点名声的，非常之多，但是我们若以'有创造新艺术的精神'一语为标准去评衡美国现代文人，便知足当入选者，不过寥寥数人而已。"[1] 除了这些零星文章，当时出版的具有一定规模的文学史著评判和处理美国文学的方式，更值得注意。无论是为它单独撰史的曾虚白，还是将它纳入世界文学框架内讨论的李菊休和赵景深，抑或是将它视为英国文学组成部分的王靖和周毓英[2]，都对它评价不高，基本上否定了它作为民族文学存在的合法性。比如，曾虚白在《美国文学ABC》的开篇就写道："在翻开美国文学史的以前，我们应该先要明白了解'美国文学'这个名词，在真正世界文学史上是没有独立的资格的。"[3]

与上述种种处理方式和评价基调明显不同的是，"专号"基于"五四"以来盛行的新/旧对立、现代/传统对立的观念，对美国文学做出了全新的评判，特别突出了它摆脱英国传统从而实现独立和现代转型的

---

[1] 沈雁冰：《美国文坛近状》，《小说月报》1922年第13卷第5号。
[2] 参见曾虚白《美国文学ABC》（上海世界书局1929年版），李菊休编、赵景深校《世界文学史纲》（上海亚细亚书局1932年版），王靖《英国文学史》（上海泰东图书局1927年再版），周毓英《文学常识》（上海神州国光社1931年版）等。关于各部史著具体如何在世界文学格局中选择和安排美国文学，可参见本书第七章第一节和第八章第一节的相关论述。
[3] 曾虚白：《美国文学ABC》，世界书局1929年版，第1页。

意义。编者认为，进入20世纪之后，许多民族的文学囿于"光荣"的传统而难以很快步入现代，但美国文学很快摆脱了英国文学的束缚，开始塑造自己的全新传统。在新的语境下，缺乏传统这一曾经的劣势，反而成为它得以迅速发展的优长条件。编者也以当时流行的社会学观念来解说美国文学。他们指出，美国社会经济领域的变化，刺激作家既反映社会的发展和进步，又把目光投向了社会中切切实实存在的问题及其产生的影响，从而使得美国文学具有了明显的现代性。"导言"写道："在各民族的现代文学中，除了苏联之外，便只有美国是可以十足的被称为'现代'的。"① 编者论及美国文学的创造精神时指出，"美国文学，即使在过去为英国的传统所束缚的时期内，它也绽露了新的东西的萌芽"②。其结果是爱伦·坡启发了法国的象征主义，惠特曼对包括苏俄在内的革命诗歌产生了影响。就这样，自由精神、创造精神、独立性和现代性四种质素，成了"专号"编者看重美国文学的根本原因，也成了他们评判和言说美国文学的重要尺度。

　　中国文坛对美国文学的轻视和贬低，除了体现在对它做出的整体评价上，还体现在翻译领域。尽管郁达夫1933年说，"五四"时期惠特曼就已经在中国"下了根，结了实"③，但在"专号"之前，作为整体的美国文学，并未成为翻译界关注的重点对象。就以对外国文学译介最为用力的《小说月报》而言，它尽管1928年之后刊载的有关美国文学的内容明显增多，也在1929年8月10日发行的"现代世界文学专号（下）"刊印了辛克莱等八位作家的画像和赵景深撰写的《二十年来的美国小说》一文，但美国文学从未成为它关注的重点。《小说月报》中有很多专号和专辑，但无一与美国文学有关。《学衡》杂志曾是译介美国文艺批评的一个重要场域，但仅限于白璧德和穆尔等人的新人文主义主张。就文艺期刊的各种专号（专刊）而言，在"专号"之前，《沉钟》杂志于1927年7月10日第12期出刊了"爱伦·坡与霍夫曼特

---

① 编者：《导言》，《现代》1934年第5卷第6期。
② 同上。
③ 郁达夫：《五四文学运动之历史的意义》，《文学》1933年第1卷第1期。

刊"，这是美国文学唯一一次受到如此青睐，但其仅限于爱伦·坡一人，量也非常有限。

另外，文学丛书的编纂也体现出对美国文学的轻视。1922年开始编纂的《文学研究会丛书》，文学译作有70余种，但除傅东华翻译的《社会的文学批评论》（蒲克著）之外，无一美国文学作品得以入选。该丛书的"编例"指出，"其所包含，为所有在世界文学水平线上占有甚高之位置，有永久的普遍的性质之文学作品"①。那么，"漏选"美国文学，是不是也表明了编选者的态度呢？

对美国文学的轻视和贬损态度，使得一些作家的作品即使得到了广泛译介，也无法进入翻译的核心系统，无法得到较为公正的评价。除惠特曼之外，霍桑、爱伦·坡、欧文、哈特、欧·亨利、马克·吐温等是现代中国译介最多的19世纪美国作家，但他们之所以受到关注，是因为其作品具有奇异、怪诞、神秘、幽默、通俗等特征。译介者和出版商往往给他们的作品贴上"童话""侦探""儿童文学"等标签。这导致他们的作品纵使得到了广泛译介，但实质上跟当时得到广泛译介的美国通俗小说（比如，范大痕的侦探小说、巴勒斯的"泰山"系列探险小说、奥尔科特的《小妇人》）一样，被定性为通俗作品。

与这些对待美国文学的态度不同，"专号"编者决定先对美国文学刊发专号。这无疑可以反映出他们对美国文学的重视程度。

二 多元竞生的美国文学

"专号"的意义，不仅在于编者重视了美国现代文学，而且体现在他们秉持开放的译介姿态，构建出了多元竞生的美国文学形象。这在20世纪30年代中国文坛明显左倾的语境下，显得非常特别。

虽然林纾和魏易1901年用文言翻译的斯托夫人小说《黑奴吁天录》对中国知识界冲击不小，"五四"时期惠特曼和意象派诗人的诗作

---

① 《文学研究会丛书编例》，《小说月报》1921年第12卷第8号。

对中国新文学产生了重要影响，白璧德的新人文主义思想一直是学衡派和梁实秋等人批判中国新文学的重要理论资源，奥尼尔的剧作对洪深和曹禺启发不少，但中国翻译界真正开始严肃对待美国文学，主要是随着中国革命文学的兴起和刘易斯1930年获得诺贝尔文学奖而发生的。

革命文学兴起之后，阶级/革命话语置换了"五四"时期的人道主义话语。辛克莱、约翰·里德、高尔德、杰克·伦敦、德莱塞、休士等暴露和批判现实的美国现代作家，一时成为中国舆论界和翻译界的新宠。中国知识分子心目中的美国文化偶像，也相应地从惠特曼过渡到了辛克莱。这些左翼作家的作品不仅以单行本大量面世，而且成为文艺期刊争相译介的重点。1933年创刊的《文学》月刊，几乎每期都涉及美国文学，除了译介惠特曼之外，还兼及赛珍珠、奥尼尔、海明威等，但关注的重点却是休士等黑人作家以及辛克莱、德莱塞、高尔德等左翼作家。1934年创刊的《译文》杂志，重视左翼文学是其显著特点，在10个专辑中，苏联文学占了6个。该刊译介美国文学时，除了赛珍珠和欧·亨利，主要关注的依然是辛克莱、德莱塞、杰克·伦敦、休士等。1934年创刊的《世界文学》，主要介绍世界新文艺思潮和各民族的代表作品。美国文学在该刊占很大比重。它的关注重点与前两份杂志几乎一致。

尽管我们不能说这三份在20世纪30年代举足轻重的刊物是纯粹的左翼刊物，但就实际的译介情态来看，它们异常重视美国左翼文学，却是一个不争的事实。在"红色的30年代"，美国左翼文学在中国得以大量译介，确实扩大了美国文学的影响，但同时也遮蔽了它的多元生态，使得它的形象从"通俗"这样一个极端滑向了"赤化"这另一个极端。

与这几份同期并存的杂志明显不同的是，"专号"力图展现美国现代文学的多元生态和开放格局，视野更为开阔。它既译介了辛克莱、杰克·伦敦等明显左倾的作家，又兼及海明威、福克纳这样的现代主义者，还没有忽视维拉·凯瑟这样"怀远恋旧""逆时代潮流而动"的浪漫主义作家。20世纪30年代初，海明威、福克纳等现代主义作家已经开始引人注目，但文坛地位尚未完全确立。然而，"专号"对他们特加重视，不仅专文介绍，而且登载了相关译作。赵家璧的《美国小说之成长》、叶灵凤的《作为短篇小说家的海敏威》、凌昌言的《福尔克奈——一个新作风的尝试者》等文章，尽管存在一些曲意比附和削足适履的现象，但基本能够展现出这些作家的艺术追求和思想主张。在"红色的30年代"，"专号"的这种译介姿态无疑是一种独异的存在，也为较为全面地呈现美国文学的面貌做出了重要贡献。

在中国的美国文学译介史上，"专号"第一次较为客观、全面地呈现了美国现代文学的多元生态，既为当时的中国人了解美国文学、美国文化乃至整个美国打开了重要窗口，又为后来的研究者准确把握美国文学在现代中国的传播历程和认知变迁提供了重要参照。

三 "专号"构建美国文学形象的主要策略

上文主要分析了"专号"的自由主义话语立场及其构建出的美国文学形象。其实，除了"导言"和"编后记"这两篇集中构建美国文学形象的文字，"专号"的文本结构方式，也足以展现出美国现代文学多元发展的态势。各个文本和文本作者相互之间形成的对话关系，也彰显着编者自由主义的话语立场。

"专号"的文本构成非常复杂，除"导言"和"编后记"之外，还有概论性文章4篇、文学批评论3篇、作家论11篇、小说16篇、散文5篇、戏剧1部、诗歌13人30首、作家小传87位、大战后美国文学杂志编目30种、"文艺杂话"12则和插图24幅，涉及了小说、戏剧、诗歌、散文和文学批评等领域。然而，它既非编者根据现有稿件临时拼凑而成，又不是毫无生气的资料汇编，而是编者根据自己预设的自由主义话语立场和多元化译介姿态故意安排的结果，充分彰显了编者作为文学生产组织者的主体性作用。

从文本构成层面来讲，为了张扬美国文学的自由精神，呈现美国文学自由辩难、自由发展的文化生态以及在此生态下生成的丰硕文学实绩,"专号"编者并未独尊任何一端,而是对美国文坛存在的各种重要现象都加以平等对待。

在具体的操作过程中,"专号"涉及文学批评时,基本遵循了先总述后分述的策略。编者在邀请李长之撰写概述美国文艺批评的文章的同时,还邀请了梁实秋、张梦麟、赵景深和林语堂,分别评述白璧德、卡尔浮登、琉维松和斯宾嘉恩等人的文艺批评理论。尽管林语堂介绍表现主义批评的稿件最后未能完成,但实际刊发出的四篇文章[①],已足以展现出美国文艺批评流派众多、主张殊异的面貌。无论具体的撰述者对具体的文学批评流派及其代表性的批评家持何种态度,"专号"将它们安排到一起,客观上起到了向读者较为全面地介绍美国现代文学批评的作用,也能够引导读者注意到美国文学批评多源多流这一重要特征。

涉及美国文学创作时,"专号"基本遵循的是先总述再分述最后呈现译作的策略。"专号"编者邀请赵家璧、邵洵美和顾仲彝分别撰写了总论各个体裁文学创作潮流和实绩的文章,题名分别为《美国小说之成长》《现代美国诗坛概观》和《现代美国的戏剧》。在《美国小说之成长》一文中,赵家璧侧重于介绍美国现代小说的演变轨迹。在《现代美国诗坛概观》一文中,邵洵美逐一介绍了乡村诗、城市诗等美国现代诗歌流派。在《现代美国的戏剧》一文中,顾仲彝在梳理美国戏剧发生发展史的基础上,评述了一些重要剧作家的创作成就和思想基调。在这几篇总论性文章之后,编者安排了11篇作家论,涉及杰克·伦敦、海明威、奥尼尔和福克纳等。接着,编者编排的是代表性作家作品的译作。小说有杰克·伦敦的《全世界的公敌》、海明威的《瑞士顶礼》等,戏剧有奥尼尔的《绳子》,诗歌涉及桑德堡、马斯特斯、弗罗斯特、洛威尔等各个诗派代表诗人的诗作。

其实,"专号"重视美国文学的多元生态,不仅体现在编者层面,而且体现在一部分撰稿者层面。比如,赵家璧尽管对一切非现实主义的作家作品,从意识形态性和艺术性两个方面都加以部分否定,但这并不

---

① 题名分别为《现代美国的文艺批评》《白璧德及其人文主义》《文评家的琉维松》和《卡尔浮登的文艺批评论》。

意味着他完全否定这些文学现象存在的合理性，彻底抹杀他们取得的成就。他的这种译介立场不仅体现在他撰写的总论性文章当中，而且体现在他为所谓的"逃避的中代作家"维拉·凯瑟单独撰写了一篇评论文章，名为《怀远念旧的维拉·凯漱》。再比如，毕树棠在编撰《大战后美国文艺杂志编目》时选择了30种代表性刊物，力图呈现出美国文艺杂志也存在多元化的取向。在谈到自己如何编选美国文艺杂志时，毕树棠说：

> 有个特别选择的困难，便是一般的杂志太多了，比如普通的小说杂志比任何国度都多，而且标准不齐，只有一部分有文学上的价值，却也不是整个乱来，像中国《礼拜六》式的那么低，完全采取，固然不可，一笔勾销，似乎也是一个遗漏，所以这里只选了两三种。①

正是基于这种编选理念，他除了介绍 American Literature（《美国文学》）、Dial（《日晷》）等严肃文艺刊物，也确实将 Cosmopolitan（《大都会》）等通俗期刊纳入其中。

"专号"中容纳了很多的美国文学文本。不同作家的思想基调和艺术手法存在不尽相同之处，编者让他们及其作品在"专号"中共时存在，从而相互之间构成了对话关系。编者除了对美国文学作品做出精心选择和安排，也让不同的中国译介主体在"专号"这一共存文本中形成了潜在的对话关系。

就对中国译介主体的安排而言，"专号"采取的也是兼容并包策略。编者基于自由主义的立场，能够容许不同译介主体互有冲突的话语基调存在。这导致各位撰稿人的观点时而与编者的观点发生抵牾，时而相互之间形成交锋。

李长之、邵洵美与编者的文化发展思路存在分歧，是前一种情况的

---

① 毕树棠：《大战后美国文艺杂志编目》，《现代》1934年第5卷第6期。

显著例证。在"导言"中,编者突出了美国文学反传统的意义,说美国现代文学摆脱英国文学传统的羁绊,是它得以发展的关键因素之一。过分突出反传统,实际上是为了说明美国现代文学与欧洲文学传统或者承袭了这一传统的19世纪美国文学之间的断裂关系,进而凸显出美国现代文学的新精神。然而,李长之虽然反对固守传统,但依然对其非常重视。他写道:"对文化遗产中的民族基调是不能不加以特别注意的,因为否则便不能有充分的理解故;为目前的文化建设,这种附丽于民族精神的传统也不妨发挥光大。"①

邵洵美在《现代美国诗坛概观》一文开篇即指出,美国新诗运动的健将非常鄙夷朗费罗等"模仿派"诗人,而把惠特曼奉为"诗父,先知,前驱,革命的英雄,和灵魂的解放者"。事实上,他说的这种情况在中国文坛也明显存在,因为从"五四"时期起,惠特曼就被看作能够集中体现文学革命意识的诗人。针对这一认知倾向,他写道:

> 我以为一个伟大的成就,决不能单靠着反面的工作:破坏并不是建设的母亲;解放以后,我们仍旧需要着一种秩序,而一种秩序的获得,背后犹免不了一番苦工。我以为一般人所取笑的那个美国诗的模仿时期,却正是他们走向最后光荣的正常过程。②

邵洵美的论述实际上也涉及如何面对传统的问题。在他看来,新近者为了彰显自己的话语立场,往往会从所谓的"传统"中寻找可以支援自己的因素,而在这一过程中,又对不利于自己表达策略的"传统"资源大加鞭伐。

就后一种情况而言,李长之和梁实秋对新人文主义的不同评价,就是显著的例子。"专号"在李长之概述美国文艺批评的文章之后,紧接着编排了梁实秋评介白璧德的文章。梁实秋在《白璧德及其人文主义》一文中,高度赞扬了白璧德及其文学观念。比如,他写道:"举凡现代

---

① 李长之:《现代美国的文艺批评》,《现代》1934年第5卷第6期。
② 邵洵美:《现代美国诗坛概观》,《现代》1934年第5卷第6期。

流行的各种不健全的思想都是人文主义的论敌。""在情感泛滥和物质主义过度发展的时代,主张纪律和均衡的一种主义该是一种对症的良药。"① 然而,李长之的看法与此判然有别。他在《现代美国的文艺批评》一文中,先对新人文主义批评和表现主义批评做了对比分析,认为前者忘了艺术,而后者忘了人生。他接着指出:"然而人生问题不是文艺批评者的专责的,所以倒是表现派没抹杀对象——艺术品。"他最后得出的结论是:"二者比较了看,我总觉得表现主义派说的话像话。"② 显然,他对表现主义文论持更积极的看法。此外,他还含沙射影地对包括梁实秋在内以西方批评家为圭臬的现象展开批评。"专号"编者在李长之概论美国文艺批评的文章之后,紧挨着编排了梁实秋的文章。这可能是考虑到梁实秋在批评界的声名和地位,也可能是鉴于白璧德在美国文学批评界的重要性,但更可能是为了让两个文本因为"相邻性"而直接达到对话的效果。

第三节 "现代美国文学专号"构建美国文学形象的诉求

"专号"编者跟19、20世纪之交的梁启超、"五四"一代、左翼文学的鼓吹者一样,具有很强烈的中国文学和文化"救荒"意识。他们也把译介域外文学当作参与中国文学、文化建设和社会改造的重要手段。他们的文学译介实践具有鲜明的中国现实针对性,渗透着他们对中国文学、文化、社会演进和发展的思考。因此,他们积极译介美国文学并构建出其独立、自由、创造、现代和多元共存的形象,也是为了改变自我的现实,设计未来的发展路向。从某种意义上来说,言说"他者"和构建"他者"形象,就成了他们面对自己的现实处境发言的一种重要策略。

---

① 梁实秋:《白璧德及其人文主义》,《现代》1934年第5卷第6期。
② 李长之:《现代美国的文艺批评》,《现代》1934年第5卷第6期。

一 新文学建设构想

"专号"编者首先看重的是美国文学对中国新文学发展的启示意义。在为率先译介美国文学做合法性辩护时,编者放大了美国文学对英国文学传统的革新意义,并将其与中国新文学反叛旧文学传统对应起来。编者强调美国文学具有明显的"现代"质素,并且开始影响世界,认为这给刚刚割断了传统而谋求发展的中国新文学树立了光辉榜样。编者写道:"这例子,对于我们的这个割断了一切过去的传统,而在独立创造中的新文学,应该是怎样有力的一个鼓励啊!"①

接着,编者重点分析了美国文学的创造精神和自由精神,认为这二者是美国文学取得辉煌成就并呈现出蓬勃发展面貌的关键因素。20世纪30年代,沈从文就曾批评过中国文学创作中缺乏创新的现象。他指出,当时报纸杂志登载的许多青年作家的文章,"内容差不多,所表现的观念也差不多"②。显然,他指出的这种缺少个性和创新的"差不多"现象,是与文学理应具有的创造性相背离的。在这样的背景下,"专号"突出美国文学的自由和创造精神,也是为了给中国新文学的发展提供一种重要的参照。

1933年,郁达夫评价"五四"新文化运动时指出:"最重要的一点,是因五四的一役,而打破了中国文学上传统的锁国主义;自此以后,中国文学便接上了世界文学的洪流,而成为世界文学的一枝一叶了。"③尽管如此,20世纪20年代末以来的中国新文学,也陷入了困境。左翼和右翼文人都特别重视文艺的功利性价值,理论指导创作的意识特别强烈。许多左翼作家饱含政治革命话语的文学书写,虽有其历史的合理性,但也和黄震遐等右翼文人创作的《陇海线上》《黄人之血》《大上海的毁灭》一样,过分倚重现成的意识形态,忽视了文学自身的

---

① 编者:《导言》,《现代》1934年第5卷第6期。
② 炯之(沈从文):《作家间需要一种新运动》,《大公报·文艺》1936年第237期。
③ 郁达夫:《五四文学运动之历史的意义》,《文学》1933年第1卷第1期。

艺术审美建构，致使文学最终成为服务政治话语的工具。林语堂曾说："商业式的艺术不过是妨碍艺术创作的精神，而政治式的艺术则竟毁灭了它。"① 朱光潜也说："从历史的教训看，文艺上的伟大收获都有丰富的文艺思想做根源，强文艺就范于某一种窄狭信条的尝试大半是失败。"② 因此，如何处理好文艺与政治之间的关系，使其不简单地沦为政治的传声筒，就成了中国文学谋求长远发展时不得不解决的问题。面对中国新文学建设的现实困境，"专号"编者大力提倡美国文学的自由和创造精神，其实质就是呼吁中国文艺按照自身的规律发展，与政治保持一定的距离。

在20世纪30年代，中国文坛充斥着文艺论争和话语争夺，其中国民党推行的民族主义文艺运动和左联倡导的无产阶级文艺运动势头最为强劲。尽管这两股势力并不能涵盖当时文坛的全部格局，但由于其鲜明的政治倾向性和政治势力的参与，产生了巨大的影响。无论是左翼文人还是右翼文人，事实上都形成了绝对化、"定于一"③的思维模式，不但相互之间无法展开积极的对话，而且对各种自由主义文人大加鞭伐。这在根本上不利于中国新文学的发展和进步。巴赫金曾说：

> 一切莫不归结于对话，归结于对话式的对立，这是一切的中心。一切都是手段，对话才是目的。单一的声音什么也结束不了，什么也解决不了，两个声音才是生命的最低条件，生存的最低条件。④

"专号"编者突出各种不同的声音共存的意义，与功利主义的文艺

---

① 林语堂：《生活的艺术》，越裔译，华艺出版社2001年版，第341页。
② 朱光潜：《我对于本刊的希望》，《文学杂志》1937年创刊号。
③ 此处的"定于一"，引用的是李长之的说法。他在1939年说："中国往往太要求'定于一'（这在政治上是一种长处，造成向心力的团结，但在学术上就是一种阻力），太不能容纳不同于自己的立场。"参见李长之《产生批评文学的条件》，载郜元宝、李书编《李长之批评文集》，珠海出版社1998年版，第375页。
④ ［俄］巴赫金：《诗学与访谈》，白春仁、顾亚铃译，河北教育出版社1998年版，第340页。

主张形成了对话关系,事实上也成了一股解构各种潜在霸权话语的积极力量。

20世纪20年代末以来,中国文坛唯现实主义是尊的倾向也逐渐形成,这在某种程度上挤压了其他流派、思潮存在的空间。以一种文学观念为正宗,认为自己坚守的文学观念具有永恒的价值,必然会压抑和贬低其他文学观念存在的合法性,从而将不符合自己标准的异端观念放逐于文学的殿堂之外。然而,正如有学者所指出的:

> 一种健康的文学生态和文化生态应该是多元共生的局面,这种局面的出现要有各式各样的文人派别,它们通过相互制约达到一种平衡。任何时代文化、文学的健康发展都需要这种文派制衡的生态。①

一旦缺乏文派制衡,只能走向思想倾向、精神取向、审美品位的单一化、刻板化。在现实主义的诗学观念大为提倡的时代,"专号"编者译介不同思想倾向和审美追求的美国作家作品,虽然无法扭转现实主义诗学不断得以巩固的大势,但毕竟是一种积极的探索和严肃的努力,其中隐含着他们对中国文学生态健康发展的良好愿望。

从表面上来看,"专号"编者对中国新文学发展的思考,延续的依然是"五四"以来以外国文学为借镜促进中国文学发展的思路,没有特别新鲜之处。然而,他们提倡中国新文学借鉴美国文学时,关注的不是某一个具体的作家、某一种具体的思潮,而是整体的美国文学精神及其得以发扬光大的健康文化生态。突破局部吸收的思路,关注整体和深层借鉴,强调借鉴过程中的转化和创新,是"专号"编者思考中国文学发展时呈现出的显著特点。

---

① 朱寿桐:《中国现代社团文学史》,人民文学出版社2004年版,第93页。

二 政治和文化路径设计

"专号"编者基于自己的文艺立场和价值诉求,对美国文学的成长环境和发展态势展开了乌托邦想象,确有美化美国政治和文化生态之嫌。然而,这种乌托邦想象,更多承担的是批判和颠覆中国现实的参照性功能,实际上也成了他们借言说他者来传达自我隐秘渴望的重要手段,其中就蕴含着超越文艺本体的文化和政治关怀意识。研究"专号"构建美国文学形象的历史文化意义,我们应当注意到这一特点。

"专号"编者在"导言"中总结了美国文学的特征之后,接着写道:"我们更迫切的希望能够从这样的说明指示出一个新文化的建设所必需的条件来",并对中国的文艺界提出了希望:"我们断断乎不会要自己亦步亦趋的去学美国,反之,我们要学的,却正是那种不学人的,创造的,自由的精神。"① 也就是说,美国文学的创造和自由精神,对中国的启示不仅是文学层面的,更是文化层面的;中国要建设新文化,营造健康的文化环境,就有必要学习美国的文化精神,但这并不意味着中国需要照搬美国,而是应将美国的文化精神真正转化成属于自己的资源。重视中国的文化主体性以及在吸收和借鉴基础上的转化和创新,使得"专号"编者的文化建设思路,跟当时的全盘西化论和中体西用论呈现出了显著差别。

除了编者,其他撰稿人也积极思考中国文化的发展问题。比如,李长之将中国光辉灿烂的传统文化比作藏在地下的元宝,并说:"我们却有元宝藏在地下,并不是没有钱,却是有而不能马上用……这便是现代中国人文化上的最大的苦闷期。"② 知识分子该如何开掘传统,使其实现现代转换,服务于中国现代文化建设,也是李长之等人言说美国文学时思考的一个重要问题。

在20世纪30年代,国民党政权为了维护政治统治,既对共产党展

---

① 编者:《导言》,《现代》1934年第5卷第6期。
② 李长之:《现代美国的文艺批评》,《现代》1934年第5卷第6期。

第五章 "自由"的文学：自由主义话语与美国文学形象构建

开军事围剿，又围剿各种异己文化势力。在国民党的支持下，宣扬"党治文化"的《前锋周报》《前锋月刊》等纷纷创刊。左联领导的左翼文艺尽管遭到国民党的围剿，但依然取得了不小的成就。朱晓进指出，"30年代左翼革命文学之受到最广泛的欢迎，是一个不争的事实"，而这是"与当时特定政治文化语境下人们的政治心理紧紧联系在一起的"[①]。为了宣传自己的文化主张，左联创办了《拓荒者》《北斗》《萌芽月刊》《十字街头》《前哨》等刊物。上述两种文艺运动尽管倾向不同，但都力主文艺为政治服务，重视对话语空间和话语权力的争夺。为此，前者借用政治强权和社会势力杀害革命作家，严格控制新闻出版事业，试图通过查禁刊物、捣毁进步文艺机关等手段，遏制革命思想的蔓延。后者则猛烈攻击一切与自己主张不符的文艺主张，既与梁实秋的人性论和胡秋原、杜衡的自由主义文艺论展开论战，又想方设法对抗国民党的文化围剿，以便求取生存的空间。在这样一个你争我夺、火药味十足的文化生态当中，自由主义话语明显受到排挤和打压，但自由主义文人依然不甘沉沦、不甘寂寞，积极参与了各种社会文化实践。

"专号"编者的美国文学形象构建实践，也有政治理想的寄托。编者在论证美国文学的特征时，特别突出了它得以健康发展的自由政治环境，并且指出："这一点，对于现在的，以至未来的美国文学之发展以极优越的机会。"[②] 在他们看来，自由的政治环境为美国作家彰显自由精神提供了保障，而这种自由精神又是他们发挥创造精神的前提。按此逻辑，中国新文学要借鉴美国文学，要谋求自我发展，就得先创造良好的政治环境。这就使"专号"编者关注的范畴延伸到了政治领域。另外，编者也明确反对独裁政治，并说："我们不相信独裁政治是世界必然的趋向。"[③] 编者正是通过这种或隐晦或直接的方式，传达了对中国政治自由的呼唤。他们确实反对文艺与政治联姻，但这并不意味着他们对政治漠不关心。他们不过是变换了一种方式，参与了对中国政治和社

---

① 朱晓进：《政治文化心理与三十年代文学》，《文学评论》2000年第1期。
② 编者：《导言》，《现代》1934年第5卷第6期。
③ 同上。

会前途的思考和想象。

在任何社会和任何时代，适度的自由都具有很重要的价值。哈耶克曾说：

> 使精神自由对知识的进步起主要推动作用的根本之点，不在于每个人都可能有能力思考或写点什么，而在于任何人对任何事由或意见都可以争论。只要异议不受到禁止，就始终会有人对支配着他们同时代人的意见有所疑问，并且提出新的意见来接受辩论和宣传的考验。①

其实，自由地发表意见、自由地展开争论，推动的何止是知识的进步！要营造繁荣发展的文化生态和自由民主的社会形态，自由精神都是必不可少的条件。在20世纪30年代中国特定的社会文化语境中，"专号"编者通过译介美国文学这一话语实践，呼唤着中国的文学自由、文化自由和政治自由。这既是他们针对这些领域的现实状况发出的反抗之声，又是对如何突破困境做出的深入思考，还是对未来发展展开的美好想象。他们基于自己的期待视野，以全新的姿态阐释和译介美国文学，其意义不仅在于认知、评判和译介美国文学时呈现出了独特之处，而且在于借他者来言说自我时展现出了企图改变现实境遇的勃勃雄心。

我们将"专号"放在20世纪30年代中国的整体文化生态中加以考察，才能见出它译介美国文学、构建美国文学形象的独异品格，才能真正体悟到自由主义文人言说他者时蕴含的自我问题意识和"匡扶时弊"情怀。

自由主义文人群体本身就是一个复杂的存在，他们的思想根基和话语形态也千差万别。比如，梁实秋和施蛰存同是自由主义者，但他们对美国现代文学的态度就根本不一样。梁实秋崇尚白璧德、穆尔的新人文

---

① [英]哈耶克：《通往奴役之路》，王明毅、冯兴元译，中国社会科学出版社1997年版，第157页。

主义，并受其影响对现代文学和文化多持否定态度。他崇尚的是纪律和秩序，而不是无条件的自由。施蛰存等人崇尚的却是意象诗、都市诗等，而这些恰好是梁实秋鄙视的东西。因此，我们研究自由主义者或者自由主义话语与美国文学形象构建之间的关系，还需要以尊重他们内在的差异性为基本前提。本章以《现代》杂志的"现代美国文学专号"为个案，只是呈现出了复杂情形中的一种情形。这么做，主要是为了通过对比的方式，说明20世纪30年代中国文人的自由主义话语、阶级/革命话语和民族/国家话语在介入美国文学形象构建时呈现出的差异性，而无意于遮蔽自由主义自身和自由主义文人构建美国文学形象的复杂性。

第六章　刘易斯热：多元话语交织与美国文学形象构建

辛克莱·刘易斯是美国现代著名小说家，以创作长篇小说著称，主要作品均在20世纪20年代发表，分别有《大街》（1920年）、《巴比特》（1922年）、《阿罗斯密斯》（1925年）等。之后，他尽管发表了不少作品，但纵观他的文学生涯，最高成就还是在20世纪20年代取得的。他的小说除了生动描摹这一时代美国的社会文化生活，深入揭示美国人的精神状态，还具有鲜明的反思和批判特征。因此，有学者评论美国文学时指出，"如果有哪一位作家既定义了20世纪20年代又被它所界定，这人非刘易斯莫属"[①]。

1930年，刘易斯荣膺诺贝尔文学奖，成为美国第一位获此殊荣的作家。他获奖之后，不同倾向的中国文人就他以及美国有无资格获奖、他以及美国缘何获奖等一系列问题展开了热烈讨论，从而促生了20世纪30年代中国文坛的刘易斯热。截至目前，这一现象尚未引起学术界足够重视。在笔者看来，刘易斯热不仅是20世纪30年代乃至整个现代中国构建美国文学形象的过程中出现的一个至关重要的现象，而且是我们阐释各种话语形态交织在一起参与美国文学形象构建时可以选取的一个典型案例。

参与讨论刘易斯获奖，是20世纪30年代中国文人彰显各自话语立

---

① Howell Daniels, "Sinclair Lewis and the Drama of Dissociation", in Malcolm Bradbury and David Palmer eds., *The American Novel and the Nineteen Twenties*, London: Edward Arnold, 1971, p.92.

场的重要实践，而具体的讨论过程和相关意见，也非常明显地体现了多种话语形态的交锋和叠合态势。不同倾向的文人，从不同的政治文化立场和诗学标准出发，对刘易斯做出了不尽相同的判断，从而构建出了不同的刘易斯形象。更为重要的是，刘易斯获奖往往被提升到美国国家获奖的层面。许多文人从民族/国家的角度介入，就美国有无资格获奖、缘何获奖等问题展开了热烈争论。这涉及如何在世界文学格局中认定美国文学的整体成就，如何面对进入20世纪之后美国自身迅速崛起和影响力急剧扩散这一重要事实。因此，20世纪30年代中国文人针对刘易斯荣获诺贝尔文学奖展开的相关讨论，既建构了刘易斯作为个体作家的形象，又构建了美国文学和美国国家的整体形象。

第一节 "诺奖情结"与刘易斯热

1930年是中国文人接受刘易斯的历史上，具有转折性意义的一个时间节点。获得诺奖，是刘易斯热现象出现的直接诱因。尽管"文学影响大小的主要动力源并不在于是否获奖，而是在于文学本身的精神内涵与艺术魅力"[①]，但要是一个作家获得了重要的奖项，至少可以短期内引起一片骚动，使人们将关注的目光聚焦于他/她。更为重要的是，刘易斯能够成为20世纪30年代中国的热点话题，与中国人自"五四"以来就形成的"诺奖情结"有很大关系。

一 刘易斯：20世纪30年代中国文坛的又一个热点

刘易斯获得诺贝尔文学奖之前，尽管中国文坛已经开始做了一些译介工作，但总体来看，关注的力度和译介的量都明显不足。《小说月报》是1930年前介绍刘易斯的重要阵地。郑振铎1927年发表于该刊第

---

① 秦弓：《二十世纪中国翻译文学史·五四卷》，百花文艺出版社2009年版，第120页。

18卷第1号的《新世纪的文学》一文，提到了刘易斯及其代表作《大街》和《巴比特》。郑振铎指出，前者的出版是"美国新世纪文坛上的一件大事"，而后者很有独特性，"在别的国里没有可以寻到同一类的小说"①。该刊的第20卷第8号是"现代世界文学专号（下）"，登载了8位美国现代小说家的画像，其中就有刘易斯②。该期还刊发了赵景深撰写的《二十年来的美国小说》一文。作者提到了刘易斯，并写道：

> 世人对于他的批评颇不一致，有的尊他为先知，为天才，有的骂他为骗子；有的说他是社会遗弃的人，有的说他是欺骗自己的伪善者。但刘易士自有其价值，绝非一言褒贬所能肯定的。③

该刊第20卷第9号的"现代文坛杂话"栏目，又登载了赵景深撰写的短文《刘易士与〈多池威士〉》。他在该文中写道：

> 刘易士是美国现存的大小说家，其名仅在辛克莱之次。从前希腊有七个城争着自认为荷马的生地，如今在美国也有五个城自认为刘易士《白璧特》（Babbitt）的背景，其实这五个城是硬认亲家，一个也不对；但刘易士的声名，却于此可见。④

除了《小说月报》做的介绍工作，《现代小说》刊载的《现代美国文坛概况》⑤一文，也提到了刘易斯；《新月》的"海外出版界"栏目，曾刊发叶公超介绍刘易斯小说《多池威士》的短文⑥。另外，吴宓等人也

---

① 郑振铎：《文学大纲》第四册，商务印书馆1927年版，第682—683页。
② 其余七位是哈姆林·加兰（H. Garland）、杰克·伦敦（Jack London）、德莱塞（T. Dreiser）、赫格夏莫（J. Hergesheimer）、凯瑟（W. Cather）、安德森（S. Anderson）和辛克莱（U. Sinclair）。
③ 赵景深：《二十年来的美国小说》，《小说月报》1929年第20卷第8号。
④ 赵景深：《刘易士与〈多池威士〉》，《小说月报》1929年第20卷第9号。
⑤ 克修：《现代美国文坛概况》，《现代小说》1929年第3卷第1期。
⑥ 1929年第2卷第2期。

曾将刘易斯的小说作为教学素材①。上述种种接受成果或者形式,使得刘易斯及其作品进入了准公共领域,客观上提高了他在中国的知名度。

相比于之前,1930年刘易斯获得诺奖之后,中国文坛有关他的译介明显增多。除了在这之前就关注刘易斯的《小说月报》之外,《青年界》《前锋月刊》《文艺月刊》《文学》等杂志也积极参与了相关译介工作。为了方便起见,笔者以表格的形式将有关译介状况呈现如下:

译介者	类型	译介成果	出处	出版时间
赵景深	介绍	一九三〇的诺贝尔奖金	小说月报21:12	1930,12,10
汪倜然	介绍	一九三〇年诺贝尔文学奖得者	前锋月刊1:3	1930,12,10
钱歌川	翻译	陆卫士(辛克莱著)	现代学生1:4	1931,1
钱歌川	介绍	一九三〇年度诺贝尔赏金赢得者陆卫士	现代学生1:4	1931,1
汪倜然	介绍	最近的路威士	前锋月刊1:4	1931,1,10
赵景深	介绍	刘易士得诺贝尔奖的舆论	小说月报22:2	1931,2,10
	画像	辛克莱·刘易士	青年界1:1	1931,3,10
钱歌川	批评	刘易士在美国文坛的地位([日]宫岛新三郎著)	青年界1:1	1931,3,10
刘大杰	批评	刘易士小论	青年界1:1	1931,3,10
钱歌川	介绍	一九三〇年诺贝尔文学奖金②	青年界1:1	1931,3,10
钱歌川	翻译	马车夫	青年界1:1	1931,3,10
张光人	批评	一九三〇年诺贝尔文学奖金得者——辛克来·刘易士	青年界1:1	1931,3,10
莎克女士	批评	谈鲁易士	新北方月刊1:4	1931,4,2
杨昌溪	介绍	辛克莱谈诺贝尔文学奖金	青年界1:2	1931,4,10
杨昌溪	介绍	刘易士赴瑞典	青年界1:2	1931,4,10
山风大郎	介绍	一九三〇年的美国文坛	青年界1:2	1931,4,10
	画像	刘易士	青年界1:3	1931,5,10
山风大郎	介绍	得利赛打刘易士的耳光	青年界1:3	1931,5,10
杨昌溪	介绍	刘易士论脱离英国文学传说	青年界1:5	1931,7,10

---

① 比如,吴宓1925年在清华大学开设了"英文小说"课程,指定的阅读材料除了亨利·菲尔丁(Henry Fielding)的《汤姆·琼斯》(*Tom Jones*)、萨克雷(William Thackery)的《名利场》(*Vanity Fair*)、简·奥斯丁(Jane Austin)的《傲慢与偏见》(*Pride and Prejudice*)等,还有刘易斯的《大街》。参见《吴宓日记》(Ⅲ),生活·读书·新知三联书店1998年版,第15页。

② 此为期刊目录中的题名,正文中的题名为"一九三〇年的诺贝尔文学奖"。

续表

译介者	类型	译介成果	出处	出版时间
	画像	刘易士速写像	小说月报 22：7	1931，7，10
赵景深	批评	刘易士的小说（［英］何尔特著）	小说月报 22：7	1931，7，10
汪倜然	批评	论路威士及其作品（［瑞典］Erik Axel Karlfeldt 著）	现代文学评论 1：3	1931，7，10
素	介绍	美国获得诺贝尔文学奖	十日 1：13	1931
	介绍	辛克莱·鲁易士及其个性	十日 1：15	1931
汪倜然	介绍	辛克雷·路威士	世界杂志 1：1	1931
	画像	辛克雷·路威士像	世界杂志 1：1	1931
落霞	介绍	辛克莱·路易斯	生活周刊 6：12	1931
杨昌溪	介绍	诺贝尔文学奖金得者留易士	读书月刊 1：2	1931
赵景深	批评	现代欧美作家①	良友图书印刷公司	1931
施宏告	介绍	诺贝尔文学奖金与历届获得者	北平人文书店	1932
白华	翻译	大街	天津大公报社	1932
杨昌溪	介绍	刘易士赴伦敦旅行	文艺月刊 3：12	1933，6，1
杨昌溪	介绍	刘易士的新作《安恩斐克丝》	文艺月刊 3：12	1933，6，1
杨昌溪	介绍	刘易士描写的新旅途激情期经验谈	文艺月刊 4：2	1933，8，1
	介绍	刘易士的传记	文艺月刊 4：3	1933，9，1
杨昌溪	介绍	刘易士描写美国旅馆生活	文艺月刊 5：1	1934，5，1
	介绍	辛克莱与辛克莱·刘易士	文艺月刊 6：1	1934，7，1
	画像	刘易士像	文学 2：3	1934，3，1
傅东华	翻译	速	文学 2：3	1934，3，1
洪深	介绍	刘易士年谱	文学 2：3	1934，3，1
	介绍	刘易士小传（W. E. Woodward 著）	文化月刊 4	1934，5，15
伍蠡甫	批评	刘易斯评传	现代 5：6	1934，10，1
伴人	翻译	羚羊	现代 5：6	1934，10，1
	介绍	路易斯论艺术	刁斗 1：3	1934，11，1
伍光建	翻译	大街	上海商务印书馆	1934
陈彝荪、杨冀侃	介绍	诺贝尔文学奖金获得者·现代世界作家论	上海汉文正楷印书局	1934
学楷	介绍	刘易士	世界文学 1：3	1935，2，1

---

① 该著共论及四位作家，第一位即是刘易斯。

续表

译介者	类型	译介成果	出处	出版时间
洪深、纪泽长	翻译	白璧得	世界文学1：4，5，6	1935，4，20
	介绍	刘易士的新著	文学5：6	1935，12，1
孟陶	介绍	鲁易士的新著《这不会在这里发生的》	东流2：4	1936，4，1
克毅	翻译	漫谈文学职业化	新中华4：9	1936，5，10
俊	介绍	刘易士	新中华4：16	1936，8，25
傅东华	翻译	化外人①	上海商务印书馆	1936
傅东华、于熙俭	翻译	美国短篇小说集②	上海商务印书馆	1936

通过上表，我们不仅可以感受到20世纪30年代中国译介刘易斯的盛况，而且能够发现，除了刘易斯的作品被译介之外，他的文学生涯、个人生活和艺术见解等也受到了中国文人关注。更值得注意的是，他们译介刘易斯时，往往将其与诺贝尔文学奖得主这一身份勾连在一起。

二 "诺奖情结"生成的内在逻辑

尽管有学者指出，"中国的诺奖情结，发源于20世纪70年代末毛式国际主义模式的崩溃和20世纪前半叶以西方为主导国际现代性视野的重新确立"③，但实际上，从"五四"时代起，中国文人就形成了关注诺贝尔文学奖的传统。这一传统的形成，其实与中国文人自晚清以来就萌生的"世界文学进入中国、中国文学走向世界"的文学现代化意识和进化论思维有很大关系。本书第二章已经讨论了中国的文学现代化诉求，此处主要讨论进化论思维如何促生中国人的"诺奖情结"。

"五四"时期及其之后，中国文人意识到，很有必要通过生产域外文学来发展中国民族文学，因而将很多的精力投入到了译介域外文学的

---

① 为翻译小说集，收有刘易斯的短篇小说《速》。
② 为翻译小说集，1929年初版，收有刘易斯的短篇小说《柳径》。
③ Julia Lovell, *The Politics of Cultural Capital: China's Quest for a Nobel Prize in Literature*, Honolulu: University of Hawaii Press, 2006, p. 107.

实践当中。这就导致西方历时数百年生成的文艺思潮及其代表性作家作品，共时地进入了中国。但丁、莎士比亚、歌德等的"古典"作品，与王尔德、萧伯纳等的"现代"作品，同时被译介进来。这虽然造成中国译坛生机勃勃的气象，为中国文学的多元发展提供了各自可以依傍的重要资源，但也激起了一部分人的不满，因为在他们看来，译介"现代"文学才是当时中国的当务之急。

面对历史长河中自然生成的浩瀚如烟的域外文学，部分文人形成了较为明确的选择意识。他们认为，译介域外文学必须考虑中国最为紧迫的现实需要。那么，到底该如何译介，在译介的过程中到底该如何选择？进化观念的传播和进化思维的形成，在很大程度上帮助他们解决了这一难题。接受了进化观念、具备了进化思维的现代文人，力主译介"现代"文学。比如，在《盲目的翻译家》[①] 一文中，郑振铎就明显表达了这一观念。在他看来，"现代"文学就属于进化链条上最高级的部分，承载着最新颖的思想和最切合现实的人生。

进化观念在19世纪末就传入了中国。到了"五四"前后，以章士钊为代表的"甲寅派"和以吴宓为代表的"学衡派"等明确反对以进化观念来简化世界文化的演化轨迹，认为不能将自然界的进化规律简单运用到文化领域，并将其作为解构中国自身传统、接受异域新潮文化的理由。现在看来，他们的主张很有合理之处，因为新的不一定就是好的。然而，进化论作为一种新的观念和话语，对于革故鼎新的中国现代文人来讲，无疑是一种可以依傍的资源。在当时的文化语境中，进化论成了他们拿来反对传统的重要工具。这对于破除绵延千古的各种观念，也不是没有意义。事实上，它对相当一部分文人已经或者仍然产生了深刻的影响。他们奉其为"真理"，不仅以其阐释文学的演化轨迹和内在动力，而且将其作为通过大力译介域外现代文学来建设中国新文学的重要理论依据。胡适早在美国留学时期就指出：

[①] 西谛（郑振铎）：《盲目的翻译家》，《文学旬刊》1922年第46期。

今日吾国之急需，不在新奇之学说，高深之哲理，而在所以求学论事观物经国之术。以吾所见言之，有三术焉，皆起死之神丹也：一曰归纳的眼光，二曰历史的眼光，三曰进化的眼光。①

正是按照这种观念，他撰写了《白话文学史》（1919年）一书。周作人的《欧洲文学史》于1918年由上海商务印书馆出版。该书也把复杂的欧洲文学发展历程简化成了文学进化史。茅盾仔细研究了西方文学的古典—浪漫—写实—新浪漫发展轨迹之后断言："中国的新文学一定要加入世界文学的路上，那么，西洋文学进化途中所已演过的主义，我们也有演一过之必要。"②郑振铎论及如何研究中国文学时也明确声称：掌握了"进化的观念"，就如同"执持了一把镰刀，一柄犁把，有了它们，便可以下手去垦种了"③。

在进化观念和思维的作用下，中国文人非常关注西方的近代文艺思潮。在20世纪二三十年代，中国文人撰写、翻译和出版的有关近代文艺思潮的著作，非常之多。比如，罗迪先翻译了日本学者厨川白村著的《近代文学十讲》，由上海学术研究总会于1921年出版；黄忏华编的《近代文学思潮》和忆秋生编译的《欧洲最近文艺思潮》，由上海商务印书馆于1924年出版；茅盾辑译的《近代文学面面观》，由上海世界书局于1929年出版；汪馥泉翻译了日本学者相马御风著的《欧洲近代文学思潮》，由上海中华书局于1930年出版；吕天石撰写的《欧洲近代文艺思潮》和张伯符撰写的《欧洲近代文艺思潮》，由上海商务印书馆于1931年出版；高明翻译、日本学者宫岛新三郎著的《欧洲最近文艺思潮》，由上海现代书局于1931年出版；高滔撰写的《近代欧洲文艺思潮史纲》，由北平著者书店于1932年出版；孙席珍撰写的《近代文艺思潮》，由北平人文书店于1932年出版。此类著作的大量出版，足以表明中国现代文人高度关注世界文艺的近势。

---

① 胡适：《胡适留学日记》，商务印书馆1947年版，第167页。
② 茅盾：《文学作品有主义与无主义的讨论》，《小说月报》第13卷第2号。
③ 郑振铎：《中国文学研究》，商务印书馆1927年版，第127页。

中国文人对世界文坛最新态势的关注，也在报纸杂志的栏目设置上明显表现出来。向来以关注世界文学著称的《小说月报》，就设有"国外文坛消息"和"现代文坛杂话"两个栏目。在20世纪30年代，除了《小说月报》，其他一些非常活跃的刊物也表现出了类似的倾向。比如，《新月》设有"海外出版界"栏目，《前锋月刊》和《现代文学》设有"最近的世界文坛"栏目，《文艺月刊》设有"文艺情报"栏目，《青年界》设有"文坛消息"和"海外通信"栏目，《现代文学评论》设有"现代世界文坛逸话"和"现代世界文坛新话"栏目，《新时代》设有"国外文坛消息"栏目，《现代》设有"艺文情报"和"现代文艺画报"栏目，《文学》设有"文学画报"和"世界文坛展望"栏目。

作为世界文坛的大事，一年一度的诺贝尔文学奖自然颇能激发中国文人的兴趣。力主译介"现代"文学的郑振铎，就非常关注诺贝尔文学奖。主编《小说月报》之前，他就撰写了《十四年来得诺贝尔奖金的文学家》[1]《一九二一年的得诺贝尔奖金者》[2] 等文章。自他1923年接手主编《小说月报》后，该刊便形成了介绍诺贝尔文学奖的传统。从1923年到1931年，每年诺贝尔文学奖揭晓之后，该刊都要做大量的消息报道、批评研究工作。

在中国现代文人看来，我们既然要追赶世界文学潮流，就需要关注诺贝尔文学奖的获奖作家和作品。在译介相关作家作品的过程中，他们将进化思维和世界文学话语巧妙地结合到了一起。一年一度诺贝尔文学奖的评定和颁发，是最新、最重要的世界文坛消息。而且，他们把该奖想象成了世界文学的标准。这从他们的相关表述中就可以看出。20世纪30年代的许多文人已经注意到诺贝尔文学奖的评奖标准和机制。比如，施宏告就提到诺贝尔设立奖项的愿望："不分国别，但使当得之者得之"[3]，并指出："因为这是不分国别给与的，所以获得者有世界的作

---

[1] 发表于《时事新报》1921年12月10日。
[2] 发表于《时事新报》1922年1月23日。
[3] 施宏告：《引言》，载《诺贝尔文学奖金与历届获得者》，人文书店1932年版，第6页。

家之荣誉。"① 陈彝荪、杨冀侃谈到诺贝尔文学奖的由来时也写道:"奖金的颁给,不分国别与性别,以便奖金能给与最应得的人。"② 既然诺贝尔文学奖不是按照国别和性别分配的,那么,能获得该奖的人,当然就是世界范围内涌现而出的最"优秀"的作家;获得了该奖,也就意味着这个作家获得了世界性的荣誉。

对决心追赶世界文学、缩短中国文学与世界文学距离的中国文人来说,重点译介获得诺奖的作家及其作品,既是责无旁贷的选择,又具有别样的意义。对于关注诺奖这一现象,许多研究者曾做过阐释。比如,贺昌盛指出:"重视诺奖,一面有文学动态考察之意,一面更多的却是在潜意识里为中国新文学的发展提供某种可资参照的标准。"③ 再比如,董丽敏指出,对诺奖"至少每年一次近乎例行公事的介绍,可以建构起一种象征性的时间同步关系,其间流露的,是一种有意识地缩短与世界文学距离的心态,一种急于全方位亦步亦趋实现现代性的梦想"④。正是因为对诺贝尔文学奖的崇高化想象,一部分中国现代文人似有将该奖得主视若神明之感。1924 年,1913 年的诺奖得主、印度诗人泰戈尔访华,受到了各界人士的夹道欢迎。1933 年,1925 年的诺奖得主、英国剧作家萧伯纳访华,也引起了不小骚动。

中国文人对包括文学奖在内的诺贝尔奖的崇高化想象和现实性焦虑,其实是一种重要的"情结"。自 20 世纪 20 年代起,这种"情结"就在中国人的心理结构中慢慢凝成。这既与他们对这一奖项的神化和想象有关,又与自身的现实挫败感紧密相连。《科学的中国》杂志 1935 年曾刊登过一篇名为《诺贝尔奖金及其得主的国别》的文章。在该文中,作者先对 1901 年至 1934 年诺贝尔奖的授奖情况按照国别做了统计,并以表格的形式加以呈现,最后写道:"我们中国和东邻日本,都

---

① 施宏告:《引言》,载《诺贝尔文学奖金与历届获得者》,人文书店 1932 年版,第 2 页。
② 陈彝荪、杨冀侃:《诺贝尔文学奖金的由来》,载《诺贝尔文学奖金获得者·现代世界作家论》,汉文正楷印书局 1934 年版,第 3 页。
③ 贺昌盛:《晚清民初"文学"学科的学术谱系》,中国社会科学出版社 2012 年版,第 190 页。
④ 董丽敏:《现代性的异响——重识郑振铎与〈小说月报〉的关系》,《南京师范大学文学院学报》2002 年第 1 期。

还没有尝到这个美味哩。"① 将诺贝尔奖比喻为"美味",足以说明当时的中国人已经对该奖项产生了羞涩想象,也明显流露出了现实中无法得到它的无奈情绪。

三 获奖与刘易斯热

将一个奖项想象成世界标准,固然有值得商榷之处,但在现代中国,包括当下,谈论诺奖、追逐诺奖其实都寄托着中国人的无限情思。无论这一奖项的实际意义有多大,中国文人在世界文学意识和进化思维共同作用下形成的诺奖"情结",是20世纪30年代中国文坛出现刘易斯热的重要诱因。这其中就隐含着现代文人试图借鉴他的成功经验来发展中国民族文学的强烈愿望。他们以西方现代性为参照对象,不由得将中国文学想象成了时间上的落伍者和实践中的失败者。正是基于这种心理,他们就对1930年诺贝尔文学奖得主刘易斯展开了热烈争论和大力译介。

诺奖得主这一身份,既使刘易斯拥有了更高的象征资本,又使接受者在面对他时具备了某种"精神前提"。瑞典学院终身院士、诺贝尔委员会成员、曾任诺贝尔文学奖评选委员会常务秘书的贺拉斯·恩达尔曾指出:"一位作家的作品不仅仅是一整套文本而已,还包含了阅读这些文本的精神前提,因此,一旦作家获奖,某些东西也就无可否认地随之改变了。"② 至少,获奖让有些作家因此而享有了更大的名气,使得他/她与其他作家相比,具有了明显的标出性特征。文学成就的大小、价值的优劣,本来就很难判定。有无荣获什么奖项,自然就成为大家面对本来就难以甄别的文学时可能会选用的一个评判标准。当下如此,过去也是如此。

就诺贝尔文学奖对于个体作家的意义,20世纪30年代的中国文人

---

① 赞明:《诺贝尔奖金及其得主的国别》,《科学的中国》1935年第5卷第9期。
② [瑞典]贺拉斯·恩达尔:《诺贝尔文学奖与世界文学的概念》,武梦如译,《东吴学术》2014年第1期。

也曾多次提及。比如，陈彝荪和杨冀侃说：

> 一度的诺贝尔文学奖给与某个作家的消息传出后，立刻我们就看到世界各地的刊物杂志，都争先地在谈论着这件事情，出版专号，介绍这个作家的作品，发表对于他的批评。于是一个尚不大为人知名的作家，立刻他的声名竟因此传遍世界，获得国际的荣誉了。①

综观刘易斯获奖后中国文坛的反应，他们的这种说法非常符合实际。获奖本身是一种效应，本身是一个作家知名度扩大的重要刺激因素。诺奖得主身份，更是中国出版界宣传和推介刘易斯作品的重要噱头。比如，天津大公报社 1932 年 5 月出版白华译的《大街》时，封面上就标明该书是"一九三〇年诺贝尔文学奖金作家刘易士杰作"。与此同时，获得诺奖也成了中国文人评价刘易斯的重要尺度。20 世纪 30 年代中国文人译介刘易斯时总要提到他是诺奖得主，有些译介者甚至在文章的标题中就将此标明，张光人撰写的《一九三〇年诺贝尔文学奖金得者——辛克来·刘易士》②、钱歌川撰写的《一九三〇年度诺贝尔赏金赢得者陆卫士》③ 等即是如此。

当然，以诺奖作为评价刘易斯的尺度，就会引发对他有无资格获得该奖项这一问题的讨论。关于这一问题的讨论，更是促生了刘易斯热。无论评论者最终得出的结论如何，其实都起到了在中国文坛提升刘易斯知名度的作用。这就跟当下有些人通过各种手段提高"曝光率"，有异曲同工之妙。即便咒骂声一片，那也证明了人家似乎很"重要"。有所不同的是，刘易斯没有自己跑到中国来制造新闻。他在中国引起轰动，完全依赖的是中国文人针对他展开的话语实践。因此，他如何被言说和

---

① 陈彝荪、杨冀侃：《诺贝尔文学奖金的由来》，载《诺贝尔文学奖金获得者·现代世界作家论》，汉文正楷印书局 1934 年版，第 1 页。
② 发表于《青年界》1931 年第 1 卷第 1 期。
③ 发表于《现代学生》1931 年第 1 卷第 4 期。

构建，应是我们关注的重点。

第二节　刘易斯获奖：相关争论与刘易斯形象构建

刘易斯获奖之后，中国文人就他有无资格获奖、缘何获奖等问题展开了热烈争论。他们围绕刘易斯获奖展开的相关讨论，直接涉及如何构建其作为个体作家的形象。在相关的讨论当中，20世纪30年代业已形成的阶级/革命话语和民族/国家话语不但得以充分彰显，而且紧紧纠缠在一起。这两种话语，既成了中国文人评价他的地位、阐释他的文学创作成就的重要尺度，又成了引发评价分歧的至关重要的原因。

一　刘易斯获奖与中国文人的意外之感

刘易斯获诺贝尔文学奖的消息传开之后，不少中国文人感到非常"意外"。这种"意外"之感大体包括两种情况：一个尚不为自己足够了解的作家荣获如此重要的奖项，自然有点"意外"；一个在自己看来并不甚高明的作家荣获如此重要的奖项，更是有点"意外"。如果说第一种"意外"之感，显露的是因对世界文学、美国文学的"无知"而生发的惊愕情绪，多少带有一点自我反思意识，那么，第二种"意外"之感，更多透露了中国文人对自己青睐的作家未能获奖的不满以及对诺奖评奖机制的失望。

尽管刘易斯获奖之前《小说月报》等期刊已经做过一些介绍工作，但因为一来他是新崛起的作家，二来中国文坛对他确实介绍不够，他在中国的知名度非常有限。钱歌川曾说：

> 当现在美国文学勃兴的时候，如陆卫士那样脍炙人口的作家，不知道他的名字的人，想必很少罢。不过还没有到翻译时代的中国文坛，古来海外许多不朽的名作，都还没有移植过来，出世不久的

第六章 刘易斯热:多元话语交织与美国文学形象构建

陆卫士,自然还少有人提及。①

指出中国人对刘易斯不够了解的,不止钱歌川一人。比如,汪倜然写道:"在中国,路威士是一个不大有人知道的作家,但在欧洲,路威士是最著名的美国作家之一。"② 刘大杰也写道:"在中国的读者,刘易士这名字,似乎还很生疏。"③ 对于这样一个相对陌生的作家获奖,中国文人自然会觉得有点意外和惊讶。在这种情况下,意外、惊讶之感是与"无知"之感相伴而生的。因为自"五四"以来,中国文人不仅将译介域外文学尤其是新潮文学作为自己的重要使命,而且事实上也积极展开了译介实践。为此,各个国家文坛上新近出现的重要现象,立刻就会引起中国文坛的注意。然而,就是在这样的背景下,他们居然对一个获得了世界级奖项的美国作家感觉非常陌生,知之甚少。这种"无知"之感,在很大程度上引发的是自我反思和自我怀疑:我们对世界文学、对美国文学的了解到底有多少?我们在过分关注某些文学现象的同时,是不是有意或者无意遗漏了另外一些同样值得注意或者更值得注意的文学现象呢?这些反思直接涉及了译介域外文学的态度和取向问题。在20世纪30年代中国许多文人将很多精力花在译介世界左翼文学的大背景下,这种多少带有反思意味的意外和惊讶之感,确实别有一种含义和滋味。

与上述情况有很大不同的是,从阶级/革命视角观照文学现实的中国文人,也对刘易斯获奖颇感"意外"。本书第三章曾阐释过阶级/革命话语与美国文学译介之间的关系,并指出,中国文人为了彰显阶级/革命话语,译介美国文学时主要选择了那些带有激进意识形态色彩的作家作品。辛克莱、高尔德、德莱塞等作家,成为中国部分文人热烈追捧的对象。正是因为如此,许多文人面对刘易斯获奖这一事实,在颇感"意外"之余,也为自己看好的作家未能获奖叫屈。《青年界》曾刊登

---

① 钱歌川:《一九三〇年度诺贝尔赏金赢得者陆卫士》,《现代学生》1931 年第 1 卷第 4 期。
② 汪倜然:《辛克雷路威士》,《世界杂志》1931 年第 1 卷第 1 期。
③ 刘大杰:《刘易士小论》,《青年界》1931 年第 1 卷第 1 期。

一则名为《辛克莱谈诺贝尔文学奖金》①的"文坛消息",其中就提到"有许多杂志和报纸却替辛克莱叫屈了"。余慕陶更是直接表明了自己对于刘易斯获奖的看法。他说,刘易斯的作品"意识固然谈不上,即如技巧若拿来比之辛克莱等等作品,不啻有霄壤之别。他能获得诺贝尔的文学奖金,自然是出人意料之外"②。林疑今也写道:"去年他得到一九三〇诺贝尔的文学奖金,这是出于人家意料的事,因为若严格地批评起来,列委斯还赶不上安得生、德莱赛、甚至辛克莱。"③

二 关于刘易斯获奖资格及获奖原因的争论

在以意识形态作为判定作家的重要标准的时代,刘易斯交混着"满足主义和悲观主义"④的创作,自然难以满足中国左翼或有左翼倾向的文人的普遍期待。在他们看来,刘易斯"只在暴露,不作主张,他没有深刻的理解,他只描写着人的历史的一页或那一页的半面,他不曾追随历史的动向,帮助推转历史的巨轮,他不能算是伟大的作家"⑤。诸如此类的言论,实际上质疑和否定的是刘易斯获奖的资格。他们认为,要是美国作家有资格获奖,那么最有资格的应该是辛克莱和德莱塞等,而不是刘易斯。

从阶级/革命角度评判刘易斯的人认为,他的作品在思想性上根本无法和辛克莱、高尔德、德莱塞等作家相提并论。其实,在刘易斯获奖之前,就已经有人从这个维度对他发表过否定性意见。1929年,克修在《现代美国文坛概况》一文中梳理了美国左翼文学的谱系,高度赞扬了辛克莱、德莱塞等人。在他看来,刘易斯只是"一个给美国资产

---

① 发表于《青年界》1931年第1卷第2期。
② 余慕陶:《近代美国文学讲话》,《微音月刊》1932年第2卷第7、8期。
③ 林疑今:《现代美国文学评论》,《现代文学评论》1931年第1卷第1期。
④ 这是日本学者宫岛新三郎评论刘易斯时用的词汇。[日]宫岛新三郎:《刘易士在美国文坛的地位》,钱歌川译,《青年界》1931年第1卷第1期。
⑤ 学楷:《刘易士》,《世界文学》1935年第1卷第3期。

第六章 刘易斯热：多元话语交织与美国文学形象构建

阶级读者吃甜药的人"①，因此，与辛克莱等致力于阶级斗争和意识形态革命的作家相比，他的思想倾向显然存在问题。由此看来，刘易斯获奖之后部分中国文人对他做出的判断，与克修之前做出的判断如出一辙，其实延续和彰显了左翼的文学批评传统。他们并不否定刘易斯作品的批判性，但认为其力度明显不够，倾向性不够鲜明。

中国现代文人对刘易斯获奖资格的质疑和否定，除了针对刘易斯个人及其成就，还针对诺贝尔文学奖以及授奖委员会。余慕陶认为，刘易斯这样的作家居然能够获奖，"亦足见诺贝尔文学奖金是没有多大的价值"②。施宏告将美国获奖视为诺奖委员会"敷衍"美国，但指出，既然要"敷衍"美国，就应该把奖项颁给最有资格获奖的德莱塞和辛克莱，而他们偏偏给了刘易斯，这足以说明"主事者的眼光殊不见高明"③。

其实，这种对诺奖的质疑之声，不仅在有关刘易斯获奖的讨论中彰显出来，而且在整体介绍诺奖的相关文献中也时有表露。钱歌川1932年就指出，在所有的诺奖奖项中，"给奖最没有标准的就是和平奖和文学奖"，而"文学奖便最易惹人鸣不平"，因为文坛伟人易卜生、托尔斯泰、史特林堡和哈代等，"竟都没有得过"，"而有许多从来不为人道及的作家倒很容易中选"④。他在该文中尽管没有提及刘易斯，但正如他在我们上面引述过的《一九三〇年度诺贝尔赏金赢得者陆卫士》一文中所指出的，刘易斯就属于这种在中国文坛"不为人道及"的作家。不过，这里需要说明的是，钱歌川对刘易斯绝无轻视之意。他曾撰写过两篇介绍刘易斯的文章⑤，还翻译过一篇日本学者的文章⑥。在《一九三〇年诺贝尔文学奖金》一文中，他称刘易斯为"美国文坛的巨匠"，

---

① 克修：《现代美国文坛概况》，《现代小说》1929年第3卷第1期。
② 余慕陶：《近代美国文学讲话》，《微音月刊》1932年第2卷第7、8期。
③ 施宏告：《引言》，载《诺贝尔文学奖金与历届获得者》，人文书店1932年版，第10页。
④ 钱歌川：《诺贝尔文学奖金的由来及其得者》，《青年界》1932年第2卷第4期。
⑤ 分别为《一九三〇年度诺贝尔赏金赢得者陆卫士》(《现代学生》1931年第1卷第4期)和《一九三〇年诺贝尔文学奖金》(《青年界》1931年第1卷第1期)。
⑥ 翻译的是日本学者宫岛新三郎《刘易士在美国文坛的地位》(《青年界》1931年第1卷第1期)。

并说："他年纪还不大，今年又得到诺贝尔的文学奖金，在二十世纪的舞台上，我们所期待于他的正多呢。"

当然，也有部分文人即便秉持阶级/革命话语立场，非但不否认刘易斯的成就，反而将他视为美国新兴文学的集大成者。胡风便是如此。他曾发表《一九三〇年诺贝尔文学奖金得者——辛克来·刘易士》一文，署了原名张光人。他在该文中写道："新兴美国文学底特色，在于把美国新起的布尔乔亚社会底概观、习惯、态度，以及日常生活里面所有的现象，批判地现实地处理这一点，把这个特点发挥的最为鲜明的是辛克莱·刘易士。"[1] 在20世纪30年代的左翼话语中，新兴文学便是普罗文学。比如，顾凤城曾撰写过《新兴文学概论》一书，1930年8月由上海光华书局出版，《大众文艺》杂志在1930年3月和5月分别出版了"新兴文学专号"上下两册。无论是顾凤城还是"新兴文学专号"的编者和作者，秉持的都是阶级/革命话语，评论和介绍的都是彰显激进政治意识形态的作家作品。胡风作为中国现代著名的左翼理论家，评价刘易斯在美国文学史上的地位时，也引入了这一话语。不过值得注意的是，他却同时引入了民族/国家话语。他认为，刘易斯的作品"没有滑入布尔乔亚的悲观主义"，而是"满足主义和悲观主义的混合生活之表现"，具有典型的美国特色，因此是"代表的国民文学"[2]。在胡风的评论中，两种不同的话语形态就巧妙地结合到了一起。

与从阶级/革命角度阐释刘易斯的文人形成鲜明对比的是，许多中国文人也从民族/国家的角度论证他获奖的资格，阐释他获奖的意义。

汪倜然是力挺刘易斯有获奖资格的中国现代文人之一，曾发表多篇介绍刘易斯的文章。他于1931年翻译了瑞典学院常任秘书Erik Axel Karlfeldt给刘易斯的授奖词，并在译文之前写了一段类似于"译者序"的文字，明确传达了他对刘易斯获奖的看法。他指出，"现代美国作家在中国文坛上露头角的，只有辛克莱和哥尔德"，但这两位"决不是现

---

[1] 张光人：《一九三〇年诺贝尔文学奖金得者——辛克来·刘易士》，《青年界》1931年第1卷第1期。

[2] 同上。

代美国文学的代表人物","这代表人物的地位是应当属于路威士的"。他还指出，与辛克莱等作家相比，刘易斯的"作品更为真实，更为深刻，更为详盡，在技术上亦更为完美"，因此，"这一次瑞典学院把诺贝尔文学奖送给他实在可以说是没有送错的"①。在另一篇专事介绍刘易斯的文章中，他从文学与民族性的关系角度来阐释刘易斯，并指出其"重要与价值"，"就在于它是美国的和表现美国的一切"，因此，"对于要了解现代美国的生活、思想与精神的异国人，路威士的作品是不可不读的"②。

除了汪倜然，赵家璧等人也从民族/国家视角阐释刘易斯。尽管赵家璧认为，刘易斯获奖与美国政治经济地位的提升有很大关系，但也指出，在众多的美国作家中刘易斯能被授奖，"也就为了他是百分之百的阿美利加主义者"③。也就是说，刘易斯的文学创作充分体现出了美国的民族文化特性。陈彝荪和杨冀侃指出，要是"站在国民文学的立场上讲来，他是一个不可多得的作家"，因为"他是企图使美国文学从英国文学的影响下解放，而纯粹独立起来的最有力的人"④。伍蠡甫也充分肯定了刘易斯作品的美国性，并写道："如果把左倾的文学搁开不论，任何外国人要从美国文学里去找一个十分美国式的作家，那么在十八世纪，他遇见了佛兰克林，在十九世纪，他寻着了马克·吐温，而在二十世纪便不能不碰着刘易士了。"⑤ 总之，在汪倜然等从民族/国家视角肯定和阐释刘易斯的文人看来，刘易斯不仅在作品中反映了现代美国的生活状况和精神状况，而且致力于提倡"纯美国文学"，并且将其落实到了题材的选择、语言的运用等层面，因此，他就能代表典型的美国民族文学。

---

① [瑞典] Erik Axel Karlfeldt：《论路威士及其作品》，汪倜然译，《现代文学评论》1931年第1卷第3期。
② 汪倜然：《辛克雷路威士》，《世界杂志》1931年第1卷第1期。
③ 赵家璧：《新传统》，良友图书印刷公司1936年版，第44页。
④ 陈彝荪、杨冀侃：《诺贝尔文学奖金获得者·现代世界作家论》，汉文正楷印书局1934年版，第122页。
⑤ 伍蠡甫：《刘易士评传》，《现代》1934年第5卷第6期。

笔者在此将20世纪30年代中国文人有关刘易斯获奖的争论，认定为是两种话语形态之争，仅仅是为了呈现不同的话语形态如何参与到对同一事件的讨论当中，并解析他们得出不同结论的内在逻辑。由此我们大体可以得出结论：多种话语形态的参与和交织，导致刘易斯本人及其获奖成了当时文坛的热点问题，而对刘易斯本人及其获奖的看法，与评论者秉持的话语立场有很大关系。不过，我们也得承认，不同的文人即便秉持同一话语立场，彰显同一话语形态，但因为着眼点不同、激进的程度不同，得出的结论也不完全相同。胡风对刘易斯的评价与其他秉持阶级/革命话语的文人就存在一定的差异，便是一个典型的例证。

三 关于刘易斯作品批判性的争论

值得注意的是，无论是秉持阶级/革命话语还是秉持民族/国家话语，20世纪30年代的中国文人讨论刘易斯的成就和意义时，都不约而同地注意到了他作品的批判性。事实上，正是因为这一鲜明特点，刘易斯及其作品才在现代美国文学史、文化史上具有了标志性意义。比如，在《大街》中，他通过一个普通的中产阶级女性在一个普通的中西部小镇上的生活遭遇，揭露了愚昧庸俗、闭塞沉闷等"乡村病毒"大肆蔓延。在《巴比特》中，他更是惟妙惟肖、刚健有力地刻画了一批生活在城市中的中产阶级市侩形象。刘易斯从内部来解构现代美国社会各个领域存在的问题，无疑承继了"暴露文学"的批判传统。

批判性不仅是刘易斯作品的重要特征，而且是他能够获奖的重要原因之一。瑞典学院诺奖委员会的颁奖词中就说："崭新的、伟大的美国文学将以美国的自我批判作为开端，这是健康的征兆。"[①] 在他们看来，刘易斯便是最能体现美国自我批判精神的作家。当然，他们的这种认定以及授奖的理由也招致了一部分美国人的不满。比如，赵景深梳理刘易斯获奖之后欧美文人的反应时，就引述过美国著名社会学家、批评家莫

[①] 《20世纪诺贝尔文学奖颁奖演说词全编》，毛信德等译，百花洲文艺出版社2001年版，第244页。

第六章 刘易斯热:多元话语交织与美国文学形象构建

姆福德(Lewis Mumford)的看法。在莫姆福德看来,"瑞典委员会所以要把奖金给刘易士,是由于他讽刺美国,现在更表彰一下,只是使得大家更知道美国的缺点"①。我们姑且不去争论欧洲人给刘易斯授奖到底是出于怎样的动机,但有一个事实是明确的,那就是他们准确把握住了刘易斯文学实践的特点。

有些美国人之所以对刘易斯批评美国甚至因此而获奖甚为不满,从根本上来讲,涉及了文学该如何处理与现实、与国家形象构建的关系问题。其实,真正有点价值的文学,本来就不应该是粉饰现实、歌功颂德的"遵命文学"。文学本身具有强大的传播功能,而一旦一个作家获得了国际重要奖项,那他构建出的国家形象,就在某种程度上走向了世界。对于狭隘的民族主义情绪较为强烈的人来说,"有损国格"的文学自然是难以容忍的。这就跟前几年莫言获得诺贝尔文学奖之后,许多人指责他"丑化"中国是一个道理。

对于刘易斯作品的批判性,秉持阶级/革命话语和民族/国家话语的20世纪30年代中国文人有不同的看法。前者因为更侧重于批判的颠覆性,对刘易斯的温情批评颇为不满。在他们看来,刘易斯从不彻底否定美国的社会、政治、经济制度,没有表露出将一切推到加以重建的决心,这说明他尚不具备阶级革命者的思想觉悟和主体意识。正是基于这样的判断,他们认为,刘易斯跟辛克莱不是一个档次的作家。而秉持民族/国家话语的文人认为,刘易斯通过讽刺幽默的手段批评美国,不仅避免了辛克莱等人直白浅陋的不足,而且本身就饱含着善良的愿望和建设的意识。与之有所类似的是,有些不过于激进的左翼文人也持这种看法。比如,落霞(邹韬奋)就曾指出,"著者对于美国现代文化深致不满,虽尽其冷嘲热讽之能事,却具有提高之热诚,使读者发生超脱环境之感想"②。显然,论者肯定了刘易斯作品批判性的意义。

其实,作品有无批判性,批判的力度是大还是小,牵涉的不仅仅是作家的思想倾向,而且是表达策略。而这些,都涉及如何界定的问题。

---

① 赵景深:《刘易士得诺贝尔奖的舆论》,《小说月报》1931年第22卷第2号。
② 落霞(邹韬奋):《辛克莱路易斯》,《生活周刊》1931年第6卷第12期。

同样的东西，不同的人可能就会做出不同的评价。无论秉持两种不同话语形态的中国现代文人如何看待刘易斯作品的批判性，他们注意到这一点，并就这一点展开争论，本身与他们非常关注作家如何发挥文学的效用、如何参与现实重构这一精神指向有很密切的关系。20世纪30年代的中国文人无论秉持何种立场，彰显何种话语形态，但大家都有一个共同的问题论域和精神指向，那就是如何改变中国，如何发展中国。他们的目标其实是一致的，就是想让中国实现自强，进而雄立于世界民族/国家之林。因此，他们对刘易斯批判立场、批判方法的讨论，其实背后隐含的是对中国文学该如何面对现实这一问题的思考。这就使得对刘易斯获奖这一他者现象的讨论，也与中国的自我问题产生了意义关联。文人因为没有掌握能够直接改变现实的权力资源，多数情况下也就只能止步于话语实践层面，但他们的现实关怀精神值得我们肯定。

第三节　美国获奖：相关争论与美国文学形象构建

1930年，美国作家首次荣获诺贝尔文学奖。在这之前，美国人已经多次荣获诺奖的其他奖项。尽管这次获奖的是作为个体作家而存在的刘易斯，但中国文人往往从民族/国家的角度作出阐释，将个人获奖提升到了民族/国家获奖的层面。比如，施宏告就明确指出，刘易斯获奖不仅仅"使他自己获得世界的荣誉"，而且事关"国家的荣誉"。[①] 面对美国获诺贝尔文学奖这一事实，中国文人在颇感"意外""突兀"和"惊异"之余，不仅针对它有无资格获奖展开了热烈争论，而且就它获奖的原因做出了各种揣测。对相关问题的讨论，民族/国家话语一直贯穿其中。争论美国有无资格获奖和缘何获奖，其实都涉及对美国国家及其文学整体形象的构建问题。各种肯定的评价，构建出的当然是美国和美国文学的积极形象，而各种否定的评价，尽管依然承认美国的"大

---

① 施宏告：《诺贝尔文学奖金与历届获得者》，人文书店1932年版，第115页。

国""强国"形象,但就其文学而言,却构建出了消极的形象。

一 从民族/国家的角度阐释诺奖

诺贝尔文学奖是遵照诺贝尔的遗嘱设立的奖项。诺贝尔在遗嘱中申明,该奖项的"获奖人不论国籍,不管是不是斯堪的那维亚的人,只要是最值得获奖的人即可",它应该授予"在文学领域创作出具有理想主义倾向的最杰出作品的人"①。言下之意就是说,该奖项奖励的是特定的个人及其成就。诺奖评奖委员会委员贺拉斯·恩达尔曾对此做过明确阐释:"这一奖项是为了奖励个人的成就,而不是把作家当作国家或语言、社会或种族的代表,也不是作为某一性别的代表。"② 对这一基本思想,中国现代文人在研究诺贝尔文学奖的设立及授奖原则时均已提及。上文已经引述过施宏告、陈彝荪和杨冀侃的相关说法,在此不赘。

然而,吊诡的是,无论是西方人还是中国人,都喜欢将个人获奖与民族/国家获奖扯到一起。1905年波兰作家显克维奇获奖。他发表演说词时说:"如果这一荣誉对所有人都是珍贵的话,那末对于波兰则更显出了它的无限价值",因为它"可以在全世界注目中表现出波兰的价值和她的民族精神"③。美国作家赛珍珠1938年获奖,发表演说词时她说:"我也为我的祖国——美利坚合众国接受此奖。"④ 如果说个体的作家获奖之后,或许是因为不够了解诺奖的精神和授奖原则,或许是为了有意彰显自己的民族身份,放大了个人获奖的意义,那么,评奖委员会的成员也从这个角度展开阐释,在让人觉得不可思议之余,更能感受到诺奖作为稀缺资源对于特定民族/国家的意义。比如,瑞典学院常任秘书埃利克·阿克塞尔·卡尔费尔德在1930年发表的颁奖词中说:"刘易

---

① [瑞典] 贺拉斯·恩达尔:《诺贝尔文学奖与世界文学的概念》,武梦如译,《东吴学术》2014年第1期。
② 同上。
③ 《20世纪诺贝尔文学奖颁奖演说词全编》,毛信德等译,百花洲文艺出版社2001年版,第52页。
④ 同上书,第325页。

斯是个美国人，他正代表1亿2千万生灵的新语言——美国语言——来进行写作。"① 按理来说，他非常谙熟诺贝尔文学奖的精神和授奖原则，不应该把某个作家作为某种民族和语言的代表，但就实际言辞而言，他确实从更为宏大的角度阐释了刘易斯获奖的意义。

在现代中国，许多文人也非常喜欢从民族/国家的角度来阐释诺贝尔文学奖。鲁迅便是典型的例子。20世纪20年代末，刘半农曾接受瑞典探险家斯文·赫定的邀请，推荐诺贝尔文学奖候选人。他考虑到了鲁迅，并托台静农打听鲁迅的意见。鲁迅于1927年9月25日写给台静农的信中说："请你转致半农先生，我感谢他的好意，为我，为中国。但我很抱歉，我不愿意如此。"他拒绝提名的理由，一是自觉"不配"获奖，二是担心"或者我所便宜的，是我是中国人，靠着这'中国'两个字罢"。他认为，要是自己因为"中国"身份而占了便宜，那就跟"陈焕章在美国做《孔门理财学》而得博士无异了，自己也觉得好笑"。他还指出：

> 我觉得中国实在还没有可得诺贝尔赏金的人，瑞典最好是不要理我们，谁也不给。倘因为黄色脸皮人，格外优待从宽，反足以长中国人的虚荣心，以为真可与别国大作家比肩了，结果将很坏。②

鲁迅感谢刘半农"好意"的潜在逻辑，值得我们注意。在他看来，要是中国真的有作家因为作品的文学价值而获奖，对个体作家有好处，对中国来说也具有非凡的意义。他已经注意到诺奖可能会牵涉到作家的国籍和种族问题，从而将个人获奖与民族/国家身份联系到了一起。也就是说，他在意的不仅是个人获不获奖的问题，而且是民族/国家的荣誉。

---

① 《20世纪诺贝尔文学奖颁奖演说词全编》，毛信德等译，百花洲文艺出版社2001年版，第224页。

② 鲁迅：《致台静农》，载《鲁迅著译编年全集》第八卷，人民出版社2009年版，第466—467页。

第六章 刘易斯热:多元话语交织与美国文学形象构建

鲁迅的这种思维模式在现代中国绝非个案。1930年刘易斯获奖之后,相当一部分中国文人超越了个人层面而从民族/国家层面来阐释这一事件,将刘易斯获奖首先解读成了美国获奖。在相关讨论中,他们最喜欢提到的是1930年美国首次获得诺贝尔文学奖。比如,刘大杰写道:"这一次刘易士代表美国第一次得到诺贝尔文学奖金,从美国文坛,与萧伯纳、托马斯曼同样地向世界文坛进出的事,是很值得我们注意的。"① 在《十日》杂志发表的《美国获得诺贝尔文学奖金》② 一文中,作者也对此特别加以强调。与此同时,他们将首次获奖这一事件,看作美国的文学、文化地位大力提升并得到欧洲认可的重要标志。比如,汪倜然认为,美国被授奖,表明欧洲人已经开始改变对美国文艺的轻视态度。他还说:"我们亦可以把这一件事情看作在才智方面的美国地位的擢高。"③《世界文学》杂志的"三人行"栏目曾刊登过一篇名为《刘易士》的短文。作者将获奖与美国文学的荣誉联系到一起,认为刘易斯"为美国文坛争了不小面子"④。有人在评论1936年奥尼尔获诺贝尔文学奖时,也提到了刘易斯为美国获首奖的标志性意义。作者写道:"幸亏在一九三一年⑤,辛克莱刘易士获得诺贝尔奖金,使美国文学也能在世界文坛上占得一席之地。"⑥

二 美国获奖与中国文人的意外之感

既然将刘易斯获奖提升到美国获奖的高度是20世纪30年代中国文人的普遍逻辑和实际话语形态,那么,他们对美国首次获奖的反应到底如何呢?简单地说,许多人也颇有"意外""突兀"和"惊异"之感。比如,在《一九三〇年诺贝尔文学奖得者》一文中,汪倜然开篇即写

---

① 刘大杰:《刘易士小论》,《青年界》1931年第1卷第1期。
② 素:《美国获得诺贝尔文学奖金》,《十日》1931年第1卷第13期。
③ 汪倜然:《辛克雷路威士》,《世界杂志》1931年第1卷第1期。
④ 学楷:《刘易士》,《世界文学》1935年第1卷第3期。
⑤ 原文有误,应为一九三〇年。
⑥ 文裹:《美国戏剧家奥尼尔》,《图书展望》1937年第2卷第8期。

道:"出乎意料之外的,本年度的诺贝尔文学奖金竟被一个美国文学家得去了。"① 在另外一篇文章中,他提到"挟有世界的权威的诺贝尔文学奖金"从未授予美国作家,而"似乎没有任何美国作家希冀获得这个奖金",因此,1930 年美国作家突然得到该奖项,"多少是有一点兀突"②。在《谈鲁易士》一文中,莎克女士也提到,这"很予人们以不少的惊异"③。

  面对美国首获诺贝尔文学奖,中国文人为何会有这般反应? 其实,这与中国文人对美国文学性质的认知和地位的判断有很大关系。尽管美国文学进入 20 世纪之后逐渐摆脱了欧洲文学旧传统的束缚,在确立和发展民族文学方面取得了长足的进展,但无论是欧洲人还是中国人,都对它取得的成就持保留意见。20 世纪 30 年代诸多文人对美国文学发表了贬抑之辞,无不说明这一点。余慕陶在《近代美国文学讲话》一文中断然否定了美国文学的地位,写道:"美国在文学上的地位,几乎可以说是等于零的。"④ 顾仲彝则否定了美国文学的独立性,认为美国文学只是英国文学的一个分支。他说:"不过一在英国产生,一在美国产生而已。正如产生于爱尔兰或苏格兰的文学,也一样是英国的支派文学。"⑤ 刘大杰指出,以物质文明著称的美国,"在哲学文学艺术等的精神文化方面,是没有产生什么杰出的伟人,到底比不上旧世界的欧洲的"⑥。虽然他们发表的这些看法,主要针对 20 世纪之前的美国文学,虽然他们已经注意到美国文学新近取得的成就,但相关表述总是不由自主地流露出鄙夷之意。

  20 世纪 30 年代有中国文人指出,"美国文学一向是被欧洲人所轻视"⑦。其实,他们自己何尝不是如此呢? 尽管中国人这种认知美国文

---

① 汪倜然:《一九三〇年诺贝尔文学奖得者》,《前锋月刊》1930 年第 1 卷第 3 期。
② 汪倜然:《辛克雷路威士》,《世界杂志》1931 年第 1 卷第 1 期。
③ 莎克女士:《谈鲁易士》,《新北方月刊》1931 年第 1 卷第 4 期。
④ 余慕陶:《近代美国文学讲话》,《微音月刊》1932 年第 2 卷第 7、8 期。
⑤ 顾仲彝:《现代美国文学》,《摇篮》1932 年第 2 卷第 1 期。
⑥ 刘大杰:《刘易士小论》,《青年界》1931 年第 1 卷第 1 期。
⑦ 莎克女士:《谈鲁易士》,《新北方月刊》1931 年第 1 卷第 4 期。

学的倾向，在很大程度上是欧洲中心主义意识渗透的产物，而不是深入了解美国文学之后独立做出的判断，但这种认知模式确实产生了很大的影响，铸就了相当一部分中国文人接受美国文学的期待视野。然而，偏偏就是这样一个被认为没什么文学、没什么伟大文学的国家，获得了被崇高化了的、被奉为世界文学标准的诺贝尔文学奖。面对这一无法更改的事实，大家难免会产生意外、惊异之感。

三 关于美国获奖资格及获奖原因的争论

面对美国获奖这一客观事实，中国现代文人在颇感意外、惊讶之余，也对它有无资格获奖、为何能够获奖等问题展开了热烈的争论。

对美国获奖持积极看法的文人，往往注目于美国进入20世纪之后文学的凶猛发展态势和丰硕创作实绩，将美国获奖视为其民族文学发展到一定程度之后水到渠成的收获。在《一九三〇年诺贝尔文学奖金得者——辛克来·刘易士》一文中，胡风先提到1898年美西战争之后美国成了世界一等强国，在世界格局中确立了重要的政治和经济地位，随之"民族心理上起了变化，文学也开始了自觉的运动。大战后，这自信就更为确实了"[①]。按照他的论述逻辑，到了20世纪30年代，主动追求和塑造民族特性的美国文学已然成熟，它自然有资格获奖。杨昌溪在《诺贝尔文学奖金得者留易士》[②]一文中指出，"一战"前后随着美国政治、经济的崛起，美国文学开始在世界文坛上活跃起来，无论是辛克莱等"激烈派的文学家"还是刘易斯等"正统派的文学家"，均在世界范围内产生了很大的影响，而这正是美国能够获得诺奖的原因。在《谈鲁易士》一文中，莎克女士也高度肯定美国现代文学的成就，并写道："近年来，美国文坛上的势力，不论在小说，诗歌，或戏剧方面，尤其是小剧场运动，都似乎正与'拜金主义'的信仰成为正比例，已

[①] 张光人：《一九三〇年诺贝尔文学奖金得者——辛克来·刘易士》，《青年界》1931年第1卷第1期。

[②] 杨昌溪：《诺贝尔文学奖金得者留易士》，《读书月刊》1931年第1卷第2期。

引起世界文坛上的注意。"①

既然美国文学取得了不小成就，且引起了世界注意，那么，美国作家获奖就是理所当然的事情。在《一九三〇年诺贝尔文学奖得者》一文中，汪倜然认为，剧作家奥尼尔，诗人林赛，小说家德莱塞、安德生、辛克莱等，都是美国享有世界声誉的作家。他还指出，这些人"具有获得诺贝尔奖之资格并不弱于路威士"②。在他看来，美国民族文学已经取得了很大的成就，而能够达到诺奖标准的作家已然不是少数，因此，某一个美国作家获奖，大家自然不必大惊小怪。赵家璧也指出："一九三一年③诺贝尔的奖金不送给高尔斯华绥、托马斯曼、纪特、高尔基，而赠给美国小说家刘易士，在美国文学史上至少是一件值得夸耀的事。"④

总体来说，对美国获奖持积极看法的中国现代文人认为，美国获得该奖项具有双重意义：一是标志着作为民族文学而存在的美国文学已经成熟，二是标志着它已被"制定"世界文学标准的欧洲认可。

中国现代文人突出诺贝尔文学奖对于美国民族文学发展的意义，或许有夸大其效用之嫌，但其中蕴含着对中国文学发展路径的思考、对中国文学发展目标的想象。从这个意义上来说，从民族/国家的角度肯定美国获奖，便与中国文学的现实遭际和未来设计产生了意义关联。

美国现代文学和中国现代文学都曾面对如何实现现代转型、确立全新传统的问题。前者需要摆脱的是欧洲旧传统，而后者需要脱离的是中国旧传统。但在中国建设新文学的道路上，美国却在某种程度上扮演起了师傅的角色。"五四"时期的中国文人就非常崇尚美国的新诗运动，并将其作为建设新文学的理论资源和现实榜样。尽管就实践层面来讲，在20世纪20年代和30年代，美国文学对中国文学整体产生的影响并不是很大，但因为它们曾面对共同的问题，中国文人从不低估已然有所

---

① 莎克女士：《谈鲁易士》，《新北方月刊》1931年第1卷第4期。
② 汪倜然：《一九三〇年诺贝尔文学奖得者》，《前锋月刊》1930年第1卷第3期。
③ 原文有误，应为一九三〇年，而不是一九三一年。
④ 赵家璧：《新传统》，良友图书印刷公司1936年版，第46页。

第六章 刘易斯热:多元话语交织与美国文学形象构建

突破的美国文学对于中国文学的借鉴意义和启示作用。美国现代文学经过短短二三十年的发展,1930年就出现了问鼎诺贝尔文学奖的作家。这在让中国文人震惊之余,也坚定了继续吸收借鉴美国文学的决心,鼓起了以其为榜样建设中国民族文学的勇气。从20世纪30年代开始,中国文人对美国文学表现出的更多关注热情,固然与美国整体影响力的扩散不无关系,但吸取美国文学的成功经验,确实是他们对其展开大力译介的重要动力。

对美国获诺贝尔文学奖这一事实,也有许多中国文人做出了消极评价。他们质疑美国获取这一崇高奖项的资格,甚至把获奖原因归结为欧洲人俯首于美国的政治、经济和军事实力,从而采取了有意"讨好"或者"敷衍"的策略。山风大郎(罗皑岚)曾写道:"有人说,欧洲人想拍美国的马屁,先决定了把一九三〇年的诺贝尔奖金奉送给美国,然后再在美国文坛中找作家。"他认为,"这话虽然是过苛,但也并不是毫没理由的"①。施宏告尽管在相关论述中提到不按国别配定奖项是诺贝尔文学奖的基本原则,但也指出"主事者"有"心目中先定国家,后选作家"的嫌疑。他说:"如像一九三〇年给于刘易士,大家都公认是因为美国前此没有获得过这个光荣,所以不得不敷衍一下。"② 陈彝荪和杨冀侃指出,美国是世界上"最富庶的金元国家",但"三十年来竟没有一个获得诺贝尔文学奖的人,于帝国主义的面子上似乎有些过不去吧"③。在他们看来,瑞典学院将1930年的文学奖授予美国,在某种程度上是为了照顾美国的面子,让其在文化上也拥有一定的象征资本。前文曾引用过汪倜然的相关说法。他尽管认为美国许多作家有问鼎诺奖的资格,但指出:"美国现已握着世界经济的霸权,则是为了表示对于美国的尊重起见,将这全世界所瞩望的奖金就赠给一个美国的作家,自是瑞典学会的一种很机灵的举动。"④ 赵家璧为赵景深《现代欧美作家》

---

① 山风大郎(罗皑岚):《一九三〇年的美国文坛》,《青年界》1931年第1卷第2期。
② 施宏告:《引言》,载《诺贝尔文学奖金与历届获得者》,人文书店1932年版,第9页。
③ 陈彝荪、杨冀侃:《诺贝尔文学奖金获得者·现代世界作家论》,汉文正楷印书局1934年版,第122页。
④ 汪倜然:《辛克雷路威士》,《世界杂志》1931年第1卷第1期。

一书作的《篇前》中也提到，有人认为诺贝尔文学奖已经"变成了国际间的酬酢品"，而1930年的诺贝尔文学奖之所以授给美国，"完全为了美国政治经济势力的扩张"，为了"使金圆老人在文学的园地里，也占有一个相当的地位"①。不过，赵家璧个人并无轻视美国文学之意。

上述说法有一个共同之处。他们均将美国硬实力的提升及影响力的扩散，解读成它获文学奖的原因。一个国家硬实力的提升和扩散，确实对它开发和彰显软实力有促进作用。因此，这种解读也不无道理。但值得注意的是，这种解读实际上不仅在质疑美国文学自身的成就，而且在否定诺贝尔文学奖评奖的严肃性，解构该奖项自身的崇高性。

更值得我们注意的是，不少中国现代文人虽然质疑甚至否定美国获文学奖的资格，但不约而同地称赞美国在经济、军事、政治等领域的成就及其享有的国际地位。面对积贫积弱的社会现实，中国现代文人试图借鉴西方模式来建设现代民族/国家，其中美国就是被效仿的榜样之一。因此，他们尽管对美国的帝国主义侵略行为经常流露出愤懑情绪，但对它具备的强大实力却艳羡不已。即便秉持阶级/革命话语的文人出于意识形态构建的需要使劲抨击美国的不足，但从不会全盘否定美国在社会现代性方面取得的辉煌成就。事实上，这也成了他们即便质疑美国文学的成就和地位，但对美国在其他领域的成就和地位赞不绝口的内在逻辑。他们争论美国有无资格获诺贝尔文学奖、缘何获奖时，这一逻辑明显存在。

综上，获得诺奖是刘易斯在20世纪30年代的中国成为热点话题的重要诱因；中国文人围绕他有无资格获奖、缘何获奖等展开的相关争论，不仅客观上起到了多维建构他作为个体作家形象的效果，而且展现了他们自身的话语立场、言说逻辑等；与此同时，他们将刘易斯获奖上升到美国获奖的层面加以讨论，不仅建构出了不同的美国及其文学形象，而且透露出了强烈的中国现实关怀意识。尽管他们表面上讨论的都是属于"他者"的问题，构建的也是"他者"的形象，但实际上关注

---

① 赵家璧：《篇前》，载赵景深《现代欧美作家》，良友图书印刷公司1931年版。

的是中国自身的问题，传达的是对"自我"的认知和想象。

从 20 世纪 20 年代起，中国人就开始关注诺贝尔奖，对其展开了羞涩想象。进入新时期尤其是 20 世纪 90 年代之后，伴随着"大国"不断"崛起"，相当一部分中国人更是备受渴盼获奖而又始终不得的焦虑心理折磨。焦虑可能是一种促进自我更新的动力，也可能是一种让自己心理扭曲的不良情绪。近几年来，中国本土终于有人获奖了。2012 年，莫言成了中国本土首获诺贝尔文学奖的作家。2015 年，屠呦呦成了中国首获诺贝尔生理学或医学奖的科学家。这二位获奖的消息传开之后，长期神经紧张的部分中国人多少感到有点舒缓。与此同时，更多的人围绕他们获奖的问题展开了热烈讨论。有人在欢呼，有人在叫屈。有人在自豪，有人在反思。综观各种意见，我们觉得，尽管时间已经过了七八十年，但有很多东西跟 20 世纪 30 年代中国文人讨论刘易斯获奖的情形惊人地相似：将他们获奖上升到中国国家获奖层面的言说方式依然在延续；对他们获奖原因的解说，经常潜隐着中国硬实力大幅提升这一话语基础；对他们获奖资格的相关争论，经常牵涉到文学或科学之外的因素。因此，我们在当下语境中讨论 20 世纪 30 年代的刘易斯热，不仅能够窥测到中国构建美国文学形象的一个重要侧面，而且具有一定的现实意义。

第七章 选择与安排：文学史、翻译与美国文学形象构建

20世纪30年代中国的美国文学形象构建，很大程度上就是中国文人在针对美国文学展开的译介实践中完成的。考察文学跨文化传播时，译介往往被视为一个整体。不得不承认，"译"确实是"介"的一种重要形式，但"介"的形式非常之多，内涵要更为丰富。"译"侧重于转述原作。只要译者不像梁启超、陈独秀和苏曼殊那样过分采取"豪杰译"①的策略，译作毕竟是译者基于原作本身的意义实践活动，将与原作"大不离谱"。译者在转述原作的过程中尽管需要充分发挥主观能动性，将源语语言转换成本土语言，因而必然会发生形形色色的"改写"行为，但就具体的文本内容而言，译者毕竟受到原作本身的限制，能够发挥主观性的空间较为有限。"介"尽管也基于一定的事实，但形式的多样性和内涵的丰富性赋予了主体更大的创造和阐释空间，致使同一客体经过不同主体的"改写"呈现出了更大的差异性。笔者认为，我们考察文学跨文化传播和接受，除了重视"译"，还得特别重视文学史撰写、文学史教育、评论、研究、译作序跋等其他"介"的形式。

撰写涉及美国文学的世界文学史著，选择和翻译相关作家作品，

---

① "豪杰译"指译者过度"改写"原作。这种现象在晚清翻译界非常盛行。比如，梁启超在戊戌变法失败之后匆忙乘船避难日本，在船上边学日语边从日文翻译小说《佳人奇遇》，我们可以想见他的译文"忠实于"原文的程度。再比如，陈独秀和苏曼殊合译雨果的小说《悲惨世界》，删改了大部分内容，近似于创作。参见郭延礼《中国近代翻译文学概论》（湖北教育出版社1998年版）、王向远《翻译文学导论》（北京师范大学出版社2004年版）等。

都是 20 世纪 30 年代中国文人建构美国文学形象的重要形式。本章先考察 20 世纪 30 年代中国文人撰写和翻译的世界文学史著①如何构建美国文学形象,再以几个具体的文学史"经典"作家被翻译的状况为例,通过对比分析,探讨翻译选择在构建美国文学形象的过程中发挥的作用。

第一节 在世界文学格局中选择和安排美国文学

在 20 世纪 30 年代,随着文学史意识逐渐增强和文学史"神话"逐渐成型,中国文人掀起了文学史写作的热潮。根据温儒敏做的统计,1917 年年初到 1927 年年底出版的中国文学史著只有 8 种,但从 1928 年年初到 1937 年年底,就有 60 多部中国文学史著出版。② 中国文人在积极撰写中国文学史的同时,也积极参与撰写和翻译世界文学史著作③。

---

① 本章所谓的"文学史",主要指 20 世纪 30 年代中国文人撰写的世界文学史著作,但在具体的讨论过程中,也兼及翻译过来的多种世界文学史著。后者虽是外国人撰写,但国人将它们翻译过来并在国内大力推介。比如,朱应会译、木村毅著的《世界文学大纲》出版时,昆仑书店的广告说:"本书所论,是世界各国文学的渊源、变迁及现状;包含东西各国,上自太古,下迄现代,并述及将来的倾向。全书九万余字,叙述简要详益,辞约而旨丰,确是现代名著之一。"([日]木村毅:《世界文学大纲》,朱应会译,昆仑书店 1929 年版。)再比如,胡仲持在《世界文学史话》的"译者的话"中写道:"这实在是一部完美的文学史。它把几千年来影响世界各民族的伟大的文学者及其相互的关系、重要的书籍及其时代的背景都讲明白了;在我看来,这就尽了文学史的一切职分。"([美]约翰·玛西:《世界文学史话》,胡仲持译,开明书店 1931 年版。)广告之类的文字,多少会有点夸大其词,但诸如此类的溢美之词说明,这些史著得到了相当一部分中国文人的认可,在很大程度上折射出了他们对世界文学格局的认知和判断。它们事实上已经渗透进了中国的知识生产和传播系统,成了影响中国人认知和想象美国文学的重要力量。

② 温儒敏等:《中国现当代文学学科概要》,北京大学出版社 2005 年版,第 15 页。

③ 在各类世界文学史著中,直接冠名为"世界""文学史"的,就非常之多,比如有余慕陶编著《世界文学史》(上海乐华图书公司 1932 年版),李菊休编、赵景深校《世界文学史纲》(上海亚细亚书局 1933 年版、中国文化服务社 1936 年版),啸南编著《世界文学史大纲》(上海乐华图书公司 1937 年版),朱应会译,日本学者木村毅著《世界文学大纲》(昆仑书店 1929 年版),胡仲持译,美国学者约翰·玛西著《世界文学史话》(开明书店 1931 年版),杨心秋和雷鸣蛰译,苏联学者柯根著《世界文学史纲》(读书和生活出版社 1936 年版),由稚吾译,美国学者约翰·麦茜著《世界文学史》(世界书局 1935 年版),胡雪译,日本学者成濑清著《现代世界文学小史》(光华书局 1933 年版),张我军译,日本学者千叶龟雄等著《现代世界文学大纲》(神州国光社 1930 年版),等等。有些著作未用"世界"之名,而用"西洋",比如有方璧(茅盾)(转下页)

193

蔚为壮观的世界文学史写作和翻译，标志着20世纪30年代的中国文人既拥有了观照文学历史变迁和现存状态的"世界"眼光，又具备了在世界文学的格局中审视特定民族/国家文学的自觉意识。相关史著不仅生产和传播着有关世界文学的知识，而且在潜移默化地构建着世界文学和特定民族/国家文学的形象。因此，世界文学史书写，便是20世纪30年代中国文人构建美国文学形象的一种非常重要的途径。

作为重构美国文学的重要形式，世界文学史著如何在世界文学格局中选择和安排美国文学及其具体作家，实际上牵涉的是对美国文学形象的构建问题。具体的文学史构建出的美国文学形象，固然折射的是具体史家做出的相关判断，具有一定的个体性特征，但其实，也体现了相当一部分人的看法，具有群体性特征。与此同时，20世纪30年代中国的许多世界文学史著，本身是为了满足学校教育的需求。比如，朱应会译、木村毅著的《世界文学大纲》出版时，昆仑书店的广告说：该书"可作中学和师范的文学教本用"[①]。李菊休编，赵景深校的《世界文学史纲》1936年由中国文化服务社出版时，封面上印有"中等学校适用"，封里印有"学校参考用书"等字样。就这样，文学史通过学校教育和普通读者的阅读，在更大范围内发挥了影响，使得具体史家构建出的美国文学形象，远远超出了个体性的范畴而不断衍生出了新的意义，成为塑造相当一部分人心目中美国文学形象的重要力量。

正如歌德和马克思所预言的，我们已经进入了世界文学的时代。以世界文学的视野来观照美国文学，它既是一种重要的民族/国家文学，又是世界文学的一个重要组成部分。将美国文学纳入世界文学的格局中评判地位、厘定性质，无论是在过去还是在当下，都是大家一直努力做

（接上页）《西洋文学通论》（世界书局1930年版），于化龙编《西洋文学提要》（世界书局1930年版），任白涛编译《西洋文学史》（光华书局1934年版），徐翔译，谢六逸校，日本学者千叶龟雄著《大战后之世界文学》（上海明智书局1933年版），高明译，日本学者吉江乔松著《西洋文学概论》（现代书局1933年版），等等。有些著作虽未标明是文学史，但实际上就是文学史，比如有郑振铎编著《文学大纲》（商务印书馆1926—1927年版），张闻天和汪馥泉译，日本学者伊达源一郎著《近代文学》（商务印书馆1930年版），等等。还有的著作仅为分体文学史，较为清晰地勾勒出了某一文类的发展状况。郑次川《欧美近代小说史》（商务印书馆1927年版）即是如此。

① 《昆仑书店广告》，载［日］木村毅《世界文学大纲》，朱应会译，昆仑书店1929年版。

的工作。要在世界文学格局中构建美国文学的形象，涉及的不仅仅是如何从整体上对它做出判断，还涉及将哪些作家作品纳入文学史写作的秩序以及对其怎样做出评价。

一 美国文学的整体形象：对比研究

时至今日，绝对不会有人否定美国文学在世界文学格局中的重要地位，也绝对不会有人质疑美国文学承载着美国的民族文化特性。与此同时，任何高校英文系的课程设置中绝对不会排除有关美国文学的教学内容，任何高校中文系开设的外国文学课程也不会不讲美国文学。然而，在20世纪30年代，美国文学尽管已经开始取得非凡成就，引起世界瞩目，刘易斯等作家也接连荣膺诺贝尔文学奖，但它在世界文学格局中的地位尚不稳固。美国文学的性质和地位，依然是一个饱受争议的话题。当时著译的多种世界文学史，便是这一时段中国文人如何认知美国文学的重要表征。总体来看，他们构建出了两种截然对立的美国文学形象。

郑振铎著《文学大纲》、于化龙著《西洋文学提要》、千叶龟雄等著《现代世界文学大纲》、千叶龟雄著《大战后之世界文学》等，基本构建出了积极的美国文学形象。郑振铎和于化龙都给美国文学单独设置了章节。《文学大纲》第四十三章为"美国文学"，第四十六章"新世纪的文学"第三部分为"美国文学"。《西洋文学提要》第七章为"美国文学"。二著在处理美国文学时，都从殖民时代讲起，一直讲到20世纪初，也论及了各种文学体裁，从而基本呈现了美国文学的通史。他们认为，19世纪的美国文学已经在世界文学格局中占有了重要地位，成为不可轻视的力量。简略论及殖民时代和革命时代的文学之后，郑振铎指出，美国文学到了19世纪便进入了"黄金时代"。他写道：

> 在这黄金时代里，出现了不少的不朽作家，如欧文，如爱伦坡，如朗佛罗，如惠特曼，都是世界的作家，而非美国所独有的。他们的影响，不仅及于美国，而且及于世界。他们使自来不能厕身

于世界文坛的美洲文学，在那里占了一个很重要的地位，与英，与法，与德，与俄，共为近代文学的"天之骄子"。①

与《文学大纲》和《西洋文学提要》不同的是，由千叶龟雄等多名日本学者撰写的《现代世界文学大纲》，主要讨论20世纪世界文学的发展状况。该著中的"现代美国文学大纲"由高垣松雄完成。在他看来，肯定美国文学在世界文学格局中的地位，是对它做出准确把握的前提条件。他写道："我们要理解现代美国文学，是不能轻视他在文学史上之地位。"②《大战后之世界文学》论及"一战"后的文学思潮时，简要提及美国的左翼文学和新人文主义，并指出，德莱塞、奥尼尔、帕索斯、海明威等作家已经开始产生世界影响，"在德法俄诸国大规模地翻译出来，为读者所欢迎"。更为重要的是，作者认为，"次于德国有希望的，是明日之美国文坛"③。

有些史家尽管认为美国文学尚未取得足够引人注目的成绩，但对它的未来抱有很大希望，并断言它终会取得更大的成就。他们实际上构建出了尚存潜力的美国文学形象。比如，郑次川的《欧美近代小说史》，从第三章"写实主义时代"开始提及美国文学。作者将其与俄国文学做了形象的对比："若把这两国比较时，无论什么人，都要惊异其对照的巧妙。俄国是老年，美国是幼年。俄国文学的开步，好像是巨人的踏步；美国文学，却像摇篮中小儿的哭声。"④ 他还写道："在欧洲小说史中加入美利坚，乃是不必要的事情，不过如坡爱⑤一流有世界的影响的作家，却也不可逸去；再则英吉利同文国的文学的别途，在过去虽不重要，将来必然很有关系，所以本书要把他述个大略。"⑥ 作者认为，尽

---

① 郑振铎：《文学大纲》第四册，商务印书馆1927年版，第545页。
② [日]千叶龟雄等：《现代世界文学大纲》，张我军译，神州国光社1930年版，第104—105页。
③ [日]千叶龟雄：《大战后之世界文学》，徐翔译，光华书局1933年版，第134页。
④ 郑次川：《欧美近代小说史》，商务印书馆1927年版，第49页。
⑤ 此处所谓"坡爱"，即爱伦·坡。
⑥ 郑次川：《欧美近代小说史》，商务印书馆1927年版，第54页。

第七章 选择与安排:文学史、翻译与美国文学形象构建

管美国文学尚未取得显著的成绩,但毕竟已经产生了拥有世界性影响的作家。正是因此,他才决定将它纳入考察的范畴。

与肯定美国文学的史著相比,有相当多的史著对它基本持否定态度,从而构建出了消极的美国文学形象。这类史著尽管对待美国文学的态度基本一致,但呈现各自观点的方式有很大不同。

第一类史著尽管将美国文学纳入世界文学史写作的范畴,但否定了它的独立性。李菊休编,赵景深校的《世界文学史纲》即是如此。该著共十六章,第十五章为"美国文学"。它尽管用一章的篇幅专门介绍了美国文学,也论及它进入 20 世纪之后的发展状况,但依然宣称:"美国文学,在世界文学史上没有独立的资格。"①

第二类史著也将美国文学置于世界文学格局中加以考察,虽未明确否定它的独立性,但对它评价不高。伊达源一郎的《近代文学》和约翰·玛西的《世界文学史话》即属此类。

《近代文学》共十一章,最后一章为"阿美利加底文学"。该著尽管承认美国文学的存在,但多次对它发表了贬抑之辞:"原来阿美利加文学和欧洲文学比起来,实在是不足道的,所以如其大胆说起来,所谓近代文学,大概是把阿美利加文学除去的";"阿美利加文学和欧洲文学比起来,实在是很逊色的。特别可取的地方,实在没有"。总之,在伊达源一郎看来,美国文学"在世界文坛上面不能占有重要的地位"②。

《世界文学史话》侧重于讨论 19 世纪美国文学,给它安排了三章的篇幅:第四十七章为"亚美利加的小说",第四十八章为"亚美利加的论文和历史",第四十九章为"亚美利加的诗"。该著较为详尽地讨论了美国文学的发展历史和现实状况,表面上看对它似乎非常重视,但在具体的行文当中,作者玛西却表明了自己对 19 世纪美国文学的轻视态度。比如,他虽然指出美国的小说展示了"人间底内容的成长和优

---

① 李菊休编,赵景深校:《世界文学史纲》,亚细亚书局 1933 年版,第 379 页。
② [日]伊达源一郎:《近代文学》,张闻天、汪馥泉译,商务印书馆 1930 年版,第 190、201、191 页。

秀技艺的丰富"，但认为"更美的文体的意识""却没有今日别的诸国那样热心地被开发"。再比如，他在论述美国诗歌时写道：

> 凡有文学的形式之中，凡在大西洋的西北岸所写的种种形式的标本之中，亚美利加的诗具有内容和色彩和作诗所在的那大陆的特异的活力最少。除了许多读者并不看作亚美利加精神的代表者惠特曼之外，又除了用地方底种族底方言所写的两三篇诗，叙述了特是属于这国度的风景和主材的诗之外，亚美利加的诗大都可以说是由英吉利的小诗人所写的罢。①

第三类史著直接将美国文学作为英国文学的组成部分。木村毅著《世界文学大纲》共二十章，最后一章为"英吉利文学"。该章共八节，最后一节为"亚美利加文学"，用二页多篇幅简要提及了霍桑、惠特曼等19世纪作家和杰克·伦敦、奥尼尔、辛克莱等20世纪作家。其实，将美国文学作为英国文学的分支，是那个时代学术界安排美国文学的一种常见做法。比如，英国学者Milton Waldman就指出："本世纪②初期以及本世纪以前的美国小说，只是英国文学的一支，事实上，确是从同一个根源上吸收着滋养料，而放出同一样花叶来的"；许多小说的"背景也许都是美国的，对于一个英国人，虽然觉得有些新奇，可是从内容和形式上讲，二者之间依然没有什么重要的差别的。"③

或许正是基于这样的定位，许多学者撰写英国文学史时也将美国文学纳入考察的范畴。比如，王靖编的《英国文学史》上编④，在第六卷"英国十九世纪之文学及文学家"后"附刊"了"美国文学家小史"⑤，用二十页篇幅提及了欧文、富兰克林等十八位美国18、19世纪作家。

---

① [美]约翰·玛西：《世界文学史话》，胡仲持译，开明书店1931年版，第690、705页。
② 此处所谓的"本世纪"指20世纪。
③ [英]Milton Waldman：《近代美国小说之趋势》，赵家璧译，《现代》1934年第5卷第1期。
④ 王靖：《英国文学史》上编，泰东图书局1927年再版。初版时间不详，作者"自序"时间为1920年3月10日。
⑤ 该书"目次"中题名为"美国文学家小史"，但在正文中题名为"美国文学家事略"。

第七章 选择与安排：文学史、翻译与美国文学形象构建

再比如，林惠元译、林语堂校的《英国文学史》① 共二十章，第十九章为"美国及殖民地的文学"，提到了爱伦·坡、欧文等十多位美国作家。该章除了美国文学，还简要提及加拿大、澳大利亚等殖民地文学。除了文学史之外，有些文学普及类著作也采取这种方法。比如，周毓英著的《文学常识》② 第十九节为"英吉利文学（附美国文学）"，用了七行文字简要提及了欧文、霍桑等19世纪作家和辛克莱、奥尼尔、刘易斯等20世纪作家。

通过考察20世纪30年代中国文人翻译和写作的文学史，我们即可看出，多种世界文学史著共存一时，共时参与了美国文学形象的构建。然而，不同的学者看待美国文学的发展历程和创作实绩时，意见存在较大的分歧。我们在介入这一话题时，需要重视各种不同的话语、不同的声音。只有这样，才能较为全面地还原出美国文学在20世纪30年代中国的整体形象，而不至于因突出部分文学史事实而遮蔽其实际上更为复杂的存在。

二 美国"经典"作家序列：彰显与遮蔽

任何文学史著都不可能将历史长河中出现的所有作家作品都写入其中，能够真正入史的只能是其中极小的一部分。就文学史写作而言，"叙述者的权力与文学史的事实之间，构成一种张力关系，决定了文学史叙述主观性与相对性的限度和范围"③。因此，文学史家在将美国文学纳入世界文学史的写作范畴并构建其形象的过程中，会以自己的标准作出选择和安排，"改写"美国文学的自然面貌，从而充分彰显出构建者的主体性。与美国文学专史相比，世界文学史著论述的范围更为广

---

① ［澳］F. Sefton Delmer：《英国文学史》，林惠元译，北新书局1930年版。该著封面题名为"英国文学"，标明是"林惠元著"，但内页题名为"英国文学史"，标明是"Proffessor F. Sefton Delmer 著，林惠元译，林语堂校"。此处 Proffessor 一词有拼写错误，应为 Professor。
② 周毓英：《文学常识》，神州国光社1931年版。
③ 杨联芬等：《二十世纪中国文学期刊与思潮（一八九七——九四九）》，百花洲文艺出版社2006年版，第2页。

阔，而它又要受到篇幅的限制，因此能够纳入考察范畴的美国作家作品，自然就要少许多。这就导致它们以文本的形式最终叙述出来的美国文学，与其在历史中的实存状态之间呈现出非常大的差距。假如一个美国作家及其作品能进入世界文学史著并占有较多的篇幅，那也足以见出史家对其比较重视。

有学者指出，"'变成''历史'或'进入''历史'的过程就是文学经典化的过程"，而特定的作家占有多少"篇幅"，"实际上是'文学史'上的位置问题"[①]。那些经常入史并占有较多篇幅的作家，往往就成了文学史构建出来的"经典"作家。因此，对比分析哪些美国作家被写入了世界文学史著，哪些又被安排到了重要位置，就应是我们考察世界文学史著构建美国文学形象的重要维度。

在此，笔者选择了郑振铎的《文学大纲》、伊达源一郎的《近代文学》、木村毅的《世界文学大纲》、郑次川的《欧美近代小说史》四种著作[②]，分文体、以图表的形式展示哪些19世纪美国小说家、诗人和散文家进入了世界文学史书写的序列。

---

① 李扬：《文学史写作中的现代性问题》，山西教育出版社2006年版，第126、74页。
② 做出这样的考察选择，主要是基于以下五个方面的考虑。第一，之所以分文体，则是为了讨论的方便。在文学史叙述中，史家往往按照作家主要在哪些文体上取得了更大的成就给他们定性，从而有了小说家、诗人、散文家、剧作家之称。我们分文体讨论，也是为了凸显出各个文体中到底有哪些作家得到了史家的关注。第二，限定于考察19世纪美国作家，主要是因为到20世纪30年代的时候，20世纪美国文学刚开始不久，许多文学现象尚未被史家纳入写作的范畴，而19世纪之前的美国文学尽管已有文学史写作需要的足够时间距离，但因其成果不够丰硕，也没有被许多史家纳入写作的范畴。第三，之所以选择郑振铎的《文学大纲》，则是因为胡化龙的《西洋文学提要》全书都以该书为蓝本缩写而成，李菊休编，赵景深校的《世界文学史纲》论及20世纪之前的美国文学时也以该书为蓝本，而《文学大纲》关于19世纪美国文学的论述，又以约翰·玛西的《世界文学史话》为蓝本。这四部书选择和安排19世纪美国作家的方式非常相似。因此，以《文学大纲》为例，即可窥见其他三著之部分风貌。第四，木村毅的《世界文学大纲》尽管将美国文学视为英国文学的附属品，否定了它的独立性，论述也非常简略，但确实提到了好几位19世纪美国作家。在非常简略的叙述中提到的美国作家，自然是作者认为比较重要的。第五，伊达源一郎的《近代文学》虽然为断代史，但涵盖了19世纪美国文学，也论及多名作家。

第七章 选择与安排：文学史、翻译与美国文学形象构建

表一　　　　　　　世界文学史著中的19世纪美国小说家

	《文学大纲》	《近代文学》	《世界文学大纲》	《欧美近代小说史》
欧文（Washington Irving）①	√	√	√	√
库柏（James Cooper）		√	√	√
霍桑（Nathaniel Hawthorne）	√	√	√	√
爱伦·坡（Edgar Allan Poe）	√	√	√	√
斯托夫人（Mrs. Stowe）	√	√		√
马克·吐温（Mark Twain）	√	√	√	√
豪威尔斯（W. D. Howells）	√	√		√
亨利·詹姆斯（Henry James）	√	√	√	√
哈特（Bret Harte）	√	√		√
阿尔德里契（T. B. Aldrich）	√			
史托克顿（F. Stockton）	√			
凯贝尔（Cable）	√			
赫里斯（Harris）	√			
依格莱斯顿（E. Eggleston）	√			
弗里曼（M. W. Freeman）	√			
裘伊特（S. O. Jewett）	√			
克莱恩（Stephen Crane）	√			
欧·亨利（O. Henry）	√		√	
华顿（Edith Wharton）	√			
诺里斯（Frank Norris）	√			
霍尔姆斯（O. W. Holmes）				√

---

① 欧文、惠特曼、马克·吐温等作家为中国读者熟知，实无标出英文名的必要，但有些作家在汉语语境中较为"生僻"。为了格式统一，三个列表均以英汉对照的方式列出了作家名。在不同的著作中，各作家的译名不尽相同。笔者在制作这几个表格时，所用的译名均按照现在的通行译法。

表二　　　　　世界文学史著中的19世纪美国诗人

	《文学大纲》	《近代文学》①	《世界文学大纲》
布莱恩特（William Bryant）	√		√
爱伦·坡（Edgar Allan Poe）	√	√	
朗费罗（H. W. Longfellow）	√	√	√
洛威尔（James Lowell）	√	√	√
霍尔姆斯（O. W. Holmes）	√	√	
爱默生（Ralph Emerson）	√		√
惠蒂艾（John Whittier）	√	√	
惠特曼（Walt Whitman）	√	√	
泰勒（Bayard Taylor）	√		
狄金森（Emily Dickinson）	√		
阿尔德里契（T. B. Aldrich）	√		
赖尼尔（Sidney Lanier）	√		
李莱（James Riley）	√		
米拉（Miller）		√	

表三　　　　　世界文学史著中的19世纪美国散文家

	《文学大纲》	《近代文学》	《世界文学大纲》
爱默生（Ralph Emerson）	√	√	
梭罗（David Thoreau）	√		√
爱伦·坡（Edgar Allan Poe）	√		
洛威尔（James Lowell）	√	√	
霍尔姆斯（O. W. Holmes）	√	√	

　　根据表一，欧文、霍桑、爱伦·坡、马克·吐温、亨利·詹姆斯等五位作家四次入史。稍逊于他们的是库柏、斯托夫人、豪威尔斯和哈特四位作家，他们三次入史。再次于他们四位的是欧·亨利，两次入史。

---

① 《近代文学》论及洛威尔和霍尔姆斯时，说他们"都喜欢把最重要的社会问题和奴隶解放、人道及自由底问题等，寓在他们底作品内"，但并未说明他们主要从事何种写作。参见张闻天、汪馥泉译《近代文学》，第197页。鉴于该著没有明确阐述他们二人的成就，而他们的成就事实上主要在诗歌和散文领域，笔者将他们二人作为《近代文学》论及的美国诗人和散文家，在诗人和散文家列表中均列出。特此说明。

第七章 选择与安排：文学史、翻译与美国文学形象构建

除了上述作家，其余作家均入史一次。

根据表二，布莱恩特、朗费罗、洛威尔、惠特曼、惠蒂艾五位诗人三次入史，爱伦·坡、爱默生、霍尔姆斯两次入史，而其他诗人均入史一次。

根据表三，爱默生三次入史，梭罗、洛威尔和霍尔姆斯两次入史。

有学者指出："对于文学经典，我们当然应从各个角度做出界定和解说，但若要比较简捷地判定或甄别，而又易获认同，恐怕作品的'入史率'应该是一个有价值的参数。"[①] 该引文将"入史率"作为考察一部作品是否为"经典"的重要参数。其实，"入史率"也是考察一个作家是否"经典"的重要依据。如果按照入史率，欧文、霍桑、爱伦·坡、马克·吐温和亨利·詹姆斯，是当时几乎毫无争议的"经典"小说家，布莱恩特、朗费罗、惠特曼和惠蒂艾，是文学史家共同肯定的"经典"诗人，而爱默生便是他们构建出的"经典"散文作家。那些虽未能在多部史著中同时入史，但能多次入史的作家，依然不容小觑，其地位仅次于最"经典"的作家。

另外值得注意的是，史家已经开始较为全面地观照不少作家在多个领域取得的成就，从而较为客观地呈现出了他们在文学史上的地位。比如，爱伦·坡在三个列表中都曾出现，在小说家中入史四次，在诗人中入史两次，在散文家中入史一次。再比如，爱默生在三个列表中出现两次，在诗人中入史两次，在散文家中入史三次。这大概意味着，爱伦·坡作为小说家、诗人和散文家的身份，爱默生作为诗人和散文家的身份，已经得到了史家充分重视。

各位作家不同的入史率，大体体现了20世纪30年代中国史家安排他们的格局，也部分呈现了他们在当时历史语境中的"经典"程度。但如果将几部文学史著与埃利奥特主编、1988年出版的《哥伦比亚美国文学史》[②] 构建出的"经典"作家序列加以对比，我们就会发现一些

[①] 董乃斌主编：《文学史学原理研究》，河北人民出版社2008年版，第56页。
[②] Emory Elliott et al., *Columbia Literary History of the United States*, New York: Columbia University Press, 1988.

非常值得注意的现象。尽管剑桥大学出版社在世纪之交陆续出版了八卷本的《剑桥美国文学史》[①]，哈佛大学出版社 2009 年出版了集中体现后现代文学史观的《新美国文学史》[②]，但前著依然是迄今为止产生很大影响的一部史著。它对 19 世纪美国"经典"作家的构建，基本反映了近几十年来国际学术界的普遍认知。该著为霍桑、麦尔维尔、马克·吐温、亨利·詹姆斯、爱默生、梭罗、惠特曼和狄金森各单独设立了一章，而欧文、库柏、布莱恩特和爱伦·坡也被写入各章名之中，与其他作家分享一章的篇幅。这些能够单独成为一章或能被写进章名的作家，毫无疑问，便是编写者认定的"经典"作家。

通过对比，我们发现，霍桑、马克·吐温、亨利·詹姆斯、爱默生、梭罗、惠特曼、欧文、库柏、布莱恩特和爱伦·坡，是两个不同时代的文学史家共同重视的美国作家。明显不同的是，《哥伦比亚美国文学史》充分重视了 20 世纪 30 年代几部文学史著中入史率不高的诗人狄金森和未能入史的小说家麦尔维尔，但大大降低了朗费罗、洛威尔、惠蒂艾、霍尔姆斯等主要倚傍欧洲文学传统创作的"新英格兰诗人"的地位。然而，在文学批评风尚和"经典"标准发生巨变、文学史的写作观念发生转移之前，朗费罗等人的确占了美国文学史的"半壁江山"。无论在生前还是逝世之后好长一段时间，他们一直享有很高的声誉。美国著名经典研究专家保罗·劳特曾写道：

> 谁是 150 年前最为读者认可和推崇的美国诗人？今天我们中的大多数会正确地说出朗费罗（Henry Wadsworth Longfellow），也许还有布莱恩（William Cullen Bryant）、爱默生（Ralph Waldo Emerson）、罗威尔（James Russell Lowell）或其他长着大胡子的绅士们。[③]

---

① Sacvan Bercovitch ed., *The Cambridge History of American Literature*, Cambridge: Cambridge University Press, 1994–2005.

② Greil Marcus and Werner Sollors eds., *A New Literary History of America*, Cambridge: Belknap Press of Harvard University Press, 2009.

③ ［美］保罗·劳特：《经典——彼时与此时》，李会芳译，载童庆炳、陶东风主编《文学经典的建构、解构和重构》，北京大学出版社 2007 年版，第 25 页。

第七章 选择与安排：文学史、翻译与美国文学形象构建

在上文讨论的20世纪30年代中国出版的几部文学史著中，狄金森仅入史一次。《文学大纲》尽管将狄金森纳入了论述的范围，但非常简略，事实上只有两行："狄金生（Emily Dickinson，一八三〇——一八八六）以富于想象而奇异的人生的默想诗著名，如《禁果》《我为美而死》之类。"① 然而，在该著中，欧文、库柏、霍桑、马克·吐温、爱伦·坡、惠特曼等，都占了两页以上的篇幅。篇幅上的巨大差距即可说明，郑振铎实际上并不怎么重视狄金森。那么，连提都不提一下狄金森的史家，更是因为各种各样的原因，漠视或者回避了她在文学史上的存在意义。比狄金森"运气"更差的是，几部文学史著均未提及麦尔维尔的名字。总体来看，在20世纪30年代中国文人的视野中，狄金森和麦尔维尔似乎还没有进入"经典"作家的序列。

然而，狄金森和麦尔维尔的创作，是19世纪美国文学与欧洲文学呈现出差异的重要表征。前者已经引入了自由诗体，并将对爱情和生命的玄思作为重要书写对象，具有鲜明的超验特征。后者将海外冒险作为书写重点，作品在呈现出惊险刺激特点的同时，也具有浓烈的宗教色彩，涉及了美国的种族文化等问题。他们做出的相关贡献，再加上爱默生、梭罗、惠特曼、马克·吐温等众多作家的努力，使得美国文学在19世纪就凸显出了较为鲜明的美国特性。不过，这种表征直到20世纪中叶之后，才逐渐被文学史家重视起来。相应地，狄金森和麦尔维尔的重要性才得到了充分肯定，才成了文学史写作的重点对象。这在很大程度上颠覆了既往文学史写作的格局。针对狄金森和麦尔维尔文学史地位的变迁问题，美国文学史家尼娜·贝姆曾说：

> 1900年时，根本没有人看重麦尔维尔的作品，而在最近50年里，《白鲸》已被视为美国最伟大的作品。在20世纪早期，艾米丽·迪金森（Emily Dickinson）匿名出版、编排随意的诗歌几乎没有引起多少人注意，现在，她细心编排的诗作与惠特曼的作品一起

---

① 郑振铎：《文学大纲》第四册，商务印书馆1927年版，第579页。

被称为19世纪最好的诗歌。①

狄金森和麦尔维尔的文学史地位发生变化,与特定时代的文学观念、审美风尚、批评视角等紧密相关。这些不仅影响了普通读者对特定作者的价值判断,而且成了文学研究者展开评判的重要尺度,他们又通过文学史写作等方式,将特定时代对特定作者的判断固化下来。

时代在变,读者也在变,唯一不变的是罗兰·巴特所谓的"死了"的作者。但问题是,已经成为历史的事物,尤其是其中较有价值的部分,将永远处于被挖掘、被阐释的历史进程当中。洪子诚谈到文学史研究时说:"在文学史的研究中,总会发生一部分'事实'被不断发掘,同时另一部分'事实'被不断掩埋的情形。历史的'事实',是处在一个不断彰显、遮蔽、变异的运动之中。"②杨联芬也指出:"历史的流动性、不可重复性,以及叙述的主观性,决定了任何一种历史叙述,都有可能遮蔽一些现象,都不可能完整、真实地再现历史原貌本身。"③确实,史家在从事文学史研究和写作的过程中,对特定文学现象的"发掘"与"掩埋"、彰显与遮蔽,会直接影响到文学史的格局,也直接作用于作家在文学史中地位的升降沉浮。20世纪30年代的几部文学史著,未能重视狄金森和麦尔维尔等充分彰显美国性的作家,影响的不仅是对这几位作家形象的构建,而且是对美国文学整体成就的判断。许多史家之所以质疑或者否定19世纪美国文学的独立性和创造性,与他们不够重视这一时代美国作家寻求独立的努力和事实上做出的创新贡献有很大关系。

文学史的书写,从根本上讲,涉及的是如何选择、安排和评价的问题,而这一切都是史家基于一定标准对客观发生的文学历史的重构实

---

① [美]尼娜·贝姆:《构建民族文学》,载[美]卢瑟·S.路德克主编《构建美国——美国的社会与文化》,王波等译,江苏人民出版社2006年版,第184页。
② 洪子诚:《问题与方法:中国当代文学史研究讲稿》,生活·读书·新知三联书店2002年版,第34页。
③ 杨联芬等:《二十世纪中国文学期刊与思潮(一八九七——一九四九)》,百花洲文艺出版社2006年版,第2页。

践。"所有的重构,无论其本意如何,总是既反映又受制于某种意识形态和诗学形态。"① 在意识形态和诗学的诸多呈现形式中,文学观和史观无疑是非常重要的两种。任何文学史写作,都是在一定的文学观和史观的指导下展开的。写作者秉持怎样的观念,会直接影响到将哪些内容作为考察的对象,并最终作出怎样的评价。

郑振铎尽管从"五四"时期就开始重视文学的虚构和抒情本质,并说:"文学是人类感情之倾泄于文学上的。他是人生的反映,是自然而发生的"②,但撰写文学史时,他主要坚持的是杂文学观或泛文学观。这导致他在《文学大纲》中论述美国文学时,也将杰斐逊、林肯等政治家和伯里斯格特、帕克曼等历史家纳入考察的范畴。与郑振铎不同的是,赵景深校订《世界文学史纲》时,主要坚持纯文学观。这在他为该著撰写的"序"中体现得非常明显。他写道:

> 我在原稿上删去了十几个人,如:希腊哲学家苏格拉底和柏拉图、罗马军人凯萨、法国政治家孟德斯鸠、史家莱南、瑞典女思想家爱伦凯、英国史家拉莱、科学家达尔文、美国政治家韦葡史特和林肯、史家柏里斯考特和柏克曼……虽然他们有些对于文坛很有影响,但我站在纯文艺的观点上,不承认他们是文学家。③

进化史观和唯物史观/阶级论是20世纪上半叶非常流行的两种历史观念。到了20世纪30年代,前者已经成了一种普遍性思维,而后者的影响力也开始凸显出来。温儒敏考察中国现代文人的新文学研究时指出,"在30年代,唯物史观和阶级论是新进的、流行的文学批判方法,对文学史研究有决定性的影响"④。其实,当时文人翻译过来的几部论及美国文学的世界文学史著,也非常明显地体现了这一点。比如,日本

---

① Andre Lefevere, *Translation, Rewriting and the Manipulation of Literary Fame*, Shanghai: Shanghai Foreign Language Education Press, 2004, p. vii.
② 西谛(郑振铎):《新文学观的建设》,《文学旬刊》1922年第5期。
③ 赵景深:《序》,载李菊休编,赵景深校《世界文学史纲》,亚细亚书局1933年版,第1页。
④ 温儒敏等:《中国现当代文学学科概要》,北京大学出版社2005年版,第23页。

早稻田大学教授吉江乔松著、高明译的《西洋文学概论》，只在第六章"从自然派到现代文艺"用一句话提及美国文学："从世界大战之后开始成为隆盛的美国的无产阶级文学，毋宁是从无产派的立场而深刻地做着自国的文化，资本主义，商业主义，机械主义——即亚美利加主义的批评。"① 整体来看，吉江乔松确实不够重视美国文学，唯一引起他注意的是无产阶级文学。在他看来，无产阶级文学便是美国现代文学中最具有价值的文学潮流。这与他撰写该著时坚持唯物史观/阶级论有很大关系。他分析从古代到最近的世界文学思潮时，主要遵循的就是反映论和意识形态斗争模式。

上述情况在苏联学者柯根著的《世界文学史纲》一书中体现得更为明显。该著只在第九章"现代文学"部分提及美国文学。该章共八节，辛克莱单独占了一节。该著能给予辛克莱这么高的文学史地位，与作者的意识形态和诗学追求不无关系。在该章开篇，作者先从意识形态和诗学两个层面非常激烈地否定了现代主义文学，认为"尼采主义、象征主义以及一般戴着现代主义这总头衔的十九世纪末之全部文学，无疑是危机时代底文学"。在他看来，"此种文学——一般的讲，是那些被迫出轨的，不能在现实中，在布尔乔亚的生活形式中得到应用的创作天性之文学"，而"现代主义者，在统治阶级已调查过的逃难所里——在神秘主义里，自色情狂及唯美主义之一切形式里，在沉醉淫荡、幻影及梦想里，在自由自在的虚伪，在精神恍惚及颠倒是非里找寻出路"②。他还认为，"现代文学之一切敏感与正直的作家大都是左翼作家及其同路人"③。正是基于这样的判断，作者在该章侧重于论述"和平的抒情诗""革命的抒情诗"及罗曼·罗兰、辛克莱、巴比塞等"左翼作家及其同路人"。他论及辛克莱时指出，"'暴露资本主义世界的凄惨'，在一切之前显示现代文明之耻辱，指示它的真面目，——没有一个人曾像

---

① ［日］吉江乔松：《西洋文学概论》，高明译，现代书局1933年版，第121页。
② ［苏］柯根：《世界文学史纲》，杨心秋、雷鸣蛰译，读书生活出版社1936年版，第498页。
③ 同上书，第500页。

辛克莱所做过的那样惊人的明显地实现这任务。"① 作者尽管提到了辛克莱的《石炭王》《爱情之试验》等作品，但认为《特詹米·赫金斯》"是他的一切小说中之最有力的"②。他之所以做出这样的判断，主要是因为该作品不仅采用了现实主义的文学手法，而且旗帜鲜明地鼓吹阶级斗争的必要性，指示出了无产阶级将取得胜利的必然性。

在20世纪30年代的中国，许多文人明确鼓吹唯物史观，崇尚现实主义和阶级论，而以此为指导编写世界文学史的学者也不乏其人。余慕陶的《世界文学史》（上）和啸南的《世界文学史大纲》均是如此。前者只出版了上册，没有论及美国文学。啸南在《世界文学史大纲》"叙言"中写道："本书是依着这两句名言：'文学是社会生活的反影'，及'有了十月革命才有俄国现代文学'写成功的。这可以说是脱掉了中国这一类著书的无意义的因袭。"作者还写道："本书对于革命作家如：高尔基、辛克莱、巴比塞等等的作品都有详细的介绍。"③ 根据作者自述，该书包含有关美国文学的内容，至少像他说的，论及了辛克莱。该著上、中两卷均无涉美国文学。大概，有关美国文学的内容在下卷，但遗憾的是，笔者尽各种努力查找，均未能发现下卷。或许，下卷就根本没有出版。不过，根据啸南的自述，我们大概可以得出结论：他非常重视美国文学中像辛克莱这样的左翼作家。这与苏联学者柯根对待美国文学的态度非常相似。

三 外来话语影响与美国文学形象构建

晚清以来，域外文学成了中国文人突破旧传统、构建新传统的重要借鉴资源。域外文人有关文学和文学史的看法，也在中国得以广泛传播，成了改变和塑造现代中国文人文学观念、世界文学格局认知的重要力量。就20世纪30年代中国文人撰写的世界文学史著而言，其中有许

---

① ［苏］柯根：《世界文学史纲》，杨心秋、雷鸣蛰译，读书生活出版社1936年版，第521页。
② 同上书，第522页。
③ 啸南：《叙言》，《世界文学史大纲》上卷，乐华图书公司1937年版，第2、5页。

多就是史家在外国史著的基础上有选择地编译、加工和改造的结果。因此，他们在世界文学格局中完成的美国文学形象构建，在很大程度上接受了外来话语的影响。另外，率先接受了外来话语的史家做出的相关论述，又被后来的本土史家通过各种形式"继承"了下来。考察20世纪30年代中国的美国文学形象构建，我们不应忽视这一重要现象。本节主要以郑振铎著的《文学大纲》和李菊休编，赵景深校的《世界文学史纲》[①]为例展开讨论。

郑振铎受美国学者莫尔顿"世界文学论"[②]的影响，形成了"文学统一观"。他认为，"文学是没有国界的"，"文学是没有古今界的"，"所以我们研究文学，我们欣赏文学，不应该有古今中外之观念，我们如有了空间的或时间的隔限，那末我们将自绝于最宏富的文学的宝库了"。[③] 正是基于这样的文学观念，他编纂了打通古今、跨越中外的鸿篇巨制《文学大纲》，先是在《小说月报》上连载，后来以单行本形式出版。他的这一贡献，近些年来引起了学术界的关注，也得到了很高的赞誉。比如，陈福康认为，"郑振铎此书最大的历史价值，就是它实际上是世上第一部真正意义上的世界文学史"，"也是一部真正意义上的杰出的比较文学史"[④]。然而，很少有学者考察这一著作的著述方式和资料来源。

有研究者考察20世纪50年代之前中国的外国文学通史的学术历程时指出，"这些通史具有几个主要的特征"，第一个特征便是"受日本的外国文学研究影响颇深。以编译、介绍和复述为主，原创较少"[⑤]。

---

① 亚细亚书局1933年出版的该书封面上标明是"李菊休、赵景深合编"，中国文化服务社1936年出版的该书封面上只标明"李菊休、赵景深"，但在封里标明是"李菊休编，赵景深校"。根据赵景深1932年4月25日写的"序"，该著应为李菊休编，赵景深校。

② 在《关于文学原理的重要书籍介绍》一文中，郑振铎曾介绍过莫尔顿（R. G. Moulton）的《世界文学论》(World Literature and Its Place in General Culture)。参见《小说月报》1923年第14卷第1号。

③ 郑振铎：《叙言》，载《文学大纲》第一册，商务印书馆1926年版，第1—2页。

④ 陈福康：《重印〈文学大纲〉序》，载郑振铎《文学大纲》，广西师范大学出版社2003年版，第6、14页。

⑤ 陈婧：《20世纪50年代前外国文学通史的学术历程》，《理论月刊》2013年第6期。

第七章 选择与安排：文学史、翻译与美国文学形象构建

近代以来，日本一直是中国文人接受西方话语的重要中转站，它的影响确实很大，但我们也不能忽视来自英美和苏联等国的直接影响，因为许多具有英语、俄语等外文阅读能力的文人，并不完全是通过日本这一中介来接受西方话语的。郑振铎便是一个典型的例子。就《文学大纲》而言，有关19世纪美国文学的论述，主要接受了美国学者约翰·玛西的影响，有关20世纪美国文学的论述，主要接受了英国诗人、剧作家、学者德林瓦特的影响。德林瓦特的著作，一直没有汉语译本。约翰·玛西的著作在20世纪30年代的中国出现了两个译本①，但均在郑振铎撰写《文学大纲》之后出版。因此，郑振铎接受这两位学者话语的影响，既不是借助日本这一中介，又不是借助翻译文本，而是因为直接阅读了原文。

《文学大纲》第四十三章为"美国文学"，专论20世纪之前的美国文学。该章无论是结构安排、论述范围和篇幅安排，还是对具体作家的评价及相关表述，都与约翰·玛西的《世界文学史话》非常相似。前者共包括五个部分：第一部分为19世纪之前的美国文学，第二、三部分是小说家，第四部分是诗人，第五部分是散文家、政治家和历史家。后者分了三章，依次论述小说、论文和历史、诗歌。二著都按照文体展示19世纪美国文学的成就。前者论及的19世纪美国作家，除了政治家林肯、历史家伯里斯格特和帕克曼之外，其余作家上文列表中均已标出。后者论及的大大小小作家与此完全一致。还有一个非常重要的现象，就是二著安排具体作家的篇幅也非常相似。凡是约翰·玛西重点论述的作家，郑振铎均给予了比其他作家更多的篇幅。最后，二著对具体作家的评价乃至行文表述也非常相似。在此，我们从胡仲持的《世界文学史话》译本和郑振铎的《文学大纲》中，就相关内容选择一个案例做一简单对比。

《世界文学史话》写道：

---

① 分别是胡仲持译《世界文学史话》（开明书店1931年版）和由稚吾译《世界文学史》（世界书局1935年版）。

库柏和欧文在生的外面底冒险之中，在从外部发生于人们的事情之中看出罗曼斯来。两个较年轻的罗曼斯作家那坦聂尔·霍桑和以得加·亚伦·坡则从内部发生于人们的事，将他们的心底及精神的冒险，较多作为问题。他们都是缺乏欧文的温和的可笑味、库柏的强健的力的悲哀的人。①

《文学大纲》写道：

柯甫和欧文把人生的外面的冒险与奇遇写成为他们的传奇。两个较他们后辈的小说家霍桑（Nathaniel Hawthorne，1804—1864）与爱伦坡（Edgar Allan Poe，1809—1845）写的却是人生的内面事件，他们的心灵的冒险与奇遇。他们俩都是愁郁的作家，没有欧文那样的诙谐与微笑，也没有柯甫的雄伟的力气。②

通过对比，我们可以看出，《文学大纲》和《世界文学史话》的内容基本一致，甚至可以说，前者基本上是对后者原文中相关内容的翻译。不过，郑振铎在翻译的过程中，有时会将原文前后的内容稍加整合。他更擅长调整原文的句子结构，从而使译文读起来更为流畅，但该处引用的胡仲持译文，则主要采用了直译法，导致许多表述显得非常拗口。因此我们可以认定，郑振铎对19世纪美国文学的论述，实际上编译了约翰·玛西著作的相关内容。

郑振铎在第四十三章末尾列举了多条"参考书目"，但未列入他事实上主要参考了的《世界文学史话》，反而列出了约翰·玛西的另一部著作《美国文学的精神》③。事实上，他并未借鉴该著的相关成果。不过，他在该著的"叙言"中写道："Macy的《世界文学史》（The Story

---

① [美] 约翰·玛西：《世界文学史话》，胡仲持译，开明书店1931年版，第670页。
② 郑振铎：《文学大纲》第四册，商务印书馆1927年版，第550页。
③ John Macy, The Spirit of American Literature, New York: Boni and Liveright, Inc., 1913.

第七章　选择与安排：文学史、翻译与美国文学形象构建

of World's Literature①）也特别给编者以许多的帮助。"② 就《文学大纲》论及 19 世纪美国文学的内容而言，确是如此。

在《文学大纲》的"叙言"中，郑振铎还写道："编者尤其感谢的是 Johm Drinkwater③，他编的《文学大纲》(The Outline of Literature) 的出版，是诱起编者做这个同样工作的主因；在本书的第一卷里，依据她的部分不少，虽然以下并没有什么利用。"④ 事实果真如此吗？其实不是。至少，《文学大纲》第四十六章"新世纪的文学"第三部分论及 20 世纪美国文学时，有相当一部分就编译了该书的内容。德林瓦特《文学大纲》第三十五章的题名为"现代欧美作家"（Modern Writers, American and Europe），论及的美国作家分别是詹姆斯、豪威尔斯、欧·亨利、杰克·伦敦、刘易斯、华顿、德莱塞、塔金顿、加兰、凯贝尔、温斯顿·丘吉尔、辛克莱和赫格夏莫。郑振铎在《文学大纲》第四十六章除排除了第四十三章已经论及的詹姆斯、豪威尔斯和欧·亨利，其余作家均照单全收，另外加进去了桑德堡、艾米·洛威尔、林赛等不多几位。我们从二著中就相关内容抽取一个例子加以对比，即可看出郑振铎对德林瓦特的借鉴程度。

郑振铎《文学大纲》写道：

> 贾克·伦敦（Jack London, 1876—1916）生于旧金山。他游过半个世界，足迹走遍全美。他是一个歌颂生命的、称许力量的作家。这在他的有名的故事《野犬吠声》(The Call of the Wild) 里可以表现出。⑤

德林瓦特《文学大纲》写道：

---

① 应为 The Story of the World's Literature，《文学大纲》遗漏了第二个 the。John Macy, The Story of the World's Literature, Garden City, New York: Garden City Publishing Co., Inc., 1925.
② 郑振铎：《叙言》，载《文学大纲》第一册，商务印书馆 1926 年版，第 4 页。
③ 原书此处有印刷错误，应为 John Drinkwater，非 Johm Drinkwater。
④ 郑振铎：《叙言》，载《文学大纲》第一册，商务印书馆 1926 年版，第 4 页。
⑤ 郑振铎：《文学大纲》第四册，商务印书馆 1927 年版，第 682 页。

> Jack London (1876—1916), was born at San Francisco. He went as a boy to the Klondike gold-mines, shipped before the mast, travelled half over the world, and tramped in almost every state in the Union. He was an uneven writer, with an intense zest for life, a keen appreciation of everything masculine and vigorous, and a tender heart for both animals and men. Far and away his best is *The Call of the Wild*, a dog story of the Frozen North. ①

对比这两段文字，我们自会发现：郑振铎除省略了德林瓦特《文学大纲》原书中的"He went as a boy to the Klondike gold-mines, shipped before the mast""He was an uneven writer"和"a tender heart for both animals and men"，把其余的内容基本上都翻译了出来。

综合上述，郑振铎的《文学大纲》对美国文学的相关论述，主要接受了外来话语的影响。但值得注意的是，郑振铎对美国文学的整体评价与约翰·玛西并不相同。关于他们各自对美国文学做出的整体评价，上文已经做了相关论述，在此不赘。

李菊休编，赵景深校的《世界文学史纲》，情况要更为复杂一些，因为它一方面通过文学史译本直接接受了外来话语影响，另一方面沿袭了本土学者撰写的文学史著中的相关说法，从而间接接受了外来话语影响。上文已经指出，郑振铎等本土学者对美国文学做出的相关判断，其实在很大程度上沿袭了域外学者的说法。因此从根本上来讲，李菊休和赵景深对美国文学的认知，接受的依然是外来话语影响。

《世界文学史纲》论及20世纪美国文学时，主要参考了《现代世界文学大纲》中高垣松雄著的《现代美国文学大纲》。我们将二著加以简要对比，即可明了这一事实。后者共包括五个部分，分别是：新野蛮人的出现、新文艺运动、世界大战的刺激、一九二〇年、新文艺的结账。前者的前四部分论述的是20世纪之前的美国文学，第五和第六部

---

① John Drinkwater, *The Outline of Literature*, New York and London: G. P. Putnam's Sons, 1923, p. 826.

分主要论述 20 世纪美国文学，而这两部分在很大程度上是对《现代美国文学大纲》的改写。此处仅举一例。

《现代美国文学大纲》写道：

> 然而到了一九〇八年，少年批评家美西（John Macy, 1877— ），就在一向做着美国文学传统之大本营的文艺批评杂志《大西洋月刊》（*Atlantic Monthly*，一八五七年创刊）上，开始吐露叛逆的见解了。……他的中心思想，发源于惠特曼所怀抱的文学论，而加之以新的社会学的考察的……好像是在宣言新时代之来到。①

《世界文学史纲》写道：

> 一千九百〇八年，有一位少年批评家玛西（John Macy）在美国文学传统的大本营《大西洋月刊》（*Atlantic Monthly* 1877— ）开始吐露他的见解。他的中心思想是发源于惠特曼所抱的文学论，而加以新的社会学的考察，好像宣言新时代已经到来。②

我们可以看出，二著的说法非常相似，后者对前者的借鉴非常明显。如果按照现在的学术标准，这基本上属于改头换面的抄袭。还值得注意的是，后者抄错了《大西洋月刊》的创刊时间，将其写成了 John Macy 出生的时间 1877 年。

《世界文学史纲》论述 19 世纪美国文学时，在结构上主要遵循了郑振铎著的《文学大纲》，依次论述美国的小说、诗歌和散文成就。就内容而言，它努力融合《文学大纲》和《美国文学 ABC》③ 的相关内容，以

---

① ［日］高垣松雄：《现代美国文学大纲》，载［日］千叶龟雄等《现代世界文学大纲》，张我军译，神州国光社 1930 年版，第 104 页。
② 李菊休编，赵景深校：《世界文学史纲》，亚细亚书局 1933 年版，第 396 页。
③ 1929 年上海世界书局出版。曾虚白对美国文学的相关论述，主要接受了约翰·玛西著《美国文学的精神》（*The Spirit of American Literature*）一书的影响。本书下一章第一节专门研究曾虚白及其《美国文学 ABC》，此处不再重复。

使自己的行文连贯、符合逻辑。无论是总论美国文学还是分论具体的作家作品,这一特征都体现得非常明显。我们在此仅举一例加以说明。

《世界文学史纲》第十五章开篇写道:

美国文学,在世界文学史上没有独立的资格。美国文学史直到十九世纪初期才真正开始产生文学的时期,虽然自从一群清教徒乘了"五月后"踏上美洲的大陆上时,美国的文学便开始了。①

《美国文学 ABC》写道:

在翻开美国文学史的以前,我们应先要明白理解"美国文学"这个名词,在真正世界文学史上是没有独立的资格的。②
直到十九世纪的初叶才是它真正开始产生文学的时期。③

《文学大纲》写道:

自一群的清教徒乘了"五月后"踏到美洲的大陆上时,美国的文学便开始了。④

很明显,《世界文学史纲》将《美国文学 ABC》和《文学大纲》的相关内容糅合到了一起,先沿袭了前著的基本判断,从根本上否定了美国文学在世界文坛上的地位,接着又照搬了后著关于美国文学起源的说法。从表面上来看,前著对《世界文学史纲》的影响要大于后者,因为在文学史写作的过程中史家如何"定调",是一个至关重要的问题。按照正常的逻辑,既然《世界文学史纲》在开首就明确否定了美

---

① 李菊休编,赵景深校:《世界文学史纲》,亚细亚书局1933年版,第379页。
② 曾虚白:《美国文学 ABC》,世界书局1929年版,第1页。
③ 同上书,第2页。
④ 郑振铎:《文学大纲》第四册,商务印书馆1927年版,第543页。

国文学的独立性和创造性，那么，接下来具体的论述部分，就应将努力论证自己的观点作为重要任务。但事实上，它并没有按照这样的逻辑展开论述，而是先基本按照《文学大纲》的论述框架展开，接着参照了高垣松雄《现代美国文学大纲》的相关论述，致力于呈现美国文学自殖民时代以来的丰硕实绩。这样的叙述特点，使得该著明显出现了逻辑上的混乱和观点上的矛盾冲突。笔者前面已经提到，郑振铎对19世纪美国文学给予了非常高的评价，认为它已经进入了"黄金时代"，可以与其他国家的文学比肩，共为世界文学的"骄子"，而高垣松雄也努力呈现了美国文学进入20世纪之后的蓬勃发展趋势和丰硕创作实绩。因此，从总体上来看，《世界文学史纲》尽管在努力构建一种与自己实际上参考了的几部史著均有所不同的话语，但也正是这样的努力，使它自身成为一部充满话语冲突、逻辑混乱的史著。

《世界文学史纲》1933年由上海亚细亚书局出版之后，又于1936年被中国文化服务社再版，一直被许多学校用作参考教材。由此可见，这部原创性明显不够的著作，在世界文学格局中对美国文学做出的选择和安排，成了20世纪30年代相当一部分人认知美国文学的重要依据。当然，我们以该著为例阐明中国文人的文学史书写如何通过接受本土影响来变相接受外来影响，指出该著明显存在借鉴他人成果的情况，并不是要揭前辈之短，而是为了说明那个年代的美国文学形象构建中的确存在的一些重要现象。

综上，郑振铎等中国文人撰写世界文学史著，构建美国文学形象，尽管已经部分彰显了史家的主体性意识，但也在很大程度上沿袭域外学者的相关话语。这说明，他们实际上并没有对美国文学做出相对独立的判断。另外，面对浩如烟海的域外文学，他们到底有没有能力做出独立的判断也是很可疑的。然而，将美国文学纳入写作的范畴，至少说明写作者已经开始重视它的存在。面对世界文学中的那么多民族/国家文学，将美国文学到底写不写进去，到底安排到什么位置，确实是一个艰难的选择问题，因为这涉及的不仅是知识生产，而且是价值判断。无论是知识生产，还是价值判断，都摆脱不了特定语境下权力关系的宰制。因此，考察世界文学史著如何构建美国文学形象，也是我们把握20世纪30年代中国文人如何接受美国文学的一个重要维度。

第二节 翻译选择与美国文学形象构建

上文已经指出，20世纪30年代中国的世界文学史著构建出了一批美国"经典"作家。然而，如果考察这些作家在当时进入中国翻译系统的状况，我们便会发现两种截然不同的情形。一方面，部分文学史"经典"作家得到了翻译界的青睐，进入了翻译的核心系统。这时候，"译"和"介"基本处于同步和平衡状态，他们的"经典"形象被进一步强化。另一方面，部分"经典"作家就没有这么"好运"，他们尽管得到了史家的充分重视，但没有得到翻译界的青睐，从而出现了明显的译介不平衡、不同步现象。在这种情况下，翻译既是消解文学史经典谱系、颠覆部分作家"经典"形象的重要力量，也是制约和阻隔他们在中国文坛可能发挥出影响力的重要因素。本节主要以豪威尔斯、爱默生和梭罗为例，描述文学史"经典"作家遭遇翻译过滤的现象，剖析这一现象出现的原因，进而思考翻译选择对于构建美国文学形象的意义。

一 "经典"作家遭遇翻译：对比研究

尽管翻译和文学史书写都是20世纪30年代中国文人构建美国文学形象的重要方式，但它们毕竟属于不同的系统，也发挥着不尽相同的功能。翻译主要是为了满足读者通过阅读译文更为直观地了解原作的要求。文学史尽管可能提供一些关于文学文本的基本信息，但更侧重于抽象概括和简要评述，实际上给读者提供的是一些概念化的信息。根据上文的考察，欧文、霍桑、斯托夫人、马克·吐温、豪威尔斯、詹姆斯、惠特曼、爱伦·坡、朗费罗、爱默生、梭罗等，都是20世纪30年代中国文学史视域中的"经典"作家。然而，我们引入翻译的视角之后，就会意识到他们其实享受着不尽相同的待遇。

在此，笔者仅以马克·吐温为例，描述"经典"作家作品的译介并重现象。20世纪30年代的中国文人撰写美国文学史时，马克·吐温是被重点书写的作家之一。在《文学大纲》中，郑振铎将他视为美国南北战争之后小说界出现的"三个一等重要的作家"之一，说他是"最深沉而博大的美国人"①，并简要分析了《傻子出国记》《哈克贝利·费恩历险记》《汤姆·索亚历险记》②等作品。在《美国文学ABC》中，曾虚白给马克·吐温安排了一章的篇幅，简要介绍了他的生平和作品，分析了他的性格特点、艺术技巧和思想内涵。曾虚白突出了马克·吐温丰富的人生经历、善讲故事的天赋和深刻的透视能力，认为《哈克贝利·费恩历险记》③是其代表作，因为这部"接近写实派的作品"是"独创的、深刻而广阔的，在美国文学中实在找不出它同样的伴侣"④。

除自成体系的文学史著给马克·吐温安排了较多的篇幅，诸多杂志也对他做了大量的翻译和介绍工作。比如，《文学》杂志第4卷第1期（1935年5月1日出刊）的"一九三五年世界文人生卒纪念特辑"，重点介绍了马克·吐温。该期既刊登了胡仲持的译作《关于理发匠》和评论文章《美国小说家马克·吐温》，又在"文学画报"栏目登载了马克·吐温像，还发表了《马克·吐温碰钉子》《马克·吐温编剧本》等"补白"性短文。该刊第5卷第1期（1935年7月1日出刊）"二周年纪念号"的"展望与回顾"栏目，又刊登了胡仲持撰写的《马克·吐温百年纪念》一文。再比如，《论语》杂志第46期（1934年8月1日出刊）、第47期（1934年8月16日出刊）和第50期（1934年10月1日出刊），分别了登载了黄嘉音的译文《我的表》、晚秋的译文《理发

---

① 郑振铎：《文学大纲》第四册，商务印书馆1927年版，第560页。
② 郑振铎将这三部作品分别译为《海外的呆子》《赫克莱培莱·芬》和《汤姆·莎耶》。
③ 曾虚白将其译为《赫格尔勃莱芬》。
④ 曾虚白：《美国文学ABC》，世界书局1929年版，第95页。

匠》和黄嘉音的译文《一个好小孩的故事》。该刊第 56 期（1935 年 1 月 1 日出刊）为"西洋幽默专号"，登载了黄嘉音撰写的评论文章《马克·吐温及其作品》、曙山撰写的《马克·吐温逸话》和黄嘉音的译文《睡在床上的危险》。

　　除了杂志上刊登的单篇译作，马克·吐温作品的多部译作也以单行本的形式或者以与其他作家合集的形式出版。前者主要有李兰译《夏娃日记》[1]、月祺译《汤姆莎耶》[2]、吴景新译述《汤模沙亚传》[3]、伍光建选译《妥木琐耶尔的冒险事》[4]、塞先艾译《败坏了海德来堡的人》[5]和李葆贞译《王子与贫儿》[6]等。后者主要有傅东华、于熙俭选译的《美国短篇小说集》[7]和张梦麟等译的《幽默小说集》[8]，分别收录了小说译文《一只天才的跳蛙》和《画家之死》。

---

　　[1]　上海湖风书局 1931 年出版。该著前附有鲁迅以笔名唐丰瑜撰写的《小引》。鲁迅提到了马克·吐温作品的幽默特色，说"只要一翻美国文学史，便知道他是前世纪末至后世纪初有名的幽默家"，但他也指出，马克·吐温"成了幽默家，是为了生活，而在幽默中又含着哀怨，含着讽刺，则是不甘于这样的生活的缘故了"。

　　[2]　上海开明书店 1932 年出版。该著前附赵景深著《马克·吐温》。赵景深指出："与其说他是美国的幽默小说家，不如说他是社会小说家；他并且是美国写实主义的先驱。"

　　[3]　上海世界书局 1933 年出版。

　　[4]　上海商务印书馆 1934 年出版。该著是原作的选译本，为英汉对照形式。该著封面只标注了作者英文名 Samuel L. Clemens，"作者传略"将作者名译为"马可特威英"，说其是假名，真名为"撒木耳克勒门兹"。译者指出："马可特威英是美国的最伟大的饶于谐趣的作家。他的笔墨变化得快，忽然会从谐剧调到惨剧，忽然从动情的辞令调到令人大笑不止的反衬……孩子们读这部书固然觉得有趣，成年人读这部书觉得更有趣。"

　　[5]　上海生活书店 1935 年出版。

　　[6]　上海商务印书馆 1937 年出版。

　　[7]　上海商务印书馆 1937 年出版。该著前有"导言"，将马克·吐温作为美国短篇小说中"幽默的成分"的代表，说吐温"睁着一双冷眼，凝视着现实，看透了人类行为无可掩饰的动机，乃至基于社会的因习和阶级的偏见等等上面的恶俗的道德观，心里感到了深刻的愤慨和憎恶，却用幽默装着讽刺，一一的将它们刺着"。

　　[8]　上海中华书局 1934 年出版。《画家之死》为张梦麟译。钱歌川为该著撰写了"序"。他写道："自林语堂先生发刊《论语》，提倡'幽默'以后，于是乎'幽默'便盛极一时。盲从附和者几遍于海上各刊物。但真正懂得'幽默'的仍然没有几人。甚至连提倡这个的大本营《论语》周刊上的许多文字，都只是《笑林广记》中的材料，而不是幽默的作品。'幽默'不是使人读了一笑即忘的东西，而是人生的啼笑皆非的事实，世人的熟视无睹的真理，以带笑的笔调出之，使读者草草读过觉得滑稽可笑，笑过之后便觉得要哭。因为作者愤世嫉俗的意思，都蕴藏在行间字里，就同伤心人以歌当哭一样，即不知者听来虽觉可笑，也只是一种哭笑而已。"钱歌川认为，《画家之死》"是一篇典型的幽默作品"。

与马克·吐温一样，20世纪30年代中国出版的几部文学史著也高度肯定了豪威尔斯、爱默生和梭罗的文学史地位和成就。

郑振铎在《文学大纲》中指出，豪威尔斯是南北战争后美国小说界出现的"三个一等重要的作家"之一，既提到了他在美国文坛的崇高地位，又多维度分析了他的成就。他写道："霍威尔是十九世纪后半的美国文坛的领袖，是马克·特文的朋友与有似于亲切的教师的人，又是后一代的文人的奖进者。……霍威尔是一个惊人的读书者，他批评书籍的文章写得很好。他乃是完全的文人。"① 在《欧美近代小说史》中，郑次川也认为豪威尔斯是三位"可和欧洲近代作家为伍而无逊色"②的美国小说家之一。曾虚白在《美国文学ABC》中也为豪威尔斯单独安排了一章，说他是"美国写实派的领袖，并且是在一时代的文坛上具有权威的作家"③。总体来说，几位史家都高度肯定了豪威尔斯为美国现实主义文学发生、发展做出的贡献。

爱默生不仅是散文家，也是诗人，因促生和推进超验主义运动而在美国文学史和思想史上同时享有盛名。郑振铎、曾虚白等人注意到了他的多重贡献，但更为肯定他的散文成就。郑振铎曾将爱默生的诗歌成就和散文成就分开做过考察，认为他是"最大的美国散文作家"④，但绝大多数诗"没有他的散文那样的富于想像"⑤。曾虚白更是直言"爱摩生是美国唯一的大思想家"⑥，指出"爱摩生是个哲学家气息浓厚的文学家。就文学方面说，他是个诗人也是个散文家，可是他影响的伟大实在只靠他的散文，或可说，他的演讲"⑦。这两位史家，实际上构建出了爱默生的"智者"或"思想巨人"形象。

梭罗跟爱默生一样，是超验主义运动的代表人物，虽然写过不少

---

① 郑振铎：《文学大纲》第四册，商务印书馆1927年版，第563页。
② 郑次川：《欧美近代小说史》，商务印书馆1927年版，第80页。
③ 曾虚白：《美国文学ABC》，世界书局1929年版，第99页。
④ 郑振铎：《文学大纲》第四册，商务印书馆1927年版，第574页。
⑤ 同上书，第575页。
⑥ 曾虚白：《美国文学ABC》，世界书局1929年版，第23页。
⑦ 同上书，第25页。

诗，但主要成就在于散文。郑振铎指出，梭罗崇拜"朴素与天真"，文字"精美而流利"，"思想是急进的，革命的"①，并借用爱默生的说法，说他的伟大之处尚未得到世人充分重视。在《美国文学 ABC》中，曾虚白也给梭罗单独安排了一章，分析了他叛逆的性格、对现实社会恶浊的反抗，以及崇尚自然、试图通过回归自然来反抗和改造社会的思想。他们主要构建出了梭罗作为"叛逆者"和"自然哲学家"的形象。

综上，豪威尔斯、爱默生和梭罗跟马克·吐温一样，都是文学史构建出的"经典"作家。然而，他们远远没有后者那么"好运"，能够得到 20 世纪 30 年代中国翻译界的青睐。他们的作品没有被翻译过来，无法像马克·吐温的作品那样在杂志上刊登或者与他人合集出版，更不要说是出版单行本了。笔者查阅唐沅等编的《中国现代文学期刊目录汇编》②、吴俊等编的《中国现代文学期刊目录新编》③、贾植芳和俞元桂主编的《中国现代文学总书目》④ 和北京图书馆编的《民国时期总书目》⑤，并检索大成老旧刊全文数据库等数据库，发现在整个 20 世纪 30 年代，各类期刊均未刊登、各类出版社均未出版他们作品的相关译作。即便各种资料汇编和数据库提供的资料不全，即便笔者在查阅的过程中出现了一些疏漏，但说他们三位在 20 世纪 30 年代的中国遭受了严重的翻译过滤，依然是符合客观事实的判断。问题是，同为文学史"经典"作家的他们，为何不能和马克·吐温一样进入这一时段中国的翻译系统呢？

二 文学市场与翻译选择

近些年来，随着中国现代文学研究的逐步深入和视野的不断开阔，翻译文学的性质、功能、入史等问题引起了学术界的关注。现在看来，

---

① 郑振铎：《文学大纲》第四册，商务印书馆 1927 年版，第 582—583 页。
② 知识产权出版社 2010 年出版。共七卷，收现代文学期刊 276 种。
③ 上海人民出版社 2010 年出版。共三卷，收现代文学相关期刊 657 种。
④ 福建教育出版社 1993 年出版。
⑤ 书目文献出版社 1992 年出版。

第七章 选择与安排：文学史、翻译与美国文学形象构建

翻译文学无疑具有双重身份，以"异质"的面貌进入了中国文学场域，既成了中国民族文学的重要组成部分，又促进了中国民族文学的发生和发展。以色列学者埃文-佐哈曾指出，翻译文学要在某种民族文学系统中真正发挥出作用，主要基于三种条件：一是民族文学处于"幼稚期"或建立进程当中，二是民族文学处于"边缘"或者"弱小"状态，三是民族文学正经历"危机"或者"转折"，出现了文学的"真空"状态。[①] 佐哈提到的这几种情况，在晚清以来的中国文学系统中一直存在。正是因此，翻译文学大规模进入了中国，不仅"改写"了中国传统的文学格局，而且成了促进中国新型民族文学构建的重要力量。

时至20世纪30年代，中国的新文学建设已经度过了第一个十年，开始进入梳理新传统和反思新实践的阶段。与前一时段激烈破除本土传统的偏颇论调有所不同，这一时段的文人已经意识到了部分重归中国文学传统的重要性，并开始有意识地吸收和借鉴传统文学资源。然而，继续接受西方文学观念和作家作品的养分，依然是中国文人选择的促进中国文学现代化的重要策略。这一时段文学翻译的质和量，都得以大幅提升。正是因为对域外文学的了解逐渐增加，对中国文学的建设路径也做了深入思考，中国文人翻译域外文学时，形成了较为自觉的选择意识。选择哪些作家作品作为翻译的对象，直接涉及翻译的导向问题。李今分析20世纪30年代和40年代中国的文学翻译导向时曾指出：

> 一是以鲁迅和左翼作家为代表的着眼于"现在的中国"，旨在从别国"窃火"的实践；一是以胡适和郑振铎为代表的落实"只译名家著作，不译第二流以下的著作"，"给国人造点救荒的粮食"这一翻译和普及西洋经典文学名著的举措。[②]

[①] Itama Even-Zohar, "The Position of Translated Literature within the Literary Polysystem", in Lawrence Venuti ed., *The Translation Studies Reader*, London and New York: Routledge, 2000.

[②] 李今：《二十世纪中国翻译文学史（三四十年代·苏俄卷）》，百花文艺出版社2009年版，第6页。

确实，20世纪30年代的中国翻译界已经树立起了名家名作意识。比如，郑振铎在《世界文库发刊缘起》中说："我们的工作，便是有计划的介绍和整理，将以最便利的方法，呈现世界的文学名著于一般读者之前。"①

文学史发挥着构建"经典"作家、遴选"经典"作品的重要功能。按理来说，文学史构建出的"经典"作家，与其他作家相比，至少在特定时期的特定文化场域中享有更高的象征资本，因而得到翻译界注目的机会也会更多。但文学史遴选出来的"经典"作家豪威尔斯等遭受了翻译过滤，却是一个不争的事实。为什么会出现这种情况呢？如果将翻译文学视为一种重要的文化产品，将翻译既理解为一种文化生产活动又理解为一种选择行为，从文学市场与翻译选择的关系入手，我们会对这一问题做出部分解释。

翻译文学是针对域外文学展开的生产实践，而翻译本身又是一个复杂的选择过程，从题材的选择到具体的行文表达无不如此。德国学者汉斯·弗米尔（Hans Vermeer）基于人类行动是"特定语境中发生的有意图的实践"这一前提，指出翻译就是"在目标语境中出于特定目的、为目标接受者制作文本"的行动②。美国学者韦努蒂也认为，翻译就是为了达到沟通的目的而转述异域文本，"它首先体现在对拟翻译的异域文本的选择上，通常就是排斥与本土特定利益不相符的其他文本"③。我国学者胡庚申也指出，"从翻译适应选择论的视角来看，翻译就是译者的一种自觉或不自觉的、被翻译生态环境因素所左右的选择活动"④。这几位译论家共同肯定了翻译的选择性，都认为翻译作为有目的的选择活动，除了受制于译者个人的政治文化立场、审美取向等，也受到译者所处的社会、政治、经济和文化环境制约。

---

① 郑振铎：《世界文库发刊缘起》，载《世界文库》，生活书店1935年版，第3页。
② Christiane Nord, *Translation as a Purposeful Activity: Functionalist Approaches Explained*, Shanghai: Shanghai Foreign Language Education Press, 2001, p. 11.
③ [美]劳伦斯·韦努蒂：《翻译与文化身份的塑造》，查正贤译，载许宝强、袁伟编《语言与翻译的政治》，中央编译出版社2001年版，第359页。
④ 胡庚申：《翻译适应选择论的哲学理据》，《上海科技翻译》2004年第4期。

第七章　选择与安排：文学史、翻译与美国文学形象构建

中国文人翻译美国文学，便是对其做出选择的过程。面对浩如烟海的美国作家和作品，译者在展开具体的翻译实践之前，一个至关重要的环节就是确定翻译对象，但选择既受到多种因素的限制，又要达到一定的目的。因此，选定哪些作家作品作为翻译对象，只能是目标诉求和各种限制性因素相互作用并最终达到"妥协"的结果。如果按照这一思路，豪威尔斯等人的作品不被翻译，首先是翻译选择的结果，而为什么不翻译，则是因为他们的作品不能满足译者及其所处环境特定的需求。

文学翻译作为一种重要的文化生产活动，要受到文学之外的各种因素的宰制。布迪厄曾指出：

> 鉴于在各种不同的资本及其把持者之间的关系中建立的等级制度，文化生产场暂时在权力场内部占据一个被统治的位置。无论它们多么不受外部限制和要求的束缚，它们还是要受总体的场如利益场、经济场或政治场的限制。①

宰制文学生产的因素多种多样，经济利益诉求是其中非常重要的一种。在以经济资本为核心权力的"文化生产场"中，文学生产要同时面对市场法则与艺术法则的双重立法。因此，翻译域外文学作品，虽蕴含着艺术的追求，但也不能排除经济利益的追求。

20世纪30年代的中国主要遵循的是市场经济模式。作品能否满足大众读者的阅读需求，便成了出版机构决定是否出版发行的重要考量因素。在这种语境中，张恨水、还珠楼主等人创作的通俗小说得以大量出版发行，巴勒斯、范达痕、奥尔科特等很难进入文学史的美国通俗作家的小说，也成了中国文人大量翻译的对象。他们的受欢迎程度，甚至超过了马克·吐温等文学史"经典"作家。同样值得注意的是，尽管左翼文学在20世纪30年代遭到国民党官方的严厉查禁，但事实上，它因

---

① ［法］布迪厄：《艺术的法则：文学场的生成与结构》，刘晖译，中央编译出版社2011年版，第193页。

为满足了普通读者的政治文化心理需求，成了热销的对象。很多出版机构在政治风险与商业利益之间小心游走，客观上促使一些左翼作家成了畅销书作家。比如，仅在1927年至1931年这短短几年的时间，蒋光慈的小说就被出版了二十多部，其中许多还被一版再版。就美国左翼文学来说，辛克莱等的小说在20世纪30年代就曾风行一时。关于美国通俗文学和左翼文学在20世纪30年代中国的流行状况，本书第二章和第三章已做相关论述，此处不再赘述。

　　文学商业化，是中国文学现代性的重要表征之一。大量的通俗小说和左翼文学作品不但满足了读者形形色色的阅读需求，而且为译者、出版商和编辑带来了实际利益。因此，在20世纪30年代的中国，巴勒斯等美国通俗小说家和辛克莱等左翼作家的小说被热译，是市场经济环境下读者、译者、编辑和出版商共同选择的结果。同理，豪威尔斯等人遭受了翻译过滤，也是翻译市场选择的结果。他们之所以不被翻译，很大程度上是因为不能满足当时翻译市场的需求。这是市场经济制度下经济至上原则宰制的必然结果。

　　当然，我们突出经济市场的潜在选择力量，并不是要抹杀其他各种影响因素。以上判断，其实仅能说明豪威尔斯等人的作品没有被大规模翻译的原因。我们可以设想，即便他们的作品因为不能满足20世纪30年代中国读者市场的要求，无法被大规模翻译，但某些文人出于某种需要，将其零星翻译一点的可能性还是有的。可惜的是，我们似乎也很难发现这样的证据。因此，我们还有必要从其他角度思考这一现象出现的原因。

三　豪威尔斯："几不沾"的尴尬

　　20世纪30年代中国的文学市场，固然是导致豪威尔斯遭受翻译过滤的重要原因，但作家自身的某些特征或者要素也直接影响着译者及其所处社会、经济、文化环境的选择。翻译永远是源语作品及其文化与目的语及其文化之间的互动。考察豪威尔斯遭受翻译过滤这一现象，要是

第七章　选择与安排：文学史、翻译与美国文学形象构建

仅仅从目的语这一方考察，而不将原作者的因素考虑，必然会做出非常偏颇的判断。因此，我们除了要充分重视20世纪30年代中国文学市场并将其作为最基本背景，还有必要从豪威尔斯作品自身的特点出发，考察作品自身的特点如何与中国文学环境发生互动，进而分析中国文人做出翻译选择时为何要把它们过滤掉。

笔者认为，豪威尔斯在20世纪30年代中国文化场域中，实际上遭受了"几不沾"的尴尬。这主要体现在四个方面：其一，在中国文人比较明确地树立起经典意识的时代，他的作品并不足够"经典"；其二，在大众通俗文学被大量生产的时代，他的作品又不足以"好看"；其三，在具备激进意识形态的现实主义文学作品大为畅销的时代，他的作品显得过于温和；其四，在现代主义文学得到青睐的时代，他的作品又不新潮、先锋。

我们研究一个作家，既可以将他/她放到历史的长河中考察其文学史价值，又可以按照特定时代通行的"经典"标准，考察其作品的文学价值。这其实是两套既存在关联又有很大不同的评价标准。一个作家或者作品的文学史价值与文学价值存在严重错位，也是常有的事情。许多学者曾提到过这一现象。王瑶谈到现代话剧作品的编选时指出：

> 我们并不否认在现代话剧史上，有不少在历史上曾经发生过作用，但本身在艺术上并不具有生命力的作品，也有一些失败之作。那么，这些作品今天是否就不具有研究的价值了呢？这里有一个着眼点或观察角度的问题。如果我们从文艺鉴赏的角度，选一本现代剧作选，这类作品当然不必入选；我们从历史的角度，以历史的态度、历史的方法去进行研究，当然不能采用简单排除、否定了事的态度。①

---

① 王瑶：《谈关于话剧作品的研究工作》，载《王瑶文集》第5卷，北岳文艺出版社1995年版，第314页。

王瑶实际上指出，文学具有两个不同的评价系统，一个是文学价值判断，另一个是文学史价值判断；即便是文学价值不高的作品，只要它们具有文学史的研究价值，就应被从事文学史研究和写作的学者纳入考察的范畴。王彬彬讨论文学史的编撰问题时也指出：

> 在文学史著述中，"文学史价值"有时甚至比"文学价值"更重要。一部作品，本身虽然在艺术上并不成熟，并无很高文学价值，但具有突出的文学史价值，那就是文学史家不能忽视的。[①]

如果从美国文学发展史的角度来考察，豪威尔斯自然是一个为美国文学做出重要贡献的角色。其贡献主要在于三个方面。一是从事文学创作。他著有35部长篇小说、31部剧本、9部短篇小说，还有数部自传和诗集。二是开展文学批评。他大力倡导现实主义，推进了美国现实主义文学及其理论的发展。三是利用自己长期担任《大西洋月刊》等久负盛名期刊的编辑和主编身份，扶持同辈作家，奖掖提携后辈作家。马克·吐温、詹姆斯、加兰、克莱恩、诺里斯等一大批现实主义和自然主义作家，都曾得到过他的帮助。

鉴于豪威尔斯自身取得了骄人的成就，有研究者就指出："豪威尔斯产生了重要的影响，帮助塑造了接下来几十年的文学，不仅使其呈现出了更为国际化的视野，而且在创作实践上减少了地方性。"[②] 对于这样一个美国文学发展史上重要的角色，任何文学史家都不会置之不顾。然而，豪威尔斯尽管著作等身，《现代婚姻》（1882）、《塞拉斯·拉帕姆的发迹》（1885）、《新财富的危机》（1890）经常被视为其代表作，但如果按照纯艺术、纯审美的标准，这些作品都难以进入"经典"作品的殿堂。

19世纪中后期，美国物质主义盛行，相当一部分人在"适者生存"

[①] 王彬彬：《文学史编撰的理念与方法》，《南方论坛》2014年第2期。
[②] Susan Goodman, "William Dean Howells", in Jay Parini ed., *The Oxford Encyclopedia of American Literature* (Vol. 2), Shanghai: Shanghai Foreign Language Education Press, 2011, p. 229.

第七章 选择与安排：文学史、翻译与美国文学形象构建

法则下为了追求物质的成功，不顾道德准则，牺牲了精神价值。在这样的社会文化语境下，豪威尔斯一直扮演着道德理想主义者的角色，往往在小说中突出精神胜利、道德回升的重要意义。为了推动故事的发展，并彰显自己的主张，他往往在作品中设置一些非常戏剧化的情节。这在他的代表作《塞拉斯·拉帕姆的发迹》中体现得非常明显。这部作品叙述的是一个暴发户的物质财富和精神境界升降起伏的故事。拉帕姆先是靠着不讲信义，实现了物质的发迹。显然，他的物质发迹是与道德沦丧同步而生的。后来，他又"良心"发现，宁可让自己破产，也不忍再欺骗他人，从而实现了道德的回升。在他高尚行为的感召下，本来不愿娶他女儿的富家子弟终于娶了他的女儿。现在看来，豪威尔斯作品中的道德理想主义诉求尽管非常可贵，但明显存在观念先行的嫌疑。而观念先行、模式化甚至有点做作的写作风格，使得他的作品整体呈现出了美学特征不足的缺陷。布鲁姆曾指出，"审美选择总是经典构成的每一世俗方面的指导准则"[①]，经典之所以是经典，就因为其具有经典作品共有的美学特征或内在价值。韦勒克也认为，"文学作品的价值不能通过历史的分析来把握，而只能是通过审美判断来把握"[②]。按照这样的标准，豪威尔斯创新明显不够、情节矫揉造作的作品，自然难以进入"经典"的行列。

综上，豪威尔斯的创作，本身就存在着文学史价值和文学价值的严重错位问题。这导致史家在文学史中提到他时，明显呈现出两种分裂的话语形态。一方面，鉴于他确实为美国文学的发展做出了重要贡献，他们需要建构出他作为一代豪杰的形象。另一方面，他们不得不面对他的作品过于矫揉造作、陈腐老套这一事实，从而又一直在解构他的光辉形象。20世纪30年代中国出版的几部文学史著，已经明显呈现出了这一特点。在《文学大纲》中，郑振铎尽管认为，豪威尔斯是南北战争之后小说界的代表性人物之一，但也指出，他是"懦怯的"，"他缺乏力量，理知制牵着热情"，"写了不少小说"，却"不过三四部是天才之作

[①] ［美］布鲁姆：《西方正典》，江宁康译，译林出版社2005年版，第16页。
[②] ［德］瑙曼等：《作品、文学史与读者》，文化艺术出版社1997年版，第181页。

而已"①。曾虚白对豪威尔斯的评价显得更为刻薄,并通过《现代婚姻》②来印证自己的判断。他说:"他的同情心是被动而非主动的,换句话说,他简直是没有同情心。他是为了作品而觉到这种感情的必要,所以根本上他是虚伪。"③ 他还说:"何威尔斯是美国写实派的领袖,并且是在一时代的文坛上具有权威的作家。只是他有做写实派的决心,可惜他的环境和他的性情没有造就他做写实派的天才。"④

20世纪30年代的中国文人已经树立起了翻译的经典意识。上文曾经引述过郑振铎和当代学者李今的相关说法。在一个已经开始崇尚经典的时代,作家作品的经典性,本身就是一个卖点。即便普通大众不买账,那还有大批的知识分子和文学青年出于文学自身的需要,会生成一个很大的经典作家作品市场。因此,只要一个作家的作品足够"经典",即便并不符合20世纪30年代中国主流的意识形态和诗学观念,也有被翻译过来的可能。比如,郑振铎1935年至1936年为生活书店主持编辑的"世界文库",就翻译出版了许多"经典"作家的作品,其中就包括法国蒙田的散文、英国华兹华斯的诗歌等⑤。

上文引述的郑振铎和曾虚白等文学史家的相关文字说明,他们对豪威尔斯作品本身的评价不高。因此,我们可以说,豪威尔斯只是美国文学史上的一个重要角色,要叙述美国文学史就不能不提到他,但因其并没有生产出什么"经典"作品,实在算不上是一个真正的"经典"作家。译者可能会亲自阅读原文来判断相关作品的优劣,从而做出翻译选择,但在很多情况下,仰仗的却是史家、研究者做出的相关评价。而后者的评价,自然会影响到翻译界的判断和选择。译者做出翻译选择时,原作者的名号固然很重要,但主要针对的还是具体的作品。从这个意义上来说,史家对豪威尔斯相关作品做出的较为消极的评价,也成了翻译界拒绝他的重要因素。

---

① 郑振铎:《文学大纲》第四册,商务印书馆1927年版,第563页。
② 曾虚白将该作译为《一个近代的例证》。
③ 曾虚白:《美国文学ABC》,世界书局1929年版,第98页。
④ 同上书,第99页。
⑤ 梁宗岱译:《蒙田散文选》,1935年;曹葆华译:《〈抒情诗歌集〉序言》,1936年。

第七章 选择与安排:文学史、翻译与美国文学形象构建

在 20 世纪 30 年代的中国,即便一个作家根本算不上是"经典"作家,他/她的作品也没什么经典性可言①,但只要具有引人入胜的情节,能够足够"好看",能够满足普通读者"游戏"和"消遣"的需求,也会成为被争相翻译生产的对象。大量的美国通俗小说被热译,便是典型的例子。可惜的是,豪威尔斯的作品并不"好看"。他的作品里面尽管充斥着各种戏剧化的情节设置,但他坚持走的严肃文学写作的路径。作品中既没有神秘莫测的探案和冒险,又没有缠绵悱恻的谈情和说爱。因此,和通俗作家相比,他因为文学观念和题材等方面的限制,在翻译选择的过程中自然也占不到什么优势。

在 20 世纪 30 年代的中国,域外现代主义文学和左翼现实主义文学也是被重点翻译的两个对象。在域外文学思潮受到密切关注的语境下,现代主义文学因为很先锋、很新潮,引起了中国文人的重视。美国的奥尼尔等剧作家、桑德堡和艾略特等诗人、海明威和福克纳等小说家,都是 20 世纪 30 年代中国文人大力翻译的对象。然而,豪威尔斯的作品基本不具备现代主义文学的特征,因此,自然得不到热衷于现代主义文学的自由主义文人的关注。

具备激进色彩的现实主义文学之所以受到翻译界的青睐,在很大程度上是因为其强烈的社会批判性,满足了相当一部分读者认识现实、改变社会的需求。在急需"革命"而"革命"又遭到压制的时代,翻译出版一部带有激进色彩的作品,虽要承担一定的风险,但"激进"这一标签无疑是一种重要的宣传噱头,有些作品可能会因此而成为畅销书。即便有些左翼作家的作品不能像辛克莱的作品那样被大规模翻译过来,以单行本的形式出版并热销起来,但至少会在具有左倾色彩的报纸期刊上得以有限传播。虽然豪威尔斯的作品是地地道道的现实主义文学,但在将现实主义与批判意识捆绑起来的 20 世纪

---

① 我们所谓的"经典",主要针对的是严肃文学作家和作品。当然,在通俗文学中,也可以梳理出一些属于这个系统的"经典"作家作品。如果承认通俗文学也可以树立经典,那么,英国柯南·道尔的《福尔摩斯探案集》、中国现代的张恨水和当代的金庸等及其作品,无疑可以进入经典的序列。

30年代，他的作品又不具备激进的意识形态色彩，反而往往呈现出"微笑的现实主义"或"温文尔雅的现实主义"特征。美国诺贝尔文学奖得主刘易斯曾说：

> 豪威尔斯先生是一位最温和、亲切和诚实的人，不过他恪守一种近似虔诚的老处女般的道德观，他最大的喜欢是在教区牧师的家宅喝午茶。他不仅憎恶亵渎和淫秽，也憎恶所有那种 H.G. 威尔斯所称的"欢乐粗俗的人生"[①]。

刘易斯的说法固然不无戏谑的成分，但在某种程度上揭示出了豪威尔斯的思想倾向和艺术风格。因此，在偏重于翻译激进现实主义文学的文人看来，豪威尔斯的作品显得过于保守和温和。

总之，豪威尔斯的作品，呈现出既不经典又不通俗、既不现代又不激进的特点。在20世纪30年代的中国，他实际上处于"几不沾"的尴尬境地。即便是现在这样一个19世纪美国文学作品被大量翻译出版的时代，我国以单行本形式出版的豪威尔斯作品的译作也非常有限，事实上只有《塞拉斯·拉帕姆的发迹》[②] 一部。几十年过去了，时代语境变了，文学评价的标准也更为多元化了，但豪威尔斯依然在中国未能得到翻译界的青睐。这恐怕与他作品的艺术价值较为匮乏不无关系。

四 爱默生与梭罗：文体和思想的"失败"

爱默生和梭罗既是美国超验主义思想运动的领袖，又是美国浪漫主义文学运动中出现的重要散文作家。至少迟至"五四"前后，中国文

[①] 《20世纪诺贝尔文学奖颁奖演说词全编》，毛信德等译，百花洲文艺出版社2001年版，第259页。

[②] 根据笔者查阅到的资料，该作品现在有三个不同的汉语译本，分别是：沈蕾、王问生译《赛拉斯·拉帕姆的发迹》（安徽文艺出版社1996年版、1999年版），殷惟本、黄云鹤译《赛拉斯·拉帕姆的发迹》（外国文学出版社1999年版），孙致礼、唐慧心译《塞拉斯·拉帕姆的发迹》（译林出版社2005年版）。

人已经注意到了他们,并做了部分的介绍工作。比如,孙毓修1916年编纂的《欧美小说丛谈》,谈到梭罗时说:"美之作者,论人品之高洁,则以沙罗Henry David Thoreau为最。"① 可见,孙毓修对梭罗的评价非常之高。1921年,郁达夫的短篇小说集《沉沦》由上海泰东图书局出版。在同题小说中,作者写到主人公"他"的阅读状况时,提到了爱默生和梭罗及其散文作品。但迟至20世纪30年代,这二位依然未得到中国翻译界的重视。事实上,直到1949年,梭罗的代表作《瓦尔登湖》② 才得以翻译出版,而爱默生的散文被大量翻译,则是进入新时期之后的事情③。

如果同为文学史"经典"作家的豪威尔斯,部分是因为作品不够经典而影响了中国译者的翻译选择,那么,爱默生和梭罗的情况与他又有很大不同,因为在20世纪30年代,他们二人作品的文学价值已经得到了中国学术界的认可。比如,郑振铎就将爱默生的散文比作"珍珠",并说:"珍珠是可宝贵的,有不少崇高而有条理的哲学家,有不少艺术更优美的艺术家,然而爱摩生的伟大却是不可否认的。"④ 曾虚白说:"爱摩生是个幻想丰富的作家,是个善用比喻的作家",他的"作品时常充满了熟情⑤和雄辩"⑥。他们同样也给梭罗的散文许多溢美之词。那么,又是什么因素导致这二位未能得到20世纪30年代中国翻译界的青睐呢?

中国现代散文的发生,尽管吸收了传统小品的养分,但在很大程度上受到了域外散文观念和创作的影响。周作人在"五四"之初,就积

---

① 孙毓修:《欧美小说丛谈》,商务印书馆1916年版,第52页。
② [美]梭罗:《华尔腾》,徐迟译,晨光出版公司1949年版。《瓦尔登湖》以单行本出版之前,梭罗作品的译作在20世纪40年代的杂志上少量发表过,比如有白石译《论艺术与美》(《现代文艺》1940年第5卷第6期)等。
③ 1986年,生活·读书·新知三联书店出版了张爱玲译、范道伦编选《爱默森选集》。20世纪90年代出版的爱默生散文译作主要有:赵一凡等译《爱默生集》(生活·读书·新知三联书店1993年版)、姚暨荣译《爱默生散文选》(天津百花文艺出版社1995年版)、庄起敏译《爱默生格言集》(上海世界图书出版公司1996年版)等。
④ 郑振铎:《文学大纲》第四册,商务印书馆1927年版,第581页。
⑤ 此处可能有印刷错误,"熟情"大概为"热情"。
⑥ 曾虚白:《美国文学ABC》,世界书局1929年版,第27页。

极提倡借鉴和翻译西方的"美文"。他说:"这种美文似乎在英语国民里最为发达,如中国所熟知的爱迭生、兰姆、欧文、霍桑诸人都做有很好的美文。"① 到了 20 世纪 30 年代,他为《中国新文学大系》的散文一集撰写导言,依然在强烈域外散文对中国散文发展的启示价值,而林语堂提倡"幽默小品"时,也在呼吁学习英国随笔的"娓语笔调"。

经过十多年的积累,时至 20 世纪 30 年代,兰姆、蒙田、厨川白村、西塞罗、卡莱尔等人的不少散文作品着实被翻译了过来。然而,跟小说等其他文体相比,散文在这一时段中国的翻译文学系统中依然算不上是优势文体。它产生的影响,也远远赶不上小说、诗歌和戏剧。更为关键的是,许多被标注为散文的译作,其实并不是严格意义上的散文,而是童话、寓言和民间故事。毫不夸张地说,《木偶奇遇记》、安徒生童话、高加索民间故事等,占了这一时段中国散文翻译的半壁江山。但这么说,并不是要否定这一时段翻译报告文学、游记、论理等其他类型散文的成就。

进入 20 世纪 30 年代,中国文人开始重视报告文学这一散文的小类。然而,"中国现代知识者对报告文学的认识,是源自当时国外左翼人士对报告文学的理论建构与创作实践"②。这就导致从一开始,中国的报告文学除了即时地反映社会现实的变化,就与新型意识形态建构紧密结合在一起。比如,早在 1929 年,上海水沫书店就出版了杜衡译、约翰·里德著《革命底女儿》,1930 年,上海文林社又出版了曾鸿译、约翰·里德著的《震动世界之十日》。里德是美国共产党党员,曾以报道苏联革命著称。抗战开始之后,斯诺等西方记者写的《西行漫记》等,也被大量翻译成了中文。

与报告文学有所不同的是,游记类散文既能满足读者猎奇的心理,又通俗易懂,易于接受,因而也在某种程度上受到了 20 世纪 30 年代翻

---

① 周作人:《美文》,载周红莉编《中国现代散文理论经典》,苏州大学出版社 2008 年版,第 52 页。
② 黄科安:《域外资源与中国现代报告文学理论之建构》,《中国现代文学研究丛刊》2011 年第 1 期。

译界的重视。比如，上海北新书局1928年出版了冯至译、德国海涅著的《哈尔次山游行记》，上海金屋书店1929年出版了夏衍译、日本厨川白村著的《北美印象记》，上海明月书店1930年出版了文莎诃译、日本秋田雨雀著的《新俄游记》，上海珠林书店1930年出版了宜闲译、法国英洛怀著的《文人岛游记》，等等。

当时翻译论理型散文的量较为有限，根本无法和童话故事类作品被翻译的状况相提并论。梁实秋译《西塞罗文录》（上海商务印书馆1931年版）、梁宗岱译《蒙田散文选》（上海生活书店1935年版）等，便是当时翻译过来的论理型散文的代表之作。这几位作者既是散文家，又是思想家、哲学家。他们的散文作品，尽管具有语言简洁、不拘一格等特点，但其中蕴含着深奥的思想，以说理见长。

显然，不同类型的散文受到翻译界关注的情形有所不同。寓言童话类和游记类散文之所以能成为翻译的重点对象，主要是因为它们满足了包括青少年在内的普通读者阅读的需求。报告文学类散文能够受到关注，在很大程度上是与左翼意识形态构建有关的，也具有很强的时效性。论理型散文尽管备受梁实秋、梁宗岱等精英知识分子关注，但对于普通读者来讲，则过于"阳春白雪"，而这些散文的作者都是"古人"，关注的问题也与当时中国绝大多数人面对的迫在眉睫的问题不大相符。

尽管散文在现代中国的文学翻译系统中并不是优势文体，严格意义上的散文确实不像童话故事类作品受到翻译界欢迎，但与之前相比，20世纪30年代的中国文人确实更加重视散文翻译，也取得了更大的成就。即便在这样的背景下，爱默生和梭罗依然未能得到翻译界的青睐。这在很大程度上与他们散文的内质和特点有关。从根本上来讲，他们和前面提到的蒙田等一样，大体属于以说理见长、韵味比较深厚的散文家。

爱默生的散文以哲理取胜，因而他也享有思想家的美誉，整个超验主义思想运动就以他为旗帜。他的《论自然》《论自立》《论诗人》等散文名篇，具有强烈的宗教色彩，但他反对将上帝人格化。在他看来，上帝就是纯粹精神和终极真理的象征，存在于世间的万事万物之中，因而无论是人还是普通的自然造物，都具有"内在的神性"。他对上帝的重新定义，不仅挑战了传统的宗教观念，而且奠定了美国超验主义哲学的根基。从某种意义上来说，爱默生的散文基本上相当于哲学论文，尽管文采飞扬，情感热烈，但明显呈现出了晦涩难懂的特点。

与爱默生有所类似，梭罗的散文也以抒发生活和自然感悟为主。在生活中，他一直扮演着自然的仔细观察者和详尽记录者的角色。在写作中，他认为自然可以抚慰人的情感，启迪人的心灵，从而倡导消除人与自然的对立，积极感受人与自然融为一体的愉悦和美妙。他始终强调人应该降低物质欲望，强化精神追求。因此，他的散文尽管有个人行旅的记录，但大多数属于感悟类的，具有形而上的色彩，既没有什么惊险刺激的故事，又没有贯穿始终的情节。

简要考察爱默生和梭罗散文的特点，我们便会发现它们并不属于20世纪30年代中国翻译界喜欢的那些散文类型。这无形中大大降低了它们成为翻译对象的机会。另外，与西塞罗等论理型散文家相比，爱默生和梭罗毕竟属于后出的作家。前辈们在论理型散文上享有的声誉，无形中也会遮蔽后来者本应享有的光环。即便梁实秋等精英知识分子喜欢论理型散文，他们首先会将目光投向前者，而不是后者。

"五四"以来，中国文人将域外文学大量翻译过来，在很大程度上是为了给新文学提供某种参照。时至20世纪30年代，中国的散文创作取得了蔚为壮观的成就，形成了多元发展的趋向，出现了以《论语》等为中心的幽默闲适小品、以瞿秋白等为代表标举"投枪和匕首"的"鲁迅风"杂文、以何其芳等为代表的京派散文、以丰子恺等为代表的开明文人散文、以夏衍等为代表的报告文学和以邹韬奋等为代表的游记。与这一时段中国本土形成的各种散文类型相比，爱默生和梭罗的散文既不是投枪匕首型的，又不是幽默闲适型的，既不是唯美、自我写状型的，又不是启蒙教育型的。由此可见，他们的散文与这一时段中国散文创作的主要潮流也不相符，因而并不真正具备参照性的意义，自然难以引起翻译界的关注。

另外，爱默生和梭罗散文的哲学思辨甚至神秘主义特征，也是导致他们遭受翻译过滤的重要原因。他们的散文，对于精英知识分子来讲，都在接受上有一定的困难,何况 20 世纪 30 年代是一个要求文艺大众化的时代。无论是左翼文人还是国民党官方,都曾提出过大众化的口号。大众化其实是为了化大众,而文艺作品要被大众所接受,首先必须接近他们的欣赏水平,符合他们的审美情趣。对于追求惊险刺激故事情节的大量普通读者来讲,爱默生和梭罗的散文作品因为过于"阳春白雪",难以满足大众化的要求。这就使得他们的作品要进入中国的翻译文学系统,更是难上加难。

20 世纪 30 年代中国文人论及爱默生和梭罗时,已经较为准确地总结了他们的思想特征。比如,曾虚白将梭罗塑造成了一个叛逆者、特立独行者的形象。他既讲到梭罗拒绝为了获取文凭而向哈佛大学缴费五元,又提到坚持反抗恶浊的社会使作家成了"美国人不容易理解的无政府主义者"。他认为,对现实社会的不满促使梭罗走上了探索拯救之途,但他找到的拯救之途却是回归自然,"在大自然中他想找寻人生的真谛",这使他最终成为一个"独善其身的个人主义者"[1]。曾虚白分析爱默生时指出,他的散文不以文风精妙而取胜,而他负有盛名,主要是因为"思想的伟大"[2]。

显然,曾虚白突出了爱默生和梭罗散文的思想性。更值得注意的是,他揭示出了他们思想中鲜明的反抗色彩和个人主义特征。无论是作为超验主义运动的思想家,还是浪漫主义文学运动的代表性作家,爱默生和梭罗都不满现实社会,积极呼吁废除奴隶制度。在他们看来,每个人都具有"内在的神性",都有与上帝或超灵平等沟通的权利和机会,但现实中人与人之间不平等却是一个客观事实,由个人构成的社会机构反过来又压制了人的自由,因此有反抗的必要。这一思想,无疑具有"无政府主义"的色彩。这在很大程度上符合中国左翼文人批判现实社会、颠覆现存秩序的要求。不过,爱默生和梭罗没有积极呼吁通过社会革命和阶级斗争来实现人的"解放",而是将肯定个人价值和完善自我视为拯救整个社会和人类文明的必要和必然之途,因而具有鲜明的个人

---

[1] 曾虚白:《美国文学 ABC》,世界书局 1929 年版,第 71 页。
[2] 同上书,第 25 页。

主义色彩。

现在看来，无论是强调个人的价值，还是倡导完善自我和回归自然，爱默生和梭罗的个人主义思想都具有重要的意义。问题是，纵使20世纪30年代中国文人已经认识到他们的个人主义思想具有非凡之处，这一思想也显得有点不合时宜。

随着晚清以来西方各种观念在中国大规模传播，个人主义思想也引起了思想文化界的重视。"五四"前后，《东方杂志》《新青年》《新潮》等刊物曾围绕个人主义展开过热烈的讨论，在很大程度上动摇了中国文化传统一直以来漠视个人价值的倾向，促进了中国人个体意识的启蒙。尤其是以周作人为代表的"个人主义的人间本位主义"思想，旗帜鲜明地主张革除一切束缚人的礼法，解放和发展人的个性，建立合理的个人生活。就当时而言，小我利益虽然屈从于大我的利益，但个人与民族、国家、社会并不矛盾，个人启蒙与民族、国家叙事基本处于和谐状态。然而，进入20世纪30年代以后，随着阶级/革命话语和民族/国家话语逐渐形成，中国文化界无论是左翼还是右翼，都极力否定和批判个人主义。个人主义已然成为一个被严重污名化的词汇。尽管胡适、梁实秋等人发起了人权论战，主张保障人的权利、恢复人的自由，但将个人定义为社会的人、阶级的人或者民族/国家的人，已是一种重要趋势。这种定位，实际上消弭了个人独立存在的内涵和价值，使得个人主义基本上成了一个与群体主义对立的概念。

更为关键的是，在当时的左右政治和文学势力看来，个人主义是和消极颓废紧密相连的，因而往往从社会伦理的角度加以贬低。在"革命文学"论争时期，左翼就开始声色俱厉地批判"文学只是作者个人生活或个性的表现"的观点，明确指出"革命文学应当是反个人主义的文学"[①]。进入"左联"时代之后，信奉集体斗争观念的左翼文人更是认为，文学中流露出的个人主义情绪就是作家小资产阶级劣根性、无政府主义或虚无主义思想倾向的体现，因此需要坚决剔除。潘汉年在

---

① 蒋光慈：《关于革命文学》，《太阳月刊》1928年第2号。

"左联"成立大会上就明确强调:

> 现在中国革命危机的加深,无产阶级斗争的尖锐化,推动了一般文化运动者思想的"左倾"化,对于正确的马克思主义理论,已经是进一步的认识与运用,小资产阶级及个人主义的意味逐渐被批判而克服,所以文学运动也跟着走到第二个新的阶段。①

在左翼声色俱厉批判个人主义的同时,信奉三民主义和民族主义的文人也认为,文学应该激发民族向上的意志,为此必须"摒弃个人无政府主义的和遁世的山林文学,以及一些个人主义的伤感的或喜悦的作品"②。他们分析文艺衰落时,也把部分原因归之于"个人主义的失败"。王平陵指出,20世纪20年代的作家处处感受到社会的不公,时刻感受着时代的悲哀,又找不到解决之途,只能滑入自怨自艾,导致这一时期的文学"就不期然地堆满了极浓烈的个人主义的色彩",而"这种'个人主义'的潮流,竟是一直在传延下来,到现在还没有中止,文艺上依然是找不着中心"。总之,在他看来,当时的文学未能取得很大的成就,"完全是受着狭义的个人主义的影响"③。因此,为了发展健康向上的文学,作家们必须树立起民族中心意识,消除个人主义的不良倾向。

在这样的时代语境中,爱默生和梭罗具有强烈个人主义思想特征的散文作品,因思想上的"劣势",也难以得到左翼和右翼这两股非常重要的文学翻译势力的青睐。在左翼和右翼势力"合谋"夹击之下,现代诗派、京派等自由主义文人群体依然尊重创作的自由,也在作品中流露出了较为鲜明的个人主义色彩。在20世纪30年代中国的翻译界,他们也非常活跃。按理来说,他们具有接受爱默生和梭罗的思想基础和艺术准备。但问题是,他们喜欢的不是强调自我超越的个人主义文学,而

---

① 潘汉年:《左翼作家联盟的意义及其任务》,《拓荒者》1930年第1卷第3期。
② 东方:《我们的文艺运动》,《民国日报·觉悟》1930年5月28日。
③ 秋涛(王平陵):《文学的时代性与武器文学》,《中央日报·大道》1931年12月11日。

是折射现代人精神困顿、迷茫无措的现代主义文学或张扬个人情感、蕴含田园牧歌情调的浪漫主义文学。

综上，爱默生和梭罗在20世纪30年代中国遭到翻译过滤，主要有三个原因：其一，狭义上的散文在20世纪30年代并不是翻译文学中的优势文体；其二，他们的作品具有哲学思辨和神秘主义或者宗教色彩，难以满足"文艺大众化"的要求；其三，他们的作品凸显了美国式的个人主义思想，但20世纪30年代是一个个人主义名誉不佳的时代。

翻译是穿梭在不同的语言和文化系统之间的信息转换和传播活动，只有得到译者注目的信息，才有更多的机会进入信息共享机制。在生产翻译文学作品的过程中，译者扮演着信息"守门人"的重要角色。他们对信息做出的鉴别和选择，决定着相关信息能否进入大众传播的渠道。翻译系统毕竟不同于文学史系统，享有较高象征资本的文学史"经典"，并不必然会成为翻译界认定和选择的"经典"。显然，豪威尔斯、爱默生和梭罗被20世纪30年代中国的众多翻译"守门人"拒之门外，从而导致他们尽管是文学史家笔下的常客，但无法进入更为广阔的大众传播和接受渠道。

异域文学在中国的形象构建，是在跨文化交流和传播的过程中实现的。本雅明既将原作形象地比作富含生命力的有机体，又将译作比作原作生命的延续。他写道："正如生命的具体形态对于生命现象虽显得无关紧要但又紧密相关，译作发源于原作，与其说是发源于原作的生命本身，还不如说是发源于其后世生命。"① 对于绝大多数人来说，由于受着语言阻隔，翻译依然是他们接受异域文学、使其"后世生命"得以延续的重要途径。然而，翻译不可能在真空中进行，它仅仅是文化系统中的子系统，既要受到大的文化系统的制约，又与其他子系统相互制约，相互影响。按照勒菲弗尔的解释，制约翻译活动的主要有内外两种因素。内因主要是评论家、翻译家等"专业人士"（professionals）及其诗学观念（poetics），外因主要是赞助人（patronage）及其意识形态

---

① Walter Benjamin, "The Task of the Translator", in Lawrence Venuti ed., *The Translation Studies Reader* (2nd ed.), New York: Routledge, 2004, p.76.

第七章　选择与安排：文学史、翻译与美国文学形象构建

(ideology)，而内因必须在外因制定的参数范围内发挥作用①。这就导致作为翻译文学生产主体的译者，永远都要在意识形态和诗学及其承载者的宰制下从事翻译选择和翻译实践。无论受到何种因素的限制，就结果来考察，译者选择翻译哪些作家作品，对于异域文学的形象构建来说都至关重要。同理，20 世纪 30 年代中国译者做出的翻译选择，对美国文学在中国跨文化传播过程中的形象构建，也产生了不容小觑的影响。像豪威尔斯、爱默生和梭罗这样的作家遭受了翻译过滤，即是被部分切断了"后世生命的延续"过程。这也就部分颠覆了他们在文学史的秩序世界中凸显出的伟岸和光辉形象。

20 世纪 30 年代中国论及美国文学的世界文学史著非常之多，它们发挥了在世界文学格局中选择和安排美国文学、在美国文学格局中选择和安排具体作家的重要功能。史家通过具体的选择和安排实践，构建出了不同的美国文学形象、不同的美国作家形象。然而，文学史并不是美国文学秩序和作家形象的唯一构建力量，因此，它所完成的构建，既有可能得到其他构建力量的支援，被进一步确认和强化，又有可能遭到其他构建力量的解构，被部分或者完全颠覆。在众多的其他建构和解构力量当中，翻译无疑是非常重要的一种。翻译本身就是一种文化改写行为，"改写的不仅是一个作家、一部作品、一种文类的形象，有时甚至是整个文学的形象"②。正如上文所指出的，世界文学史著建构出的美国文学形象，极有可能遭到翻译的改写。因此，我们研究 20 世纪 30 年代中国的美国文学形象构建，要同等重视"介"和"译"这两种构建方式或者构建力量，有些时候还需要对它们展开对比研究。

---

① Andre Lefevere, *Translation, Rewriting and the Manipulation of Literary Fame*, Shanghai: Shanghai Foreign Language Education Press, 2004, pp. 14–15.

② Ibid., p. 5.

第八章 从"ABC"到"新传统":美国文学形象构建的整体变迁

20世纪30年代中国文人除了积极撰写世界文学史著,也撰写了不少国别文学专史,发表了不少国别文学研究论文。这一时段出现了许多以美国文学为集中讨论对象的论著,它们试图从某个侧面或从整体上把握美国文学的发展轨迹和创作实绩。论文类的著述非常之多,比如有赵景深著《二十年来的美国小说》,朱复著《现代美国诗概论》,克修著《现代美国文坛概况》,森堡(任钧)译、宫岛新三郎著《美国文学概观》,林疑今著《现代美国文学评论》,顾仲彝著《现代美国的戏剧》,允怀著《黑人文学在美国》[①],等等。除了这些论文,更值得注意的是一些以单行本形式出版的美国文学专史,主要有《美国文学ABC》[②]《美利坚文学》[③]和《新传统》[④]三部。我们讨论文学史如何参与美国文学形象构建,还有必要立足于美国文学专史展开考察。

《美国文学ABC》尽管有为美国文学立史的追求,但正如书名所示,该著主要提供了一些有关美国文学的基本知识。与此同时,作者曾

[①] 分别刊载于《小说月报》1929年第20卷第8号;《小说月报》1930年第21卷第5号;《现代小说》1929年第3卷第1期;《当代文艺》1931年第2卷第4期;《现代文学评论》1931年第1卷第1期;《现代》1934年第5卷第6期;《世界文学》1935年第1卷第4期。

[②] 曾虚白,上海世界书局1929年出版。该著后来编入方璧(茅盾)编的《西方文学讲座》(上海书店1935年版),更名为《美国文学》。

[③] 张越瑞,上海商务印书馆1933年出版。

[④] 赵家璧,上海良友图书印刷公司1936年出版。

第八章　从"ABC"到"新传统":美国文学形象构建的整体变迁

虚白旨在阐释美国文学如何延续欧洲文学传统,对其做出了相对较低的评价,最终构建出了尚未呈现出独立性的美国文学"旧"形象。

《美利坚文学》尽管遗漏了狄金森等重要作家,但基本上按照美国历史的发展轨迹来讨论文学的变迁,分析了一些重要作家及其作品,较为客观地勾勒出了从殖民地时期开始一直到20世纪初美国文学的发展轨迹。作者张越瑞认为,"一部美国文学史,可以说是美国脱离英国窠臼而建立自己的文学的一部史"①。实际上,他构建出的是不断寻求独立并在很大程度上呈现出了独立性的美国文学形象。该著尽管尚未上升到深入分析层面,但对美国文学做出了较为积极的评价。

在《新传统》一书中,作者赵家璧集中讨论了美国小说,以此为抓手宏观梳理了美国现代文学的谱系,分析其发展变化的原因。作者旨在从内部寻找美国现代文学的传统,努力呈现它与欧洲文学的差异之处,最终构建出了美国文学的"新"形象。

简要对比三部史著,我们便会发现:它们构建出的美国文学形象和构建特点都呈现出显著差别。不无巧合的是,它们分别出版于1929年、1933年和1936年,分别处于现代文学第二个十年的开端、中间和结尾。因此,从《美国文学ABC》到《新传统》发生的变化,既标志着美国文学的形象在20世纪30年代的中国出现了整体性变迁,又标志着中国文人把握美国文学时经历了从轻视到重视、从粗疏介绍到详尽阐述的变化。本章主要讨论《美国文学ABC》和《新传统》,而对处于中间阶段、具有过渡色彩的《美利坚文学》存而不论。

第一节　《美国文学ABC》与美国文学"旧"形象

曾虚白是现代著名作家、翻译家、文学史家和新闻工作者,曾于1912年至1918年就读于上海圣约翰大学,专修英国语言文学六年。近

---

① 张越瑞:《美利坚文学》,商务印书馆1933年版,第4页。

些年来，随着中国现代文学研究"发现"的不断深入，学术界已经开始重视曾虚白在多方面取得的成就。比如，吴福辉曾将他划入"海派"作家，指出他的小说"在当时的意义，是显示了用外国潮流来革命中国语言文学的文人心态，不避唯美主义，专注于写情写性，有一定的影响"①。还有许多研究者开始关注他的翻译思想和新闻传播思想②。

曾虚白在外国文学译介方面取得的成绩同样不容我们小觑。尽管他将很多的精力投入到法国文学译介上面，但美国文学也是他关注的重要对象。他曾说：自己"对美国的诗人艾伦·浦，散文家华盛顿·艾文，与马克·都温也做了不少的介绍"③。除了他提到的这些作家，他事实上还翻译出版了德莱塞的游记《目睹的苏俄》④、魏鲁特尔的小说《断桥》⑤，以及收集了欧·亨利等人作品的《欧美小说》⑥等。更为重要的是，他出版了《美国文学 ABC》一书。该著在很大程度上"编译"了外国史家的研究成果，未能对美国文学做出相对独立的判断，最终构建出了既无独立性又看不到独立曙光的负面美国文学形象。但，它毕竟是中国文人以单行本形式出版的第一部美国文学专史，毕竟集中反映了一个时段中国文人认知美国文学的状况。因此，我们可以将它作为中国文人构建美国文学形象的一个典型案例加以研究。

---

① 吴福辉：《都市漩流中的海派小说》，湖北教育出版社 1995 年版，第 68 页。
② 前一方面的成果主要有邢力《现代"等效"之争的传统预演——对曾虚白与陈西滢翻译论辩的现代解读》（《解放军外国语学院学报》2007 年第 1 期）、李林波《在突破与创立之间——曾虚白翻译观点解析》（《天津外国语学院学报》2004 年第 1 期）等。后一方面的成果主要有闵大洪《曾虚白与上海〈大晚报〉》（《新闻记者》1987 年第 9 期）、刘璇《曾虚白在大陆的新闻活动研究》（《兰台世界》2013 年第 4 期）等。
③ 曾虚白：《曾虚白自传》，台湾联经出版事业公司 1988 年版，第 90 页。
④ [美] 德兰散：《目睹的苏俄》，虚白译，真善美书店 1929 年版。收录了《目睹的苏俄》（原刊于《真美善》1929 年第 4 卷第 1 期）、《苏俄今日的妇女》（原刊于《真美善》1929 年第 4 卷第 2 期）、《托尔斯泰派的素食馆》（原刊于《真美善》1929 年第 4 卷第 3 期）、《旅俄杂感》（原刊于《真美善》1929 年第 4 卷第 4 期）等。
⑤ [美] 魏鲁特尔：《断桥》，曾虚白译，中华书局 1931 年版。
⑥ 《欧美小说》，虚白译，真美善书店 1928 年版。收录的美国小说有《意灵娜拉》（濮爱伦，原刊于《真美善》1927 年第 1 卷第 3 期）、《走失的斐贝》（德兰散，原刊于《真美善》1928 年第 1 卷第 5 期）、《马奇的礼物》（奥亨利，原刊于《真美善》1928 年第 1 卷第 12 期）等。

第八章 从"ABC"到"新传统":美国文学形象构建的整体变迁

一 《美国文学ABC》——"《英国文学ABC》的第三册"

《美国文学ABC》是徐蔚南主持的《ABC丛书》中的一种。世界书局出版这套丛书,旨在普及有关社会、科学、文化、文学方面的基础知识。徐蔚南在《ABC丛书发刊旨趣》中指出,"西文ABC一语的解释,就是各种学术的阶梯和纲领"。而他之所以组织相关专家撰写和出版该丛书,则在于:一是将"各种学术通俗起来","从知识阶级的掌握中解放出来",二是为了让"中学生大学生得到一部有系统的优良的教科书或参考书",从而"启发他们的知识欲","并且使他们于经济的时间内收到很大的效果"[①]。

正如徐蔚南所要求和期望的,《美国文学ABC》简要介绍了十多位19世纪美国作家及其作品,描述了各个作家的生活轨迹、个性特征和创作风格,起到了为普通读者普及美国文学的作用。总体来看,该著较为集中地呈现了有关美国文学的基本知识,为读者了解美国文学的大致面貌提供了很多便利,但就译介美国文学本身而言,它基本停留在粗浅介绍层面,尚未上升到深入剖析层面。

《美国文学ABC》共包括十六章。第一章为"总论",接下来各章分别以作家名为章名,依次讨论了欧文、古柏、爱摩生、霍桑、郎法罗、怀氏安、欧伦濮、霍尔姆斯、杜乐、罗威尔、怀德孟、麦克吐温、何威尔斯、赖尼尔、亨利詹姆士等十五位19世纪美国作家[②]。仅就撰著

---

① 徐蔚南:《ABC丛书发刊旨趣》,载曾虚白《美国文学ABC》,世界书局1929年版。
② 曾虚白的许多译名与现在的通用译名不一致。比如,"古柏"通译为"库柏","爱摩生"通译为"艾默生"或者"爱默生","郎法罗"通译为"朗费罗","怀氏安"通译为"惠蒂埃","欧伦濮"通译为"爱伦·坡"或者"艾伦·坡","杜乐"通译为"梭罗","罗威尔"通译为"洛威尔","怀德孟"通译为"惠特曼","麦克吐温"通译为"马克·吐温","何威尔斯"通译为"豪威尔斯","亨利詹姆士"通译为"亨利·詹姆斯"。另外,"目录"中的作家译名也有与正文中不统一的现象。比如,在正文中,"郎法罗"也被译为"朗法罗","欧伦濮"也被译为"爱伦濮","怀德孟"也被译为"卫德孟","何威尔斯"也被译为"郝威尔斯"。此处均采用了曾虚白各章名的译名,但本节在具体的论述过程中,除了引文,均依照现在通用的译名。特此说明。

245

形式而言，《美国文学 ABC》更像是作家论。这就导致不少学者不承认它是标准的文学史。该著出版之后不久，梁实秋就撰写了评论文章，指出该著的体例不够完善。他写道："在体例上，这本书也还有可以改良的地方。如果这本书是续《英国文学 ABC》做的，那么，两书的体例便未免太不相同了。《英国文学 ABC》是按时代分章次的，而《美国文学 ABC》完全以作家为单位。"① 当代学者龚翰熊也认为，《美国文学 ABC》"更接近于美国作家论"②。然而，在曾虚白看来，它就是一部文学史。在该著的序言中，他写道："只希望读者们把这本小册子做《英国文学 ABC》的第三册看，这才可以贯澈首尾。"③《英国文学 ABC》④跟普通的文学史写作范式没什么差别，大致以时代变迁为基本线索，先整体描述时代背景，再介绍重点作家作品。既然曾虚白认为《美国文学 ABC》属于《英国文学 ABC》的第三册，那么，他在撰写该著时也有为"英国文学的重要一支"美国文学立史的意图或者追求。曾虚白后来在"自传"中谈到自己译介英美文学的成绩时也说："就整个英美文学的介绍，我也出版过英国与美国文学简史"⑤。这就是说，曾虚白始终认为《美国文学 ABC》属于文学史著作。

在上述最后一则引文中，曾虚白将美国文学和英国文学明确区分开来。然而，他在《美国文学 ABC》一书中否定了美国文学的相对独立性，却是一个不争的历史事实。时至 20 世纪 30 年代，美国文学已经取得了长足的进展。它作为独立的民族文学，已经在世界文学格局中占据了重要位置，但曾虚白在该著中却对它发表了不少贬抑之辞。他承认美国文学是他"文学的启蒙师"，霍桑的《丛林故事》和《红字》等激起了他的"文学趣味"⑥，但在该书《序》的开篇，他就写道："其实，据我的意见，与其做美国文学，毋宁做一部俄国或意大利或西班牙或斯

---

① 陈淑（梁实秋）：《美国文学 ABC》，《新月》1929 年第 2 卷第 5 期。
② 龚翰熊：《西方文学研究》，福建人民出版社 2005 年版，第 175 页。
③ 曾虚白：《序》，载《美国文学 ABC》，世界书局 1929 年版。
④ 上海世界书局 1928 年出版。
⑤ 曾虚白：《曾虚白自传》，台湾联经出版事业公司 1988 年版，第 90 页。
⑥ 曾虚白：《序》，载《美国文学 ABC》，世界书局 1929 年版。

第八章 从"ABC"到"新传统":美国文学形象构建的整体变迁

干狄奈维亚文学的比较合适些。"同时,他还希望读者将《美国文学 ABC》视为"《英国文学 ABC》的第三册"。这不无说明,他试图在英国文学甚至欧洲文学的传统内定位美国文学,从而否定了它作为独立的民族文学而存在的意义。曾虚白在该著第一章"总论"开首即写道:"在翻开美国文学史的以前,我们应该先要明白了解'美国文学'这个名词,在真正世界文学史上是没有独立资格的。"[1] 他更是武断地指出:"至今还没有看见真正美国文学出现的曙光。"[2] 就《美国文学 ABC》整体而言,论证美国文学的缺陷似乎是曾虚白的重要追求。

相关研究者已经注意到了《美国文学 ABC》对美国文学做出的消极评价。一是经常把它作为 20 世纪 30 年代前后中国文人认知美国文学时存在偏颇倾向的例证。比如,李宪瑜就以该著为例指出:20 世纪 30 年代之前有关美国文学"更具共识性的理解则认为'真正''美国文学'其实尚不存在,有之,顶多算是英国文学的附属品"[3]。二是以该著为例来说明,20 世纪 30 年代前后的中国文人对早期和 20 世纪的美国文学做出了不尽相同的评价。比如,王建开指出:"将前者视为英国乃至欧洲传统的衍生物,无法与之比肩,而后者才是有独立风格的创造性文学。几乎所有关于美国文学的论述,都不忘提到此点。"[4] 然而,学术界一致的否定性评价,只能大概勾勒出该著构建出的美国文学形象,只能让我们对该著本身先入为主地产生偏见,形成不良印象。但问题是,未加细致分析就形成的印象,实际上既无法让我们明了曾虚白评价美国文学和具体作家作品的标准,也无法理解他构建负面美国文学形象的内在逻辑。

---

[1] 曾虚白:《美国文学 ABC》,世界书局 1929 年版,第 1 页。
[2] 同上书,第 6 页。
[3] 李宪瑜:《二十世纪中国翻译文学史(三四十年代·英法美卷)》,百花文艺出版社 2009 年版,第 150 页。
[4] 王建开:《五四以来我国英美文学作品译介史(1919—1949)》,上海外语教育出版社 2003 年版,第 263 页。

二 真美善统一的纯文学观与美国文学消极形象生成

任何文学史的书写,都离不开一定的文学观的指导。文学观涉及的"根本问题是:何为文学?怎样才是好的、美的文学?"① 前者决定了文学史的疆界,确定了文学史的研究范围和描述对象,后者不但关涉到研究范围和描述对象,而且树立了文学批评的标准,直接影响着将具体的作家作品置于何种位置、做何评价。总体来说,曾虚白撰著《美国文学 ABC》时,秉持的是真美善统一的纯文学观念。这样的文学观念限制了他论述的范围,直接影响了他对具体的美国作家作品和整体美国文学形象的构建。

曾虚白既然要为美国文学撰史,首先需要解决将哪些内容纳入讨论范畴这一问题。他在《美国文学 ABC》的"总论"部分,先大体勾勒了美国文学的发展历程,接着即刻介入了对写作对象的界定。他指出,"普通做美国文学史者的错误",便是"他们把一切凡有作品的作家都乱七八糟地收在文学史里。政治家像林肯、弗伦格林,演说家像克莱Clay、惠勃思脱Webster等,都在美国文学史上占有重要的位置"②。他说的这种情况,在当时有关美国文学的史著中确实存在。比如,邝富灼、周越然用英文撰写的《英美文学要略》,尽管注意到"富兰克林的作品并不是纯文学,他的想象力和精神性都显得不足"③,但依然将其纳入了讨论的范畴。更值得注意的是,该著第十六章④的题名直接为"The historians"(历史学家)。再比如,在《文学大纲》⑤ 中,郑振铎

---

① 董乃斌主编:《文学史学原理研究》,河北人民出版社2008年版,第39页。
② 曾虚白:《美国文学 ABC》,世界书局1929年版,第5页。
③ Fong F. Sec & Tseu Yih Zan, *Essentials of English and American Literature* (9th ed.), Shanghai: The Commercial Press, 1930, p. 66. 该著第一版于1917年出版,1930年出版了第九版。由此可见,该著在当时非常畅销,也产生了较大的影响。
④ Fong F. Sec & Tseu Yih Zan, *Essentials of English and American Literature* (9th ed.), Shanghai: The Commercial Press, 1930, pp. 84–87.
⑤ 郑振铎:《文学大纲》第四册,商务印书馆1927年版。参见该书"第四十三章:美国文学"。

第八章 从"ABC"到"新传统":美国文学形象构建的整体变迁

也讨论了富兰克林、杰斐逊、林肯等政治家,韦伯斯特等演讲家和伯里斯格特、柏克曼等历史学家。张越瑞撰写、商务印书馆1933年出版的《美利坚文学》一书,也讨论了许多政治家和历史学家。但在曾虚白看来,政治家等都是"实行家,是戴着充满了理智的头脑,提起笔或张开嘴时,只想用技巧的措辞来发扬他们政治上的主张",因此"绝不能承认这种作家是文学家"①。正是基于这样的理由,他将许多文学史往往加以讨论的对象都排除在外,从而使得《美国文学 ABC》呈现出了鲜明的个性。

其实,《英国文学 ABC》已经充分彰显了曾虚白的这种纯文学观念。在该著的"序言"中,他指出"普通文学史"有四点"失当"之处。他写道:"我个人的主张,——或者是受了些法国文学的影响,——文学的作品是情感的结晶",所以"有许多在英国文学史里占惯位置的历史家哲学家等等都给我一脚踢出去了。"② 尽管《美国文学 ABC》与《英国文学 ABC》在撰述体例上存在显著差异,但体现的文学观念完全一致。

曾虚白坚持纯文学观,特别重视想象和情感对于文学的意义。他指出:"不论他是浪漫派、写实派、惟美派、象征派或其他无论什么派,凡是真正的文学家,是象牙塔里的讽咏者也好,是十字街头的呐喊者也好,没有一个不有轻灵的想象和泛滥的情感的。"③ 在他看来,"只靠冷冰冰理智的力量去号召党众"的宣传性作品,"在文学上绝没有永生的价值"④,因此也不应该被纳入文学史写作的范畴。

曾虚白除了坚持纯文学观,也秉持真美善统一的文学标准。按照他的说法,创作主体要创造出真正优秀的文学作品,需要在以下三个方面做到统一:一是主体情感之真、作品描写之真;二是作品的语言组织、结构方式、艺术境界之美;三是作品要达到一定的写作目的,发挥切实的作用。⑤

---

① 曾虚白:《美国文学 ABC》,世界书局1929年版,第5页。
② 曾虚白:《序言》,载《英国文学 ABC》(上),世界书局1928年版。
③ 曾虚白:《美国文学 ABC》,世界书局1929年版,第5—6页。
④ 同上书,第6页。
⑤ 曾虚白:《曾虚白自传》,台湾联经出版事业公司1988年版,第83—84页。

在《美国文学 ABC》中，如果说纯文学观念帮助曾虚白确定了写作范围，那么，真美善统一的文学标准，则是他评判整体的美国文学和具体作家作品的核心依据。他对美国文学评价不高，就因为在他看来，绝大多数作家的作品并未能达到将三者完美结合的境界。

曾虚白具体分析美国文学的成就时，这种观念彰显无遗。比如，他分析革命时期的文学，就明确提到了真美善的标准。他说，过于关注现实的问题，使得当时的作家没有闲暇"逗留在文学作品所不可缺少的真的、美的、善的境界里"[1]。正是本着真美善统一的标准，他提出，作家需要具备深刻透视人生的能力、面对人生问题的真诚和勇气以及表现人生的技巧。在他看来，"美国人的文学作品是理想的、甜蜜的、纤巧的、组织完善的，然而，他们没有抓住人生的力量"[2]；除了惠特曼、梭罗、马克·吐温等为数不多的作家，"确是拨开了人生的真相以外，其他美国的一切作家，精神是美丽而精细的，可是很少表现出他们曾感知人生的现实，也很少感受了人生巨大的意义，抖动着他们的心弦"[3]。也就是说，美国文学在形式上或者在"美"方面确实有可取之处，但在思想内容层面显得过于匮乏，既无法做到"真"，又无法达到"善"。

在曾虚白看来，无法做到真美善统一，是限制美国文学发展的最根本因素。他以小说为例，特意作了说明。他写道："单提小说讲，美国作家的小说自然也有各种不同的好处，然而要找一部完善的，简直很难；精巧了不免软弱，坚强了不免粗糙。"[4] 他综合分析了爱伦·坡、霍桑、豪威尔斯等人的作品之后，便指出，许多美国小说无法在内容和形式上同时达到真美善的标准。比如，他写道：

（许多作家的作品）形式上是很可爱的，可是细考他们的质地却是十分薄弱，没有都大的生命力。在那一面上找，确乎美国也有

---

[1] 曾虚白：《美国文学 ABC》，世界书局 1929 年版，第 3 页。
[2] 同上书，第 7 页。
[3] 同上书，第 9 页。
[4] 同上书，第 9—10 页。

几部强有力的小说，然而在技巧方面又未免太不讲究了；比仿说，《黑奴吁天录》，感动力确是伟大，可是全部的组织和字句的应用，未免有很多的疵累。因此美国作家的小说，虽有惊人的产量，始终不能攀登文坛上第一流的位置。①

综上，在曾虚白看来，无论是哪种倾向的作品，只要能做到真美善的统一，只要能在内容和形式两方面均达到一定的高度，便是优秀的、有价值的文学。一个民族/国家文学的整体形象，在很大程度上是由这个民族/国家里面一个个的作家通过具体的创作实践塑造出来的。曾虚白对绝大多数美国作家评价不高，必然会影响到他对整体的美国文学的判断。因此，他构建出基本负面的美国文学形象也是势在必然。

三　编译、漠视与美国文学消极形象生成

《美国文学 ABC》构建出基本负面的美国文学形象，除了受制于曾虚白秉持的真美善统一的纯文学观念，还与下列三个因素息息相关。

首先，作者尽管在整个论述过程中，始终按照真美善统一的标准评判具体的作家作品，貌似充分彰显了史家的主体性，但实际上并未对美国文学做出相对独立的判断。他在很大程度上编译了域外学者文学史写作的成果，沿袭了其中的相关说法。不过，他很巧妙地将彰显自己文学观念的文字穿插到了相关"编译"文字当中，使得《美国文学 ABC》成了一部呈现出鲜明文学史观和内在逻辑的著作。

《美国文学 ABC》出版之后不久，梁实秋即在《新月》杂志发表了书评。他指出，《美国文学 ABC》之所以只写到 19 世纪末，则是因为曾虚白"抄袭"了他人的成果，但"抄袭"的对象过于有限。梁实秋写道：

---

① 曾虚白：《美国文学 ABC》，世界书局 1929 年版，第 10 页。

据我揣测，曾先生的态度之所以这样的前后矛盾，也似乎颇有苦衷。曾先生写这两部书都是有蓝本的。当然，做这种书非要参考书不可的，不过曾先生并没有参考过多少种书，大概只靠了一两本教科书依样葫芦的抄译了一番便算了事，做《英国文学 ABC》时恰巧参考书多了一两种，于是书末便加了"二十世纪"一章；做《美国文学 ABC》时恰巧只有 Trent and Eskine[①] 一类的教科书，所以抄到十九世纪末便交卷了。[②]

需要说明的是，梁实秋此处所谓的"教科书"，指的是 William Peterfield Trent 和 John Erskine 等人合作主编、1917—1921 年陆续出版的四卷本《剑桥美国文学史》。如果按照梁实秋的判断进行推论，我们大概会得出结论：曾虚白对美国文学做出的判断、对美国文学形象的构建，在很大程度上受到了《剑桥美国文学史》的影响。但据笔者考证，曾虚白撰写《美国文学 ABC》时主要"抄袭"的不是《剑桥美国文学史》，而是约翰·玛西的《美国文学的精神》[③]。将《美国文学 ABC》与这两部史著分别做一简要对比，即可明了。

第一，《美国文学 ABC》与《剑桥美国文学史》的论述时限不同。前著完全截止于 19 世纪末，对 20 世纪文学置之不理。它在"总论"部分尽管简要提及了 19 世纪之前的美国文学，但着墨不多，没有论及具体的文学成就。后者的论述范围，也基本局限在 19 世纪末以前。因为文学史写作的时间与文学发展的进程贴得太近，该著虽然简要提及了 20 世纪文学，但没有详细展开论述。然而，它非常重视 19 世纪之前的美国文学，认为早期的文字记录"有助于扩大美国文学批评的精神，使之更具活力，更具阳刚之气"[④]。因此，它将论述的范围一直延伸到

---

① 原文有误，Eskine 应为 Erskine。
② 陈淑（梁实秋）：《美国文学 ABC》，《新月》1929 年第 2 卷第 5 期。
③ John Albert Macy, *The Spirit of American Literature*, New York: Boni and Liveright, Inc., 1913.
④ William Trent et al., *The Cambridge History of American Literature* (Vol.1), New York: Macmillan, 1917, p. x.

第八章 从"ABC"到"新传统":美国文学形象构建的整体变迁

16世纪,从1583年吉伯特爵士(Sir Humphrey Gilbert)等旅行者和探险者留下的相关著述讲起。

第二,基本判断不同。《美国文学ABC》基本否定了美国文学的独立性和创造性,认为美国文学仅仅是英国文学的一个分支。但《剑桥美国文学史》则与此有很大不同。该著尽管在表述上有所游移,认为美国文学与英国文学同根同源,有一段时间的确属于英国文学的分支,但总的编辑方针则以肯定美国文学的价值和独立性为前提。编者明确指出,美国文学尤其是19世纪之后的美国文学已经取得了独立的地位和辉煌的成就,不再是英国文学的附庸。正是因为该著充分肯定了美国文学的独立性,著名文学史家斯彼勒才说:"这个合作的产品,标志着把美国文学仅仅作为英国文学传统的副产品来讲授的时代已经结束。"①

第三,文学观念不同。《剑桥美国文学史》第一卷的"序言"集中阐述了该著坚持的文学观念:

> 该书与其说是呈现纯文学的历史,还不如说是全面概述了美国民族在文学作品中反映的人生。②

> 我们既不忽视一向为文学史家重视的从事想象文学创作的作家,又尝试让文学的各个门类在我们的著作中都占有一席之地。诸如游记、演说、回忆录等,往往被传统的文学史排除在外,但它们就塑造美国的民族特性而言,可能具有重要的意义。③

显然,该著编者坚持的是泛文学史观。无论是想象性文学作品,还是各种记述性作品,都是他们要讨论的对象。与此明显不同的是,曾虚白坚持的是纯文学观。

第四,章目不同。文学史安排作家地位的方式有很多,将作家名直

---

① Robert Spiller, *Late Harvest: Essays and Addresses in American Literature and Culture*, Westport, CT: Greenwood, 1981, p. 199.
② William Trent et al., *The Cambridge History of American Literature* (Vol. 1), New York: Macmillan, 1917, p. iii.
③ Ibid., pp. x – xi.

接作为章名或者让其在章名中出现，绝对是史家重视他们的表现。《剑桥美国文学史》各章题名中出现的作家分别是：爱德华兹、富兰克林、欧文、布莱恩特、布朗、库柏、爱默生、梭罗、霍桑、朗费罗、惠蒂埃、坡、韦伯斯特、伯里斯格特、莫特烈、洛威尔、惠特曼、赖尼尔、吐温、豪威尔斯、詹姆斯、林肯等。这些作家当中，既有纯文学作家，也有历史学家、神学家、政治家和演说家。《美国文学 ABC》中作为章名的作家，有相当一部分与《剑桥美国文学史》重合。但值得注意的是，它不仅剔除了爱德华兹、富兰克林和布朗三位 18 世纪作家，而且将林肯等非纯文学作家都排除在外。

《美国文学的精神》共包括十七章，主要讨论 19 世纪的美国文学。第一章为"总体特征"（General Characteristics），综论美国文学的特征。接下来的十六章均以作家名为章名，分别是欧文、库柏、爱默生、霍桑、朗费罗、惠蒂艾、坡、霍尔姆斯、梭罗、洛威尔、惠特曼、马克·吐温、豪威尔斯、威廉·詹姆斯、赖尼尔和亨利·詹姆斯。《美国文学 ABC》共十六章，除第一章"总论"，接下来的十五章，除作者因信奉纯文学观念排除了哲学家、心理学家威廉·詹姆斯，其余列入的作家及其顺序与《美国文学的精神》完全相同。

更为重要的是，《美国文学 ABC》无论是对美国文学的整体评价，还是对个体作家的分析，都与《美国文学的精神》的相关说法相仿。比如，《美国文学 ABC》的"总论"开篇定位美国文学时写道：

> 它只是英国文学的一个支派，正像苏格兰文学和爱尔兰文学的不能脱离英国文学的一样；或者又可说它是在地理上另一个国家里所产生的英国文学，正像比利时人梅脱林克的作品始终是法国文学，波兰人康拉特的作品也算是英国文学的一个理由。①

《美国文学的精神》第一章"总体特征"开篇写道：

---

① 曾虚白：《美国文学 ABC》，世界书局 1929 年版，第 1 页。

第八章 从"ABC"到"新传统":美国文学形象构建的整体变迁

American literature is a branch of English literature, as truly as are English books written in Scotland or South Africa. ... M. Maeterlinck, born a subject of King Leopold, belongs to French literature. Mr. Joseph Conrad, born in Poland, is already an English classic.①

再比如,《美国文学ABC》在分析小说家欧文的性格形成时写道:

他父亲是个牧师,可是很富有,所以他从小就不忧衣食,借着三种享乐来培养他的天才:(一)闲暇地在纽约人群中往来,在林中水畔徜徉;(二)为兴趣而写作,和发刊自己的作品;(三)住欧洲旅行。②

《美国文学的精神》写道:

His father was in comfortable circumstances, and the young man was able to indulge in three pleasures which cherished his talents: innocent idling among the people of New York, especially in the older parts of the town and along the water front; writing and publishing for the sport of it; and travelling in Europe. ③

通过上面两例,我们即可看出,曾虚白明显有选择地编译了《美国文学的精神》的相关内容。其实,《美国文学ABC》与该著表述相类似的例子,多得不胜枚举。上一章论述世界文学史著构建负面美国文学形象,曾提到约翰·玛西著的《世界文学史话》。《美国文学的精神》与《世界文学史话》对美国文学的判断基本一致。曾虚白在很大程度

---

① John Albert Macy, *The Spirit of American Literature*, New York: Boni and Liveright, Inc., 1913, p. 3.
② 曾虚白:《美国文学ABC》,世界书局1929年版,第12—13页。
③ John Albert Macy, *The Spirit of American Literature*, New York: Boni and Liveright, Inc., 1913, p. 19.

上沿袭了约翰·玛西对美国文学做出的相关评价,自然得出了与他差不多的结论。

其次,作者不够重视19世纪美国文学寻求独立的努力。美国在政治和经济获得独立之后,文人们呼吁文学和文化独立的声音就不绝于耳。比如,独立战争结束之后不久,著名辞典编纂家诺亚·韦伯斯特就指出,美国也应该在文学上寻求独立。他说:"像在政治上获得独立一样,美国也需在文学上寻求独立;它的艺术应该跟它的武器一样,需要闻名于世。"[1] 进入19世纪之后,美国文人的本土文化意识变得更为强烈,寻求文化和文学的独立便成为他们有意努力的方向。在这方面,爱默生算是一个典型代表。早在1837年,他在哈佛大学发表了题为《美国学者》的重要演讲。他说:"我们仰人鼻息、师从异域的漫长学徒期要熬到头了。我们周围的百万民众正涌向全新的生活,我们不能再靠从异域收获的残羹剩饭来苟延残喘了。"[2]

尽管19世纪确实有不少美国作家信奉欧洲的创作规范和审美标准,延续着英国文学的传统,但不可否认的是,爱默生、梭罗、狄金森、惠特曼、麦尔维尔、马克·吐温等一大批作家开始扎根美国本土,关注美国题材,逐渐形成了与欧洲文学传统明显不同的写作路径和审美取向。然而,曾虚白不够重视美国文学界寻求独立的种种努力。尽管他在《美国文学ABC》中给爱默生、梭罗、马克·吐温、惠特曼等为美国文学独立做出了重要贡献的作家安排了不少篇幅,较为细致地分析了他们作品的思想和风格,但并未从美国文学作为民族文学而独立存在的角度来论证他们的价值。

最后,作者有意规避了20世纪以来美国文学蓬勃发展的势头和丰硕的创作实绩。《美国文学ABC》出版于1929年3月,作序的时间是1928年11月27日。截至这个时间,美国20世纪文学已经呈现出了多

---

[1] Richard Ruland and Malcolm Bradbury, *From Puritanism to Postmodernism: A History of American Literature*, London and New York: Routledge, 1991, p.3.

[2] Ralph Emerson, "The American Scholar", in Nina Baym ed., *The Norton Anthology of American Literature* (6th ed. Vol.2), New York: W. W. Norton & Company, 2003, p.1135.

元竞生的良好发展势头,以庞德、艾略特和桑德堡等为代表的诗人,以奥尼尔为代表的剧作家,以辛克莱、德莱塞、刘易斯、菲茨杰拉德和海明威等为代表的小说家,以白璧德和门肯等为代表的批评家不断涌现而出。他们既为美国文学各个文体的发展做出了巨大的贡献,又为它在世界文坛上赢得了声誉、确立了地位。尽管曾虚白当时已经注意到了20世纪美国文学的发展,译介德莱塞、欧·亨利等人的多部作品便是证据,但《美国文学ABC》只写到19世纪末、以亨利·詹姆斯结束却是客观事实。对20世纪美国文学的成就避而不谈,必然会影响到他对自己框定的美国文学历史的描述和判断。

第二节 《新传统》与美国文学"新"形象

《美国文学ABC》旨在呈现有关美国文学的基础知识,具有明显的"编译"性质,尚未体现出中国文人对美国文学相对独立的判断。与其形成鲜明对比的是,赵家璧1936年出版的《新传统》,已经上升到了对美国文学的研究层面。作者不仅将美国文学明确定位成具有独立性的民族文学,而且按照社会主义现实主义的话语标准梳理了它的文学谱系,评析了具体作家的创作得失。

在20世纪30年代,随着美国国家影响力的大幅扩散和美国文学的繁荣发展,加之中国新文学发展的内在需求,中国文人频频将关注的目光投向了美国文学。但无论是梁实秋对新人文主义的大力追捧,还是叶公超对艾略特的热情推介,抑或是赵景深对美国现代小说谱系的梳理[1],都未能像赵家璧那样基于特定的意识形态建构诉求,撰写出一本阐释美国文学新传统、构建其新形象的著作。《新传统》不仅在20世纪30年代

---

[1] 赵景深在《现代美国小说》一文中选择了十二位美国现代小说家,将其分为罗曼小说家、神秘小说家、心理小说家和社会小说家四类,认为"前二者是浪漫的,后二者可以说是写实的"。参见赵景深《现代世界文坛鸟瞰》(现代书局1930年版)第53页。该著中有关美国现代小说的内容与其著《现代世界文学》(现代书局1932年版)完全相同。相关内容曾以《二十年来的美国小说》之名刊载于《小说月报》1929年第20卷第8号。

中国的美国文学形象构建史上具有标志性的意义，而且预示着中国文人将美国文学视为英国文学附庸的时代即将结束。因此，该著也是我们研究 20 世纪 30 年代中国文人构建美国文学形象的一个重要案例。

无论是在过去还是在当下，都有人高度肯定赵家璧译介美国文学的成绩。早在 1947 年，后来成为华南师大资深文学教授的李育中就曾撰文指出，现代中国"对于现代美国文学作过较有系统底介绍的，首推赵家璧的《新传统》"①。赵家璧逝世之后，著名翻译家、学者冯亦代也谈到《新传统》对自己接受美国文学的启示。他写道："根据家璧在《新传统》叙述的作家，排着队读他们的作品，从而更坚定了我熟悉和研究美国文学的决心。"② 美国学者史书美也给予赵家璧很高的评价。她说："在 20 世纪 30 年代的中国文学图景中，赵家璧即使不是最重要的，也是最博学的一位英美文学专家。"③ 然而，赵家璧在编辑出版方面取得的巨大成就和因此而享有的盛誉，严重遮蔽了他作为美国文学史家的身份。尽管近些年来姚君伟等研究美国文学在中国接受史的学者经常论及赵家璧④，但迄今为止，学术界尚未对《新传统》从文学史撰述和美国文学形象构建的角度做出深入探究。

一　"社会主义的写实主义的内容"：美国文学的新传统之一

《新传统》一书由作者先前在各类期刊上发表了的几篇文章组成⑤。

---

① 李育中：《美国文学的闪烁》，《谷雨文艺月刊》1947 年第 11、12 号。
② 冯亦代：《祭赵家璧》，载《赵家璧先生纪念集》，上海文艺出版社 1998 年版，第 21 页。
③ ［美］史书美：《现代的诱惑——书写半殖民地中国的现代主义（1917—1937）》，何恬译，江苏人民出版社 2007 年版，第 281 页。
④ 参见姚君伟《赵家璧与美国文学在中国的出版和译介》（《新文学史料》2011 年第 1 期），谢天振、查明建主撰《中国现代翻译文学史》（上海外语教育出版社 2004 年版）和李宪瑜《二十世纪中国翻译文学史（三四十年代·英法美卷）》（百花文艺出版社 2009 年版）等。
⑤ 比如，有关福克纳的《福尔格奈研究——一个新近的悲观主义者》刊载于《世界文学》1934 年第 1 卷第 2 期，有关帕索斯的《帕索斯》刊载于《现代》1933 年第 4 卷第 1 期，有关海明威的《海敏威研究》刊载于《文学季刊》1935 年第 2 卷第 3 期，有关斯坦因的《写实主义者的裘屈罗·斯坦因》刊载于《文艺风景》1934 年创刊号，有关德莱塞的《特莱塞——从自然主义者到社会主义者》刊载于《文季月刊》1936 年创刊号，有关凯瑟的《怀远念旧的维拉·凯漱》刊载于《现代》1934 年第 5 卷第 6 期，等等。

第八章 从"ABC"到"新传统":美国文学形象构建的整体变迁

就文本构成而言,它除了"序",先是一篇名为《美国小说之成长》的概论性长文,接下来是九篇作家论,依次论及德莱塞、安德生、凯瑟、斯坦因、维尔特、海明威、福克纳、帕索斯和赛珍珠①等小说家。其中,《美国小说之成长》旨在梳理美国现代小说的发展历程和创作实绩,具有明显的文学史性质,而九篇作家论除了最后有关赛珍珠的一篇②,其余八篇都旨在梳理某个具体小说家的文学创作道路和思想演变轨迹,因而也具有文学史的性质。

在《新传统》一书中,赵家璧主要阐述了美国现代小说的发展历史,评论了各种思潮流派的代表性作家作品,但他将该书命名为《新传统》,绝非随意为之。从根本上来说,阐释或者构建美国文学的新传统,才是他的更高追求,作家作品论和思潮流派论,只是他为了实现这个目标而做的必要铺垫。

何为"新传统"?按照赵家璧自己的说法,美国文学已经具备了"民族主义的形式"和"现实主义的内容"或者"社会主义的写实主义的内容"。他至少有两次是这么表述的。他在讨论"逃避的中代作家"的开头就写道:"时间转入了二十世纪,美国的文学,才用民族主义的形式,现实主义的内容出显现于现世界文坛。"③他谈到德莱塞、安德生等作家的思想转向之后写道:"在新进的青年作家里,更有许多写不胜写的名字,他们在向着民族主义的形式,社会主义的写实主义的内容上努力。"④

以社会主义现实主义为尺度,梳理美国现代小说的发展历程,评判其创作实绩,是《新传统》的一个重要特点。这在《美国小说之成长》这一概论性的长文中体现得非常明显。该文先讨论美国文学的民族性建

---

① 本文采用的是现在通用的译法。赵家璧将他们分别译为特莱塞(德来塞)、安特生、凯漱、斯坦因、维尔特、海敏威、福尔克奈(福尔克奈)、帕索斯和辟尔·勃克。
② 关于赛珍珠的一篇,主要论及作者创作的《大地》及其在东西方的接受状况,既无法纳入赵家璧在《美国小说之成长》中设定的阐释框架,也与《新传统》全书的风格不甚相符。大概正因如此,赵家璧在《新传统》的"序"中说,该文"只是一个附录而已"。因为该文与《新传统》全书的论述框架和思路并不相符,本节对其存而不论。
③ 赵家璧:《新传统》,良友图书印刷公司1936年版,第28页。
④ 同上书,第58页。

构,接着将时间性和评价性两种命名方式结合起来,分别以"早期的现实主义者""暴露文学""逃避的中代作家""现实的中代作家""新进的悲观主义者"和"新进的社会主义的现实主义者"为各小部分的标题,不仅较为详细地梳理了美国现代小说发展的历程,而且将所谓的社会主义现实主义文学及其作家作品安排到了美国文学的顶端。事实上,无论是在《美国小说之成长》当中还是在后面的论述当中,赵家璧都基于社会主义现实主义的标准,既对整体的美国现代小说,又对不同倾向的作家作品、文学思潮流派和哲学社会科学思潮展开了评判。

首先,对美国文学从整体上做出判断。在对20世纪初依然延续维多利亚文风的英国文学提出批评之后,赵家璧写道:"新进的美国,却已浩浩荡荡的依着现实主义的大道,在独立的创造起'美国的'小说来了……美国小说清除了那许多荆棘,走上了这一条正道,是经过许多阶段的。"[1] 作者在这段引文中明确指出,现实主义是美国文学发展的"大道"和"正道"。"大道"只是作者对自己认定的事实的描述,无非是说现实主义成了美国文学的主流,但"正道"明显属于评价,作者要刻意强调现实主义才是美国文学发展的正确方向。为了证明自己的判断,作者从"早期的现实主义者"马克·吐温和豪威尔斯讲起,一直讨论到帕索斯这样的"新进的社会主义的现实主义者"。既然现实主义是大道和正道,那么,相应地还有支流甚至逆流。在他看来,"逃避的中代作家"凯瑟、华顿等和具有古典主义倾向的维尔特就是如此,但在现实主义已经成为文学主流的时代,这些作家的出现不过是"风雨将来前的一种片刻的安静"[2]。

其次,对不同倾向的作家作品做出评判。以现实主义标准考量作家,首先涉及的是作家在社会现实面前,到底是选择视而不见、采取逃避的态度,还是选择直面现实,并加以客观再现。凯瑟、华顿和德莱塞、安德生都是赵家璧所谓的"中代作家",但他/她们又被他划分为

---

[1] 赵家璧:《新传统》,良友图书印刷公司1936年版,第13页。
[2] 同上书,第36页。

第八章 从"ABC"到"新传统":美国文学形象构建的整体变迁

"逃避的"和"现实的"两类。在赵家璧看来,前者只能沉迷于自己构建的虚幻世界,将文学当作逃避烦乱现实的工具,而后者不但紧密关注社会现实,而且开拓了"真实的现实主义"。然而,从思想内容上否定了非现实主义的作家作品,并不意味着赵家璧全面肯定所有的现实主义作家作品。针对思想发生转变之前的德莱塞和安德生等现实主义作家,赵家璧指出,他们不仅无法合理解释各种社会现实出现的原因,而且看不到社会的出路,最终只能和海明威和福克纳等"新进的悲观主义者"一样,滑入悲观绝望的泥沼。在所有的美国现代小说家中,赵家璧给予帕索斯最高的评价,就因为在他看来,帕索斯是"新进的社会主义的现实主义者",不仅能够客观写实,而且具有改变社会组织、推进社会变革的意识①。

最后,赵家璧在"序"中说,《新传统》一书的出书预告上标有"现代美国作家论"这样一个副标题。就全书结构来看,情况基本属实,但就实际内容而言,绝不仅仅如此,因为他在作家论中融入了对各种文学思潮流派的评论,还兼及评论了弗洛伊德主义、新人文主义等哲学社会科学思潮。他评论它们的标准,也是社会主义现实主义。

赵家璧在整体行文中从来没有直接运用浪漫主义一词,但综观他总论"逃避的中代作家"和单独评论凯瑟的文字,个人主义、怀远念旧、田园牧歌情调、罗曼蒂克的幻想、逃避现实的浪漫故事,是他对这一文学思潮流派的特征做出的基本判断。尽管他承认,他们作品中细腻甜蜜、轻快明朗的文字和音乐的韵调,确实有吸引人的地方,但也指出,他们面对复杂的社会现实时显得心灵非常脆弱,缺乏前进的勇气,只能躲进艺术的象牙塔中,以甜蜜的回忆聊作心灵上的慰藉。因此,在时代

---

① 但在更为激进的中外文人看来,帕索斯的思想和创作依然存在缺陷,因此不能代表社会主义现实主义文学。比如,1932 年至 1936 年任联共(布)中央文学处处长和苏联作家协会筹备委员会书记的吉尔波丁指出:"多斯帕索士对于资本主义的憎恶,还不是完全明显化的康敏尼斯特的憎恶。但他现在在对资本主义斗争中,已经加进在许多支持着普罗列塔利亚特的人们里面了。"吉尔波丁还指出:"他的现实主义,——在那表现着现实主义的创作之侧面上——还不能说是社会主义的现实主义,但那已经是反资本主义的革命的现实主义了。"此处"康敏尼斯特"是英文 communist(共产主义者、共产党)的音译,"普罗列塔利亚特"是英文 proletariat(无产阶级)的音译。[苏]吉尔波丁:《现实主义论》,辛人译,东京质文社 1936 年版,第 22、24 页。

需要现实主义而许多作家走上现实主义文学的"大道"时,这一思潮流派的作品只能充当有闲阶层的麻醉剂。总体来说,赵家璧虽然不无由衷地赞美浪漫主义作家在语言表达上的魅力,但从思想内容方面否定了这一思潮以及构成其精神底色的个人主义思想。

赵家璧对古典主义的评价,主要围绕维尔特展开。他指出,维尔特的创作虽然没有扎根于社会现实,但与"逃避的中代作家"不同,他没有陷入感伤主义的泥沼,而是强调压制倔强的个性、牺牲个人的本色以便成就上帝的意志。赵家璧将维尔特的这种倾向归结为探讨永恒人性、倡导节制和平衡的古典主义精神,并认为它与美国兴起的新人文主义思想之间存在关联。他在引用了新人文主义大师白璧德的话之后指出:人文主义者以宗教为武器,"把道德上的工作作为文艺的最终目的"①。接着,他主要通过引述高尔德等左翼作家对维尔特展开的激烈批评文字,指出具有古典主义精神和人文主义思想的作家,虽然提出了拯救世界的方式,但从根本上来讲是行不通的。从这些不难看出,他尽管承认古典主义和人文主义在现代社会确有存在的现实基础和合理性,但总体上对它们却加以否定。

赵家璧对自然主义和构成其哲学基础的科学决定论思想的评判,主要是通过评论德莱塞、海明威等实现的。比如,他认为,德莱塞小说中"悲剧的产生的原因并不是内在的,而是外在的;不是生理的,而是社会的"②,但思想发生转变之前的德莱塞,受到达尔文主义和法国自然主义文学思潮的影响,既无法正确解释人类悲剧诞生的原因,又看不到如何才能避免其发生。再比如,评论海明威时,赵家璧指出其热衷于书写暴力和死亡,沉迷于官能主义,完全是自然主义者的文学态度。总体来看,赵家璧肯定自然主义的写实技巧,但从思想性角度对它和它的哲学基础加以否定。他明确指出:"这种生物学者的文艺理论,必然的产生悲观主义,而把一切的权力意志归之于人类以外的力量,必然的走上

---

① 赵家璧:《新传统》,良友图书印刷公司1936年版,第192页。
② 同上书,第91—92页。

第八章 从"ABC"到"新传统":美国文学形象构建的整体变迁

了命定论的路了。"①

在《新传统》一书中,赵家璧从来没有使用现代主义一词,但他所论及的海明威和福克纳等,确是地地道道的现代主义作家。赵家璧对他们展开评论,必然会论及现代主义的文学思想和创作技巧。李欧梵曾指出,中国现代评论家对现代主义作家持"某种显见的暧昧态度:他们一边为他们的新技巧吸引,但一边也拒斥他们悲观的人生观"②。他说的这种情况,在赵家璧身上就部分存在。赵家璧尽管非常欣赏海明威小说的叙述明快、对话有力等特点,但对作者沉迷于官能主义很不以为然,认为这是一种悲观绝望和逃避现实的反映。他虽然认为福克纳受弗洛伊德理论启发写作的心理小说,确实拓宽了文学表现的维度,但指出,这类作品就像新奇画派中艺术家扭曲的画布一样,让读者摸不着头绪,而作者对形形色色的社会悲剧从生物学角度做出的解释则完全站不住脚。总体来看,赵家璧完全按照现实主义的尺度来评判现代主义作家作品,这导致他既无法肯定它的思想性,又无法完全认同它在技巧方面的实验。

在《新传统》一书中,赵家璧尽管运用了"社会主义的现实主义"这一名称,将其视为文学的最高标准,但未对其内涵做出具体说明。不过,通过分析他具体的行文,我们还是可以判断出它基本的内涵。在这一命名中,现实主义是赵家璧对文学提出的基本要求,而作为限定语的社会主义,是他对文学提出的更高要求。在他的心目中,理想的文学不仅应是现实主义的,更应该是社会主义的;作家不仅要坚持直面现实、客观写实的文学态度,而且要对现实问题从社会的角度做出正确的解释,看到通过社会革命改变现实的必要性和必然性。

总之,在赵家璧看来,美国文学经过半个多世纪的发展,尽管依然存在诸多"逆流",但基本上已经形成了社会主义现实主义的新传统,许多作家正沿着这一新传统阔步前进。因此,社会主义现实主义的新传

---

① 赵家璧:《新传统》,良友图书印刷公司 1936 年版,第 286 页。
② [美]李欧梵:《上海摩登:一种新都市文化在中国(1930—1945)》,毛尖译,人民文学出版社 2010 年版,第 147 页。

统，便构成了美国文学"新"形象的一个重要侧面。

二 "民族主义的形式"：美国文学的新传统之二

赵家璧对美国文学新传统的阐释，是以肯定它作为独立的民族/国家文学为基础的。这就使得民族/国家成为他观照美国现代小说的另一个重要视角。众所周知，美国文学与欧洲文学存在着无法剪断的联系，因此，要凸显它的独立性或者民族性，欧洲文学尤其是英国文学就必然是重要参照。赵家璧指出：

> 美国政治上的独立，虽然宣布于一七七六年，可是美国文学，一直到十九世纪末叶，还只配做殖民地文学，和加拿大文学、奥大利亚文学，同样是英国的一支，谈不上有什么独立的民族性的。①

但在他看来，进入20世纪之后的美国文学，已经摆脱了英国文学传统的束缚，呈现出了明显的新质。另外，他努力从美国本土梳理新传统不断得以构建的过程，高度评价了马克·吐温等为美国文学独立做出重要贡献的19世纪作家。他认为，在美国经济逐渐实现独立、民族意识逐渐增强和语言逐渐变革的时代，马克·吐温、豪威尔斯等早期现实主义作家的创作，在题材和风格方面都体现出了鲜明的美国特色。上文已经指出，赵家璧要努力论证的是，这些早期作家开辟出的现实主义文学道路，成了美国文学的"大道"和"正道"，随后更多的作家开始沿着这样的"大道"和"正道"前行。因此，在他看来，现实主义就是美国文学新传统的重要组成部分，但按照他的说法，这主要是美国文学在内容和题材方面体现出的新传统。

现实主义传统虽然昭示着美国文学作为民族文学已经形成，但它的美国性，还体现在艺术技巧层面呈现出了独立性和创造性。在赵家璧看

---

① 赵家璧：《新传统》，良友图书印刷公司1936年版，第4页。

第八章 从"ABC"到"新传统":美国文学形象构建的整体变迁

来,美国文学"民族主义的形式",主要体现在口头语的应用、新词汇的创制、写作方法的实验和新文法的形成等方面。比如,他在论证现代美国文学得以独立的原因之后指出:

> 至于文学的结构到帕索斯,和福尔格奈,也已打破了传统的文法,变动了文字的拼音,吸收了许多黑人的、德文的、法文的,以及各地的方言和土语,创造了自己的韵律,组成了自己的散文了。①

正是基于这样的逻辑,赵家璧基本否定了海明威和福克纳等作家的思想基调,但从艺术创新的角度对他们给予了部分肯定。他之所以高度评价帕索斯,不仅在于帕索斯看到了改变社会结构的必要性,致力于书写时代大潮中个体的命运,而且在于他运用了新闻片段、名人传记、照相机眼和人物并置等具有实验特征的写作手法。在赵家璧看来,帕索斯就是美国现代文学中最能够体现新传统的作家。

赵家璧除正面阐述美国文学的新传统,也通过对一些作家的否定来加以论证。他对凯瑟和维尔特等作家基本持否定态度,不仅因为他们的写作没有扎根于美国社会现实,而且在于其文风与英国文学旧传统基本保持一致。这些作家在英国享有很高的声誉,但他们之所以能够得到认可,主要是因为非美国性。他论及维尔特时就指出:"原来现代美国的散文作家中,显然分了传统的和独创的两派。"② 在他看来,凯瑟、维尔特等作家虽然满足了本国"拟贵族阶层"和英国批评家的阅读趣味,但对美国文学新传统的建构而言,显然属于消极的力量,而那些被英国批评家诟病的德莱塞等人,才真正体现出了美国文学的民族色彩。

综上,赵家璧理解的新传统,就是美国现代文学在形式和内容两个层面都表现出的独立性和创造性。日本学者横山有策指出:"我们要研究美国文学,要研究的便是美国那新近庞大的国家,表现着她自身的那

---

① 赵家璧:《新传统》,良友图书印刷公司1936年版,第12页。
② 同上书,第202页。

一部分。"① 赵家璧所谓的美国文学的新传统，实际上，就是横山有策所谓的美国文学"自身的那一部分"。

赵家璧研究美国现代小说的时候，美国文学尽管已经取得了可喜的成绩，但许多研究者对其地位和性质尚存争议。仅从文学史撰写角度考察，曾虚白等诸多中国文人就对其持轻视的态度。与众多轻视美国文学的文人明显不同，赵家璧认为，美国文学已经具备了足够的独立性和创造性。他高度肯定首位获得诺贝尔文学奖的美国作家刘易斯，也主要是基于这一判断。刘易斯1930年获奖之后，评论界争议很大。但在赵家璧看来，刘易斯"能够得到诺贝尔文学奖金，也就为了他是百分之百的阿美利加主义者"②。他的获奖，是美国文学作为民族文学在世界范围内被认可的重要标志，说明它已经"摆脱了所有的殖民地意识，在形式和内容上，都创造了自己的风格"③。现在看来，刘易斯之后奥尼尔等多位美国作家接连问鼎诺贝尔文学奖，赢得了世界认可，也说明赵家璧从民族/国家视角充分肯定美国文学的特质具有一定的前瞻性。

三 多元共生、一元独秀的美国文学形象及其生成逻辑

赵家璧基于社会主义现实主义的视野，认定现实主义是美国现代小说的主流和正确发展方向。但他也承认，分别属于浪漫主义、古典主义、自然主义、现代主义文学思潮的作家作品在美国文坛客观存在，既满足了不同阶级、不同立场的读者阅读的需求，又相互之间展开竞争，为自己努力争取生存和发展的空间。他又基于民族/国家视角，认为美国现代小说史上不乏步欧洲或者英国传统后尘的作家，但绝大多数作家已经展现出了足够的独立性和创造性。综合起来看，赵家璧构建出的其实是多元共存、一元独秀的美国文学形象。

有学者指出，"文学史研究主体对其研究对象应该有一种客观冷

---

① ［日］横山有策：《现代美国文艺思潮》，高明译，《学友月刊》1931年第1卷第2期。
② 赵家璧：《新传统》，良友图书印刷公司1936年版，第45页。
③ 同上书，第46页。

第八章 从"ABC"到"新传统":美国文学形象构建的整体变迁

静、不疏不溺的态度"[1]。也有学者倡导"零度的批评",要求批评家"在进入批评时要把自我原有的意识、观念或思维模式都搁置起来,使自我处于一种零度意识、零度观念的状态"[2]。事实上,研究主体面对研究对象时,难免会将自己的观念和期待融汇其中。赵家璧在书写美国现代小说史、构建其形象的过程中,通过有意识地选择和安排,实际上完成了对书写和构建客体的彰显与遮蔽。为了突出美国文学的独立性和创造性,赵家璧对海明威、福克纳等现代主义作家,从艺术性方面给予了较高的评价,而贬抑了凯瑟等浪漫主义作家和维尔特等古典主义作家,尽管后面这两位作家也在《新传统》的九篇作家论中各占了一篇。有学者指出:"文学史的叙述方式应该是描述与评价的统一。"[3] 作为文学史家,赵家璧为了较为客观地描述美国现代小说的发展历史和创作实绩,貌似对凯瑟、维尔特等作家与海明威等作家一视同仁。但是,基本属于否定性的评价,其实透露了他对这些作家的排斥和遮蔽意识。

在赵家璧看来,一切非现实主义的文学,尽管有其存在的空间,但它们毕竟属于历史的"逆流",在社会急需变革而正在发生变革的时代,必然成为阻碍社会进步的落后力量。与此同时,他认为社会主义现实主义才是美国文学发展的正途,而一切不具备社会主义意识形态诉求的现实主义文学,尽管在暴露社会问题等方面具有其价值,但因其存在显而易见的局限性,并不是具有历史精神和现实担当意识的作家应该努力的方向。正是通过这样的逻辑,赵家璧才将帕索斯安排到了美国现代小说发展史的顶端,并彰显了其意义。这样的安排和彰显活动,必然会造成对另外一些文学现象的遮蔽。

形象毕竟是构建的产物。美国现代文学的形象到底怎么样,在很大程度依赖于特定主体的构建实践。在20世纪30年代的中国文学场域中,通过译介活动参与美国文学形象构建的文人非常之多。上文已经指出,施蛰存和杜衡在"现代美国文学专号"中构建出了既具有独立性、

---

[1] 董乃斌主编:《文学史学原理研究》,河北人民出版社2008年版,第185页。
[2] 张奎志:《零度的批评》,《学习与探索》1999年第6期。
[3] 佴荣本:《文学史理论》,社会科学文献出版社2012年版,第235页。

创造性和现代性，又呈现出多元竞生、共同繁荣发展的美国文学形象。赵家璧与他们构建出的美国文学形象，虽有共同之处，但存在显著差异。独立性和创造性，是他们对美国文学的共同认识。不过，施蛰存等要努力呈现的是多元竞生、共同繁荣，而赵家璧尽管承认多元竞生，但突出了现实主义文学一元独秀。这就使得他构建出的美国文学形象与当时左翼构建出的美国文学形象存在很多叠合之处。上文也已经指出，左翼文人通过有意识地选择和安排，构建出了"赤色"的美国文学形象。

在 20 世纪 30 年代，中国思想文化界出现了明显的分化，不同倾向、不同势力的文人分别秉持激进主义、保守主义、自由主义等思想文化立场，也相应形成了阶级/革命、民族/国家、自由主义等既存在明显对垒又部分重叠的话语形态。在这种复调争鸣的历史文化场域中，如果从文坛交游和生存姿态来判断，赵家璧的政治文化立场确实不够鲜明。他作为良友图书印刷公司的编辑，为了更好地履行自己的职责，一直与不同政治和文化立场的文人保持着较为紧密的联系。但实际上，他坚持的是左翼立场，或者有较为明显的亲左倾向。有研究者指出：

> 批评家把构成自我的一系列态度、信念和价值标准等所组成的有组织的心理结构，贯穿并消融到具体的建构进程之中，在个性、观念、思想和情感方面把"他者"改造成一个新的形象，从而寄托自己的生命体验和思想情感。[①]

赵家璧从社会主义现实主义和民族/国家双重视角观照美国现代小说，并完成其形象构建实践，的确暴露了他思想观念、情感认同等方面的一些信息。无论是高度认同左翼文学界大力提倡的社会主义现实主义准则，还是对美国文学及其各种文学思潮的态度，都可以说明，他在 20 世纪 30 年代民族主义情绪高涨的语境中虽然接受了民族/国家观念，但主要秉持的是左翼政治文化立场。

---

① 岑雪苇：《文学批评与作家文化形象的建构》，《浙江学刊》2001 年第 6 期。

第八章　从"ABC"到"新传统"：美国文学形象构建的整体变迁

　　社会主义现实主义的口号或者理论，本是苏联文艺界提出的。温儒敏①和陈顺馨②等学者曾专门研究过该理论在中国的传播状况。20 世纪 30 年代介绍和阐释这一口号或理论的中国文人非常之多，但周起应1933 年撰写并发表于《现代》杂志的《关于"社会主义的现实主义"与革命的浪漫主义——"唯物辩证法的创作方法"之否定》一文，在传播这一理论的历史上显得尤为重要。"这篇论文一般被认为是第一篇正式由中国接受者自己阐释社会主义现实主义是什么的文章。"③ 凑巧的是，赵家璧既是《现代》杂志主编施蛰存的同乡和好友，又是该杂志的重要作者，曾在该刊发表多篇译作和论文④。而他写作、发表《美国小说之成长》这一贯穿《新传统》始终的文章，分别是在 1934 年 8 月和 10 月，均在周起应的文章发表之后。他评判美国现代小说时秉持的社会主义现实主义标准，也与左翼文学界当时大力倡导的文学创作和批评原则基本一致。由此我们推断，他读到周起应文章并受其影响的可能性非常之大。

　　然而，我们指出赵家璧认同左翼意识形态和文学话语标准，既不是要抹杀他研究美国现代小说时秉持民族/国家话语立场这一事实，又不是要遮蔽这一话语立场的历史文化意义。近代以来，中华民族时刻面临着危亡考验。到了 20 世纪 30 年代，如何实现"救亡"，更成为摆在不同倾向的文人面前的共同难题。在这样的历史文化语境中，"以阶级话语登上文坛的左翼文学，对民族危机也绝非视而不见，只不过每每把阶级话语和民族话语交织在一起而已"⑤。尽管出于意识形态之争，左翼文人在显性层面主要彰显阶级/革命话语立场，但民族/国家也是其重要

---

① 温儒敏：《新文学现实主义的流变》，北京大学出版社1988 年版。
② 陈顺馨：《社会主义现实主义理论在中国的接受与转化》，安徽教育出版社2000 年版。
③ 同上书，第86 页。
④ 译文有《东方、西方与小说》（第 2 卷第 5 期）、《近代美国小说之趋势》（第 5 卷第 1 期）、《近代西班牙小说之趋势》（第 5 卷第 4 期）和《近代意大利小说之趋势》（第 5 卷第 4 期）和《近代英国小说之趋势》（第 5 卷第 5 期）等；论文有《勃克夫人与黄龙》（第 3 卷第 5 期）、《帕索斯》（第 4 卷第 1 期）、《美国小说之成长》（第 5 卷第 6 期）和《怀远念旧的维拉·凯濑》（第 5 卷第 6 期）等。
⑤ 张中良：《论30 年代民族主义文学思潮》，《中国现代文学研究丛刊》2013 年第 9 期。

的隐性话语。赵家璧的美国现代小说研究，正是如此。他一方面基于社会主义意识形态建构的诉求，努力梳理美国现代小说中的左翼文学谱系；但另一方面，他基于现代民族/国家话语建构的热望，从民族/国家视角出发，肯定美国文学作为民族文学而存在和发展壮大的历史实绩。

四 从美国国家形象构建到中国自我认知和想象

作为一部深入阐释美国文学的史著，《新传统》不仅构建出了全新的美国文学形象，而且成功地融入了对美国国家的认知和想象，参与了对中国现实的思考和对中国未来的展望。在该著中，赵家璧将美国文学形象、美国国家形象和中国形象构建成功地融为了一体。

国家形象是一个具有客观性和主观性的综合体，既基于一个国家的物质、精神、制度等事实层面，又是经过人的认知和加工构建出来的结果。美国学者马丁（I. M. Martin）等人就认为，国家形象是一个"多维度"的建构，是"关于某一具体国家的描述性、推断性、信息性的信念的总和"[①]。我国学者也指出，"国家形象不仅是一个国家的人民通过现实生活取得的政治、经济和文化成就所塑造出来的，也是这个国家的人民通过文艺作品所'重塑'出来的"[②]。国家形象得以构建的途径和方式有很多，文学是其中非常重要的一种。文学既是被传播和接受的信息，又是负载和传播其他信息的重要媒介，"已经成为国家形象构建的重要载体"[③]。

在《新传统》一书中，赵家璧尽管主要将美国文学作为信息来处理，但也把它视为折射美国国家现实状况的重要媒介。实际上，他在言说美国文学并构建其形象的过程中，既通过阐释美国文学自身传递的美国形象，又通过解说美国文学成长的社会政治、经济和文化背景，构建

[①] I. M. Martin and S. Eroglu, "Measuring a Multi-dimensional Construct: Country Image", *Journal of Business Research*, No. 28, 1993.
[②] 《"文艺作品中的国家形象"研讨会在京举行》，《文艺理论批评》2008 年第 2 期。
[③] 徐放鸣、李雍：《中国当代文学中国家形象构建的三个问题》，《中国现代文学研究丛刊》2015 年第 6 期。

出了美国的国家形象。

一方面,赵家璧构建出了美国的经济和政治强国形象。他讨论美国文学从殖民地文学向民族文学演变时指出,美国在政治独立好长时间之后依然未能实现文学的彻底独立,主要有"三个较切实的理由",分别是"思想上的,言语上的,经济上的"①。他在具体的分析过程中,由于受马克思主义和卡尔浮登等人文学社会学批评的影响,着重强调了经济基础对美国文学产生的影响。他说:"美国文学迟迟成熟的又一个更重大的原因,便是经济上的落后。作为一切产生艺术的经济基础,既然处处受着英国的支配,反映社会和生活的文学作品,当然脱不掉殖民地的心理。"②但进入20世纪之后,美国"经济上不但不受英国的支配,反而用它的金元政策在支配着别人"③,当美国"在外交上和经济上这样大奏凯旋而渐渐跨上世界强国之列的时候,文学也跟了政治上和经济的优越,而逐渐发展起来"④。赵家璧的核心思想是,美国文学能够在20世纪呈现出独立性并取得丰硕的成就,与美国经济的强大和政治影响力的扩散有很大关系。

另一方面,赵家璧构建出了危机四伏、阶级严重分化的美国形象。他特别强调美国作家对社会现实的真实再现,而能不能直面现实、暴露社会问题,恰恰是他判断他们的重要标准。那些被他高度肯定的德莱塞、安德生、帕索斯等作家,往往揭示了价值混乱、道德败坏、暴力频现、贫富悬殊等负面的美国社会现实。这些作家的作品本身传播着有关美国的负面信息,而赵家璧评析他们时,又从社会学的角度将其无限放大。他明确指出,"美国在世界金融市场上的黄金时代,只是昙花一现",已经陷入了"无可救药的病态",呈现出"不景气的现状"⑤。在他看来,正是因为美国社会存在诸多问题,资本主义才开始走向没落,改造美国社会的结构、推进社会变革才显得不但非常必要,而且势在

---

① 赵家璧:《新传统》,良友图书印刷公司1936年版,第5页。
② 同上书,第10页。
③ 同上书,第12页。
④ 同上书,第30页。
⑤ 同上书,第47页。

必行。

另外值得注意的是，赵家璧分析不同的文学思潮流派，往往采用阶级分析的方法，涉及了美国国内的阶级分化问题。在他看来，作家便是某个阶级及其利益的集中代表；不同阶级出身的作家创作时，不仅选材和思想倾向不一样，而且具有不同的利益诉求，满足了不同阶层读者的需求。比如，他分析以辛克莱为代表的"暴露文学"时就指出：

> 上级的中产阶层便和下级的形成了对立的形势。而下级的中等者既感觉到自己处处受威逼，同时眼看到上层中等者发财的方式，有不少足资攻击的，于是为了自身利益起见，不得不想方法去暴露他们的弱点，根本上动摇他们在社会上的潜势力。①

总体来看，赵家璧构建出的是复杂的、矛盾的美国形象，而这样的美国形象也折射出了他对待美国的矛盾形态。一方面，他非常艳羡美国民族独立之后在经济和文化等领域取得的巨大成就；另一方面，因为美国存在包括阶级问题在内的诸多突出社会问题，他又颇为不满。

在中华民族遭遇严重危机、国民党一党专政的时代语境下，以不同的方式要求和参与社会变革，成了相当一部分中国人的追求。与真刀真枪实干的革命家同道，一大批不甘于现状的文人，也通过话语实践来释放自己的政治文化焦虑心理，传达对中国问题的思考和想象。无论是从事创作还是从事批评，话语实践本身就成了他们彰显自己政治文化选择的一种方式。对从事外国文学批评的文人来讲，参与批评实践，不仅是为了追求知识的进步，促进人类的文化交流，更在于借言说他者来思考和想象自我。赵家璧的美国文学批评就是如此。他在批评美国文学的过程中，也变相思考着中国文学的出路，想象着改造中国社会的途径。这使得他的批评呈现出了强烈的中国现实关怀意识。

对于赵家璧来说，言说美国是他思考中国问题并传达自己信念的重

---

① 赵家璧：《新传统》，良友图书印刷公司1936年版，第20—21页。

第八章 从"ABC"到"新传统":美国文学形象构建的整体变迁

要话语策略。在《新传统》的"序"中,他就将中美两国的文学勾连在一起。他指出,二者都面临着如何摆脱旧传统束缚和构建各自新传统的问题。不无巧合的是,就在 1936 年,他主编的《中国新文学大系》和撰写的《新传统》同时出版。根据赵家璧自述,尽管当时受到各种版权和出版法规的限制,"但企图整理编选五四以来文学创作的这个编辑构思,一直萦绕在我的心头"①。《中国新文学大系》这一对新文学第一个十年"有声有色的总检阅和总定位"② 最终能够出版,尽管离不开蔡元培的鼓励和鲁迅、朱自清、阿英等编纂者的支持,但赵家璧当时要把它编成独特面貌、自成体系文集的这一构想,同样不容我们忽视。其实,无论是《中国新文学大系》还是《新传统》,都致力于梳理和总结"新文学"已经取得的成绩,其实都在塑造和提倡一种新传统。这二者之间存在内在关联这一事实,也可以说明,赵家璧完全有可能在阐释美国文学的同时,也思考着中国自身的问题。

一方面,赵家璧对美国文学新传统的重视,实际上暗含着对中国文学新精神的呼唤。在他看来,美国文学进入 20 世纪之后短短二三十年间,构建出了属于自己的新传统,以非凡的文学成就赢得了世界认可,远远走在了中国的前面。从这个意义上来说,美国文学就有许多值得中国文学借鉴的经验。美国文学新传统的构建,面临着如何继承欧洲或者世界文学传统、开掘和发扬本土文学传统的问题。它能够引起世界重视,不仅是因为吸收了世界文学的优长之处,而且传达了独特的民族经验。因此,在他看来,中国新文学要真正构建出属于自己的新传统,也需要处理好世界主义与民族主义之间的关系。

赵家璧的这种思考,实际上已经加入了关于中国文学发展路向的讨论。从 20 世纪 20 年代末开始,中国文人一边努力追逐世界主义,一边开始思考中国新文学该如何处理与民族文学传统的关系。有类似思考的文人认为,中国文学创作应该积极使用民族形式、民族题材,有选择地

273

---

① 赵家璧:《话说〈中国新文学大系〉》,《新文学史料》1984 年第 1 期。
② 杨义:《新文学开创史的自我证明——为〈中国新文学大系导言集〉所作导言》,《文艺研究》1999 年第 5 期。

承继民族传统。这实际上是为了让中国文学在世界主义的大潮中保持民族特性,以免它在遭遇以西方文学为主导的世界潮流的强势挤压时,消弭了个性,丧失了独特存在的意义。在民族意识进一步强化的时代,这种思考虽有抗拒世界文学之嫌,但其实暗含着消解以西方为参照的"单一现代性"神话,建构中国文学的另一种现代性的意图。现在看来,这种思考是颇有见地的,因为"缺乏民族化中国文学必然走上'全盘西化'的道路,就不能以具有民族特色的新文学进入世界文学的殿堂"①。

另一方面,赵家璧突出美国文学中解构现存秩序、构建全新意识形态的现实主义文学,尤为重视现实主义作家对美国社会展开的批评。这实际上有鲜明的中国问题针对性。美国作家批评的不少美国问题,在中国照样存在,因此,他突出美国作家的批判性,也是在变相地指责中国的社会问题;他赞扬美国现实主义作家看到了阶级革命是改变美国的唯一出路,也是在传达对中国社会出路的思考。

赵家璧思考中国文学建设的问题,其实最关注的还是文学如何参与社会变革。总的来看,他的思考主要从两个层面展开:一是作家的创作姿态和担当意识,二是文学的价值及其实现途径。

在同样的社会现实面前,到底是选择直面现实,激流勇进,还是选择逃避现实,消极颓废,直接关涉作家的创作姿态和价值取向。在赵家璧看来,凯瑟、维尔特等人在复杂的社会现实面前选择了逃避,不是在虚构的艺术世界中怡然自乐,就是用平静如水的文字努力证明命运天定并期冀于宗教救赎;海明威和福克纳等作家在思想上存在明显的缺陷,是消极颓废的个人主义者。因此,他对他们都在一定程度上做出了消极评价。他在批评这些作家的同时,却高度肯定了德莱塞、帕索斯等"向着积极的人生道上去斗争"②的作家。

其实,美国文坛存在的分化情况,在中国同样存在。在20世纪30年代,中国文坛既有积极主张阶级革命的左翼作家,又有倡导普遍人

---

① 朱德发:《世界化视野中的现代中国文学》,山东教育出版社2003年版,第66页。
② 赵家璧:《新传统》,良友图书印刷公司1936年版,第176页。

第八章 从"ABC"到"新传统":美国文学形象构建的整体变迁

性、主张渐进改良的梁实秋等自由主义作家,还有国民党和亲近国民党的文人。赵家璧指出:"美国思想界的左倾,在最近数年来,跟其他各国一样,已成为极明显得事实……激进主义,从底下冲到了上层,竟影响到全美的文学界。"① 那么,中国文人在面对切切实实存在的社会问题时该怎么办?是不是也应当从事现实主义的文学创作?而对一些思想消极颓废的作家来讲,是不是也应当积极实现思想转变,勇敢担当起社会责任呢?在《新传统》的"序"中,赵家璧写道:"太平洋两岸的文艺工作者,大家都向现实主义的大道前进"②,而且随着美国个人主义思想的没落,传播到中国的美国精神也发生了变化。由此不难得出结论,他对这些问题的答案是肯定的,尽管他对此没有明言。

赵家璧呼吁作家要努力实现思想转变,使自己的创作担当起唤醒读者大众的重责。然而,文学并不能直接参与社会变革,它的功能只能通过广大读者来实现,只能通过改造他们的思想,转变他们的认识,激发起他们改变现实的斗志并积极参与革命实践发挥起来。这涉及两个问题,一是作家自身需要思想启蒙,二是接受了思想启蒙的作家急需启蒙普通大众,因为"在左翼作家看来,普通大众不仅在文化知识上是愚昧的,而且在政治上也是落后的"③。对于作家来讲,就要完成从思想革命到文学革命的转变,从而间接地参与社会革命。对于读者来讲,就需要通过文学接受思想启蒙,从而直接参与社会革命实践。因此,作家的思想改造就成了重要前提,但改造社会的重任还得通过普通大众来实现。正是基于这种认识,赵家璧对作者和读者这两个文学要素都非常重视。

读者是文学价值实现的重要途径。那么,文学如何才能走近读者,实现大众化,最大限度地发挥其功能呢?20 世纪 30 年代中国文人就曾针对文学大众化展开过热烈讨论,涉及了语言、题材等方方面面的问题。比如,瞿秋白就曾说:"大众文艺应当用什么话来写,虽然不是最

---

① 赵家璧:《新传统》,良友图书印刷公司 1936 年版,第 291 页。
② 同上书,第 2 页。
③ 郭国昌:《二十世纪中国文学的大众化之争》,百花洲文艺出版社 2006 年版,第 129 页。

重要的问题,却是一切问题的先决问题。"① 20世纪30年代的文学大众化运动,绝非单纯的文艺问题。文学虽是大众化的载体,但如果就文学论文学,则必然遮蔽这一运动展开的政治动机和利益诉求。郭国昌就曾指出,这"不仅是一个关于文学性质的重新解释过程,而且也是一个与当时的现实状况相关的社会实践过程"②。

在赵家璧看来,作家尽管需要积极健康的思想,但仅此还远远不够,语言风格和创作技巧同样是应该考虑的重要因素。这与当时瞿秋白等左翼主流批评家的思路颇为接近。赵家璧讨论斯坦因时指出,她早期的创作"一反过去文艺作品用最华丽的字句和最雕饰的修辞去叙述故事的旧习惯,而模仿小孩子的言语,用最本质的字句去表现最本质的东西"③,而"这一种用最简单、最朴素、最基本的文字来作为文艺创作的工具,在文艺作品需求大众化的原则下,是值得采用的。许多作品不能深入民间,最大的难关,就是许多古怪的文字远远超出了一般人的教育程度,而主要的意义,反被这些装饰的字句所掩没掉"④。当然,斯坦因的创作很复杂,也具有很鲜明的现代主义特征。赵家璧只是突出了她部分作品语言层面的部分特点而已。正是按照大众化的标准,赵家璧也对福克纳等人提出了批评。在他看来,福克纳的《喧哗与骚动》《在我弥留之际》等作品之所以无法获得广大读者的认可,就在于作者运用的意识流、心理分析、自由联想等先锋文学技巧,明显超出了普通大众的接受水平。从这些论述可以看出,赵家璧尽管认为形式上的创造性确实是美国文学美国性的突出表现,因而值得肯定,但创新是需要限度的,过分的创新会直接影响到文学社会价值的实现。因此,努力做到思想内容和艺术技巧之间的统一和平衡,是赵家璧从文学接受的角度对作家提出的更高要求。

文学具有什么功能以及功能如何实现,是20世纪30年代中国文学

---

① 史铁儿(瞿秋白):《普洛大众文艺的现实问题》,《文学》1932年创刊号。
② 郭国昌:《二十世纪中国文学的大众化之争》,百花洲文艺出版社2006年版,第1页。
③ 赵家璧:《新传统》,良友图书印刷公司1936年版,第161页。
④ 同上书,第163页。

第八章 从"ABC"到"新传统":美国文学形象构建的整体变迁

界争论的重点问题之一。左翼文学界提出了"文学武器论"和"文学宣传论",并在 1932 年将文艺大众化规定成"左联"工作的重要任务之一。然而,对文学工具功能的过分强调,在很大程度上掩盖了对文学艺术性的重视;文艺大众化的调子喊得很高,但既未真正落到实处,又因过分强调靠近大众的审美需要而扼杀了对文学艺术性的追求。况且,文学大众化口号的提出,核心目标与其说是为了提高普通大众的审美水平,还不如此说是为了发挥文学的意识形态教育功能。从这个角度来看,赵家璧对文学改变社会现实这一功能的思考,与左翼基本一致。然而,他更为重视文学的艺术性,思考文学价值的实现问题时,也注意到文艺要真正大众化就需要实现内容和形式的统一和平衡。这种思考实在难能可贵。

赵家璧尽管言说的是文学,但思考的问题实际上远远超出了文学,涉及了政治、经济、文化等其他领域。文学无非是他思考其他领域相关问题的重要切入口,而突出文学变革现实的功能,本身就隐含着他对中国多层面问题的思考和想象。因此,美国更多承担了他思考和想象中国问题的载体功能。在他看来,美国尽管在经济等方面取得了很大的进步,但存在的问题也显而易见。对中国来说,美国既是正面的榜样,也是负面的例证。正因如此,他一方面由衷地赞美美国,另一方面又展开激烈的批评,认为它本身是亟须变革的对象。这无不表明,他在以美国为参照思考中国的出路时,虽然貌似有点矛盾,但实际上非常冷静。他认为,中国致力于现代民族/国家建设,很有必要学习美国的优长之处,但必须有所鉴别,必须尽量避免美国已经存在的问题在中国重演。面对自近代以来民族危亡、政治腐败、积贫积弱的社会现实,中国确实需要像美国那样在经济和军事方面实现飞跃发展,但必须避免美国社会存在的贫富分化、阶级矛盾激化等问题。现在看来,这无疑是一种切合中国实际的思考。

美国文学如何发生发展,本来是"客观存在"的历史事实,但历史叙事的功能,就在于将"本然"的历史转换成符合特定逻辑的"书写"的历史。在叙述历史的过程中，史家的目标、视野和姿态便成了重要的影响因素。在《美国文学 ABC》中，曾虚白致力于呈现有关美国文学的基础知识，但"规避"了美国文学进入 20 世纪之后取得的辉煌成就，最终构建出了消极的美国文学形象。与此同时，他大量沿袭域外学者的相关论断，尚未对美国文学形成相对独立的判断。总体来看，曾虚白笔下的美国文学形象，集中反映了长期以来许多中国文人对美国文学的消极态度。在《新传统》一书中，赵家璧尽管因为社会主义意识形态建构的诉求，夸大了美国现实主义文学的成就，贬低或者遮蔽了其他文学潮流及其作家作品，明显存在偏颇之处，但他毕竟借鉴了新近流行开来的文学话语标准，以肯定美国文学已经具备独立性为基本前提，构建出了全新的美国文学形象。他以独特的视角和全新的话语标准展开阐释，也对美国文学做出了相对独立的判断。同样重要的是，他在言说美国文学、构建美国文学形象的过程中，也积极思考中国现实、设计中国未来走向，融入了强烈的现实关怀意识。

对比研究《美国文学 ABC》和《新传统》这两部分别出版于 1929 年和 1936 年的史著，我们不仅可以感受到美国文学形象在 20 世纪 30 年代的中国发生了整体性变迁，而且能够感受到中国文人把握美国文学的能力明显有所提升。

结　语

　　本书致力于还原和阐释20世纪30年代中国的美国文学形象构建问题，涉及这一跨文化话语实践得以展开的历史文化语境、具体过程和最终结果等。总体来看，这一时段中国的美国文学形象，既发生了历时性变迁，又呈现出了共时性差异；文人们在构建美国文学形象的具体过程中，既掺入了对美国的认知和想象，又曲折地表达了对中国现实的思考和对中国未来的展望。

　　美国和美国文学自身的崛起虽是影响中国文人构建美国文学形象的重要因素，但中国文人群体的分化、文学发展的内在需求和民国社会文化语境，也是美国文学形象被不断构建、被多元构建的强劲动力。

　　美国文学早在19世纪中叶就进入了中国，但美国有英国殖民的背景，民族独立之后的文学历史比较短暂，有很长一段时间也事实上遵从着欧洲文学传统。这就导致20世纪30年代之前的中国文人一直轻视美国文学的成就，甚至质疑和否定它作为民族文学而存在的价值。进入20世纪之后，与美国迅速崛起及其影响力急剧扩散同步，美国文学也取得了辉煌成就，不仅大幅提升了在世界文学中的地位，而且开始引领世界文学潮流。随着美国文学在世界文学格局中自塑出了良好的形象，20世纪30年代的中国文人也开始对其另眼相看，经历了从粗浅介绍到深入剖析、从轻视到重视的整体性过渡。从曾虚白1929年出版的《美国文学ABC》到赵家璧1936年出版的《新传统》呈现出的显著变化，不仅标志着中国文人把握美国文学的能力明显提升，而且标志着美国文学的形象在中国出现了整体性变迁。尽管这一时段依然有人无视20世纪美国文学的良好发展势头,但总体来看,质疑和否定美国文学的声音明显减弱,美国文学也开始在中国呈现出全新的形象。在中国文人的视界中,美国文学不仅成了世界文学中的重要一支,而且已经克服了欧洲文学传统的束缚,彰显出了美国民族文化特性,形成了自己的新传统。

  与此同时,在20世纪30年代中国"政治场"和"文学场"严重分化的语境下,秉持不同话语立场的文人,不约而同地意识到了文学在社会文化和政治意识形态建构方面的重要性,不仅对美国文学资源展开了激烈争夺,而且做出了不同的选择和安排,构建出了不尽相同的美国文学形象。这就导致美国文学形象在20世纪30年代中国出现整体性变迁的同时,又呈现出了鲜明的共时性差异。郭沫若等左翼文人和赵家璧等"亲左"文人为了彰显阶级/革命话语立场,突出了美国的左翼文学,实际上构建出了"赤色"的美国文学形象。杨昌溪等有国民党背景或追随"民族主义文艺运动"的文人,在很大程度上彰显了民族/国家话语立场。他们努力挖掘美国文学中反映民族斗争情绪的部分,尤其关注黑人文学的成就和社会文化内涵,最终构建出了反抗内部压迫、追求民族/种族解放的美国文学形象。施蛰存、杜衡等自由主义文人为了彰显文艺自由的立场,突出了美国文学得以自由发展的社会文化环境,构建出了具有独立性、创造性、现代性并呈现出多元竞生态势的美国文学形象。面对1930年刘易斯为美国首获诺贝尔文学奖这一事实,中国文人展开了热烈讨论,做出了不同的阐释,从而构建出了不同的刘易斯形象和美国文学整体形象。关于刘易斯获奖的相关争论,更能集中反映不同话语立场参与美国文学形象构建时呈现出的异同之处。

  值得注意的是,20世纪30年代的中国文人积极参与美国文学译介,固然是为了加快中国文学的现代化进程,增长有关域外文学的知识,但他们的追求绝不限于解决文学和知识层面的问题。其实,对美国文学的选择和安排,必然牵涉到对美国国家的认知和想象,而言说"他者"、构建"他者"形象,必然牵涉到对"自我"的认知和想象。20世纪30年代中国文人在构建美国文学形象的过程中,不仅掺入了对美国国家的认知和想象，而且融入了对中国"自我"的思考和展望。选择和阐释美国文学，既是他们言说美国的重要方式，又是面对中国现实问题发言并设计中国未来走向的重要策略。因此，他们的美国文学形象构建，也牵涉到对美国和中国形象的构建。同样一个美国，就和它的文学一样，在中国呈现出了多副面孔。

美国在政治独立之后短短一百多年的时间里，能够跻身于世界强国之列，无疑为思考和参与民族救亡图存的中国文人树立了光辉的榜样。现代民族/国家建设的内在冲动，使他们对美国这一现实中异常强大的"他者"无法做到视而不见。然而，面对同样一个美国，秉持不同话语立场的中国文人，也形成了不同的看法。左翼和"亲左"文人为了彰显阶级认同，在对美国国内的被压迫阶层表现出极大同情的同时，也突出了美国国内的社会、经济矛盾，构建出了表面上很强大但实际上危机四伏的美国国家形象。他们构建出这样的美国国家形象，在很大程度上是为了传达以革命手段促进中国社会政治转型的理念。在他们看来，中国就是一个充满阶级压迫的国家，当时的最大矛盾就是阶级矛盾，而要解决这一问题，必须开展阶级革命。杨昌溪等彰显民族/国家话语的文人，主要关注的是美国国内的种族/民族矛盾，实际上构建出了种族/民族之间严重不平等而少数族裔正在奋力反抗的美国国家形象。在他们看来，中国和其他帝国主义国家之间的矛盾，主要是民族矛盾，因此，中国要建设现代民族/国家，就应通过反抗斗争的方式实现民族解放，从而走出被列强殖民的困境。与他们不同的是，施蛰存、杜衡等自由主义文人为了凸显美国文学的多元竞生态势，明显美化了美国的社会、政治和文化环境，构建出了积极、正面的美国国家形象。在他们看来，中国的政治势力严重干扰了文学艺术的自由发展，因此，中国就应以美国为榜样，建设民主、自由的现代民族/国家，这样不仅能够较为有效地实现自我更新，而且可为文学艺术健康、有序发展提供必要的保障。显然，不同话语立场的中国文人对美国形成了不同的认知，对中国现实处境做出了不同的判断，对中国未来走向做出了不同的设计。

总之，20世纪30年代中国文人无论如何认知和想象、选择和安排美国文学、如何构建美国文学形象和美国国家形象,其实都蕴含着非常强烈的中国现实关怀意识。他们关注"他者"和构建"他者"形象,固然加深或者丰富了对"他者"的认识,但在很大程度上,是为了解决中国自身的问题。焦灼的现代"自我"意识,不仅是他们热情关注"他者"的强大动力,而且成了影响"他者"构建形象的重要因素。

构建"他者"形象,虽是针对"他者"本身展开的跨文化、跨语际话语实践,但"他者"存在的意义,更在于为"自我"的建构提供某种参照。研究20世纪30年代中国的美国文学形象构建,我们除了重视美国和美国文学这一"他者"形象对中国"自我"的参照性意义,还得具体分析这一参照如何切实推动了中国文学的现代化进程。

从晚清开始,中国文人就对域外文学展开了积极译介,"他者"的文学也成了中国文学现代转型的重要参照。时至20世纪30年代,中国新文学建设已经走过了第一个十年,积累了一些必要的经验和教训。不少文人虽然意识到中国的新文学建设,很有必要部分回归自身悠久的文学传统,但如何积极吸收和利用域外文学资源,依然是一个重要命题。随着美国文学在世界文学格局中自塑出了良好形象,20世纪30年代的中国文人也开始充分肯定它对于中国现代文学建设的借鉴意义。美国文学在很大程度上是与欧洲文学同根同源的,但它在较短的时间里取得了辉煌成就,构建出了属于自己的新传统,引起了世界重视,开始引领世界文学的潮流。迅速崛起的美国文学呈现出了崭新的形象,对于追求新文学建设的中国文人来说,无疑树立了光辉的榜样。

20世纪30年代中国文人在将美国文学整体树立成重要参照的同时,又因为诗学、政治和文化选择有所不同,既对美国文学的不同部分做出了不同的选择和阐释,又为"自我"的发展找到了不同的参照对象。中国文人的多元化选择,促使分属不同潮流、不同文体的美国文学在20世纪30年代同时进入了中国,既不同程度地促进了这一时段中国的文学思潮发展和文体建设,又对具体的作家创作和文学批评产生了重要影响。

从某种意义上来说,20世纪30年代中国文人的美国文学形象构建,就是与美国文学大量进入中国并对中国文学产生影响同步而生的。构建出积极阳光的美国文学形象,标志着中国文人开始重视美国文学。这使得美国文学对中国文学产生广泛和深入的影响有了可能性。不同倾向的文人突出了美国文学形象的不同侧面,有选择地吸收和借鉴了体现特定侧面的作家和作品。这使美国文学的不同部分发挥出了不同的影响力。上文已经较为详尽地分析了20世纪30年代中国文人如何构建美国文学形象,此处主要以文体为线索,简要梳理美国文学在20世纪30年代中国文学的现代化进程中到底起到了哪些作用。

第一,小说领域。

美国的浪漫主义、现实主义、现代主义、古典主义等小说潮流,在20世纪30年代共时进入了中国,但真正对中国小说产生深刻影响的,主要是现实主义小说。自"五四"时代起,中国文学就形成了以现实主义为自觉追求的文学潮流。到了20世纪30年代,现实主义更是被大力提倡。在探索现实主义文学发展路径的过程中,文人们模仿苏联和日本,相继提出了"唯物辩证法"的创作方法、新现实主义和社会主义现实主义等。在强调文学直面和改造现实的时代,左翼文人重点引进了域外现实主义文学,尤其是彰显激进意识形态的作家作品。辛克莱、杰克·伦敦、德莱塞、高尔德等美国小说家面对现实的勇气、收集素材和书写现实的策略,引起了中国文人的高度关注,也对他们的创作产生了一定的影响。有学者指出,"1928年到1930年是中国现代文坛'大嚷'辛克莱的3年"[1]。他对20世纪30年代中国左翼文学的影响尤为值得注意。茅盾赢得了"中国的辛克莱"[2]之称,龚冰庐的《炭矿夫》等也在某种程度上受到了辛克莱小说的启发[3]。

就20世纪30年代中国的小说潮流来看,除了左翼小说,最明显受到外来影响的当属新感觉派或心理分析派。这派小说除了受弗洛伊德心

---

[1] 谢天振、查明建:《中国现代翻译文学史(1898—1949)》,上海外语教育出版社2004年版,第345页。
[2] 朱明:《读〈子夜〉》,《出版消息》1933年第9期。
[3] 关于辛克莱对20世纪30年代中国左翼文学的影响,参见葛中俊《厄普敦·辛克莱对中国左翼文学的影响》(《中国比较文学》1994年第1期)。

理分析学等的影响,还是在"日本的影响下发展起来的"①。不过,它也与美国现代小说存在重要关联。比如说,穆时英阅读了帕索斯的《一九一九》之后,非常赞赏他使用的具有实验特征的写作手法,并决定"按杜斯·帕索斯的方法写中国,把时代背景,时代中心人物,作者自身经历和小说故事的叙述,融合在一起写个独创性的长篇"。他的小说《中国行进》,最初即定名为《中国一九三一》。②

无论是辛克莱还是帕索斯,都是20世纪30年代中国文人构建美国文学形象的过程中重点突出的作家。在郭沫若等左翼文人眼里,辛克莱就是"革命文化"时代的文学和文化偶像。③ 在赵家璧这样的"亲左"文人看来,帕索斯将"社会主义的写实主义的内容"和"民族主义的形式"较为完美地结合到了一起,属于引领时代潮流的美国小说家。④ 显然,中国文人在创作小说时以辛克莱、帕索斯等为重要参照,是与这些作家大量进入中国并被构建出光辉形象分不开的。

第二,诗歌领域。

和小说相比,美国诗歌对20世纪30年代中国文学的影响要更为明显。除了惠特曼和意象派诗歌继续对中国诗歌产生影响之外,桑德堡、艾略特等也开始发挥影响。以《现代》杂志为中心的施蛰存、徐迟等诗人,不仅致力于译介意象派的诗歌和理论,而且明显受到其捕捉生活情景、传达生存感受的理念和手法的影响,创作了《银鱼》《都会的满月》等意象清新、朦胧含蓄的现代派诗歌。都市诗的兴起是20世纪30年代中国诗歌领域的重要现象。它继承了20世纪20年代郭沫若等开创的都市诗创作传统,进一步扩大了诗歌的表现范围。这一诗歌潮流的兴起,与美国都市诗人桑德堡、林赛等的诗作被大量译介不无关系。

关于20世纪30年代中国诗歌所受的美国影响,研究界关注最多的大抵是艾略特的诗歌及其诗论。孙玉石指出,《荒原》的译介及其产生的影

---

① 严家炎:《中国现代小说流派史》,长江文艺出版社2009年版,第126页。
② 赵家璧:《致严家炎函》,载严家炎、李今编《穆时英全集》第三卷,十月文艺出版社2008年版,第525页。
③ 参见本书第三章的相关论述。
④ 参见本书第八章第二节的相关论述。

响,是中国新诗发展中出现的"第一个最大的现代性的'冲击波'"①。其实,几乎所有整体论述中国现代诗歌或研究中外文学关系的学者,都要提到艾略特对卞之琳、何其芳、叶公超等的影响。前两者所接受的影响主要在创作层面,而后者接受的影响主要体现在诗学观念层面。

无论是意象派还是艾略特等,基本上都属于现代主义文学潮流。就20世纪30年代中国的整体语境而言,无论是左翼还是右翼,都激烈批评这一文学潮流的消极颓废和个人主义倾向。但在"文学场"分化的语境下,施蛰存、叶公超等自由主义文人,为了凸显艺术自由的主张,特别热衷于译介域外现代主义作家作品。在他们的视界中,美国文学本身就呈现出多元共生的形象,而意象派诗人和艾略特等的艺术形式和思想内质,最能体现出文学的现代意识和创新精神,因此中国的新文学建设就有必要吸收和借鉴这部分成果。正是因为这批人的大力引介和吸收借鉴,美国现代主义诗歌成了切实推动中国诗歌现代化的重要资源。如果说,美国文学对20世纪30年代中国小说产生重要影响的主要是现实主义小说,那么,对这一时段中国诗歌产生重要影响的无疑是现代主义诗歌。

第三,散文领域。

谈到美国散文作家,成就最大的或许要数19世纪的爱默生和梭罗,但20世纪30年代中国文人除了撰述文学史之外,很少关注和译介他们的相关作品。对这一时段中国文学产生了重要影响的,反而是报告文学和文学批评。

中国的报告文学这一文类的形成,在很大程度上接受了域外影响。黄科安曾指出,"中国现代知识者对报告文学的认识,是源自当时国外左翼人士对报告文学的理论建构与创作实践"②。日本学者川口浩著、沈端先译的《报告文学论》③等,突出了报告文学的社会暴露和批判功能。周立波发表了《谈谈报告文学》、茅盾发表了《关于"报告文

---

① 孙玉石:《中国现代主义诗潮史论》,北京大学出版社1999年版,第174页。
② 黄科安:《域外资源与中国现代报告文学理论之建构》,《中国现代文学研究丛刊》2011年第1期。
③ 发表于《北斗》1932年第2卷第1期。

学"》①，进一步阐发了相关理论问题。在国内外有关报告文学的相关论述中，美国的报告文学受到了重视，杰克·伦敦、辛克莱等也被当作世界重要的报告文学家②。他们的相关作品，成了中国文人创作报告文学的重要范例。这些所谓的"报告文学家"，本身就是现实主义作家。在左翼文化语境中，他们本身是被有意凸显的对象。

20世纪初的美国文学批评呈现出多元的发展态势，本书第一章对此有所介绍。20世纪30年代中国文人接受美国文学时，也非常注意吸收文学批评的养分。在"政治场"和"文学场"整体分化的语境下，不同倾向的中国文人接受美国文学批评资源时，明显做出了不同的选择。不同流派的美国文学批评，也成了不同倾向的中国文人依傍的重要理论资源。辛克莱的"文学宣传论"对中国左翼文人、以白璧德为核心的新人文主义对梁实秋、斯宾加恩的表现主义文论对林语堂、卡尔浮登的社会学批评理论对赵景深和赵家璧、艾略特的传统观和"新批评"对叶公超，都产生了重要的影响。比如，梁实秋不仅以新人文主义为理论资源，从整体上检视了"五四"以来的中国现代文学，认为其呈现出"浪漫的趋势"，而且大力讨伐"文学宣传论"和"阶级论"，因此也与左翼文人展开了激烈的论战。再比如，以李初梨为代表的"革命文学家"，有意"误读"了辛克莱的文艺理论③，过分突出了文学的阶级性和武器、宣传功能。从长远来看，这确实产生了不良影响，但在当

---

① 分别发表于《读书生活》1936年第3卷第12期；《中流》1936年第1卷第11期。
② 比如，在《报告文学论》中，川口浩将美国作家杰克·伦敦和辛克莱作为世界著名的报告文学家加以介绍，说前者是"近代最初的Reporter"，而后者的作品"不论看他内容，或者看他形式，都是大规模的曝露的报告文学"。在《关于"报告文学"》中，茅盾提到了美国作家约翰·里德的《震撼世界的十天》、帕索斯的《在各地》等。他尤其指出，斯劈伐克的报告"形式最多变化"。
③ 辛克莱在《拜金艺术》中对艺术下的定义，包括三个方面：一、艺术是宣传；二、艺术是人生的表现，可以"修改"人性、变革人的情感、信仰和行动；三、艺术在宣传的同时，需要运用"适宜的技艺"。参见冯乃超《拜金艺术——艺术之经济学的研究》，《文化批判》1928年第2期。但李初梨在《怎样地建设革命文学》中主要翻译了第一层含义。而他曲解了的辛克莱理论，却被郭沫若、许杰、顾凤城等左翼文人延续下来，进一步传播开来。关于20世纪30年代中国文人对辛克莱理论的误读，可参见周仁成《辛克莱的"艺术即宣传"在现代中国的传播与改写》，《文艺理论与批评》2014年第5期。

时的政治和文学场域中，这无疑是有意义的。

第四，戏剧领域。

有学者曾指出，"谈到中美文学在戏剧上的关系，粗略地可以化约成奥尼尔与中国，尤其是和20世纪20、30年代的洪深和曹禺之间的影响性关系"[1]。这种说法貌似有点夸张，但不无几分道理。除了奥尼尔，辛克莱、高尔德等左翼剧作家的剧作，也在20世纪30年代被中国文人零星译介过来，但这些作家本身不是重要的剧作家，对中国戏剧的发展产生的影响也不大。关于奥尼尔对中国20世纪30年代戏剧尤其是对曹禺产生的影响，学术界已经讨论得非常之多，涉及了气氛营造、悲剧意识、形象塑造、编剧艺术等不同层面。[2] 因此，以奥尼尔为代表的美国戏剧，也是推动中国戏剧现代化的重要资源。

综上，在20世纪30年代，中国文人不仅将美国文学视为建设中国文学的重要参照，而且全方位接受了美国文学的影响。正是因为中国文人在创作的过程中积极加以吸收和借鉴，美国文学在中国的影响力进一步扩散，真正成了推动中国文学现代化进程的重要资源。在这一过程中，"他者"和"他者"形象构建的参照性意义，也进一步彰显了出来。

---

[1] 龙泉明等：《跨文化的传播与接受——20世纪的中国文学与外国文学的关系》，人民文学出版社2010年版，第303页。

[2] 可参见刘海平和朱栋霖《中美文化在戏剧中交流——奥尼尔与中国》（南京大学出版社1988年版）、刘珏《论曹禺剧作和奥尼尔的戏剧艺术》（《文学评论》1986年第2期；《中国现代文学研究丛刊》1986年第3期）、龙兆修《从〈悲悼〉和〈雷雨〉看奥尼尔对曹禺的影响》（《外国文学研究》1997年第3期）、李大为《形式的探索与人物深层的心理的开掘——试论奥尼尔对曹禺创作风格的影响》（《戏剧文学》2009年第2期）等。

参考文献

Anderson, Marston, *The Limits of Realism: Chinese Fiction in the Revolution Period*, Berkeley: University of California Press, 1990.

Baym, Nina ed., *The Norton Anthology of American Literature* (6th ed. Vol. 2), New York: W. W. Norton & Company, 2003.

Beach, Christopher, *The Cambridge Introduction to Twentieth-Century American Poetry*, Cambridge: Cambridge University Press, 2003.

Bercovitch, Sacvan ed., *The Cambridge History of American Literature*, Cambridge: Cambridge University Press, 1994 – 2005.

Berman, Marshall, *All That is Solid Melts into Air: The Experience of Modernity*, New York and London: Penguin Books, 1982.

Bradbury, Malcolm and David Palmer eds., *The American Novel and the Nineteen Twenties*, London: Edward Arnold, 1971.

Brooks, Van Wyck, *Letters and Leadership*, New York: B. W. Hucbsch, 1918.

Cohen, Warren I., *America's Response to China: a History of Sino-American Relations* (5th ed.), New York: Columbia University Press, 2010.

Drinkwater, John, *The Outline of Literature*, New York & London: G. P. Putnam's Sons, 1923.

Elliott, Emory et al., *Columbia Literary History of the United States*, New York: Columbia University Press, 1988.

Even-Zohar, Itamar, "Cultural Planning and Cultural Resistance in the Making and Maintaining Entities", *Sun Yat-Sen Journal of Humanities*, 2002.

Fong F. Sec & Tseu Yih Zan, *Essentials of English and American Literature* (9th ed.), Shanghai: The Commercial Press, 1930.

Giddens, Anthony, *The Consequences of Modernity*, Cambridge: Polity Press, 1996.

Hoeveler, David Jr., *The New Humanism: A Critique of Modern America*, Charlottesville: University of Virginia Press, 1977.

Kissinger, Henry A., *Diplomacy*, New York: Simon and Schuster Inc., 1994.

Kotler, Philip, *Marketing Management, Analysis, Planning, Implementation and Control* (9th ed.), Upper Saddle River, New Jersey: Prentice Hall International, Inc., 1997.

Lauter, Paul ed., *The Heath Anthology of American Literature* (2nd ed.), Lexington: D. C. Heath and Company, 1994.

Lefevere, Andre, *Translation, Rewriting and the Manipulation of Literary Fame*, Shanghai: Shanghai Foreign Language Education Press, 2004.

Leopold, Richard A., *The Growth of American Foreign Policy: A History*, New York: Alfred A. Knopf, 1962.

Lovell, Julia, *The Politics of Cultural Capital: China's Quest for a Nobel Prize in Literature*, Honolulu: University of Hawaii Press, 2006.

Macy, John, *The Spirit of American Literature*, New York: Boni and Liveright, Inc., 1913.

Macy, John, *The Story of the World's Literature*, Garden City, New York: Garden City Publishing Co., Inc., 1925.

Marcus, Greil and Werner Sollors eds., *A New Literary History of America*, Cambridge: Belknap Press of Harvard University Press, 2009.

Martin, I. M. and S. Eroglu, "Measuring a Multi-dimensional Construct: Country Image", *Journal of Business Research*, No. 28, 1993.

Martin, James Kirby et al., *America and Its Peoples: A Mosaic in the Making* (5th ed.), Pearson Education, Inc., 2004.

Nord, Christiane, *Translation as a Purposeful Activity: Functionalist Approaches Explained*, Shanghai: Shanghai Foreign Language Education Press, 2001.

Nye, Joseph Jr., "Soft Power and American Foreign Policy", *Political Science Quarterly*, 2004 (2).

Parini, Jay ed., *The Oxford Encyclopedia of American Literature* (Vol. 2), Shanghai: Shanghai Foreign Language Education Press, 2011.

Perkins, David, *A History of Modern Poetry: from the 1890s to the High Modernist Mode*, Cambridge and London: The Belknap Press, 1976.

Ruland, Richard and Malcolm Bradbury, *From Puritanism to Postmodernism: A History of American Literature*, London and New York: Routledge, 1991.

Schaffner, Christina and Helen Kelly-Holmes eds., *Cultural Functions of Translation*, Clevedon: Multilingual Matters Ltd., 1996.

Shambaugh, David L., *Beautiful Imperialist: China Perceives America, 1972-1990*, Princeton, New Jersey: Princeton University Press, 1991.

Spiller, Robert, *Late Harvest: Essays and Addresses in American Literature and Culture*, Westport, CT: Greenwood, 1981.

Trent, William et al., *The Cambridge History of American Literature* (Vol. 1), New York: Macmillan, 1917.

Venuti, Lawrence ed., *The Translation Studies Reader* (2nd ed.), New York: Routledge, 2004.

Woodward, Kathryn ed., *Identity and Difference*, Sage Publications and Open University, 1997.

［英］阿雷德·鲍尔德温等：《文化研究导论》，陶东风等译，高等教育出版社2004年版。

［美］爱德华·斯图尔特等：《美国文化模式——跨文化视野中的分析》，卫景宜译，百花文艺出版社2000年版。

［俄］巴赫金：《诗学与访谈》，白春仁、顾亚铃译，河北教育出版社

1998年版。

白建才等：《美国：从殖民地到惟一超级大国》，三秦出版社2005年版。

北京图书馆编：《民国时期总书目》，书目文献出版社1992年版。

［美］本尼迪克特·安德森：《想象的共同体：民族主义的起源与散布》，吴叡人译，上海人民出版社2003年版。

曹清华：《中国左翼文学史稿（1921—1936）》，中国社会科学出版社2008年版。

陈红旗：《中国现代作家与左翼文学的互动相生》，东方出版中心2016年版。

陈平原等：《教育：知识生产与文学传播》，安徽教育出版社2007年版。

陈顺馨：《社会主义现实主义理论在中国的接受与转化》，安徽教育出版社2000年版。

陈彝荪、杨冀侃：《诺贝尔文学奖金获得者·现代世界作家论》，汉文正楷印书局1934年版。

陈子善编：《叶公超批评文集》，珠海出版社1998年版。

程金城：《中国20世纪文学价值论》，甘肃人民美术出版社2008年版。

戴杜衡：《免于偏见的自由》，台北传记文学出版社1979年版。

董洪川：《"荒原"之风：T. S. 艾略特在中国》，北京大学出版社2004年版。

董乃斌主编：《文学史学原理研究》，河北人民出版社2008年版。

董小川：《美国文化概论》，人民出版社2006年版。

佴荣本：《文学史理论》，社会科学文献出版社2012年版。

《20世纪诺贝尔文学奖颁奖演说词全编》，毛信德等译，百花洲文艺出版社2001年版。

方璧（茅盾）：《西洋文学通论》，世界书局1930年版。

［美］费正清：《美国与中国》第四版，张理京译，世界知识出版社1999年版。

［澳］F. Sefton Delmer：《英国文学史》，林惠元译，北新书局1930年版。

郜元宝、李书编：《李长之批评文集》，珠海出版社1998年版。

龚翰熊：《西方文学研究》，福建人民出版社 2005 年版。

顾凤城：《新兴文学概论》，光华书局 1930 年版。

郭国昌：《二十世纪中国文学的大众化之争》，百花洲文艺出版社 2006 年版。

郭沫若：《〈女神〉汇校本》，湖南人民出版社 1983 年版。

郭沫若：《郭沫若全集（文学编）》第 16 卷，人民文学出版社 1989 年版。

郭沫若：《郭沫若全集（文学编）》第 12 卷，人民文学出版社 1992 年版。

［德］哈贝马斯：《公共领域》，载汪晖、陈燕谷主编《文化与公共性》，生活·读书·新知三联书店 1998 年版。

［德］哈贝马斯：《公共领域的结构转型》，曹卫东等译，学林出版社 1999 年版。

［英］哈耶克：《通往奴役之路》，王明毅、冯兴元等译，中国社会科学出版社 1997 年版。

［美］海登·怀特：《作为文学虚构的历史本文》，载张京媛编《新历史主义与文学批评》，北京大学出版社 1993 年版。

［德］H.R. 姚斯、［美］R.C. 霍拉勃：《接受美学与接受理论》，周宁、金元浦译，辽宁人民出版社 1987 年版。

贺昌盛：《晚清民初"文学"学科的学术谱系》，中国社会科学出版社 2012 年版。

洪子诚：《问题与方法：中国当代文学史研究讲稿》，生活·读书·新知三联书店 2002 年版。

胡适：《尝试集》，亚东书局 1920 年版。

胡适：《胡适留学日记》，商务印书馆 1947 年版。

黄安年：《美国的崛起》，中国社会科学出版社 1992 年版。

黄延复：《二三十年代清华校园文化》，广西师范大学出版社 2000 年版。

［苏］吉尔波丁：《现实主义论》，辛人译，东京质文社 1936 年版。

［日］吉江乔松：《西洋文学概论》，高明译，现代书局 1933 年版。

［德］伽达默尔：《真理与方法》，王才勇译，辽宁人民出版社 1987 年版。

贾振勇：《理性与革命：中国左翼文学的文化阐释》，人民出版社 2009

年版。

贾植芳、俞元桂主编：《中国现代文学总书目》，福建教育出版社 1993 年版。

金理：《从兰社到〈现代〉——以施蛰存、戴望舒、杜衡及刘呐鸥为核心的社团研究》，东方出版中心 2006 年版。

［苏］柯根：《世界文学史纲》，杨心秋、雷鸣蛰译，读书生活出版社 1936 年版。

［英］柯林伍德：《历史的观念》，何兆武、张文杰译，商务印书馆 2004 年版。

［意］克罗齐：《历史学的理论和实际》，傅任敢译，商务印书馆 1997 年版。

［美］柯文：《在中国发现历史——中国中心观在美国的兴起》，林同奇译，中华书局 2005 年版。

旷新年：《1928：革命文学》，山东教育出版社 1998 年版。

孔慧怡：《翻译·文学·文化》，北京大学出版社 1999 年版。

［英］雷蒙德·威廉斯：《文化与社会》，吴松江、张文定译，北京大学出版社 1991 年版。

李今：《二十世纪中国翻译文学史（三四十年代·苏俄卷）》，百花文艺出版社 2009 年版。

李菊休编，赵景深校：《世界文学史纲》，亚细亚书局 1933 年版。

［美］李欧梵：《现代性的追求》，生活·读书·新知三联书店 2000 年版。

［美］李欧梵：《上海摩登：一种新都市文化在中国（1930—1945）》，毛尖译，人民文学出版社 2010 年版。

［英］利萨·泰勒、安德鲁·威利斯：《媒介研究：文本、机构与受众》，吴靖、黄佩译，北京大学出版社 2005 年版。

李宪瑜：《二十世纪中国翻译文学史（三四十年代·英法美卷）》，百花文艺出版社 2009 年版。

李扬：《文学史写作中的现代性问题》，山西教育出版社 2006 年版。

刘海平、朱栋霖：《中美文化在戏剧中交流——奥尼尔与中国》，南京大学出版社 1985 年版。

［美］刘禾：《跨语际实践——文学、民族文化与被译介的现代性》，宋伟杰等译，生活·读书·新知三联书店 2002 年版。

刘洪涛编：《沈从文批评文集》，珠海出版社 1998 年版。

刘增人等：《中国现代文学期刊史论》，新华出版社 2005 年版。

［美］卢瑟·S. 路德克主编：《构建美国——美国的社会与文化》，王波等译，江苏人民出版社 2006 年版。

鲁迅：《鲁迅著译编年全集》第八卷，人民出版社 2009 年版。

栾梅建：《二十世纪中国文学发生论》，广西师范大学出版社 2006 年版。

［法］罗贝尔·埃斯卡皮：《文学社会学》，王美华、于沛译，安徽文艺出版社 1987 年版。

罗钢、刘象愚编：《文化研究读本》，中国社会科学出版社 2000 年版。

罗志田：《乱世潜流：民族主义与民国政治》，上海古籍出版社 2001 年版。

马俊山：《走出现代文学的"神话"》，中国社会科学出版社 2002 年版。

［德］马克思、恩格斯：《马克思恩格斯选集》第 1 卷，人民出版社 1995 年版。

马祖毅等：《中国翻译通史》第二卷，湖北教育出版社 2010 年版。

［加］马歇尔·麦克卢汉：《理解媒介：论人的延伸》，何道宽译，商务印书馆 2001 年版。

［美］迈克尔·谢勒：《二十世纪的美国与中国》，徐泽荣译，生活·读书·新知三联书店 1985 年版。

孟华编：《比较文学形象学》，北京大学出版社 2001 年版。

［法］米歇尔·福柯：《知识考古学》，谢强、马月译，生活·读书·新知三联书店 2007 年版。

［日］木村毅：《世界文学大纲》，朱应会译，昆仑书店 1929 年版。

牟泽雄：《民族主义与国家文艺体制的形成——国民党南京政府时期（1927—1937）的文艺政策研究》，云南人民出版社 2013 年版。

欧阳哲生编：《胡适文集》第 4 卷，北京大学出版社 1998 年版。

［法］皮埃尔·布迪厄：《艺术的法则——文学场的生成和结构》，刘晖译，中央编译出版社2001年版。

［德］瑙曼等：《作品、文学史与读者》，文化艺术出版社1997年版。

钱理群等：《中国现代文学三十年》（修订版），北京大学出版社1998年版。

钱穆：《民族与文化》，东大图书股份有限公司1989年版。

［日］千叶龟雄等：《现代世界文学大纲》，张我军译，神州国光社1930年版。

［日］千叶龟雄：《大战后之世界文学》，徐翔译，光华书局1933年版。

秦弓（张中良）：《二十世纪中国翻译文学史（五四时期卷）》，百花文艺出版社2009年版。

秦启文、周永康：《形象学导论》，社会科学文献出版社2004年版。

芮和师编：《鸳鸯蝴蝶派文学资料》（上），福建人民出版社1984年版。

上海图书馆编：《中国近现代丛书目录》，手写印刷本1979年版。

沈光明：《留学生与中国文学的现代化》，华中师范大学出版社2011年版。

施宏告：《诺贝尔文学奖金与历届获得者》，人文书店1932年版。

［美］史景迁：《文化类同与文化利用》，缪世奇、彭小樵译，北京大学出版社1997年版。

［美］史书美：《现代的诱惑——书写半殖民地中国的现代主义（1917—1937）》，何恬译，江苏人民出版社2007年版。

施蛰存：《沙上的脚迹》，辽宁教育出版社1995年版。

施蛰存：《施蛰存七十年文选》，上海文艺出版社1996年版。

邵宁宁等：《当代中国现代文学研究（1949—2009）》，中国社会科学出版社2014年版。

［英］斯图亚特·霍尔：《文化身份与族裔散居》，载罗钢、刘象愚编《文化研究读本》，中国社会科学出版社2000年版。

苏汶（杜衡）：《文艺自由论辩集》，现代书局1933年版。

［美］孙康宜主编：《剑桥中国文学史》，刘倩等译，生活·读书·新知

三联书店 2013 年版。

孙玉石：《中国现代主义诗潮史论》，北京大学出版社 1999 年版。

孙毓修：《欧美小说丛谈》，商务印书馆 1916 年版。

谭桂林：《本土语境与西方资源——现代中西诗学关系研究》，人民文学出版社 2008 年版。

陶文钊：《中美关系史 1911—1949》，中国社会科学出版社 2007 年版。

唐沅等编：《中国现代文学期刊目录汇编》，知识产权出版社 2010 年版。

田汉、宗白华、郭沫若：《三叶集》（影印本），上海书店 1982 年版。

童庆炳、陶东风编：《文学经典的建构、解构和重构》，北京大学出版社 2007 年版。

汪晖：《汪晖自选集》，广西师范大学出版社 1997 年版。

王建开：《五四以来我国英美文学作品译介史（1919—1949）》，上海外语教育出版社 2003 年版。

王靖：《英国文学史》，泰东图书局 1927 年版。

王立信编：《闻一多文集（文艺批评，文化考释）》，海南国际新闻出版中心 1997 年版。

王晓明编：《二十世纪中国文学史论》第一卷，东方出版中心 1997 年版。

温儒敏：《新文学现实主义的流变》，北京大学出版社 1988 年版。

温儒敏等：《中国现当代文学学科概要》，北京大学出版社 2005 年版。

文言主编：《文学传播学引论》，辽宁人民出版社 2006 年版。

[美] 沃尔特·拉塞尔·米德：《美国外交政策及其如何影响了世界》，曹化银译，中信出版社 2003 年版。

吴福辉：《都市漩流中的海派小说》，湖北教育出版社 1995 年版。

吴俊等编：《中国现代文学期刊目录新编》，上海人民出版社 2010 年版。

吴宓：《吴宓日记》（Ⅲ），生活·读书·新知三联书店 1998 年版。

吴效刚：《民国时期查禁文学史论》，中国社会科学出版社 2013 年版。

夏衍：《懒寻旧梦录》（增补本），生活·读书·新知三联书店 2000 年版。

啸南：《世界文学史大纲》上卷，乐华图书公司 1937 年版。

谢六逸：《西洋小说发达史》，商务印书馆1923年版。

谢天振、查明建：《中国现代翻译文学史（1898—1949）》，上海外语教育出版社2004年版。

[美] 辛克莱：《屠场》，易坎人译，南强书局1929年版。

[美] 辛克莱：《煤油》，易坎人译，光华书局1930年版。

许宝强、袁伟主编：《语言与翻译的政治》，中央编译出版社2001年版。

薛绥之、张俊才编：《林纾研究资料》，知识产权出版社2010年版。

严家炎主编：《二十世纪中国文学史》，高等教育出版社2010年版。

杨昌溪：《黑人文学》，良友图书印刷公司1933年版。

杨金才：《新编美国文学史》第三卷，上海外语教育出版社2002年版。

杨联芬等：《二十世纪中国文学期刊与思潮（一八九七——一九四九）》，百花洲文艺出版社2006年版。

杨寿清：《中国出版界简史》，永祥印书馆1946年版。

杨义：《中国现代小说史》，人民文学出版社2005年版。

[日] 伊达源一郎：《近代文学》，张闻天、汪馥泉译，商务印书馆1930年版。

应国靖：《现代文学期刊漫话》，花城出版社1986年版。

郁达夫：《中国新文学大系·散文二集》，良友图书印刷公司1936年版。

于化龙：《西洋文学提要》，世界书局1930年版。

虞建华等：《美国文学的第二次繁荣》，上海外语教育出版社2004年版。

[美] 约翰·玛西：《世界文学史话》，胡仲持译，开明书店1931年版。

曾虚白：《英国文学ABC》（上），世界书局1928年版。

曾虚白：《美国文学ABC》，世界书局1929年版。

曾虚白：《曾虚白自传》，台湾联经出版事业公司1988年版。

张冲：《新编美国文学史》第一卷，上海外语教育出版社2000年版。

张大明主编：《中国文学通史》第九卷，江苏文艺出版社2011年版。

张大明：《主潮的那一面：三民主义文艺与民族主义文艺》，中国社会科学出版社2010年版。

张静庐：《在出版界二十年》，上海杂志公司1938年版。

章克标等编:《开明文学辞典》,开明书店1933年版。
张越瑞:《美利坚文学》,商务印书馆1933年版。
赵家璧:《新传统》,良友图书印刷公司1936年版。
赵景深:《现代欧美作家》,良友图书印刷公司1931年版。
赵景深:《现代世界文坛鸟瞰》,现代书局1930年版。
赵稀方:《后殖民理论》,北京大学出版社2009年版。
赵园:《想象与叙述》,人民文学出版社2009年版。
郑次川:《欧美近代小说史》,商务印书馆1927年版。
郑振铎:《文学大纲》,商务印书馆1926—1927年版。
郑振铎、傅东华编:《我与文学》,生活书店1934年版。
钟叔河、朱纯编:《过去的大学》,长江文艺出版社2005年版。
周红莉编:《中国现代散文理论经典》,苏州大学出版社2008年版。
周海波:《现代传媒视野中的中国现代文学》,中华书局2008年版。
周毓英:《文学常识》,神州国光社1931年版。
朱德发:《世界化视野中的现代中国文学》,山东教育出版社2003年版。
朱光潜:《我与文学及其他》,安徽教育出版社1996年版。
朱乔森编:《朱自清全集》第8卷,江苏教育出版社1993年版。
朱乔森编:《朱自清全集》第11卷,江苏教育出版社1998年版。
朱寿桐:《中国现代社团文学史》,人民文学出版社2004年版。
朱晓进:《政治文化与中国二十世纪三十年代文学》,人民出版社2006年版。
庄锡华:《文化传统与中国文学理论的现代历程》,生活·读书·新知三联书店2009年版。
邹韬奋:《萍踪忆语》,生活书店1937年版。

附　录

附录一　1932—1935年赛珍珠在中国的译介状况

译介者	类型	译介成果	期刊或出版社	时间
宜闲	翻译	大地（布克夫人著）（3—8续①）	东方杂志29：2	1932，1，16
潘修桐	介绍	布克夫人的新著	新时代2：4，5②	1932，7，1
	介绍	李克夫人得普立采文学奖金	现代1：3	1932，7，1
伍蠡甫	述评	福地（赛珍珠著）	上海黎明书局	1932，7
	介绍	伯克夫人赴美	新时代3：2	1932，10，1
	介绍	勃克夫人在纽约	东方杂志29：5	1932，11，1
	介绍	勃克夫人新作出版	东方杂志29：7	1932，12，1
李应元	批评	评勃克夫人的《佳壤》	读书杂志2：11，12	1932，12，30
伍蠡甫	翻译	儿子们（赛珍珠著）	上海黎明书局	1932，12
	介绍	《大地》作者布克夫人得布尔泽文学奖	湖北教育厅公报3：8	1932
浪月	介绍	贝克夫人的《福地》摄成影片	现代文化1：1	1933，1，1
	介绍	《大地》编成舞台剧	东方杂志30：1	1933，1，1
瘦影	批评	福地（赛珍珠著，伍蠡甫译）	中国新书月报3：1	1933，1
	介绍	勃克夫人的《大地》改成戏剧与电影	文艺月刊3：8	1933，2，1
冯雪冰	翻译	老母亲（巴克夫人著）	现代父母1：1	1933，2
小延	翻译	东方、西方与小说（勃克夫人作）	现代2：5	1933，3，1

① "3—8续"表示第3—8期续载该文。下同。
② "2：4，5"表示第2卷第4、5期为合刊。下同。

续表

译介者	类型	译介成果	期刊或出版社	时间
	介绍	贝克夫人与长老会	华年 2：17	1933，4
	介绍	布克夫人退出长老会	出版消息 12	1933，5，16
仲雨	批评	《福地》的功罪（26、27 续）	生活 8：25	1933，6，24
慧观	介绍	勃克夫人的强项	女青年 12：6	1933，6
张万里、张铁笙	翻译	大地（卜凯夫人著）	北平志远书店	1933，6
杨昌溪	介绍	巴克夫人被长老会撤职	文艺月刊 4：1	1933，7，1
	介绍	巴克夫人与江亢虎论战及其对基督教之认识	文艺月刊 4：2	1933，8，1
庄心在	批评	布克夫人及其作品	矛盾 2：1	1933，9，1
	介绍	巴克夫人由美来华	文艺月刊 4：3	1933，9，1
应远涛	翻译	怎样解释中国？（Pearl S. Buck 作）	华年 2：39	1933，9
庄心在	翻译	洪水（布克夫人著）	矛盾 2：2	1933，10，1
赵家璧	批评	勃克夫人与黄龙	现代 3：5	1933，9，1
胡仲持	翻译	大地（赛珍珠著）	上海开明书店	1933，9
	介绍	布克夫人抵沪	十日谈 7	1933，10，10
林疑今	翻译	新爱国主义（Pearl Buck）	论语 27	1933，10，16
姚逸韵	翻译	发妻（布克夫人著）（4、5 续）	矛盾 2：3	1933，11，1
	介绍	巴克夫人由英来华	文艺月刊 4：5	1933，11，1
	画像	最近来华之勃克夫人	现代 4：1	1933，11，1
	画像	赛珍珠重来中国（四幅）	文学 1：5	1933，11，1
何达	翻译	新路（赛珍珠著）	文学 1：5	1933，11，1
祝秀侠	批评	布克夫人的《大地》	文艺 1：2	1933，11，15
胡仲持	批评	《大地》作者赛珍珠重来中国	文学 1：5	1933，11，1
	介绍	美女小说家赛珍珠在世界学社演讲	女铎 22：6	1933，11
毛如升	批评	勃克夫人的创作生活	文艺月刊 4：6	1933，12，1
	批评	巴克夫人莅华及其新作之评价	文艺月刊 4：6	1933，12，1
	画像	《大地》的舞台面	文学 1：6	1933，12，1
宁远涛	翻译	新爱国主义（Pearl S. Buck 作）	华年 2：42	1933，10，21
	介绍	米高梅再拍《大地》	玲珑 3：40	1933
郭冰岩	翻译	东风、西风（布克夫人著）	南京线路社	1933
李建新	翻译	金色的隐逝（布克夫人著）	新时代 6：1	1934，1，1

续表

译介者	类型	译介成果	期刊或出版社	时间
	公告	本府训令各县局饬严防米高梅公司摄制《大地》影片	广西省政府公报4	1934,1,22
马仲殊	翻译	儿子们	上海中学生书局	1934,1
陆印全	翻译	裯（布克夫人著）	中国文学1:1	1934,2,1
	介绍	巴克夫人赴印度南洋收集小说材料	文艺月刊5:3	1934,3,1
章伯雨	介绍	勃克夫人（Mrs. Pearl S. Buck）访问记	现代4:5	1934,3,1
章伯雨	翻译	勃克夫人自传略	现代4:5	1934,3,1
	画像	勃克夫人在南京之住宅	现代4:5	1934,3,1
雨初	批评	大地作者勃克夫人	女青年13:3	1934,3
	批评	关于《大地》	社会周刊1:3	1934,4,19
马仲殊	翻译	大地（赛珍珠著）	上海商务印书馆	1934,4
杨昌溪	介绍	巴克夫人在沪否认赴印搜集小说材料	文艺月刊5:5	1934,5,1
苏芹荪	翻译	上海小景（勃克夫人著）	文艺月刊5:5	1934,5,1
南枝	介绍	布克夫人的写作经验谈	文化月刊	1934,5,15
	画像	《娜娜》与《大地》——两部文艺电影	良友画报88	1934,5,15
陆沈	批评	关于《大地》摄制影片	十日谈30	1934,5,30
章伯雨	翻译	荒春（卜克夫人著）	文艺春秋1:9,10	1934,6,1
伯雨	介绍	勃克夫人	读书顾问2	1934,7
丽尼	翻译	老实人的牺牲（布克夫人著）	小说5	1934,8,1
	画像	美国电影公司来华拍摄《大地》外景	良友画报93	1934,9,1
	画像	《大地》在北平开拍	良友画报95	1934,10,1
何人	批评	关于《福地》	现代出版界26—28	1934,10,1
常吟秋	翻译	结发妻（赛珍珠著）	上海商务印书馆	1934,11
绍宗汉	翻译	母亲	上海四社出版部	1934,11
	介绍	苏联批评家评《大地》	文学3:6	1934,12,1
亚真	介绍	《大地》改制为影片	刁斗1:2	1934
	介绍	米高梅来华拍《福地》	玲珑4:3	1934
	介绍	《大地》已开始摄制	玲珑4:11	1934
	介绍	巴克夫人与长老会	社会新闻6:3	1934

续表

译介者	类型	译介成果	期刊或出版社	时间
	翻译	荒春（卜凯夫人著）	农林新报 12：1	1935，1，1
	翻译	创造精神在中国（Pearl Buck）	文化月刊 1：12	1935，1，15
朱蒙园	翻译	金龙被藏过了（勃克夫人著）	小说 16	1935，1，15
常吟秋	翻译	新与旧（布克夫人著）	上海商务印书馆	1935，2
	介绍	布克夫人之新职及新著《分家》	时事类编 3：6	1935，3，25
汾澜	批评	勃克夫人小说里的中国女人	人生与文学 1：1	1935，4，10
缪复	翻译	新装（布克夫人著）	文艺大路 1：1	1935，5，10
夏楚	翻译	近代中国的创造精神（Pearl S. Buck 著）	中央时事周报 4：17	1935，5，11
屠仰慈、金一民	介绍	大地（赛珍珠著）（1：8至2：5续）	社会评论 1：7	1935，5，20
许天虹	翻译	忠告尚未诞生的小说家（P. S. Buck 著）	世界文学 1：5	1935，6，15
陈嗣音	介绍	关于巴克夫人	文艺 1：4	1935，6，15
	介绍	布克夫人与出版家结婚	艺风月刊 3：6	1935，6，16
	介绍	赛珍珠女士的新小说	时事类编 3：21	1935，12，1
	介绍	赛珍珠女士之新小说	图书展望 3	1935，12，15
慕晖	批评	赛珍珠女士的问题	妇女生活 1：1	1935
	介绍	《大地》作者赛珍珠离婚再醮	妇女生活 1：1	1935
	介绍	美女作家勃克夫人刊印《分家》	文艺战线 3：47，48	1935

附录二 20世纪30年代重要的美国文学译介者及其成果概述

伍光建（1867—1943），曾留学英国格林威治海军大学和伦敦大学。他早年除了翻译马基雅维利的《霸术》（现译《君主论》）、斯宾诺莎的《伦理学》等社会科学著作，还翻译了大量的外国文学作品，比如有大仲马的《侠隐记》（现译《三个火枪手》）和《续侠隐记》（现译《二十年后》）、萨克雷的《浮华世界》（现译《名利场》）等。进入20世纪30年代，他也积极参与美国文学翻译，商务印书馆相继出版了他选译的多部《英汉对照名家小说选》，其中有不少是美国文学作品。

胡适（1891—1962），曾留学美国康奈尔大学和哥伦比亚大学。他回国后积极倡导和参与新文化运动。早在"五四"前后，他就翻译过朗费罗、爱默生、蒂斯代尔等美国诗人的诗。进入20世纪30年代，他继续积极参与美国文学译介，翻译了欧·亨利和哈特的一些短篇小说。

郭沫若（1892—1978），毕业于日本九州帝国大学。他在创作之余，大量从事翻译实践，早年主要翻译了歌德的《浮士德》《少年维特之烦恼》等，也曾翻译朗费罗、惠特曼等美国诗人的诗歌。在20世纪30年代，他翻译了辛克莱的三部长篇小说，也写了一些相关的序跋文字，为传播美国左翼文学做出了重要贡献。

郑晓沧（1892—1979），1914年毕业于清华学校，曾留学美国威斯康星大学和哥伦比亚大学。回国后，他主要从事教育工作，教学之余，也从事翻译。在20世纪30年代，他翻译了美国女小说家奥尔科特的多部小说。

程小青（1893—1976），有"东方的柯南·道尔"之称。他除了创作侦探小说，也积极从事通俗小说尤其是侦探小说的翻译工作。在20世纪30年代，他主要翻译了小说家范达痕的多部作品，为传播美国通俗文学做出了不小的贡献。

傅东华（1893—1971），1912年从上海南洋公学中学部毕业后，主要从事教育和翻译工作。1933年，他参与主编《文学》月刊。他译介美国文学的成绩非常丰硕，除了翻译琉威松、门肯、卡尔浮登等人的文学批评论著，还翻译了辛克莱、德莱塞、杰克·伦敦、霍桑等人的多部作品。

吴宓（1894—1978），先后就读于清华学校、美国弗吉尼亚大学和哈佛大学，在哈佛大学时师从新人文主义大师白璧德。1921年回国后，他先后任教于东南大学、清华大学等，教授"世界文学史""中西诗之比较""英文小说"等课程，参与创办和编辑《学衡》杂志，为传播新人文主义文艺批评理论做出了重要贡献。

洪深（1894—1955），1916年从清华学校毕业后赴美留学，先后就读于俄亥俄州立大学和哈佛大学，成为中国第一个专习戏剧的留学生。他1922年回国后主要从事教育工作。在20世纪30年代，他除了积极译介奥尼尔及其剧作，也参与了对美国第一位诺贝尔文学奖得主刘易斯的译介工作。

林语堂（1895—1976），1912年入上海圣约翰大学，1919年入美国哈佛大学留学并获硕士学位，1923年在德国莱比锡大学获比较语言学博士学位。在20世纪30年代，他主要译介了斯宾嘉恩、布鲁克斯等美国文学批评家的相关理论。他主办的《论语》等杂志，大量翻译介绍了马克·吐温等的作品。

曾虚白（1895—1994），毕业于上海圣约翰大学英文系，1923年在上海与其父曾朴创办真美善书店，1928年至1931年主编《真美善》杂志。他积极参与美国文学译介工作，除了翻译德莱塞等人的作品，还于1929年出版了中国的第一部美国文学专史《美国文学ABC》。

郁达夫（1896—1945），毕业于东京帝国大学。他在创作之余，也从事翻译，早年主要翻译了施笃姆的诗作、王尔德的《〈杜连格来〉的序文》等。在20世纪30年代，他摘译了辛克莱的文艺论著《拜金艺术》，在杂志上发表，并借用辛克莱的理论与梁实秋等人展开论辩，成为辛克莱文艺理论在中国最早的传播者之一。

余上沅（1897—1970），1921 年毕业于北京大学英文系，1923 年赴美留学，先后就读于卡内基大学和哥伦比亚大学，主攻西洋戏剧文学及剧场艺术。1925 年归国后，他主要从事教育工作，积极参与了奥尼尔在中国的译介。

胡仲持（1900—1968），1919 年进宁波效实中学读书，1921 年参加文学研究会，主要从事记者和翻译工作。在 20 世纪 30 年代，他除了译介马克·吐温和赛珍珠，还翻译了美国文学史家约翰·玛西的巨著《世界文学史话》。

毕树棠（1900—1983），毕业于济南省立第一师范，1921 年后长期任职于清华大学图书馆。他利用图书馆工作的便利，参照英美期刊上的相关论述，积极介绍了美国文学近况。

伍蠡甫（1900—1992），1919 年入复旦大学学习，1936 年赴伦敦大学留学。他 1929 年参与创办黎明书局，1934 年创办了《世界文学》，并任主编。他是赛珍珠和欧·亨利作品的重要译者。他主编的《世界文学》大量登载了有关美国文学的译作和评论文章。

张梦麟（1901—1985），1930 年从日本国立京都大学文学系毕业后回国，先后任职于上海大夏大学英文系和上海中华书局等。他是杰克·伦敦、马克·吐温和霍桑在中国的重要译介者。

赵景深（1902—1985），1922 年从天津棉业专门学校毕业之后，先后任职于开明书店和北新书局等，参与编辑了《蚊纹》《绿波周报》《现代文学》等杂志。在 20 世纪 30 年代，他在《小说月报》《现代》等杂志发表了诸多介绍美国文学的文章，并将相当一部分文章结集出版。

胡风（1902—1985），1925 年入北京大学预科，1926 年入清华大学西洋文学系，1929 年留学日本，就读于庆应大学英文科。在 20 世纪 30 年代，他积极参与了美国现代文学的译介工作。

杨昌溪（1902—1976），1930 年毕业于上海圣约翰大学，曾短期留学日本。他除了为《现代文学》《现代文学评论》《青年界》《文艺月刊》大量撰写"文坛消息"类稿件,还译介了美国左翼作家高尔德的小说,出版了我国第一部专门概述美国黑人文学发展状况的论著《黑人文学》。

钱歌川（1903—1990）,1920年留学日本,回国后从事教职,1930年进上海中华书局做文艺编辑,1933年参与主编《新中华》杂志。在20世纪30年代,他主要参与了译介爱伦·坡、辛克莱和刘易斯的工作。

梁实秋（1903—1987）,1915年考入清华学校,1923年赴美留学,先后就读于科罗拉多学院和哈佛大学,在哈佛时深受白璧德主义的影响。1926年回国后,他除了从事教育和撰写文学批评文章,也积极参与外国文学译介,大力倡导白璧德等人的新人文主义思想。

顾仲彝（1903—1965）,1920年入南京高等师范学校英文科学习,后入上海商务印书馆编辑所任英文编辑。他曾在多所大学任教,主要讲授戏剧。在20世纪30年代,他在美国戏剧译介方面做出了重要贡献。

黄药眠（1903—1987）,1921年入广东高等师范学校英文系,后赴日本留学,毕业后回国任教。他于1927年加入创造社,在20世纪30年代主要译介了杰克·伦敦等左翼作家的作品。

刘燧元（1904—1985）,先后就读于广州岭南大学和莫斯科中山大学。1927年回国后,他先后任北新书局、上海远东图书公司编辑,积极从事左翼文学运动,主要译介了美国左翼批评家卡尔浮登和小说家高尔德的相关作品。

李霁野（1904—1997）,1927年肄业于燕京大学中文系。他在创作之余,主要从事苏俄文学翻译。在《未明》杂志翻译发表美国批评家卡尔浮登和门肯的论著,是他为传播美国文学做出的重要贡献。

叶公超（1904—1981）,1920年出国留学,先后就读于美国爱默思学院、英国剑桥大学和法国巴黎大学研究院。1926年归国后,他先后在多所大学任教,并参与创办了新月书店和《新月》《学文》《文学杂志》等。他是中国介绍艾略特诗及其诗论的重要先行者。

刘大杰（1904—1977）,1922年入国立武昌师范大学中文系,1927

年入日本早稻田大学研究科文学部学习。他1930年学成回国，初任职于上海大东书局，参与《现代学生》的编辑工作，后任复旦大学、安徽大学、暨南大学等校教授。在20世纪30年代，他主要译介了杰克·伦敦等人的作品。

叶灵凤（1905—1975），1924年考入上海美术专门学校，1925年加入创造社。他曾参与编辑《洪水》《幻洲》《现代小说》和《现代》等杂志，积极参与了对辛克莱和海明威等美国现代作家的译介工作。

施蛰存（1905—2003），先后就读于杭州之江大学、上海大学和震旦大学法文特别班。1928年后，他主要从事编辑出版工作，先后任上海第一线书店、水沫书店、现代书局编辑，曾主编《无轨列车》《新文艺》《现代》《文饭小品》《文艺风景》等杂志，积极译介美国现代文学。他主编的《现代》杂志在译介美国意象诗、都市诗等方面做出了重要贡献。

黄源（1905—2003），从上海立达学园毕业后留学日本，先后参与上海新生命书店、《文学》和《译文》杂志的编辑工作。在20世纪30年代，他除了翻译屠格涅夫等的作品之外，也积极参与了美国文学译介，翻译了海明威等人的小说。

塞先艾（1906—1994），1931年毕业于北平大学法学院经济系。他以文学创作著名，但也是著名的美国文学翻译家。在20世纪30年代，他参与了郑振铎主持、生活书店出版的"世界文库"的编辑和翻译工作，翻译了哈特、爱伦·坡、马克·吐温、霍桑、詹姆斯等19世纪美国小说家的多部作品。

罗皑岚（1906—1983），先后就读于清华学校、美国斯坦福大学和哥伦比亚大学。1934年回国后，他任教于南开大学外文系，开设英美小说史和散文史等课程。他在美国留学期间，积极向国内跟踪报道美国文学的近况。

汪倜然（1906—1988），1923年考入上海大同大学英文专修科，1927年毕业后先后任职于中国公学大学部、中华艺术大学、世界书局。他在《前锋月刊》《现代文学评论》发表了许多介绍美国文学近况的文章。

许天虹（1907—1958），毕业于杭州之江大学附中，曾任职于上海劳动大学编辑馆。他是杰克·伦敦作品的重要译者。

邱韵铎（1907—1992），创作社成员，"左联"早期盟员。在20世纪30年代，他主要从事左翼文学译介，译介的美国作家有杰克·伦敦、辛克莱、高尔德等。

祝秀侠（1907—1986），曾就读于复旦大学中文系，毕业后留校任教。他是"左联"早期成员，在《拓荒者》《大众文学》等刊物发表了诸多文章，积极译介了美国黑人作家休士和其他左翼作家的作品。

马彦祥（1907—1988），1928年毕业于复旦大学中文系，在校期间师从洪深学习戏剧理论。他1930年去广州，参与主编《戏剧》双月刊，积极译介奥尼尔的作品。

徐霞村（1907—1986），1925年入北京大学，1927年赴法留学，就读于巴黎大学。在20世纪30年代，他除了研究和译介法国、意大利、西班牙、英国文学之外，也积极参与了美国文学译介。

杜衡（1907—1964），1925年毕业于上海南洋中学，曾入震旦大学法文特别班学习。他参与《文学工场》《无轨列车》《新文艺》《现代》的编辑工作，主要译介了安德森、帕索斯、约翰·里德等现代美国作家的作品。

周扬（1908—1989），1928年从上海大夏大学毕业后留学日本。他1930年回上海后，主要参与领导中国左翼文艺运动，积极译介了美国左翼作家高尔德的小说等。

赵家璧（1908—1997），1932年于上海光华大学英文系毕业后，进良友图书印刷公司任编辑，主编了《中国新文学大系》《一角丛书》《良友文学丛书》等。在20世纪30年代，他积极译介海明威、福克纳、安德森等美国现代小说家的作品，同时对他们展开研究，于1936年出版了美国现代小说研究专著《新传统》。

卞之琳（1910—2000），1929年考入北京大学英文系，曾受教于徐志摩、叶公超等留学英美的学人。他积极参与译介艾略特等人的现代主义文学作品和理论，在创作中明显受其影响。

　　钟宪民（1910—不详），曾毕业于上海南洋中学，主要从事世界语翻译，一方面将中国文学对外介绍，一方面向国内译介苏俄和东欧文学作品。在20世纪30年代，他翻译了德莱塞的不少作品。

　　林疑今（1913—1992），1932年入上海圣约翰大学学习，开始译介詹姆斯、辛克莱、杰克·伦敦等美国现代作家的作品。

　　徐迟（1914—1996），1931年入苏州东吴大学学习，1932年入燕京大学借读，开始在《现代》发表译作，走上文学道路。在20世纪30年代，他主要参与了译介美国意象主义诗人诗作的工作。

附录三 20世纪30年代重要美国文学译介者的相关译介成果

文人	主要成就	原著者	出版社或期刊	出版时间
郭沫若	石炭王①	辛克莱	上海乐群书店	1928,11
	屠场②	辛克莱	上海南强书局	1929,8
	煤油③	辛克莱	上海光华书局	1930,6
林语堂	七种艺术，七种谬见	Spingarn	北新 3:12	1929,7,1
	批评家与少年美国	Van Wyck Brooks	奔流 1:1	1928,6,20
	新的批评	Spingarn	奔流 1:4	1928,9,20
	新的文评④		上海北新书局	1930
叶公超⑤	坡（Edgar Poe）的《乌鸦》和其他诗稿		新月 1:9	1928,11,10
	《美国诗抄》《现代英美代表诗人选》（书评）		新月 2:2	1929,4,10
	《多池威士》（书评）	沁克尔·刘易士	新月 2:2	1929,4,10
	《施望尼评论》四十周年		新月 4:3	1932,10,1
	美国《诗刊》之呼吁	孟罗女士	新月 4:5	1932,11,1
	爱略式的诗		清华学报 9:2	1934,4
	再论爱略式的诗		北平晨报·文艺 13	1937,4
梁实秋	佛洛斯特的牧诗		秋野 3	1928,1,1
	《美国文学 ABC》（书评）		新月 2:5	1929,7,10
	白璧德及其人文主义		现代 5:6	1934,10,1
	辛克莱尔的《拜金艺术》		图书评论 1:5	1933,1,1
	白璧德与人文主义	白璧德	上海新月书店	1929

① 译者署名"坎人"。
② 译者署名"易坎人"。
③ 同上。
④ 共收录 6 篇文艺批评文章，其中美国 3 篇，分别是 Spingarn 的《七种艺术，七种谬见》和《新的文评》、Brooks 的《批评家与少年美国》。
⑤ 有时署名为"超"或"公超"。

续表

文人	主要成就	原著者	出版社或期刊	出版时间
赵家璧	东方、西方与小说	勃克夫人	现代 2：5	1933，3，1
	帕索斯		现代 4：1	1933，11，1
	近代美国小说之趋势	Milton Waldman	现代 5：1	1934，5，1
	美国小说之成长		现代 5：6	1934，10，1
	怀远念旧的维拉·凯漱		现代 5：6	1934，10，1
	写实主义者的裘屈罗·斯坦因		文艺风景 1：1	1934，6，1
	梅兰沙（断片）	G. 斯坦因女士	文艺风景 1：1	1934，6，1
	福尔格奈研究		世界文学 1：2	1934，12，1
	海敏威的短篇小说		新中华 3：7	1935，4，10
	纸团	S. 安德生	译文 2：1	1935，3，16
	海敏威研究		文学季刊 2：3	1935，9，16
	冒险	休伍·安德生	新小说 1：1	1935，2，15
	从横断小说谈到帕索斯		作家 2：1	1936，10，15
	特莱塞——从自然主义者到社会主义者		文季月刊 1：1	1936，6，1
	成熟	休伍·安德生	文季月刊 1：5	1936，10，1
	今日欧美小说之动向		上海良友图书印刷公司	1935
	新传统		上海良友图书印刷公司	1936
曾虚白①	意灵娜拉	濮·爱伦	真美善 1：3	1927，12，1
	走失的斐贝	德兰散	真美善 1：5	1928，1，1
	美国文学家海纳的格言		真美善 1：5	1928，1，1
	马奇的礼物	奥·亨利	真美善 1：12	1928，4，16
	中国翻译欧美作品的成绩		真美善 2：6	1928，10，16
	我的美国文学观		真美善 3：1	1928，11，16
	目睹的苏俄	德兰散	真美善 4：1	1929，5，16
	苏俄今日的妇女	德兰散	真美善 4：2	1929，6，16
	托尔斯泰派的素食馆	德兰散	真美善 4：3	1929，7，1
	旅俄杂感	德兰散	真美善 4：4	1929，8，16
	美国文学 ABC		上海世界书局	1929
	目睹的苏俄	德兰散	上海真美善书店	1929
	断桥	魏鲁特尔	上海中华书局	1931
	欧美小说	爱伦·坡等	上海真美善书店	1928

---

① 曾虚白经常署名为"虚白"。

续表

文人	主要成就	原著者	出版社或期刊	出版时间
洪深	欧尼尔与洪深——一度想象的对话		现代出版界 10	1933
	琼斯皇	奥涅尔	文学 2：3	1934，3，1
	奥涅尔年谱		文学 2：3	1934，3，1
	刘易士年谱		文学 2：3	1934，3，1
	威尼斯商人	L. Untermeyer	文学 4：1	1935，1，1
	白璧得（1：5，6 续）	S. Lewis	世界文学 1：4	1935，4，20
	羊毛短裤	William March	文艺月刊 8：1	1936，1，1
张梦麟	失了面子	贾克·伦敦	小说月报 21：1	1930，1，10
	好智力测验（4 续）	乔治	海潮 2	1932，9，25
	拜金艺术（13，15，19 续①）	辛克莱	海潮 12	1932，12，4
	卡尔浮登的文艺批评论		现代 5：6	1934，10，1
	老拳师	贾克·伦敦	新中华 1：7	1933，4，10
	马克·吐温诞生百年纪念		新中华 3：7	1935，4，10
	漫谈奥尼尔		新中华 4：23	1936，12，10
	幽默小说集	马克·吐温等	上海中华书局	1934
	红字	霍爽	上海中华书局	1934
	老拳师	贾克·伦敦	上海中华书局	1935
	野性的呼唤	贾克·伦敦	上海中华书局	1935
傅东华	批评家的职务	门肯	文学周报 272	1927，6，18
	初雪	J. R. 罗伟尔	文学周报 291	1927，11，20
	资本家	李特	小说月报 20：2	1929，2，10
	古代艺术之社会的意义	开尔浮登	小说月报 21：7	1930，7，10
	没有鞋子的人们②	休士	文学 1：2	1933,，8，1
	休士在中国③		文学 1：2	1933，8，1

---

① 第 12 期目录标题为"拜金艺术",正文标题为"阿格的儿子：阿寄（辛克莱作拜金艺术之一）",13 期标题为"拜金艺术（二）",15 期目录标题为"拜金艺术（三）",正文标题为"艺术家是谁的所有物呢（拜金艺术之二）",19 期目录标题为"艺术与人格",正文加有副标题,为"拜金艺术之三"。

② 译者署名"伍实"。

③ 署名"伍实"。

续表

文人	主要成就	原著者	出版社或期刊	出版时间
傅东华	速	刘易士	文学2：3	1934，3，1
	美国诗人罗萍生逝世		文学4：5	1935，5，1
	自由了感到怎样	M. Komroff	世界文学1：1	1934，10，1
	失恋复恋	Theodore Dreiser	新中华3：7	1935，4，10
	真妮姑娘	Theodore Dreiser	新中华4：7	1936，4，10
	一个大城市的色彩	T. 德莱塞	译文2：5	1935，7，16
	近世文学批评	琉威松等	上海商务印书馆	1928
	人生鉴	辛克莱	上海世界书局	1929
	文学之社会学的批评	卡尔佛登	上海华通书局	1930
	生火①	Jack London	上海北新书局	1931
	一个兵士的回家②	Hamlin Garland	上海北新书局	1931
	返老还童③	霍桑	上海北新书局	1931
	我们的世界	房龙	上海新生命书局	1933
	现代名家小说代表作④		上海大东书局	1934
	真妮姑娘	德莱塞	上海中华书局	1935
	失恋复恋	德莱塞	上海中华书局	1935
	文学概论	韩德	上海商务印书馆	1935
	猩红文	霍桑	上海商务印书馆	1937
	化外人⑤		上海商务印书馆	1936
	美国短篇小说集⑥	W. Irving 等	上海商务印书馆	1936

---

① 为北新书局出版的"英文小丛书"之一，英汉对照注释本。
② 同上。
③ 与石民合译，为北新书局出版的"英文小丛书"之一，英汉对照注释本。
④ 收录的美国作品有约翰·李特的《革命的女儿》和德莱赛的《蚁梦》等。
⑤ 傅东华选译，收有芬兰、捷克、保加利亚、犹太、希腊、德国、爱尔兰、美国等的短篇小说，美国作品有刘易士的《速》、L. 休士的《没有鞋子的人们》、M. 珂姆洛夫的《自由了感到怎样》、L. 胡法刻的《梦的实现》。
⑥ 傅东华与于熙俭选译，1929年初版。收录了欧文的《李伯·凡·温克尔》、霍桑的《胖先生》、霍桑的《腊巴西尼的女儿》、爱伦·坡的《告密的心》、马克·吐温的《一支天才的跳蛙》、布雷·哈德的《米格斯》、皮尔斯的《桥上绞犯》、詹姆士的《四次的会遇》、O. 亨利的《圣诞节的礼物》、德莱塞的《失去的菲比》、卡脱的《保罗的罪状》和刘易士的《柳径》。

续表

文人	主要成就	原著者	出版社或期刊	出版时间
刘大杰	O. Henry 的短篇小说		语丝 5：36	1929，11，18
	杰克·伦敦的小说	[日] 厨川白村	北新 4：1，2	1930，1，16
	现代美国文学概论①		现代学生 1：2	1930，11
	刘易士小论		青年界 1：1	1931，3，10
	诗人罗威尔与美国	[英] 高士华绥	时代公论 3：8	1934
	孩子的心	柏涅特	上海北新书局	1930
	野性的呼唤②	贾克·伦敦	上海中华书局	1935
	东西文学评论③		上海中华书局	1934
徐迟	圣达飞之旅程	林德赛	现代 4：2	1933，12，1
	诗人 Vachel Lindsay		现代 4：2	1933，12，1
	意象派的七个诗人		现代 4：6	1934，4，1
	哀慈拉·庞德及其同人		现代 5：6	1934，10，1
	一枕之安	弗兰克	文饭小品 4	1935，5，30
	哈丽脱·孟洛女士逝世		新诗 3	1936，12，10
杜衡	公判底试验	John Reed	无轨列车 2	1928，9，25
	革命底女儿	John Reed	无轨列车 6	1928，11，25
	安得生发展之三阶段④		现代 5：6	1934，10，1
	帕索斯的思想与作风		现代 5：6	1934，10，1
	死⑤	S. Anderson	现代 5：6	1934，10，1
	革命底女儿⑥	John Reed	上海水沫书店	1929
余慕陶	美国新兴文学作家介绍		大众文艺 2：3	1930，3，1
	辛克莱论		读书月刊 2：4，5	1931，8，10
	辛克莱的《波斯顿》（24 续）		文艺新闻 23	1931，8，17
	近代美国文学讲话		微音月刊 2：7，8	1932
	黄金国	辛克莱	新文学 1：2	1935，5，10
	波斯顿	辛克莱	上海光华书局	1931

① 目录题名为"现代美国文学概观"，正文题名为"现代美国文学概论"。
② 与张梦麟合译。
③ 共收录 12 篇文章，与美国文学有关的共有 4 篇，分别是《美国的新文艺运动与剧坛》《奥·亨利的短篇小说》《杰克·伦敦的小说》和《刘易士小论》。
④ 署名为"苏汶"。
⑤ 译者署名为"苏汶"。
⑥ 为短篇小说集，收录的作品有《资本家》《看见便是相信》《公判底试验》《革命底女儿》《麦克——美利坚人》《百老汇之祖》和《革命的饰花》。

续表

文人	主要成就	原著者	出版社或期刊	出版时间
黄源	美国新进作家汉敏威		文学1：3	1933，9，1
	暗杀者	汉敏威	文学1：3	1933，9，1
	燧石里的火	华脱怀特	文学1：4	1933，10，1
	将军死在床上	哈里逊	上海新生命书局	1933
胡仲持	南极探险记（1：5，6，7续）	裴特少将	前锋月刊1：4	1931，1，10
	《世界文学史话》（短评）	玛西	开明2：26	1931，12，1
	《大地》作者赛珍珠重来中国		文学1：5	1933，11，1
	美国小说家马克·吐温		文学4：1	1935，1，1
	关于理发匠	马克·吐温	文学4：1	1935，1，1
	马克·吐温百年纪念		文学5：1	1935，7，1
	一九三六年以后的美国		文学6：1	1936，1，1
	世界文学史话	约翰·玛西	上海开明书店	1931
	大地	赛珍珠	上海开明书店	1933
叶灵凤	辛克莱的新著		戈壁1：1	1928，5
	辛克莱的《油!》		现代小说3：1	1929，10，15
	波士顿之行：关于《油》的被禁①	辛克莱	现代小说3：1	1929，10，15
	二重观点②	辛克莱	现代小说3：2	1929，11，15
	几个美国的无名作家③	辛克莱	现代小说3：4	1930，1，15
	作为短篇小说家的海敏威		现代5：6	1934，10，1
	散文三章	J. Tofel	现代5：6	1934，10，1
顾仲彝	雪的皇冠	来斯	小说月报22：6	1931，6，10
	天边外（4：7续）	Eugene O'neill	新月4：4	1932，11，1
	现代美国文学		摇篮2：1	1932
	幸运屋	多兰蒂	矛盾2：3	1933，11，1
	天边外（5：6续）	奥尼尔	文艺月刊5：5	1934，5，1
	关于翻译欧美戏剧		文艺月刊10：4，5	1937，5，1

---

① 译者署名"佐木华"。
② 同上。
③ 同上。

续表

文人	主要成就	原著者	出版社或期刊	出版时间
顾仲彝	琼斯皇①	奥涅尔	文学2：3	1934，3，1
	现代美国的戏剧		现代5：6	1934，10，1
	戏剧家奥尼尔		现代5：6	1934，10，1
	人生的开端	T. Dreiser	世界文学1：3	1935，2，1
	思想者②	S. Anderson	世界文学1：5	1935，6，15
	梅萝香③	华尔寇	上海开明书店	1927
钟宪民	现代美国文学之趋势	开浮尔登	文艺月刊1：4	1930，11，15
	自由	特里塞	文艺月刊2：1	1931，1，30
	第二次选择	特里塞	文艺月刊2：10	1931，10，15
	失掉了的福伴	特里塞	文艺月刊3：2	1932，2，28
	露西亚（5：4续）	德利赛	文艺月刊5：3	1934，3，1
	自由④	德利赛等	上海中华书局	1934
林微音⑤	百老汇之夜	约翰·里德	真美善3：2	1928，12，16
	斯芬克思	艾伦·坡	真美善3：4	1929，2，16
	幽会	爱伦·坡	大众文艺1：1	1928，9，20
	红死的面具	哀伦·坡	现代小说1：5	1928
	雕刻家之殡仪	W. Cather	现代5：6	1934，10，1
	钱魔	曷普东·辛克莱	上海水沫书店	1929
邱韵铎	我怎样成为社会主义者⑥	贾克·伦敦	流沙3	1928，4，15
	美国新诗人底介绍（2续）	辛克莱尔	畸形1	1928，5，30
	一千二百万⑦	M. Gold	引擎1	1929，5，15
	实业领袖⑧（2：2续）	辛克莱尔	大众文艺2：1	1929，11，1
	伦敦的咖啡店	伦敦	大众文艺2：3	1930，3，1
	车夫与木匠	J. London	大众文艺2：5，6	1930，6，1

① 与洪深合译。
② 与徐儒合译。
③ 译者署名"顾德隆"。
④ 收有德利赛的《自由》《最后一吻》《婚后》和瑞典史特林堡的《良心的苛责》。
⑤ 有时署名为"微音"。
⑥ 译者署名"韵铎"。
⑦ 同上。
⑧ 与吴贯忠合译。

续表

文人	主要成就	原著者	出版社或期刊	出版时间
邱韵铎	自叙传	Jack London	艺术 1	1930，3，16
	动物园	U. Sinclair	艺术 1	1930，3，16
	贾克·伦敦的儿童时代		读书月刊 1：3，4	1931，1，1
	一个中国绅士的轮廓①	A. Smedley	文学界 1：4	1936，9，10
	碾煤机②	高尔德	上海乐华图书公司	1930
	实业领袖	辛克莱	上海支那书局	1930
	革命论集	贾克·伦敦	上海光华书局	1930
	深渊下的人们	贾克·伦敦	上海光明书局	1932
罗皑岚③	介绍辛克莱氏新著《山城》		北新 4：13	1930，7，1
	美国两部文学书		青年界 1：1	1931，3，10
	一九三〇年的美国文坛		青年界 1：2	1931，4，10
	得利赛打刘易士的耳光		青年界 1：3	1931，5，10
	美国文坛杂讯		青年界 2：1	1932，3，20
祝秀侠	辛克莱和这个时代		大众文艺 2：4	1930，5，1
	辛克莱的《潦倒的作家》		拓荒者 2	1930，2，10
	不是没有笑的④（2，3续）	L. 休士	文艺 1	1933，10，15
	卜克夫人的《大地》⑤		文艺 2	1933，11，15
	胡佛城⑥	康纳尔	春光 1	1934，3，1
	辛弟的礼物	L. Hughes	世界文学 1：4	1935，4，20
	理发店	L. 休士	小说 16	1935，1，15
林疑今	关于高尔基	辛克莱	海风周报 13	1929，3，23
	卖淫的铜牌与诗人	辛克莱	新文艺 1：3	1929，11，15
	叛逆者	贾克·伦敦	新文艺 1：5	1930，1，15
	易译《屠场》之商榷		新文艺 1：5	1930，1，15

① 译者署名"黄峰"。
② 为高尔德短篇小说和散文合集，收录的作品有《碾煤机》《通到文化和思想之路的秘诀》《一个黑人之死》《两个墨西哥人》《垃圾堆上的恋爱》《快一点呀，美国，快一点！》《白渡口的怪葬礼》《大郁的生日》《私刑》《河畔的女子》《伟大的行动》《罢工》《死刑室中的樊赛蒂》和《一亿二千万》等。
③ 罗皑岚笔名为"山风大郎"，为《青年界》的"海外通信"栏目跟踪报道美国文坛消息。
④ 译者署名"秀侠"，与征农合译。
⑤ 译者署名"秀侠"。
⑥ 署名"秀侠"。

续表

文人	主要成就	原著者	出版社或期刊	出版时间
林疑今	现代美国文学评论		现代文学评论1:1	1931,4,10
	新爱国主义	Pearl Buck	论语27	1933,10,16
	山城①	辛克莱	上海现代书局	1930
	戴茜·米勒尔	詹姆斯	上海中华书局	1934
古有成	末路	Harrison	当代文艺1:1	1931,1,15
	不同（3续）	奥尼尔	当代文艺1:2	1931,2,15
	红字（一至四）	霍桑	当代文艺2:3	1931,9,15
	加力比斯之月②	奥尼尔	上海商务印书馆	1930
	天外	奥尼尔	上海商务印书馆	1931
余上沅	奥尼儿的三部曲		新月4:4	1932,11,1
	戏剧论集③		上海北新书局	1927
马彦祥	卡利比之月	奥尼尔	文艺月刊6:1	1934,7,1
	战线内	欧尼尔	文艺月刊6:2	1934,8,1
	早餐之前	欧尼尔	文艺月刊8:2	1936,2,1
	高尔基与杰克·伦敦之比较研究	A.坎桌迪	矛盾2:5	1934,1,1
许天虹④	变节者	杰克·伦敦	北新4:1,2	1930,1,16
	林中之死	S.安德生	译文1:5	1935,1,16
	奥·亨利论	U.辛克莱	译文2:6	1935,8,16
	北极圈内的酒酿	J.伦敦	译文（复刊）1:2	1936,4,16
	关于杰克·伦敦	U.辛克莱	译文（复刊）1:3	1936,5,16
	杰克·伦敦自述	J.伦敦	译文（复刊）1:3	1936,5,16
	钟阿忠	J.伦敦	译文（复刊）1:3	1936,5,16
	杀人	J.伦敦	译文（复刊）2:1	1936,9,16
	一千打	伦敦	译文（复刊）2:2	1936,10,16

① 署名"麦耶夫"。
② 收有《加力比斯之月》《航路上》《归不得》《战线内》《油》《画十字处》和《一条索》。
③ 该著收有《今日之美国编剧家阿尼儿》一文。
④ 经常署名"天虹"。

续表

文人	主要成就	原著者	出版社或期刊	出版时间
许天虹①	巡捕与赞美诗	O. 亨利	译文（复刊）2：5	1937，1，16
	忠告尚未诞生的小说家	P. S. Buck	世界文学1：5	1935，6，15
	一九三一年七月的君士坦丁堡	J. Dos Passos	世界文学1：6	1935，9，15
	杰克·伦敦短篇小说集②	杰克·伦敦	上海文化生活出版社	1937
伍蠡甫	德莱塞		文学3：1	1934，7，1
	人谱	H. L. Mencken	世界文学1：1	1934，10，1
	旷野之歌	W. Whitman	世界文学1：4	1935，4，20
	刘易士评传		现代5：6	1934，10，1
	福地③	赛珍珠	上海黎明书局	1932
	儿子们	赛珍珠	上海黎明书局	1932
	四百万④	欧·亨利	上海商务印书馆	1937
刘燧元⑤	到思想——文化之路的暗号	高尔特	小说月报20：11	1929，11，10
	现代文学中的性的解放	开尔浮登	小说月报21：3	1930，3，10
	一亿二千万	哥尔德	文学周报373	1929，6，2
	死牢里的樊赛蒂	哥尔德	文学周报373	1929，6，2
	走快点，美利坚，走快点！	Michael Gold	奔流2：4	1929，7，20
	艺术的起源	Calverton	北新4：14	1930，7，16
	垃圾场上的恋爱	Michael Gold	春潮1：8	1929，8，15

① 经常署名"天虹"。

② 收有《变节者》《但勃斯之梦》《呀！呀！呀！》《患癫病的郭老》《北极圈内的酒酿》《钟阿忠》《一千打》和《杀人》。附录有《杰克·伦敦自述》《关于杰克·伦敦》和《译者后记》。《关于杰克·伦敦》一文为辛克莱作。

③ 前部为《述福地》，后部为《评福地》。

④ 该著为短篇小说集，收有《莱卓的春天》《伊凯绅斯泰的催爱药》《一个未结束的故事》《嗣君爱神与时辰钟》《黄狗自述》《财神与爱神》《自然的调整》《马车夫》《绿门》《天窗室》《经纪商艳史》《在时装游行队伍中》《二十年后》《客寓》《蒂儿玳的初试》《东方博士的礼物》《咖啡馆中的四海为家者》《汤平的掌》和《循环间》等19篇小说。译文前附有译者撰写的《关于欧·亨利及其〈四百万〉》。

⑤ 均署名"刘穆"。

续表

文人	主要成就	原著者	出版社或期刊	出版时间
李霁野	清教徒与美国文学	H. L. Mencken	未名1：4	1928，2，25
	英国文学中的性表现	V. F. Calverton	未名1：10，11	1928，12，30
	波克尔夫列特底被逐者	F. B. Harte	未名1：12	1928，12，31
	罗曼主义与革命（2：5续）	V. F. Calverton	未名2：4	1929，2，25
	英国复政时代文学中的性表现（2：7续）	Calverton	未名2：6	1929，3，25
	清教徒美学中的性（2：9续）	V. F. Calverton	未名2：8	1929，4，25
毕树棠	德莱赛的生平、思想，及其作品		现代5：6	1934，10，1
	大战后美国文学杂志编目		现代5：6	1934，10，1
	最近英美杂志中的文学论文（1：2—2：3续）		文学季刊1：1	1934，1，1
	美国文坛近事		文学5：2	1935，8，1
	过去一年欧美文坛的回顾		文学6：1	1936，1，1
	一个文学年谱：一九一一—三〇	Malcolm Cowley	文学9：1	1937，7，1
夏莱蒂	夜生者	杰克·伦敦	青年界1：4	1931，6，10
	战斗	杰克·伦敦	北新3：18	1929，10，1
	天空中的骑兵	皮尔斯	北新4：13	1930，7，1
张越瑞	英美名家小说集①		上海文艺书局	1929
	美利坚文学		上海商务印书馆	1933
	英美文学概观		上海商务印书馆	1934
	翻译短篇小说选②		上海商务印书馆	1937
赵景深③	爱伦·坡交了好运		小说月报18：8	1927，8，10
	罗伟尔最后的遗著		小说月报18：10	1927，10，10

---

① 共收录8篇小说，美国3篇，分别为朋尼非儿的《嘉丽史聂德》、嘉尔的《黄昏》、黑斯的《维波尔夫人》。

② 张越瑞选辑。共收8篇小说，其中有胡适译、哈特著《米格儿》。

③ 曾有人将赵景深戏称为"专吃文坛消息"的"杂志家"。参见烽柱《我所见一九三〇年之几种刊物》（《文艺月刊》1930年第1卷第4期）。他在《小说月报》的"现代文坛杂话""国外文坛消息"等栏目发表了大量短文，还在该刊其他栏目和其他刊物发表了一些篇幅较长的论文，主要介绍美国文学近况。他的相关文章大多收录在《最近的世界文学》（上海远东图书公司1928年版）、《一九二九年的世界文学》（上海神州国光社1930年版）、《一九三〇年的世界文学》（上海神州国光社1931年版）、《一九三一年的世界文学》（上海神州国光社1932年版）、《现代世界文坛鸟瞰》（上海世界书局1930年版）、《现代欧美作家》（上海良友图书印刷公司1931年版）、《现代世界文学》（上海现代书局1932年版）等著作当中。

续表

文人	主要成就	原著者	出版社或期刊	出版时间
赵景深	自然的骄子莎留		小说月报19：1	1928，1，10
	奥奈尔的近作		小说月报19：3	1928，3，10
	马克·吐温的母亲		小说月报19：6	1928，6，10
	霍威尔投稿被拒		小说月报19：8	1928，8，10
	黑人的诗		小说月报19：11	1928，11，10
	美国文学家的信念		小说月报20：2	1929，2，10
	辛克莱的《波士顿》出版		小说月报20：2	1929，2，10
	奥尼尔的《奇怪的插曲》		小说月报20：2	1929，2，10
	孟代与爱伦·坡		小说月报20：4	1929，4，10
	奥奈尔开始三部曲		小说月报20：5	1929，5，10
	现代美国诗坛		小说月报20：7	1929，7，10
	二十年来的美国小说		小说月报20：8	1929，8，10
	夜的艺术		小说月报20：8	1929，8，10
	刘易士与《多池威士》		小说月报20：9	1929，9，10
	最近的美国文坛		小说月报21：1	1930，1，10
	维丝特的怪小说		小说月报21：2	1930，2，10
	奥尼尔与得利赛		小说月报21：3	1930，3，10
	花尔藤写穷作家		小说月报21：3	1930，3，10
	辛克莱的《山城》		小说月报21：4	1930，4，10
	美国文坛在俄国		小说月报21：5	1930，5，10
	美国文坛近讯		小说月报21：8	1930，8，10
	《新群众》及其作家		小说月报21：10	1930，10，10
	美国作家怀尔道		小说月报21：10	1930，10，10
	哥尔德与库尼茨的论战		小说月报21：10	1930，10，10
	我们歌唱的力量		小说月报21：10	1930，10，10
	《小评论》编者的自传		小说月报21：11	1930，11，10
	美国文坛论战的结束		小说月报21：12	1930，12，10
	一九三〇的诺贝尔奖金		小说月报21：12	1930，12，10
	美国文坛短讯		小说月报22：1	1931，1，10
	刘易士得诺贝尔奖的舆论		小说月报22：2	1931，2，10
	《新群众》作家近讯		小说月报22：2	1931，2，10
	刘易士的小说	［英］何尔特	小说月报22：7	1931，7，10
	《新群众》作家续讯		小说月报22：9	1931，9，10
	现代英美小说的趋势	John Carruthers	文学周报354	1929，1，20
	现代美国小说家戴尔		青年界1：3	1931，5，10

续表

文人	主要成就	原著者	出版社或期刊	出版时间
赵景深	英美小说之过去与现在（1；3续）	John Carruthers	现代文学评论1：2	1931，5，10
	文评家的琉维松		现代5：6	1934，10，1
	畏缩	E. Wharton	现代5：6	1934，10，1
	马克·吐温		中学生22	1932，2
杨昌溪①	两个医生的故事	哥尔德	北新4：19	1930，10，1
	哥尔德与新时代		读书月刊1：1	1930，11，1
	职业的梦	哥尔德	读书月刊1：3，4	1931，1，1
	哥尔德——美国的高尔基		现代文学1：1	1930，7，16
	美国卜里兹文学奖金颁发		现代文学1：3	1930，9，16
	失败的辛克莱		现代文学1：4	1930，10，16
	奥尼尔新作底难产		现代文学1：4	1930，10，16
	哥尔德获得佳评		现代文学1：5	1930，11，16
	辛克莱的厄运		现代文学1：5	1930，11，16
	日本出演美国新兴戏剧		现代文学1：6	1930，12，16
	诺贝尔文学奖金得者留易士		读书月刊1：2	1931
	黑人的文学与艺术		万人月报1：1	1931，1，1
	哥尔德写卓别灵		青年界1：1	1931，3，10
	辛克莱的官运不亨		青年界1：1	1931，3，10
	范尔藤的写实新作		青年界1：1	1931，3，10
	辛克莱谈诺贝尔文学奖金		青年界1：2	1931，4，10
	刘易士赴瑞典		青年界1：2	1931，4，10
	刘易士论脱离英国文学传说		青年界1：5	1931，7，10

---

① 杨昌溪撰写了大量的美国文坛消息，分别发表于《青年界》的"文坛消息"栏目、《现代文学评论》的"现代世界文坛逸话"栏目、《现代文学》的"最近的世界文坛"栏目和《文艺月刊》的"文艺情报"栏目。《文艺月刊》的"文艺情报"栏目主要由杨昌溪负责，刊载的相关短文绝大多数由他撰写，但有些短文并未注明作者，笔者在该表中未将它们计入杨昌溪名下。此类短文主要有第4卷第3期（1933年9月1日出刊）的《巴克夫人由美来华》《本年度皮里兹奖金及其戏剧得者安德孙》和《刘易士的传记》，第4卷第5期（1933年11月1日出刊）的《巴克夫人由英来华》，第4卷第6期（1933年12月1日出刊）的《巴克夫人莅华及其新作之评价》和《美国创刊纯外国短篇小说的杂志》等。另外，据笔者推断，杨昌溪曾用笔名（化名）"易康"撰写和发表了不少文章，涉及美国文学的就有发表于《前锋月刊》第1卷第1期的《黑人诗歌中民族意识之表现》等。对此，本书第四章已做详论。不过，该表并未列入署名"易康"的相关成果。

续表

文人	主要成就	原著者	出版社或期刊	出版时间
杨昌溪	美国卜里兹文学奖金颁发		青年界1：5	1931，7，10
	奥尼尔《奇怪插曲》的诉讼		青年界1：5	1931，7，10
	美国人克服吉卜林		现代文学评论1：1	1931，4，10
	美国文人的收入		现代文学评论1：2	1931，5，10
	《草叶集》的出版纪念与惠特曼		现代文学评论1：4	1931，8，10
	黑人文学中的民族意识之表现		橄榄月刊16	1931，8，10
	《黑奴魂》在俄国		文艺月刊3：7	1933，1，1
	辛克莱种种		文艺月刊3：7	1933，1，1
	一九三二年美国销路最好的小说		文艺月刊3：11	1933，5，1
	刘易士赴伦敦旅行		文艺月刊3：12	1933，6，1
	刘易士的新作《安恩斐克丝》		文艺月刊3：12	1933，6，1
	银幕上的奥尼尔戏剧		文艺月刊4：1	1933，7，1
	巴克夫人被长老会撤职		文艺月刊4：1	1933，7，1
	巴克夫人与江亢虎论战及其对基督教之认识		文艺月刊4：2	1933，8，1
	黑人约翰孙新作戏剧		文艺月刊4：2	1933，8，1
	刘易士描写的新旅途激情期经验谈		文艺月刊4：2	1933，8，1
	刘易士描写美国旅馆生活		文艺月刊5：1	1934，1，1
	美批评家们肯退休专心写作		文艺月刊5：1	1934，1，1
	奥尼尔的新剧《无尽的时光》		文艺月刊5：2	1934，2，1
	黑人杜波依士设立文学奖金		文艺月刊5：3	1934，3，1
	巴克夫人赴印度南洋收集小说材料		文艺月刊5：3	1934，3，1
	美国各大学教授所选的百册世界文学杰作		文艺月刊5：3	1934，3，1
	美国艺术中的爱国精神问题		文艺月刊5：5	1934，5，1
	巴克夫人在沪否认赴印搜集小说材料		文艺月刊5：5	1934，5，1
	无钱的犹太人	歌尔德	上海现代书局	1931
	黑人文学		上海良友图书印刷公司	1933

续表

文人	主要成就	原著者	出版社或期刊	出版时间
汪倜然①	美国黑人文学底启源	John Chamblain	真美善6：1	1930，5
	辛克莱转变——变成玄学鬼		前锋月刊1：1	1930，10，10
	英美文坛零讯		前锋月刊1：2	1930，11，10
	一九三〇年诺贝尔文学奖得者		前锋月刊1：3	1930，12，10
	最近的路威士		前锋月刊1：4	1931，1，10
	辛克雷·路威士		世界杂志1：1	1931
	《特来塞自传》第一卷		前锋月刊1：7	1931，4，10
	论路威士及其作品	Erik Axel Karlfeldt	现代文学评论1：3	1931，7，10
	欧·亨利的短篇小说作法秘方		现代文学评论 2：3，3：1	1931，10，20
施蛰存	近代法兰西诗人（1：4，5续）	勒维生	新文艺1：3	1929，11，15
	美国三女流诗抄（共7首）②	陶立德尔女史等	现代1：3	1932，7，1
	桑德堡诗抄③	桑德堡	现代3：1	1933，5，1
	支加哥诗人卡尔·桑德堡		现代3：1	1933，5，1
	诗歌往那里去？	巴伯特·陶逸士	现代5：2	1934，6，1
	瑞士顶礼④	E. Hemingway	现代5：6	1934，10，1
	现代美国诗抄（30首）	R. Frost 等	现代5：6	1934，10，1
	现代美国作家小传⑤		现代5：6	1934，10，1
	刘易士夫人不容于德国⑥		现代5：6	1934，10，1
	英美小诗抄⑦		文艺风景1：1	1934，6，1
	野会	J. M. March	世界文学1：2	1934，12，1
	一日的等待⑧	Ernest Hemingway	新中华3：5	1935，3，10
	从亚伦·坡到海敏威		新中华3：7	1935，4，10
	一个要寻短见的女人⑨	L. Merrick	新中华4：3	1936，2，10
	一个干净的、光线好的地方⑩	海明威	文饭小品5	1935，6，25

① 有时署名为"倜然"。《前锋月刊》的"最近的世界文坛"栏目基本由他主持。
② 译者署名"安簃"。
③ 与徐霞村合译。
④ 译者署名"李万鹤"。
⑤ 署名"薛蕙"。
⑥ 署名"安华"。
⑦ 译者署名"安华"。
⑧ 译者署名"李万鹤"。
⑨ 同上。
⑩ 同上。

续表

文人	主要成就	原著者	出版社或期刊	出版时间
钱歌川	红死之假面	爱伦·坡	文学周报375	1929，6，16
	向金性	辛克莱	现代文学1：2	1930，8，16
	陆卫士	辛克莱	现代学生1：4	1931，1
	一九三〇年度诺贝尔赏金赢得者陆卫士		现代学生1：4	1931，1
	椭圆形的肖像	亚伦·坡	现代学生1：6	1931，4
	刘易士在美国文坛的地位	［日］宫岛新三郎	青年界1：1	1931，3，10
	一九三〇年诺贝尔文学奖金		青年界1：1	1931，3，10
	马车夫	刘易士	青年界1：1	1931，3，10
	友情的勉力	戴尔	青年界1：3	1931，5，10
	奥尼尔的生平及其艺术		学艺11：9	1932，11，15
	小鱼与梭鱼	辛克莱	青年界3：1	1933，3，5
	成名	辛克莱	青年界3：2	1933，4，5
	大众所要求的	辛克莱	青年界3：3	1933，5，5
	坐下的工作	辛克莱	青年界3：5	1933，7，5
	卡利甫之月	奥尼尔	现代文学评论1：4	1931，8，10
	亚伦·坡的生平及其艺术①		新中华1：16	1933，8，25
	黑猫	亚伦·坡	新中华1：16	1933，8，25
	美国戏剧的演进（1：18，19续）		新中华1：17	1933，9，10
	葛普登·辛克莱		现代5：6	1934，10，1
	喇叭传令使	Sherwood Anderson	诗歌月报1：5	1934，8，1
	吃人的会议②	Mark Twain	新中华3：7	1935，4，10
	母亲	安徒生	东方杂志28：12	1937，6，25
	地狱	辛克莱	上海开明书店	1930
	现代恋爱批判	辛克莱	上海神州国光社	1932
	卡利浦之月	奥尼尔	上海中华书局	1935
	母亲	安徒生	上海中华书局	1935
	黑猫	亚伦·坡	上海中华书局	1935

① 署名"味橄"。
② 译者署名"味橄"。

续表

文人	主要成就	原著者	出版社或期刊	出版时间
钱歌川	青春之恋①	赫克胥黎等	上海中华书局	1935
	现代文学评论②		上海中华书局	1935
卞之琳	流浪的孩子们	高德曼	文学 3：3	1934，9，1
	传统与个人的才能	T. S. Eliot	学文月刊 1：1	1934，5，1
黄药眠	月亮般圆的脸	Jack London	我们 3	1928，8，20
	工人杰麦	辛克莱	上海启智书局	1929
胡适	戒酒③	哦·亨利	新月 1：7	1928，9，10
	米格儿	哈特	新月 1：10	1928，12，10
	扑克坦赶出的人	哈特	新月 2：8	1929，10，10
	短篇小说（第二集）④	哈特等	上海亚东图书馆	1933
蹇先艾⑤	红谷牧歌	F. B. 哈特	上海生活书店	1935
	妻	欧文	上海生活书店	1935
	鬼新郎	欧文	上海生活书店	1935
	败坏了海德来堡的人	马克·吐温	上海生活书店	1935
	田纳西的伙伴	F. B. 哈特	上海生活书店	1935
	四次会晤	亨利·詹姆士	上海生活书店	1936
	一位忙经纪人的情史	欧·亨利	上海生活书店	1936
	美国短篇小说集⑥	欧文等	上海生活书店	1936
	步福罗格太太⑦	纳桑来·霍桑	上海生活书店	1935
	发人隐私的心	爱伦·坡	上海生活书店	1935
	亚西尔之家的衰亡	爱伦·坡	上海生活书店	1935
	牧师的黑面纱⑧	A. 毕亚士	上海生活书店	1935
	人与蛇	A. 毕亚士	上海生活书店	1936
	空中的骑兵	纳桑来·霍桑	上海生活书店	1936
	东方博士的礼物	欧·亨利	上海生活书店	1936

① 收有英、美、德、法、瑞典、西班牙的八篇小说，美国作品有安得生的《神力》和亚伦·坡的《黑猫》。

② 收录11篇论文，与美国文学有关的为《美国戏剧的演进》《刘易士在美国文坛的地位》《奥尼尔的生涯及其艺术》和《辛克莱和他的作品》。

③ 译者署名"适之"。

④ 为翻译小说集。共收录6篇小说，其中美国3篇，分别为哦·亨利的《戒酒》、哈特的《米格儿》和《扑克坦赶出的人》。

⑤ 参与郑振铎主持、生活书店出版的"世界文库"的翻译工作。

⑥ 与陈家麟合译。收有华盛顿·欧文、霍桑、爱伦·坡等人的13篇短篇小说。

⑦ 与陈家麟合译。

⑧ 同上。

附 录

续表

文人	主要成就	原著者	出版社或期刊	出版时间
伍光建[1]	普的短篇小说	Edgar Allan Poe	上海商务印书馆	1934
	末了的摩希干人	James Cooper	上海商务印书馆	1934
	妥木琐耶尔的冒险事	Clemens	上海商务印书馆	1934
	白菜与帝王	O. Henry	上海商务印书馆	1934
	大街	S. Lewis	上海商务印书馆	1934
	旅客所说的故事	W. Irving	上海商务印书馆	1934
	红字记	N. Hawthorne	上海商务印书馆	1934
	泰丕	H. Melville	上海商务印书馆	1934
	财阀	U. Sinclair	上海商务印书馆	1934
程小青	贝森血案	范达痕	上海世界书局	1932
	金丝雀	范达痕	上海世界书局	1932
	姊妹花	范达痕	上海世界书局	1932
	黑棋子	范达痕	上海世界书局	1933
	神秘之犬	范达痕	上海世界书局	1934
	古甲虫	范达痕	上海世界书局	1934
郁达夫	一位纽英格兰的尼姑	Mary E. Wilkins	奔流 2:1	1929, 5, 20
	翻译说明就算答辩		北新 2:8	1928, 2, 16
	拜金艺术[2]	Upton Sinclair	北新 2:10	1928, 4, 1
	小家之伍[3]		上海北新书局	1930
周起应	辛克来的杰作:《林莽》[4]		北新 3:3	1929, 2, 1
	释放	戈尔特	乐群 2:9	1929, 9, 1
	钱	高尔特	小说月报 22:3	1931, 3, 10
	美国:罢工	M. Gold	现代小说 3:4	1930, 1, 15

---

[1] 1934年商务印书馆出版伍光建选译《英汉对照名家小说选》第一集,共21部,其中美国作品9部。封面上标明原作者英文名,有些没有翻译,因此本表中均标明英文名。9位作家现在的通用译名分别为爱伦·坡、库柏、马克·吐温、欧·亨利、辛克莱·刘易斯、华盛顿·欧文、霍桑、麦尔维尔和辛克莱。

[2] 连载多期,分别是2:11, 12, 13, 14, 15, 16, 17, 18, 24; 3:1, 2, 3, 4, 5, 6, 7, 10, 13, 14。

[3] 翻译小说集,共4篇,收有美国玛丽·衣·味儿根斯的《一位纽英格兰的尼姑》。

[4] 译者署名"起应"。

续表

文人	主要成就	原著者	出版社或期刊	出版时间
周起应	果尔德短篇杰作选①	果尔德	上海辛垦书店	1932
	苏联的音乐	佛里门	上海良友图书印刷公司	1932
	新俄文学中的男女	库尼兹	上海现代书局	1932
吴宓	穆尔论现今之新文学	穆尔	学衡 63	1928，5
	白璧德论今后诗之趋势	白璧德	学衡 72	1929，11
	穆尔论自然主义与人文主义之文学	穆尔	学衡 72	1929，11
	薛尔曼评传	Jacob Zeitlin 等	学衡 73	1931，1
胡风	美国人想看高尔基②		现代文学 1：3	1930，9，16
	辛克莱打官司③		现代文学 1：3	1930，9，16
	一九三〇年诺贝尔文学奖得者——辛克来·刘易士④		青年界 1：1	1931，3，10
	野性底呼声⑤	杰克·伦敦	上海商务印书馆	1935
郑晓沧	小妇人	奥尔珂德	杭州浙江图书馆	1932
	好妻子	奥尔珂德	上海中国科学公司	1933
	小男儿	奥尔珂德	上海中国科学公司	1936
徐霞村	桑德堡诗抄⑥	桑德堡	现代 3：1	1933，5，1
	H.D 诗二首	H.D	新时代 5：4	1933，10，1
	里维哀拉之夕景	R. Mcalmon	现代 5：6	1934，10，1
	异味集⑦		上海新宇宙书店	1928
李葆贞	帕利小姐	波尔德	上海商务印书馆	1935
	一个旧式的姑娘	L. M. Alcott	上海商务印书馆	1936
	绿庐小孤女	蒙特过梅	上海商务印书馆	1937
	王子与贫儿	马克·吐温	上海商务印书馆	1937
	帕利小姐续集	波尔德	上海商务印书馆	1937
	神秘的大卫	坡尔忒	上海商务印书馆	1937

① 收有《可恶的煽动家》《黑人之死》《释放》《两个墨西哥》《垃圾上的恋爱》《再快些，美利加，再快些》《大约尔的生日》《死囚牢中的樊宰特》和《一亿两千万》。
② 署名"谷非"。
③ 署名"谷非"。
④ 署原名"张光人"。
⑤ 译者署名"谷风"，与欧阳山合译。
⑥ 与施蛰存合译。
⑦ 为译文集，共包括7位作家的10篇小说，其中美国作品有布赖·哈特的《米古斯》和《泡克佛莱镇的败类》。

续表

文人	主要成就	原著者	出版社或期刊	出版时间
俞天游	古城得宝录	巴洛兹	上海商务印书馆	1927
	弱岁投荒录（太子三山）	巴洛兹	上海商务印书馆	1927
	覆巢记	巴洛兹	上海商务印书馆	1927
	猿虎记	巴洛兹	上海商务印书馆	1927
	兽王豪杰录	巴洛兹	上海商务印书馆	1928
常吟秋	结发妻	赛珍珠	上海商务印书馆	1934
	新与旧	布克夫人	上海商务印书馆	1935
	分裂了的家庭	赛珍珠	上海商务印书馆	1936

附录四 20世纪30年代重要的美国文学译介期刊及其译介导向[①]

1928年1月，《现代小说》月刊创刊于上海。该刊第3卷第1期（1929年10月出刊）登载了《编者随笔》，明确描述了办刊方向：将"介绍世界新兴文学及一般弱小民族的文艺"作为今后的重要工作。这事实上是该刊的"革新宣言"。自其发表之后，该刊明显开始左倾，成了宣传革命文学的重要阵地。它不仅努力宣扬新兴文学运动，大量发表国内左翼作家的作品，而且将译介世界范围内的新兴文学作为重要任务。因为与国民党官方的立场存在太大分歧，该刊于1930年2月遭到查禁，自此停刊。就美国文学而言，它主要选择译介了辛克莱、高尔德等左翼作家及其作品。

1928年3月15日，创造社主办的《流沙》半月刊创刊于上海，共出版6期，明确宣扬无产阶级革命文学的理论。创刊号发表了署名"同人"的《前言》，其中写道："来，我们大家一齐举起鹤嘴斧打倒那些小资产阶级的学士和老爷们的文学，转换方向来，开辟这文艺的荒土。"该刊译介美国文学的文字只有两篇。第3期（1928年4月15日）发表了李一氓著的《"拖住"——Sinclair传》和韵铎（邱韵铎）译、杰克·伦敦著的《我怎样成为社会主义者》。无论是辛克莱，还是杰克·伦敦，在当时都被看作美国左翼文学的代表性作家。

1928年5月20日，太阳社成员主办的《我们》文学月刊创刊于上海，1929年2月被国民党官方以"反动宣传品"的名义查禁，共出版3期。该刊致力于推进革命文学，重点译介革命文学理论和创作。创刊号登载了王独清撰写的《祝词》，其中写道："不能和我们联和战线的就是我们底敌人"，"我们须先把这些敌人打倒"。由此可见，该刊具有鲜

[①] 本书第二章已经论及部分期刊及其译介导向。这里仅列出第二章没有论及的部分。

明的左翼政治意识形态色彩。第 3 期（1928 年 8 月 20 日出刊）发表了黄药眠译、杰克·伦敦著的《月亮般圆的脸》。尽管这篇小说并不具备革命色彩，但它毕竟是中国左翼文人认定的美国左翼作家的作品。

1928 年 5 月 30 日，《畸形》文艺半月刊创刊于上海，创造社、太阳社成员是其主要撰稿人，共出 2 期。该刊旗帜鲜明地宣传革命文学，批判无政府主义。创刊号和第 2 期连载了邱韵铎译、辛克莱著的《美国新诗人底介绍》。

1928 年 9 月 20 日，《大众文艺》月刊创刊于上海，发表了很多译文。自第 2 卷第 3 期（1930 年 3 月 1 日出刊）起，它成了左联的机关刊物，1930 年 4 月遭到国民党官方查禁。它在成为左联机关刊物之前，尽管将辛克莱、高尔德等美国左翼作家作为译介重点，但也登载了爱伦·坡作品的译文，因此并不具备明显的左翼色彩。该刊成为左联机关刊物之后，译介美国文学的导向明显发生了改变。该刊第 2 卷第 3 期和第 4 期为"新兴文学专号"，主要译介了辛克莱、杰克·伦敦等"新兴作家"的作品。

1929 年 5 月 15 日，《引擎》月刊创刊于上海，仅出一期，就被国民党官方以"主张唯物史观、鼓吹阶级斗争"之名查禁。该刊是典型的左翼期刊，编者在《编号》中明确阐明该刊的宗旨是"推动这部时代文化火车前进"。该刊登载了美国左翼作家高尔德的诗作《一千二百万》，由韵铎（邱韵铎）翻译。

1930 年 1 月 10 日，太阳社主编的《拓荒者》月刊创刊于上海，第 3 期起成为左联机关刊物之一，不久即被查禁。该刊译介美国文学的文章只有一篇。第 2 期（1930 年 2 月 10 日出刊）的"批评与介绍"栏目，登载了祝秀侠撰写的《辛克莱的〈潦倒的作家〉》一文。

1932 年 6 月 10 日，左联机关刊物之一《文学月报》创刊于上海，出版 6 期之后遭到国民党官方查禁。该刊第 3 期（1932 年 10 月 15 日出刊）的"文艺情报"栏目，登载了《美国约翰李特俱乐部近讯》一文。约翰·里德俱乐部是美国的共产党组织。

1933 年 4 月 15 日，北方左联的机关刊物之一《文学杂志》月刊创刊于北京，出版了第3、4期合刊后被国民党官方查禁，理由是"内容不妥"。创刊号登载了"特莱赛画像"，同期还登载了巴比塞、小林多喜二、罗曼·罗兰等激进作家的画像。显然，德莱塞被视为美国的左翼作家。第2期（1933年5月15日）登载了非白撰写的《美国文坛近况》，实际上介绍的是美国左翼文学的发展状况。

1933年6月1日，北方左联的机关刊物之一《文艺月报》创刊于北京，出版3期之后即遭查禁。该刊致力于翻译、介绍世界普罗文学。创刊号登载了"国际反战作家像"，其中即有辛克莱，另外还有法国的巴比塞、罗曼·罗兰等人。该期的"介绍与批评"栏目，登载了征君译的《国际反战作家给苏联和中国大众的信》，其中就有辛克莱撰写的《完成五年计划》。他明确指出，"中国政府是一个资产阶级的政府"，并号召遭受压迫的中国人民揭竿而起，极力反抗。另外，该期还登载了尹澄之撰写的《普罗文学的国际组织》一文，提及美国共产党组织约翰·里德俱乐部。该刊第3期（1933年11月1日出刊）登载了彭列译、黑人作家休士著的诗歌《我们的春天》，另外还有古力[①]撰写的介绍文章《帕莎斯近讯》。休士和帕索斯都被20世纪30年代中国左翼文人看作美国左翼文学运动中涌现而出的新锐作家。

上述几份刊物译介美国文学的导向非常明确，介绍的几乎全是他们认定的美国左翼作家和左翼文学的发展状况。除了这几份刊物，类似倾向的还有1933年10月15日创建于上海的《文艺》月刊、1934年7月1日创刊于天津的《当代文学》月刊、1934年8月1日创刊于东京的《东流》文艺月刊，等等。

值得注意的是，1934年9月16日创刊于上海的《译文》月刊，尽管不能被完全视为左翼期刊，但它确实非常重视苏联文学和革命文艺理论著作的翻译。在译介美国文学时，该刊将安德生、德莱塞、辛克莱、杰克·伦敦、休士等左翼或者亲"左"作家及其作品作为重要对象，但也兼及欧·亨利、林赛、赛珍珠、奥尼尔等，因此，与上面提到的一

---

① 目录署名为"古力"，正文中署名为"苦力"。

些刊物还是有一些区别。

1930年8月15日,"中国文艺社"成员王平陵、钟天心、左恭等编辑的《文艺月刊》创刊于南京。该刊尽管有浓厚的官方背景,在发刊词《达赖满DYNAMO的声音》中发表了严厉批评左翼文学的言论,说左翼作家"丧心病狂","崇奉宰杀自己兄弟姊妹们的毒蛇猛兽""赤色帝国主义者",但就整体来看,它并不具备明显的政治倾向性。该刊译介美国文学的成果非常丰硕,可以与《现代》《文学》《译文》等20世纪30年代举足轻重的刊物相媲美。尤其值得注意的是,该刊设有"文艺情报"栏目,主要由杨昌溪主持,登载了很多介绍美国文学近况的短文。

1931年1月15日,《当代文艺》月刊创刊于上海,由"民族主义文艺运动"重要社团前锋社的成员陈穆如主编。编者在创刊号《后记》中说:"我们办这个刊物,并没有固定的组织,也没有划一的主义,我们只是各尽其力地创作一点,翻译一点。"确实,该刊登载的翻译文学不少。就美国文学而言,既涉及左翼眼中"新兴文学"作家的代表辛克莱、杰克·伦敦等,又有奥尼尔等现代主义作家,还有霍桑、朗费罗等19世纪作家。因此,它并未充分彰显官方的意识形态和文学译介立场。

1931年4月10日,《现代文学评论》创刊于上海,共出版6期,由前锋社成员李赞华主编。该刊译介美国文学时,没有明确的导向,既登载了奥尼尔戏剧的译作,又有对美国首位诺贝尔文学奖得主刘易斯的介绍,还有其他一些内容。总体来看,该刊并没有充分应和国民党官方的文艺主张。

1932年4月20日,《矛盾》文学月刊创刊于南京,由"民族主义文艺运动"社团开展文艺社的成员潘子农主编。该刊既有对官方民族主义文艺理论的阐释,又登载了不少的创作,还大量介绍了世界文学的发展状况。介绍的美国作家既有赛珍珠(布克夫人),又有弱小民族文学的代表作家休士,等等。

1934年2月1日,《中国文学》文艺月刊创刊于南京,由"民族主义文艺运动"社团流露社的成员主持编辑。创刊号的《编辑杂谈》提到,该刊将"仅仅严肃而平凡地对文学抱忠实的态度,想把外国底作品多介绍一些,而且尽可能地还要系统一些,想使中国底作品更健实一些"。因不满左翼文学运动,该刊发表了不少批评文字。就译介美国文学而言,它并没有明确的导向,主要涉及赛珍珠(布克夫人)以及桑德堡、海明威等新锐作家。

曾朴和曾虚白父子主持的《真美善》杂志,被有些学者看作"民族主义文艺运动"的次要刊物①,理由是该刊登载了曾虚白撰写的《民族主义文艺运动的检讨》(第7卷第1期,1930年11月出刊)、《再论民族文学》(第7卷第2期,1930年12月出刊)等与国民党文艺主张有关的论文。然而,曾虚白并不认同国民党官方的文艺思想和文艺统制政策。比如,在前一文中,曾虚白严正抗议国民党的文化独裁行为,并写道:"文艺家除掉了他自己的意识以外,绝对不承认任何样的权威。"就译介美国文学而言,该刊实际上采取的是兼容策略,既登载了爱伦·坡、欧·亨利作品的译文,又有德莱塞、约翰·里德和高尔德等左翼作家作品的译作,还有关于美国黑人文学的介绍。

1931年3月10日,李小峰、赵景深编辑的《青年界》月刊创刊于上海。该刊虽为综合性刊物,但文艺作品和文学评介文章占了很多的篇幅。它设有"文坛消息""海外通信"和"作家介绍"等栏目,在译介美国文学时,非常关注其发展近况。值得注意的是,1930年年底刘易斯获得诺贝尔文学奖之后,该刊创刊号即对他做了专门介绍,包括三篇评介文章和一篇作品译文。

1931年5月1日,汪漫铎主编的《创作》月刊创刊于南京,吸引了卞之琳、巴金、沈从文、陈梦家等自由主义文人为其撰稿。编者在创刊号的"致词"《无语》和《编后》中明确反对1928年以来的"口号文学",认为文学家应"忠实地生活,忠实地观察,忠实地反映,忠实地描绘"。该刊虽然名为创作,但也发表了不少译作,其中就包括惠特

---

① 钱振纲:《民族主义文艺运动社团与报刊考辨》,《新文学史料》2003年第2期。

曼的《跨过一切》《看到荣誉获得时》等诗歌。

施蛰存主编的《现代》是典型的自由主义刊物。在创刊号登载的《创刊宣言》中，施蛰存多次申明该刊不是"同人杂志"，"并不预备造成任何一种文学上的思潮、主义和党派"。在译介美国文学时，该刊更关注现代文学的发展动向。第5卷第6号是"现代美国文学专号"，在现代中国的美国文学译介史上具有不可替代的意义。

1934年6月1日，施蛰存主编的《文艺风景》月刊创刊于上海，仅出版两期。施蛰存在《〈文艺风景〉创刊之告白》中写道："本刊的编制，并没有一定的规范，大约每期总有一组较详细的外国新锐文学之介绍及作品之翻译。"它在译介美国时，关注的是现代文学。创刊号登载了赵家璧撰写的评论文章《写实主义者的裘屈罗·斯坦因》和赵家璧译、斯坦因著的小说《梅兰沙》（断片）。第2期（1934年7月1日）登载了司徒谷译、A. H. 梅宥著的《迦思东·拉采思》。

除了这几份明显由自由主义文人主持的刊物，1933年7月1日创刊于上海的大型文学月刊《文学》，也具有很强的包容性。在该刊发表作品的不仅有郭沫若、阿英、周扬、胡风等明显的左翼作家，还有林语堂、沈从文、老舍、巴金等自由主义或民主主义作家。就译介美国文学而言，该刊不仅涉及辛克莱、休士、德莱塞等具有激进倾向的作家，而且有海明威、奥尼尔、赛珍珠等作家，还有马克·吐温、惠特曼等19世纪作家。

附录五 20世纪30年代重要美国文学译介期刊的相关译介成果

刊名	期数	出版时间	成果	著者	译者
小说月报	18：1	1927，1，10	伊凡泽林	朗弗罗	徐调孚
	18：2	1927，2，10	马克·吐温的领带	宏途	
	18：8	1927，8，10	华盛顿·欧文的家	宏途	
	18：8	1927，8，10	爱伦·坡交了好运	赵景深	
	18：10	1927，10，10	罗伟尔最后的遗著	赵景深	
	18：12	1927，12，10	纯粹的诗	詹姆生	佩弦
	19：1	1928，1，10	自然的骄子莎留	赵景深	
	19：3	1928，3，10	奥奈尔的近作	赵景深	
	19：6	1928，6，10	马克·吐温的母亲	赵景深	
	19：8	1928，8，10	霍威尔投稿被拒	赵景深	
	19：10	1928，10，10	位居二楼的人	辛克莱	顾均正
	19：11	1928，11，10	黑人的诗	赵景深	
	20：2	1929，2，10	资本家	李特	傅东华
	20：2	1929，2，10	美国文学家的信念	赵景深	
	20：2	1929，2，10	辛克莱的《波士顿》出版	赵景深	
	20：2	1929，2，10	奥尼尔的《奇怪的插曲》	赵景深	
	20：4	1929，4，10	孟代与爱伦·坡	赵景深	
	20：5	1929，5，10	奥奈尔开始三部曲	赵景深	
	20：7	1929，7，10	现代美国诗坛	赵景深	
	20：8	1929，8，10	二十年来的美国小说	赵景深	
	20：8	1929，8，10	夜的艺术	赵景深	
	20：9	1929，9，1	刘易士与《多池威士》	赵景深	
	20：11	1929，11，10	到思想——文化之路的暗号	高尔特	刘穆
	20：12	1929，12，10	黑人的新诗	张威廉	
	21：1	1930，1，10	失了面子	贾克·伦敦	张梦麟
	21：1	1930，1，10	最近的美国文坛	赵景深	
	21：2	1930，2，10	维丝特的怪小说	赵景深	

续表

刊名	期数	出版时间	成果	著者	译者
小说月报	21：3	1930，3，10	现代文学中的性的解放	开尔浮登	刘穆
	21：3	1930，3，10	奥尼尔与得利赛	赵景深	
	21：3	1930，3，10	花尔藤写穷作家	赵景深	
	21：4	1930，4，10	辛克莱的《山城》	赵景深	
	21：5	1930，5，10	现代美国诗概论	朱复	
	21：5	1930，5，10	美国文坛在俄国	赵景深	
	21：7	1930，7，10	古代艺术之社会的意义	开尔浮登	傅东华
	21：8	1930，8，10	美国文坛近讯	赵景深	
	21：10	1930，10，10	《新群众》及其作家	赵景深	
	21：10	1930，10，10	美国作家怀尔道	赵景深	
	21：10	1930，10，10	哥尔德与库尼茨的论战	赵景深	
	21：10	1930，10，10	我们歌唱的力量	赵景深	
	21：11	1930，11，10	《小评论》编者的自传	赵景深	
	21：12	1930，12，10	美国文坛论战的结束	赵景深	
	21：12	1930，12，10	一九三〇的诺贝尔奖金	赵景深	
	22：1	1931，1，10	最近法国文坛对美国的批判	谢康	
	22：1	1931，1，10	美国文坛短讯	赵景深	
	22：2	1931，2，10	刘易士得诺贝尔奖的舆论	赵景深	
	22：2	1931，2，10	《新群众》作家近讯	赵景深	
	22：3	1931，3，10	钱	高尔特	周起应
	22：6	1931，6，10	雪的皇冠	来斯	顾仲彝
	22：7	1931，7，10	刘易士的小说	［英］何尔特	赵景深
	22：9	1931，9，10	一个坏女人	贾克·伦敦	陈虎生
	22：9	1931，9，10	《新群众》作家续讯	赵景深	
文学周报	272	1927，6，18	批评家的职务	门肯	傅东华
	291	1927，11，20	初雪	J. R. 罗伟尔	傅东华
	321	1928，6，17	文学与宣传	Issac Goldberg	莫索
	324	1928，7，8	文学家之富兰克林	Long	露明
	326	1928，7，22	雨天	朗弗洛	滕沁华
	332	1928，9，2	阿达兰达底竞赛	汤姆生	梁指南
	354	1929，1，20	现代英美小说的趋势	John Carruthers	赵景深
	373	1929，6，2	死牢里的樊赛蒂	哥尔德	刘穆
	373	1929，6，2	一亿二千万	哥尔德	刘穆
	375	1929，6，16	红死之假面	爱伦·坡	钱歌川

续表

刊名	期数	出版时间	成果	著者	译者
学衡	61	1928，1	斯宾格勒之文化论（66续）	葛达德，吉朋斯	张荫麟
	63	1928，5	论现今之新文学	穆尔	吴宓
	63	1928，5	现今美国文人滑稽画像（插画）		
	72	1929，11	今后诗之趋势	白璧德	吴宓
	72	1929，11	自然主义与人文主义之文学	穆尔	吴宓
	73	1931，1	薛尔曼评传	Jacob Zeitlin 等	吴宓
	74	1931，3	班达与法国思想	白璧德	张荫麟
沉钟	特刊	1927，7，10	论坡（Edgar Allan Poe）的小说	陈炜谟	
	特刊	1927，7，10	钟	Poe	杨晦
	特刊	1927，7，10	Ligeia	Poe	陈炜谟
	特刊	1927，7，10	Eleonora	Poe	陈炜谟
	特刊	1927，7，10	黑猫	Poe	陈炜谟
	特刊	1927，7，10	乌鸦	Poe	杨晦
北新	2：8	1928，2，16	翻译说明就算答辩	郁达夫	
	2：10	1928，4，1	拜金艺术	Upton Sinclair	郁达夫
	2：12	1928，5，1	散文与韵文	J. E. Spingarn	李濂、李振东
	2：23	1928，10，16	惹祸的心	Poe	石民
	3：3	1921，2，1	辛克来的杰作：《林莽》		起应
	3：8	1929，5，1	剧作家友琴·沃尼尔	灰布尔士	查士骥
	3：9	1929，5，16	拉靴带	辛克莱	爱侬
	3：12	1929，7，1	七种艺术，七种谬见	Spingarn	林语堂
	3：15	1929，8，16	革命者的女儿	雷德	朝露
	3：18	1929，10，1	艺术与商人	辛克莱	王煦
	3：18	1929，10，1	战斗	杰克·伦敦	夏莱蒂
	3：19	1929，10，16	阿金的泪	杰克·伦敦	章铁民
	4：1，2	1930，1，16	辛克莱的美国教育观	北泽新次郎	小竹
	4：1，2	1930，1，16	变节者	杰克·伦敦	天虹
	4：1，2	1930，1，16	杰克·伦敦的小说	［日］厨川白村	刘大杰
	4：1，2	1930，1，16	黛丝戴尔的情诗抄（六首）	Sara Teasdale	衣萍
	4：3	1930，2，1	矿穴里	钮门	何公超

续表

刊名	期数	出版时间	成果	著者	译者
北新	4：9	1930，5，1	《惊动全球的十日》的作者约翰·里德	A. R. Williams	士璋
	4：11	1930，6，1	革命的第三幕	William Chamberlin	清晨
	4：13	1930，7，1	天空中的骑兵	皮尔斯	夏莱蒂
	4：13	1930，7，1	介绍辛克莱氏新著《山城》	山风大郎	
	4：14	1930，7，16	艺术的起源	Calverton	刘穆
	4：17	1930，9，1	一个新奇的断片	贾克·伦敦	蒯斯曛
	4：19	1930，10，1	美国新兴文学之起衅	Calverton	周绍仪
	4：19	1930，10，1	两个医生的故事	哥尔德	杨昌溪
真美善	1：3	1927，12，1	意灵娜拉	濮·爱伦	虚白
	1：5	1928，1，1	走失的斐贝	德兰散	虚白
	1：5	1928，1，1	美国文学家海纳的格言	虚白	
	1：12	1928，4，16	马奇的礼物	奥·亨利	虚白
	2：6	1928，10，16	中国翻译欧美作品的成绩	虚白	
	3：1	1928，11，16	我的美国文学观	虚白	
	3：2	1928，12，16	百老汇之夜	约翰·里德	林微音
	3：2	1928，12，16	巡警与圣歌	奥·亨利	毓傅
	3：4	1929，2，16	斯芬克思	艾伦·坡	林微音
	4：1	1929，5，16	目睹的苏俄	德兰散	虚白
	4：2	1929，6，16	苏俄今日的妇女	德兰散	虚白
	4：3	1929，7，16	托尔斯泰派的素食馆	德兰散	虚白
	4：3	1929，7，16	乌鸦	欧伦·濮	黄龙
	4：4	1929，8，16	旅俄杂感	德兰散	虚白
	4：4	1929，8，16	再次的改善	奥·亨利	高建华
	4：6	1929，10，16	一个黑人的死	Michael Gold	叶秋原
	5：4	1930，2，16	钟	爱伦·坡	黄龙
	5：4	1930，2，16	德兰散与女人		
	6：1	1930，5，16	美国黑人文学底启源	John Chamblain	汪倜然
	6：5	1930，9，16	灰衣执事	怀尔特	王坟

续表

刊名	期数	出版时间	成果	著者	译者
现代小说	1：5	1928	红死的面具	哀伦·坡	微音
	3：1	1929，10	现代美国文坛概况	克修	
	3：1	1929，10	波士顿之行：关于《油》的被禁	辛克莱	佐木华
	3：1	1929，10	辛克莱的《油！》	叶灵凤	
	3：1	1929，10	辛克莱像		
	3：2	1929，11，15	需要一次惊人的举动	果尔德	伯符
	3：2	1929，11，15	二重观点	辛克莱	佐木华
	3：4	1930，1，15	美国：罢工	M. Gold	周起应
	3：4	1930，1，15	几个美国的无名作家	辛克莱	佐木华
	3：5，6	1930，2，15	刑论	M. Gold	伯符
新月	1：7	1928，9，10	戒酒	哦·亨利	适之
	1：9	1928，11，10	坡（Edgar Poe）的《乌鸦》和其他诗稿	超	
	1：10	1928，12，10	米格儿	哈特	胡适
	1：11	1929，1，10	沃尼尔	张嘉铸	
	2：2	1929，4，10	《美国诗钞（1671—1928）》	康拿得·亚琴	超
	2：2	1929，4，10	《现代英美代表诗人选》	山德氏、赖尔生	超
	2：2	1929，4，10	《多池威士》	沁克尔·刘易士	超
	2：5	1929，7，10	《美国文学ABC》	陈淑	
	2：8	1929，10，10	扑克坦赶出的人	哈特	胡适
	3：7	1930，9，10	长方箱	爱伦·坡	吾庐
	4：3	1932，10，1	《施望尼评论》四十周年	公超	
	4：4	1932，11，1	天边外（4：7续）	Eugene O'neill	顾仲彝
	4：4	1932，11，1	奥尼儿的三部曲	上沅	
	4：5	1932，11，1	美国《诗刊》之呼吁	孟罗女士	公超
大众文艺	1：1	1928，9，20	嘉丽·史聂德	白雷·朋尼非尔	乐芝
	1：1	1928，9，20	幽会	爱伦·坡	林微音
	1：2	1928，10，20	黄昏	查拿·嘉尔	乐芝
	1：6	1929，2，10	维泼尔夫人	黑斯	乐芝
	1：6	1929，2，10	守护之神	勃兰娜	秋莲
	2：1	1929，11，1	实业领袖（2：2续）	辛克莱尔	邱韵铎、吴贯忠

续表

刊名	期数	出版时间	成果	著者	译者
大众文艺	2：2	1929，12，1	碾煤机	高尔德	ZY
	2：2	1929，12，1	白榄渡口的怪葬礼	高尔德	文渡
	2：2	1929，12，1	河畔的女子	高尔德	文渡
	2：3	1930，3，1	美国新兴文学作家介绍	余慕陶	
	2：3	1930，3，1	伦敦的咖啡店	贾克·伦敦	邱韵铎
	2：4	1930，5，1	电椅！！！	王一榴	
	2：4	1930，5，1	辛克莱和这个时代	祝秀侠	
	2：4	1930，5，1	杀人	伦敦	王一榴
	2：5，6	1930，6，1	文学之社会学的批判	Calverton	李兰
	2：5，6	1930，6，1	车夫与木匠	J. London	邱韵铎
戏剧	1：2	1929，7，15	美国剧场登峰造极	Richard Herndon	春冰
	1：2	1929，7，15	美国剧场的昨日	春冰	
	1：2	1929，7，15	英美剧坛的今朝	春冰	
	1：3	1929，9，15	欧尼尔作小偷	春冰	
	1：3	1929，9，15	欧尼尔再离婚	春冰	
	1：4	1929，11，15	美国戏剧家概论	G. J. Nathan	春冰
	1：5	1929，12，15	欧尼尔与《奇异的插曲》	春冰	
	2：1	1930，1，15	天然女	Upton Sinclair	关存英
	2：1	1930，1，15	捕鲸	欧尼尔	如林
	2：3，4	1931，2	美国的剧场协会	冯国英	
现代文学	1：1	1930，7，16	哥尔德——美国的高尔基	杨昌溪	
	1：2	1930，8，16	向金性	辛克莱	钱歌川
	1：3	1930，9，16	辛克莱打官司	谷非	
	1：3	1930，9，16	美国卜里兹文学奖金颁发	杨昌溪	
	1：4	1930，10，16	失败的辛克莱	杨昌溪	
	1：4	1930，10，16	奥尼尔新作底难产	杨昌溪	
	1：5	1930，11，16	哥尔德获得佳评	杨昌溪	
	1：5	1930，11，16	辛克莱的厄运	杨昌溪	
	1：6	1930，12，16	日本出演美国新兴戏剧	杨昌溪	
文艺月刊	1：4	1930，11，15	现代美国文学之趋势	开浮尔登	钟宪民
	2：1	1931，1，30	自由	特里塞	钟宪民

续表

刊名	期数	出版时间	成果	著者	译者
文艺月刊	2∶8	1931, 8, 15	赖伯克西尼的女孩（2∶9续）	霍桑	侯朴
	2∶10	1931, 10, 15	第二次选择	特里塞	钟宪民
	3∶2	1932, 2, 28	失掉了的福伴	特里塞	钟宪民
	3∶7	1933, 1, 1	凶手	Ernest Hemingway	苏芹荪
	3∶7	1933, 1, 1	《黑奴魂》在俄国	杨昌溪	
	3∶7	1933, 1, 1	辛克莱种种	杨昌溪	
	3∶8	1933, 1, 1	法国近代剧概观（3∶10, 11续）	Ludwig Lewisohn	马彦祥
	3∶8	1933, 2, 1	勃克夫人的《大地》改成戏剧与电影		
	3∶11	1933, 5, 1	一九三二年美国销路最好的小说	杨昌溪	
	3∶12	1933, 6, 1	刘易士赴伦敦旅行	杨昌溪	
	3∶12	1933, 6, 1	刘易士的新作《安恩斐克丝》	杨昌溪	
	4∶1	1933, 7, 1	银幕上的奥尼尔戏剧	杨昌溪	
	4∶1	1933, 7, 1	巴克夫人被长老会撤职	杨昌溪	
	4∶2	1933, 8, 1	巴克夫人与江亢虎论战及其对基督教之认识	杨昌溪	
	4∶2	1933, 8, 1	黑人约翰孙新作戏剧	杨昌溪	
	4∶2	1933, 8, 1	刘易士描写的新旅途激情期经验谈	杨昌溪	
	4∶3	1933, 9, 1	巴克夫人由美来华		
	4∶3	1933, 9, 1	本年度皮里兹奖金及其戏剧得者安德孙		
	4∶3	1933, 9, 1	刘易士的传记		
	4∶5	1933, 11, 1	巴克夫人由英来华		
	4∶6	1933, 12, 1	勃克夫人的创作生活	毛如升	
	4∶6	1933, 12, 1	巴克夫人莅华及其新作之评价		
	4∶6	1933, 12, 1	美国创刊纯外国短篇小说的杂志		
	5∶1	1934, 1, 1	刘易士描写美国旅馆生活	杨昌溪	
	5∶1	1934, 1, 1	美批评家们肯退休专心写作	杨昌溪	
	5∶2	1934, 2, 1	奥尼尔的新剧《无尽的时光》	杨昌溪	
	5∶3	1934, 3, 1	露西亚（5∶4续）	德利赛	钟宪民
	5∶3	1934, 3, 1	四年来的英美出版物统计比较	杨昌溪	

续表

刊名	期数	出版时间	成果	著者	译者
文艺月刊	5：3	1934，3，1	黑人杜波依士设立文学奖金	杨昌溪	
	5：3	1934，3，1	巴克夫人赴印度南洋收集小说材料	杨昌溪	
	5：3	1934，3，1	美国各大学教授所选的百册世界文学杰作	杨昌溪	
	5：4	1934，4，1	赠希伦	Edgar Allan Poe	球笙
	5：4	1934，4，1	黄昏的歌	Sidney Lanier	球笙
	5：5	1934，5，1	上海小景	勃克夫人	苏芹荪
	5：5	1934，5，1	天边外（5：6续）	奥尼尔	顾仲彝
	5：5	1934，5，1	美国艺术中的爱国精神问题	杨昌溪	
	5：5	1934，5，1	巴克夫人在沪否认赴印搜集小说材料	杨昌溪	
	5：6	1934，6，1	美国诗坛的复兴	张露薇	
	6：1	1934，7，1	卡利比之月	奥尼尔	马彦祥
	6：1	1934，7，1	辛克莱与辛克莱·刘易士		
	6：2	1934，8，1	浪漫派的忧郁病	白璧德	陈瘦石
	6：2	1934，8，1	战线内	欧尼尔	马彦祥
	7：2	1935，2，1	邰赛·密勒（7：4续）	Henry James	雪樵
	7：2	1935，2，1	一天的等待	汉敏威	黎锦明
	7：3	1935，3，1	海的幻变	汉敏威	维特
	7：5	1935，5，1	林中之死	谢乌·安得苏	熊纪白
	8：1	1936，1，1	羊毛短裤	William March	洪深
	8：1	1936，1，1	黑黎	William Saroyan	曹泰来
	8：2	1936，2，1	早餐之前	欧尼尔	马彦祥
	10：3	1937，3，1	眼镜（10：6续）	爱伦·堡	陈以德
	10：4，5	1937，5，1	关于翻译欧美戏剧	顾仲彝	
	10：4，5	1937，5，1	奥尼尔的戏剧技巧	S. K. Winther	王思曾
	10：4，5	1937，5，1	杀人	杰克·伦敦	刘念渠

续表

刊名	期数	出版时间	成果	著者	译者
前锋月刊	1：1	1930，10，10	黑人诗歌中民族意识之表现	易康	
	1：1	1930，10，10	辛克莱转变——变成玄学鬼	偶然	
	1：2	1930，11，10	英美文坛零讯	偶然	
	1：3	1930，12，10	黑人民族运动之鸟瞰	易康	
	1：3	1930，12，10	流落的犹太女人	果尔德	洛生
	1：3	1930，12，10	一九三〇年诺贝尔文学奖得者	汪倜然	
	1：4	1931，1，10	无忌	杰克·伦敦	王宣化
	1：4	1931，1，10	南极探险记（1：5，6，7续）	裴特少将	胡仲持
	1：4	1931，1，10	最近的路威士	汪倜然	
	1：5	1931，2，10	挪！挪！挪！	杰克·伦敦	王宣化
	1：7	1931，4，10	《特来塞自传》第一卷	汪倜然	
当代文艺	1：1	1931，1，15	末路	Harrison	古有成
	1：2	1931，2，15	不同（1：3续）	奥尼尔	古有成
	1：3	1931，3，15	晨（1：4、5、6续）	辛克莱	王坟
	1：4	1931，4，15	纪许底故事	贾克·伦敦	蒯斯曛
	1：4	1931，4，15	人生鉴	辛克莱	汤增敭
	1：6	1931，6，15	流浪	吉卜生（Gibson）	邵苇一
	1：6	1931，6，15	幸运儿	West	邹枋
	2：3	1931，9，15	红字（一至四）	霍桑	古有成
	2：4	1931，10，15	美国文学概观	［日］宫岛新三郎	森堡
	2：4	1931，10，15	巉岩	岌卜生（Gibson）	邵苇一
	2：4	1931，10，15	朗佛罗诗四首	朗佛罗	何德明
	2：5	1931，11，15	勃莱特小传	左纳·盖尔	王坟
青年界	1：1	1931，3，10	刘易士在美国文坛的地位	［日］宫岛新三郎	钱歌川
	1：1	1931，3，10	刘易士小论	刘大杰	
	1：1	1931，3，10	一九三〇年诺贝尔文学奖金	钱歌川	
	1：1	1931，3，10	马车夫	刘易士	钱歌川
	1：1	1931，3，10	朗弗罗诗二首	朗弗罗	石民
	1：1	1931，3，10	一九三〇年诺贝尔文学奖金得者辛克来·刘易士	张光人	

续表

刊名	期数	出版时间	成果	著者	译者
青年界	1：1	1931，3，10	哥尔德写卓别灵	杨昌溪	
	1：1	1931，3，10	辛克莱的官运不亨	杨昌溪	
	1：1	1931，3，10	范尔藤的写实新作	杨昌溪	
	1：1	1931，3，10	美国两部文学书	山风大郎	
	1：2	1931，4，10	辛克莱谈诺贝尔文学奖金	杨昌溪	
	1：2	1931，4，10	刘易士赴瑞典	杨昌溪	
	1：2	1931，4，10	一九三〇年的美国文坛	山风大郎	
	1：3	1931，5，10	现代美国小说家戴尔	赵景深	
	1：3	1931，5，10	友情的勉力	戴尔	钱歌川
	1：3	1931，5，10	阿利路亚，我是流浪人	戴尔	青帆
	1：3	1931，5，10	得利赛打刘易士的耳光	山风大郎	
	1：4	1931，6，10	杰克·伦敦	孙席珍	
	1：4	1931，6，10	夜生者	杰克·伦敦	夏莱蒂
	1：4	1931，6，10	毛皮喜之屋	杰克·伦敦	王宣化
	1：5	1931，7，10	刘易士论脱离英国文学传说	杨昌溪	
	1：5	1931，7，10	美国卜里兹文学奖金颁发	杨昌溪	
	1：5	1931，7，10	奥尼尔《奇怪插曲》的诉讼	杨昌溪	
	2：1	1932，3，20	奥尼尔的戏剧	黄英	
	2：1	1932，3，20	美国文坛杂讯	山风大郎	
	2：2	1932，9，20	现代英美四大诗人	温源宁	
	3：1	1933，3，5	小鱼与梭鱼	辛克莱	钱歌川
	3：2	1933，4，5	成名	辛克莱	钱歌川
	3：3	1933，5，5	大众所要求的	辛克莱	钱歌川
	3：5	1933，7，5	坐下的工作	辛克莱	钱歌川
	4：1	1933，8，1	现代美国诗（四首）	Carl Sandburg 等	罗念生
	6：1	1934，6	现代英美的幽默作家	沙白	
	7：4	1935，4	现代美国的文学批评	福司透	唐旭之

续表

刊名	期数	出版时间	成果	著者	译者
现代文学评论	1：1	1931，4，10	现代美国文学评论	林疑今	
	1：2	1931，5，10	英美小说之过去与现在（1：3续）	John Carruthers	赵景深
	1：2	1931，5，10	美国文人的收入	杨昌溪	
	1：3	1931，7，10	论路威士及其作品	Erik Axel Karlfeldt	汪倜然
	1：4	1931，8，10	兽苑	辛克莱	王坟
	1：4	1931，8，10	卡利甫之月	奥尼尔	钱歌川
	1：4	1931，8，10	《草叶集》的出版纪念与惠特曼	杨昌溪	
	2：3；3：1	1931，10，20	大战以后的美国文学	科恩	芳草
	2：3；3：1	1931，10，20	欧·亨利的短篇小说作法秘方	汪倜然	
新时代	1：3	1931，10，1	一个无名坟墓的挽歌	朗法罗	钟文玉
	2：2，3	1932，6，1	美戏剧家奥尼尔的新作	潘修桐	
	2：4，5	1932，7，1	布克夫人的新著	潘修桐	
	2：4，5	1932，7，1	奥尼尔论欧洲剧坛	潘修桐	
	3：1	1932，9	美国一般作家生活多痛苦	潘修桐	
	3：1	1932，9	美国去年销路最好的小说	潘修桐	
	3：1	1932，9	美国剧作家莱士的新作	潘修桐	
	3：2	1932，10	伯克夫人赴美	潘修桐	
	3：4	1932，12，1	美国新文学杂志出版	潘修桐	
	4：6	1933，6，1	午夜	F. D. Sherman	钟传缨
	5：4	1933，10，1	H. D. 诗二首	H. D.	徐霞村
	5：4	1933，10，1	郎番落诗二首	郎番落	李鹏翔
	6：1	1934，1，1	金色的隐逸	布克夫人	李建新
	6：2	1934，2，1	一个可怜的小黑人	休士	育六
	6：2	1934，2，1	我们的春天	L. Hughes	王沉
	7：1	1937，1，1	安尼	休士	李劲
	7：2	1937，2，1	带孩子旅行	Robert Benehley	畿褒
矛盾	2：1	1933，9，1	布克夫人及其作品	庄心在	
	2：2	1933，10，1	洪水	布克夫人	庄心在
	2：3	1933，11，1	幸运屋	多兰蒂	顾仲彝
	2：3	1933，11，1	发妻（2：4，5续）	布克夫人	姚逸韵

续表

刊名	期数	出版时间	成果	著者	译者
矛盾	2：5	1934，1，1	高尔基与杰克·伦敦之比较研究	A. 坎臬迪	马彦祥
	2：6	1934，2，1	失业	阿杜尔	刘祖澄
	3：1	1934，3，15	伊凡布尔	马克斯·劳尼	曹泰来
	3：3，4	1934，6，1	不识羞的寇拉	Hughes	杨乔霜
	3：3，4	1934，6，1	老妇	O. D. Boureignes	严大椿
现代	1：3	1932，7，1	美国三女流诗抄（共7首）	陶里德尔女史等	安簃
	1：3	1932，7，1	李克夫人得普立采文学奖金		
	1：4	1932，8，1	美国文学杂志	高明	
	1：5	1932，9，1	杜思·派索思在苏俄		
	2：4	1933，2，1	英美新兴诗派	［日］阿部知二	高明
	2：5	1933，3，1	东方、西方与小说	勃克夫人	小延
	2：6	1933，4，1	美国著作家特莱散（画报）		
	3：1	1933，5，1	桑德堡诗抄	桑德堡	徐霞村、施蛰存
	3：1	1933，5，1	支加哥诗人卡尔·桑德堡		施蛰存
	3：5	1933，9，1	勃克夫人与黄龙	赵家璧	
	3：6	1933，10，1	觉醒	James S. Allen	文萃
	4：1	1933，11，1	帕索斯	赵家璧	
	4：2	1933，12，1	圣达飞之旅程	林德赛	徐迟
	4：2	1933，12，1	诗人 Vachel Lindsay	徐迟	
	4：5	1934，3，1	一九三二年的欧美文坛	高明	
	4：5	1934，3，1	勃克夫人（Mrs. Pearl S. Buck）访问记	章伯雨	
	4：5	1934，3，1	勃克夫人自传略	勃克夫人	章伯雨
	4：6	1934，4，1	意象派的七个诗人	徐迟	
	5：1	1934，5，1	蛮语	Willa Cather	江兼霞
	5：1	1934，5，1	近代美国小说之趋势	Milton Waldman	赵家璧
	5：2①	1934，6，1	诗歌往那里去？	巴伯特·陶逸士	施蛰存
	5：6	1934，10，1	现代美国文学专号导言		
	5：6	1934，10，1	美国小说之成长	赵家璧	
	5：6	1934，10，1	现代美国的戏剧	顾仲彝	

① 《现代》第5卷第6期为"现代美国文学专号"。

续表

刊名	期数	出版时间	成果	著者	译者
现代	5∶6	1934,10,1	现代美国的文艺批评	李长之	
	5∶6	1934,10,1	现代美国诗坛概观	邵洵美	
	5∶6	1934,10,1	白璧德及其人文主义	梁实秋	
	5∶6	1934,10,1	文评家的琉维松	赵景深	
	5∶6	1934,10,1	卡尔浮登的文艺批评论	张梦麟	
	5∶6	1934,10,1	杰克·伦敦的生平	沈圣时	
	5∶6	1934,10,1	葛普登·辛克莱	钱歌川	
	5∶6	1934,10,1	德莱赛的生平、思想,及其作品	毕树棠	
	5∶6	1934,10,1	怀远念旧的维拉·凯漱	赵家璧	
	5∶6	1934,10,1	刘易士评传	伍蠡甫	
	5∶6	1934,10,1	戏剧家奥尼尔	顾仲彝	
	5∶6	1934,10,1	安得生发展之三阶段	苏汶	
	5∶6	1934,10,1	哀慈拉·庞德及其同人	徐迟	
	5∶6	1934,10,1	作为短篇小说家的海敏威	叶灵凤	
	5∶6	1934,10,1	帕索斯的思想与作风	杜衡	
	5∶6	1934,10,1	福尔克奈——一个新作风的尝试者	凌昌言	
	5∶6	1934,10,1	全世界的公敌	J. London	王敦庆
	5∶6	1934,10,1	纳城纪事	O. Henry	姚枬
	5∶6	1934,10,1	旧世纪还在新的时候	T. Dreiser	季羡林
	5∶6	1934,10,1	畏缩	E. Wharton	赵景深
	5∶6	1934,10,1	棕发女郎	J. B. Cabell	朱雯
	5∶6	1934,10,1	雕刻家之殡仪	W. Cather	林微音
	5∶6	1934,10,1	羚羊	S. Lewis	侔人
	5∶6	1934,10,1	史丹纳	J. Oppenheim	唐锡如
	5∶6	1934,10,1	捕鲸船	C. Aiken	林庚
	5∶6	1934,10,1	爱	J. Hergesheimer	陆上之
	5∶6	1934,10,1	死	S. Anderson	苏汶
	5∶6	1934,10,1	瑞士顶礼	E. Hemingway	李万鹤
	5∶6	1934,10,1	第一个恋人	K. Boyle	穆时英
	5∶6	1934,10,1	里维哀拉之夕景	R. Mcalmon	徐霞村
	5∶6	1934,10,1	村庄里的圣人	P. Neagoe	司徒谷

续表

刊名	期数	出版时间	成果	著者	译者
现代	5：6	1934，10，1	伊莱	W. Faulkner	江兼霞
现代	5：6	1934，10，1	绳子	U. O'Neill	袁昌英
现代	5：6	1934，10，1	现代美国诗抄（30首）	R. Frost 等	施蛰存
现代	5：6	1934，10，1	现代美国散文抄（7篇）	G. Ade 等	唐锡如等
现代	5：6	1934，10，1	大战后美国文学杂志编目	毕树棠	
现代	5：6	1934，10，1	现代美国作家小传	薛蕙	
现代	5：6	1934，10，1	现代美国文学杂话（12则）	可玉等	
现代	5：6	1934，10，1	刘易士夫人不容于德国	安华	
现代	6：1	1934，11，1	自由	约翰·里特	邱波
论语	21	1933，7，16	老奶妈（22，24，26续）	Pearl Buck	唐锡如
论语	27	1933，10，16	新爱国主义	Pearl Buck	林疑今
论语	46	1934，8，1	我的表	马克·吐温	黄嘉音
论语	47	1934，8，16	理发匠	Mark Twain	晚秋
论语	50	1934，10，1	一个好小孩的故事	Mark Twain	黄嘉音
论语	56	1935，1，1	马克·吐温及其作品	黄嘉音	
论语	56	1935，1，1	马克·吐温逸话	曙山	
论语	56	1935，1，1	睡在床上的危险	Twain	黄嘉音
论语	56	1935，1，1	警察有意和你开玩笑吧	O. Henry	瞿钰
论语	87	1936，5，1	诗人	米姬	辛雷
新中华	1：7	1933，4，10	老拳师	贾克·伦敦	张梦麟
新中华	1：11	1933，6，10	鼻子	贾克·伦敦	桐伦
新中华	1：14	1933，7，25	美国文学的现代性	杨维铨	
新中华	1：16	1933，8，25	亚伦·坡的生平及其艺术	味橄	
新中华	1：16	1933，8，25	黑猫	亚伦·坡	钱歌川
新中华	1：17	1933，9，10	美国戏剧的演进（1：18，19续）	钱歌川	
新中华	2：5	1934，3，10	挪威的大漩涡（2：6续）	亚伦·坡	秋白
新中华	2：9	1934，5，10	避寒地	欧·亨利	声韵
新中华	2：14	1934，7，25	两个强盗	Jack London	桐君
新中华	2：17	1934，9，10	战争的终局	Stephen Crane	章石承
新中华	3：5	1935，3，10	一日的等待	Ernest Hemingway	李万鹤
新中华	3：7	1935，4，10	吃人的会议	Mark Twain	味橄

续表

刊名	期数	出版时间	成果	著者	译者
新中华	3：7	1935，4，10	失恋复恋	Theodore Dreiser	傅东华
	3：7	1935，4，10	马克·吐温诞生百年纪念	张梦麟	
	3：7	1935，4，10	给志在文学者	Henry Van Dyke	虎生
	3：7	1935，4，10	青年与老年	A. G. Lardiner	则民
	3：7	1935，4，10	海敏威的短篇小说	赵家璧	
	3：7	1935，4，10	从亚伦·坡到海敏威	施蛰存	
	3：14	1935，7，25	世界之夸	Mark Twain	萧丽
	4：3	1936，2，10	一个要寻短见的女人	L. Merrick	李万鹤
	4：7	1936，4，10	真妮姑娘	傅东华	
	4：9	1936，5，10	漫谈文学职业化	Sinclair Lewis	克毅
	4：16	1936，8，25	辛克莱	俊	
	4：16	1936，8，25	刘易士	俊	
	5：3	1937，2，10	无廉耻的珂拉	休士	崇岗
	5：4	1937，2，25	美国戏剧家奥尼尔	俊	
	5：5	1937，3，10	幸运	马克·吐温	榆林
文学	1：1	1933，7，1	哈里逊脱离《新群众》	武达	
	1：1	1933，7，1	不景气下的美国剧坛	澄清	
	1：2	1933，8，1	休士在中国	伍实	
	1：2	1933，8，1	没有鞋子的人们	休士	伍实
	1：3	1933，9，1	美国新进作家汉敏威	黄源	
	1：3	1933，9，1	暗杀者	汉敏威	黄源
	1：3	1933，9，1	休士在苏联		
	1：4	1933，10，1	燧石里的火	华脱怀特	黄源
	1：4	1933，10，1	休士在日本发表诗稿		
	1：4	1933，10，1	我也——	休士	
	1：4	1933，10，1	纽罕什尔的春天	玛开	
	1：5	1933，11，1	新路	赛珍珠	何达
	1：5	1933，11，1	大地	赛珍珠	胡仲持
	1：5	1933，11，1	汉敏威与斯坦茵		
	1：5	1933，11，1	美国作家赫格犀麦		
	1：6	1933，12，1	辛克莱歪曲影片		

续表

刊名	期数	出版时间	成果	著者	译者
文学	1：6	1933，12，1	美国小说家赫克忒四十诞辰		
	2：1	1934，1，1	哈里逊的新著		
	2：1	1934，1，1	美国剧作家厄尔梅·拉爱斯		
	2：2	1934，2，1	梦的实现	露西·胡法刻	若水
	2：3	1934，3，1	琼斯皇	奥涅尔	洪深、顾仲彝
	2：3	1934，3，1	奥涅尔年谱	洪深	
	2：3	1934，3，1	速	刘易士	傅东华
	2：3	1934，3，1	刘易士年谱	洪深	
	2：5	1934，5，1	黑的花环（黑人诗选）		谷风
	3：1	1934，7，1	德莱塞	伍蠡甫	
	3：3	1934，9，1	卡尔咪顿近讯		
	3：3	1934，9，1	美国六十年来销行百万以上的小说		
	3：3	1934，9，1	流浪的孩子们	高德曼	卞之琳
	3：3	1934，9，1	哥儿特将有新著出版		
	3：3	1934，9，1	帕索士的不景气剧本		
	3：4	1934，10，1	美国的《短篇小说选集》		
	3：4	1934，10，1	哥儿特论跳舞		
	3：6	1934，12，1	窝脱·惠特曼	［英］戈斯	伍士
	3：6	1934，12，1	《草叶集》的几叶	惠特曼	
	4：1	1935，1，1	威尼斯商人	L. Untermeyer	洪深
	4：1	1935，1，1	美国小说家马克·吐温	胡仲持	
	4：1	1935，1，1	关于理发匠	马克·吐温	胡仲持
	4：1	1935，1，1	马克·吐温碰钉子		
	4：1	1935，1，1	马克·吐温编剧本		
	4：2	1935，2，1	安德生的新著		
	4：5	1935，5，1	美国诗人罗萍生逝世	傅东华	
	4：5	1935，5，1	美国小说家威廉·玛区的短篇集		
	5：1	1935，7，1	马克·吐温百年纪念	仲持	
	5：1	1935，7，1	安德生的新作《谜的美国》		
	5：1	1935，7，1	马克·吐温的领带	安德生	

续表

刊名	期数	出版时间	成果	著者	译者
文学	5：1	1935，7，1	辛克莱赞美杰克·伦敦	安德生	
	5：2	1935，8，1	美国文坛近事	毕树棠	
	5：4	1935，10，1	英国文艺杂志的现状	毕树棠	
	5：4	1935，10，1	马克·吐温诞生百年纪念近讯		
	5：6	1935，12，1	刘易士的新著		
	6：1	1936，1，1	一九三六年以后的美国	仲持	
	6：1	1936，1，1	过去一年欧美文坛的回顾	毕树棠	
	6：2	1936，2，1	马克·吐温作品在英销路不佳		
	6：4	1936，4，1	影响旧俄文学的英美文学		
	6：6	1936，6，1	辛克莱的上帝观		
	7：1	1936，7，1	爱默生与惠特曼的《草叶集》		
	7：1	1936，7，1	在美国销路最好的书		
	7：3	1936，9，1	关于美国名诗人弗劳斯忒		
	7：4	1936，10，1	美国文学近讯		
	8：1	1937，1，1	大路之歌	W. 惠特曼	高寒
	8：2	1937，2，1	辛克莱论惠特曼		
	8：4	1937，4，1	连获美国诗歌奖金的女诗人		
	9：1	1937，7，1	一个文学年谱：一九一一—三〇	Malcolm Cowley	毕树棠
文学季刊	1：1	1934，1，1	最近英美杂志中的文学论文（1：2—2：3续）	毕树棠	
	1：2	1934，4，1	九个俘虏	William March	刘廷芳
	1：4	1934，12，16	自由	德莱塞	直声
	2：3	1935，9，16	海敏威研究	赵家璧	
	2：4	1935，12，16	坑与摆	爱伦·坡	白和
	2：4	1935，12，16	关于诗中的革命	罗维斯	曹葆华
中国文学	1：1	1934，2，1	祸	布克夫人	陆印全
	1：3，4	1934，4，1	港口	桑德堡	秦倩英
	1：5	1934，5，1	在异国	汉明威	殷作桢
	1：5	1934，5，1	无蓬船	Stephen Crane	杨彦劬
	1：5	1934，5，1	少年复仇团	果尔特	庞悌勋

续表

刊名	期数	出版时间	成果	著者	译者
译文	1∶5	1935,1,16	林中之死	S. 安德生	天虹
	2∶1	1935,3,16	马克·吐温的悲剧	U. 辛克莱	吉人
	2∶1	1935,3,16	纸团	S. 安德生	赵家璧
	2∶5	1935,7,16	一个大城市的色彩	T. 德莱塞	傅东华
	2∶6	1935,8,16	奥·亨利论	U. 辛克莱	天虹
	2∶6	1935,8,16	最后的一张叶子	O. 亨利	芬君
	终刊号	1935,9,16	无耻的柯拉	L. 修史	黄钟
	复1∶2①	1936,4,16	好差事没了	L. 修士	姚克
	复1∶2	1936,4,16	北极圈内的酒酿	J. 伦敦	天虹
	复1∶3	1936,5,16	关于杰克·伦敦	U. 辛克莱	许天虹
	复1∶3	1936,5,16	杰克·伦敦自述	J. 伦敦	许天虹
	复1∶3	1936,5,16	钟阿忠	J. 伦敦	许天虹
	复1∶3	1936,5,16	圣诞的前夜	L. 休士	姚克
	复2∶1	1936,9,16	杀人复刊	J. 伦敦	许天虹
	复2∶2	1936,10,16	一千打	伦敦	天虹
	复2∶3	1936,11,16	忘掉了的鹰	林特赛	孙用
	复2∶3	1936,11,16	安全	J. 约翰生	晓岑
	复2∶5	1937,1,16	巡捕与赞美诗	O. 亨利	天虹
	复2∶5	1937,1,16	勃鲁克斯的美国文学史		
	复3∶2	1937,4,16	生灵涂炭的马德里	W. P. 卡乃	姚克
	复3∶2	1937,4,16	美国文化界拥护西班牙民众的热情		
	复3∶3	1937,5,16	给罗斯福总统的信	J. L. 斯比伐克	茅盾
	复3∶3	1937,5,16	我对迭更司所负的债	赛珍珠	克夫
	复3∶4	1937,6,16	菌生在厂房里	J. 牟伦	茅盾
	复3∶4	1937,6,16	由琴·奥尼尔往何处去？		

① "复1∶2"指复刊号1∶2。下同。

续表

刊名	期数	出版时间	成果	著者	译者
世界文学	1∶1	1934,10,1	自由了感到怎样	M. Komroff	傅东华
	1∶1	1934,10,1	理想者	A. Kreymborg	吴剑岚
	1∶1	1934,10,1	莎拉的二首小诗	Sara Teasdale	翁达藻
	1∶1	1934,10,1	人谱	H. L. Mencken	伍蠡甫
	1∶2	1934,12,1	福尔格奈研究	赵家璧	
	1∶2	1934,12,1	野会	J. M. March	施蛰存
	1∶2	1934,12,1	被逐诗人的人生相	U. Sinclair	蒯斯曛
	1∶2	1934,12,1	妻怀孕之后	U. Sinclair	蒯斯曛
	1∶3	1935,2,1	陶器或苹果	V. F. Calverton	F. W
	1∶3	1935,2,1	批评的问题	M. Eastman	F. W
	1∶3	1935,2,1	毕业的女儿	Z. Gale	孙寒冰
	1∶3	1935,2,1	人生的开端	T. Dreiser	顾仲彝
	1∶3	1935,2,1	一种情调	T. Dreiser	景芳
	1∶3	1935,2,1	等着回答		
	1∶3	1935,2,1	谈女作家	M. M. Colum	景芳
	1∶3	1935,2,1	诗人和独裁者	M. M. Colum	F. W
	1∶3	1935,2,1	关于 Dreiser	F. W	
	1∶3	1935,2,1	纪念马克·吐温	F. W	
	1∶3	1935,2,1	帕索斯	景芳	
	1∶3	1935,2,1	刘易士	学楷	
	1∶4	1935,4,20	黑人文学在美国	允怀	
	1∶4	1935,4,20	白璧得（1∶5,6续）	S. Lewis	洪深、纪泽长
	1∶4	1935,4,20	辛弟的礼物（1∶5,6续）	L. Hughes	祝秀侠
	1∶4	1935,4,20	一老妇	N. Hawthorne	吴奔星
	1∶4	1935,4,20	知识之外	L. Landon	吴奔星
	1∶4	1935,4,20	寂寞之境	A. F. Carpenter	吴奔星
	1∶4	1935,4,20	旷野之歌	W. Whitman	伍蠡甫
	1∶5	1935,6,15	忠告尚未诞生的小说家	P. S. Buck	许天虹
	1∶5	1935,6,15	思想者	S. Anderson	顾仲彝、徐儒
	1∶5	1935,6,15	高尔基访问记	F. Harris	顾仲彝

续表

刊名	期数	出版时间	成果	著者	译者
世界文学	1：5	1935，6，15	雕刻·绘画·诗	F. Harris	F. W
	1：5	1935，6，15	谁的钱	L. Dickson & L. M. Hickson	吴铁翼
	1：6	1935，9，15	关于写实主义	S. Anderson	允怀
	1：6	1935，9，15	保姆的话	K. Kennedy	柳雨
	1：6	1935，9，15	一九三一年七月的君士坦丁堡	J. Dos Passos	天虹
	1：6	1935，9，15	杂种女	Longfellow	何德明

附录六 20世纪30年代出版美国文学的重要书局及其相关成果

书局	时间	成果	著者	译者
商务印书馆	1927	重圆记	巴洛兹	张碧梧
	1927	还乡记	巴洛兹	曹梁厦
	1927	古城得宝录	巴洛兹	俞天游
	1927	弱岁投荒录（太子三山）	巴洛兹	俞天游
	1927	覆巢记	巴洛兹	俞天游
	1927	猿虎记	巴洛兹	俞天游
	1928	宝窟生还记	巴洛兹	吴衡之、张桐馆
	1928	倭城历险记	巴洛兹	吴衡之、张桐馆
	1928	兽王豪杰录	勃罗甫斯	李毓芬
	1928	欧·亨利短篇小说集	欧·亨利	丝环
	1928	两只熊	爱马塞儿	沈百英
	1929	近世文学批评	琉威松	傅东华
	1930	喜亚窝塔的故事	朗匪罗	徐应昶
	1930	不容易	爱马塞儿	沈百英
	1930	加力比斯之月	奥尼尔	古有成
	1931	天外	奥尼尔	古有成
	1931	小公子	柏涅忒	王学理
	1933	吕柏大梦	华盛顿·欧文	徐应昶
	1933	拊掌录	欧文	林纾、魏易
	1934	大地	赛珍珠	马仲殊
	1934	红云	杰克·伦敦	方土人
	1934	真话	费枢	唐锡如
	1934	结发妻	赛珍珠	常吟秋
	1934	妥木·琐耶尔的冒险事①	Clemens	伍光建

---

① 伍光建节译本，是其主持的"英汉对照名家小说选"之一。下列涉及伍光建的几条，与此属于同类，不再一一做注。

续表

书局	时间	成果	著者	译者
商务印书馆	1934	普的短篇小说	Edgar Allan Poe	伍光建
	1934	末了的摩希干人	James Cooper	伍光建
	1934	白菜与帝王	O. Henry	伍光建
	1934	大街	S. Lewis	伍光建
	1934	旅客所说的故事	W. Irving	伍光建
	1934	红字记	N. Hawthorne	伍光建
	1934	泰丕	H. Melville	伍光建
	1934	财阀	U. Sinclair	伍光建
	1935	野性底呼声	杰克·伦敦	谷风、欧阳山
	1935	新与旧	布克夫人	常吟秋
	1935	文丐	辛克莱	缪一凡
	1935	帕利小姐	波尔德	李葆贞
	1936	化外人		傅东华
	1936	总统失踪记	无名氏	方安
	1936	分裂了的家庭	赛珍珠	常吟秋
	1936	一个旧式的姑娘	L. M. Alcott	李葆贞
	1937	美国短篇小说集	W. Irving 等	傅东华、于熙俭
	1937	四百万	欧·亨利	伍蠡甫
	1937	二十年海上历险记	利托	曾宗巩
	1937	猩红文	霍桑	傅东华
	1937	绿庐小孤女	蒙特过梅	李葆贞
	1937	王子与贫儿	马克·吐温	李葆贞
	1937	帕利小姐续集	波尔德	李葆贞
	1937	神秘的大卫	坡尔忒	李葆贞
	1933	美利坚文学	张越瑞	
	1934	英美文学概观	张越瑞	
	1935	文学概论	韩德	傅东华
中华书局	1928	杜宾侦探案	爱伦·浦	常觉等
	1931	断桥	T. N. Wilder	曾虚白
	1931	欧美名家短篇小说丛刊		周瘦鹃
	1931	下场	馥德夫人	梦中

续表

书局	时间	成果	著者	译者
中华书局	1931	述异记	霍桑	Vernon Doherty 等
	1931	蛇首	亚塞李芙	丁宗一、陈坚
	1931	鱼雷	亚塞李芙	丁宗一、陈坚
	1932	富兰克林自传①	富兰克林	桂绍盱
	1932	霍桑氏故事选录②	霍桑	吴锦森
	1933	欧文见闻杂记③	欧文	葛宗超
	1933	蓝苾④	Van Dyke	梁鋆立
	1934	自由	德莱塞等	钟宪民
	1934	红字	霍爽	张梦麟
	1934	红云——种橡实者	贾克·伦敦	方土人
	1934	戴茜·米勒尔	詹姆斯	林疑今
	1934	幽默小说集	马克·吐温	张梦麟等
	1935	黑猫⑤	亚伦·坡	钱歌川
	1935	母亲⑥	S. Anderson	钱歌川
	1935	卡利浦之月⑦	奥尼尔	钱歌川
	1935	老拳师	贾克·伦敦	张梦麟
	1935	青春之恋	赫克胥黎等	钱歌川
	1935	富兰克林格言集⑧	富兰克林	王学浩
	1935	真妮姑娘	德莱塞	傅东华
	1935	笑话⑨	马克·吐温	马顾諟明
	1935	失恋复恋⑩	德莱塞	傅东华

① 为"英文文学丛书"之一,英文注释本。
② 同上。
③ 同上。
④ 英语读本,中文注释本。
⑤ 为"英汉对照文学丛书"之一,译注本。
⑥ 同上。
⑦ 同上。
⑧ 为"英文小丛书"之一,中文注释本。
⑨ 同上。
⑩ 为"英汉对照文学丛书"之一,译注本。

续表

书局	时间	成果	著者	译者
中华书局	1935	野性的呼唤	贾克·伦敦	刘大杰、张梦麟
	1936	奇异的插曲	奥尼尔	王实味
	1936	吕伯温梦游纪①	W. Irving	张慎伯
	1936	猎人记②	J. Cooper	M. West
	1937	母心	H. G. Carlise	帅约之
世界书局	1929	人生鉴	辛克莱	傅东华
	1932	贝森血案	范达痕	程小青
	1932	姊妹花	范达痕	程小青
	1932	金丝雀	范达痕	程小青
	1933	汤模·沙亚传	马克·吐温	吴景新
	1933	黑棋子	范达痕	程小青
	1933	顽童小传	爱迪李奇	顾润卿
	1933	小伯爵	白涅德夫人	杨镇华
	1933	浦劳小姐	S. 奥斯汀	董枢
	1933	小妇女③	奥尔克脱	周德辉
	1933	古代的人	W. H. 房龙	徐正
	1934	古甲虫	范达痕	程小青
	1934	神秘之犬	范达痕	程小青
	1935	好妻子	亚尔珂德	杨镇华
	1935	小妇人	亚尔珂德	杨镇华
	1929	美国文学 ABC	曾虚白	
	1935	西洋文学讲座·美国文学	曾虚白	
	1935	世界文学史	约翰·麦茜	由稚吾

① 为"英文小丛书"之一,中文注释本。
② M. West 改写本。
③ 英语读本,周德辉注释。

续表

书局	时间	成果	著者	译者
生活书店	1931	一个女子恋爱的时候	格罗夫斯	笑世意
	1935	回顾	白乐梅	曾克熙
	1935	步福罗格太太	纳桑来·霍桑	寋先艾、陈家麟
	1935	发人隐私的心	爱伦·坡	寋先艾
	1935	妻	欧文	陈家麟
	1935	牧师的黑面纱	纳桑来·霍桑	寋先艾、陈家麟
	1935	亚西尔之家的衰亡	爱伦·坡	寋先艾
	1935	败坏了海德来堡的人	马克·吐温	寋先艾
	1935	红谷牧歌	F. B. 哈特	寋先艾
	1935	田纳西的伙伴	F. B. 哈特	寋先艾
	1936	四次会晤	亨利·詹姆士	寋先艾
	1936	东方博士的礼物	欧·亨利	寋先艾
	1936	人与蛇	A. 毕亚士	寋先艾
	1936	空中的骑兵	A. 毕亚士	寋先艾
	1936	一个小丑所见的世界	卓别林	杜宇
	1936	一位忙经纪人的情史	欧·亨利	寋先艾
	1936	美国短篇小说集	欧文等	寋先艾、陈家麟
启明书局	1928	黑奴魂	史托活	赵苕狂
	1931	顽童自传	爱德勒（T. B. Aldrich）	李敬祥
	1936	大地	赛珍珠	由稚吾
	1936	好妻子	奥尔珂德	汪宏声
	1936	小妇人	奥尔珂德	汪宏声
	1936	小公子	勃奈脱	张由纪
	1937	小男儿	奥尔珂德	汪宏声
	1937	古史钩奇录	霍桑	徐培仁
	1937	野性的呼唤	杰克·伦敦	张宝库
	1937	月明之夜	奥尼尔	唐长孺（潢虎）
	1937	美国小说名著	爱伦·坡等	吾卢等
	1937	圣路易之桥	T. 韦尔德	孙伟佛

续表

书局	时间	成果	著者	译者
开明书店	1927	梅萝香	华尔寇	顾德隆
	1930	地狱	辛克莱	钱歌川
	1931	小公子	柏纳特	孙立源
	1932	汤姆·莎耶	马克·吐温	月棋
	1932	黑奴成功者自传	蒲寇·华盛顿	项远村
	1932	狗的自述	山兜·马修	曹文楠、于在春
	1933	大地	赛珍珠	胡仲持
	1931	世界文学史话	约翰·玛西	胡仲持
北新书局	1928	婚后	得利赛	张万松
	1929	动荡中的新俄农村	欣都士	李伟森
	1930	密探	辛克莱	陶晶孙
	1930	孩子的心	柏涅特	刘大杰
	1931	生火①	Jack London	傅东华
	1931	一个兵士的回家	Hamlin Garland	傅东华
	1931	最后的残叶	O. Henry	张友松
	1931	龙齿	霍桑	贺玉波
	1931	返老还童	霍桑	傅东华、石民
现代书局	1930	山城	辛克莱	麦耶夫②
	1931	无钱的犹太人	哥尔德	杨昌溪
	1931	追求者	辛克莱	曾广渊
	1932	新俄文学中的男女	库尼兹	周起应
良友图书印刷公司	1932	一个美国女子堕落的自述	施密丝	李言三
	1933	黑人文学	杨昌溪	
	1935	十七岁	布斯·达肯顿	大华烈士③
	1935	今日欧美小说之动向	H. Walpole 等	赵家璧
	1936	不是没有笑的	兰斯东·休士	夏征农、祝秀侠
	1936	新传统	赵家璧	
	1937	摩登伽女	布斯·达肯顿	大华烈士

① 此作和以下四作均为"英文小丛书"系列作品,英汉对照本。
② 林疑今笔名。
③ 简又文笔名。

361

附录七 20世纪30年代中国译介美国左翼文学的状况[①]

译介者	原作者	译介成果	出处	出版时间
（一）关于杰克·伦敦（Jack London）				
张梦麟	贾克·伦敦	失了面子	小说月报21：1	1930，1，10
陈虎生	贾克·伦敦	一个坏女人	小说月报22：9	1931，9，10
夏莱蒂	杰克·伦敦	战斗	北新3：18	1929，10，1
章铁民	杰克·伦敦	阿金的泪	北新3：19	1929，10，16
天虹	杰克·伦敦	变节者	北新4：1，2	1930，1，16
刘大杰	［日］厨川白村	杰克·伦敦的小说	北新4：1，2	1930，1，16
蒯斯曛	贾克·伦敦	一个新奇的断片	北新4：17	1930，9，1
天虹	J. 伦敦	北极圈内的酒酿	译文（复刊）1：2	1936，4，16
许天虹	J. 伦敦	杰克·伦敦自述	译文（复刊）1：3	1936，5，16
许天虹	U. 辛克莱	关于杰克·伦敦	译文（复刊）1：3	1936，5，16
许天虹	J. 伦敦	钟阿忠	译文（复刊）1：3	1936，5，16
许天虹	J. 伦敦	杀人	译文（复刊）2：1	1936，9，16
天虹	伦敦	一千打	译文（复刊）2：2	1936，10，16
		杰克·伦敦肖像	青年界1：4	1931，6，10
孙席珍		杰克·伦敦	青年界1：4	1931，6，10
夏莱蒂	杰克·伦敦	夜生者	青年界1：4	1931，6，10
王宣化	杰克·伦敦	毛皮喜之屋	青年界1：4	1931，6，10
邱韵铎	贾克·伦敦	伦敦的咖啡店	大众文艺2：3	1930，3，1
王一榴	伦敦	杀人	大众文艺2：4	1930，5，1
邱韵铎	J. London	车夫与木匠	大众文艺2：5，6	1930，6，1
张梦麟	贾克·伦敦	老拳师	新中华1：7	1933，4，10
桐伦	贾克·伦敦	鼻子	新中华1：11	1933，6，10
桐君	Jack London	两个强盗	新中华2：14	1934，7，25
更易		贾克·伦敦略传	文艺新闻27	1931，9，14

---

① 此表未包括辛克莱。有关他的译介状况，参见本书第三章。

续表

译介者	原作者	译介成果	出处	出版时间
		贾克·伦敦画像	文艺新闻28	1931,9,21
菲莪		杰克·伦敦与高尔基——一个比较的研究（46续）	文艺新闻45	1932,1,18
沈圣时		杰克·伦敦的生平	现代5:6	1934,10,1
王敦庆	J. London	全世界的公敌	现代5:6	1934,10,1
王宣化	杰克·伦敦	无忌	前锋月刊1:4	1931,1,10
王宣化	杰克·伦敦	挪！挪！挪！	前锋月刊1:5	1931,2,10
芮生	贾克·伦敦	德布士的梦	创造月刊2:6	1929,1,10
邝光沫	Jack London	我的生命观	泰东2:12	1929,8,1
韵铎	贾克·伦敦	我怎样成为社会主义者	流沙3	1928,4,15
黄药眠	Jack London	月亮般圆的脸	我们3	1928,8,20
林疑今	贾克·伦敦	叛逆者	新文艺1:5	1930,1,15
邱韵铎	Jack London	自叙传	艺术1	1930,3,16
刘念渠	杰克·伦敦	杀人	文艺月刊10:4,5	1937,5,1
邱韵铎	贾克·伦敦	贾克·伦敦的儿童时代	读书月刊1:3,4	1931,1,1
蒯斯曛	贾克·伦敦	纪许底故事	当代文艺1:4	1931,4,15
马彦祥	A. 坎臬迪	高尔基与杰克·伦敦之比较研究	矛盾2:5	1934,1,1
芦风		贾克·伦敦逝世二十年纪念	图书展望10	1936,7,20
曼华		贾克·伦敦	华年6:13	1937
蒯斯曛	贾克·伦敦	AhCho与AhChow	东方杂志27:17	1930,9,10
槐庵	贾克·伦敦	圆月般的脸	清华周刊34:3	1931
荆棘	Jack London	AhCho和AhChow	名族1:6	1933,6,1
邱韵铎	贾克·伦敦	生之不安	世界月刊5:1,2	1930,8,15
王抗夫	杰克·伦敦	铁踵	上海泰东图书局	1929
芮生	杰克·伦敦	叛徒	上海前夜书店	1929
邱韵铎	贾克·伦敦	革命论集	上海光华书局	1930
傅东华	杰克·伦敦	生火	上海北新书局	1931
邱韵铎	贾克·伦敦	深渊下的人们	上海光明书局	1932
方土人	贾克·伦敦	红云——种橡实者	上海商务印书馆	1934
谷风、欧阳山	杰克·伦敦	野性底呼声	上海商务印书馆	1935
张梦麟	贾克·伦敦	老拳师	上海中华书局	1935

续表

译介者	原作者	译介成果	出处	出版时间
刘大杰、张梦麟	贾克·伦敦	野性的呼唤	上海中华书局	1935
天虹	杰克·伦敦	杰克·伦敦短篇小说集	上海文化生活出版社	1937
张宝庠	杰克·伦敦	野性的呼唤	上海启明书局	1937
蒋天佐	杰克·伦敦	荒野的呼唤	上海骆驼书店	1937

（二）关于高尔德（Michael Gold）

译介者	原作者	译介成果	出处	出版时间
刘穆	高尔特	到思想——文化之路的暗号	小说月报20：11	1929,11,10
赵景深		哥尔德与库尼茨的论战	小说月报21：10	1930,10,10
周起应	高尔特	钱	小说月报22：3	1931,3,10
刘穆	哥尔德	一亿二千万	文学周报373	1929,6,2
刘穆	哥尔德	死牢里的樊赛蒂	文学周报373	1929,6,2
杨昌溪	哥尔德	两个医生的故事	北新4：19	1930,10,1
叶秋原	Michael Gold	一个黑人的死	真美善4：6	1929,10,16
伯符	果尔德	需要一次惊人的举动	现代小说3：2	1929,11,15
		果尔德像	现代小说3：4	1930,1,15
周起应	M.Gold	美国：罢工	现代小说3：4	1930,1,15
伯符	M.Gold	刑论	现代小说3：5,6	1930,2,15
刘穆	Michael Gold	走快点，美利坚，走快点！	奔流2：4	1929,7,20
ZY	高尔德	碾煤机	大众文艺2：2	1929,12,1
文渡	高尔德	白榄渡口的怪葬礼	大众文艺2：2	1929,12,1
文渡	高尔德	河畔的女子	大众文艺2：2	1929,12,1
刘穆	Michael Gold	垃圾场上的恋爱	春潮1：8	1929,8,15
韵铎	M.Gold	一千二百万	引擎1	1929,5,15
杨昌溪		哥尔德——美国的高尔基	现代文学1：1	1930,7,16
		哥尔德画像	现代文学1：1	1930,7,16
杨昌溪		哥尔德获得佳评	现代文学1：5	1930,11,16
杨昌溪		哥尔德与新时代	读书月刊1：1	1930,11,1
杨昌溪	哥尔德	职业的梦	读书月刊1：3,4	1931,1,1
海沫	M.Gold	苏俄钢铁厂参观记（41—43续）	文艺新闻40	1931,12,14
		美国无产阶级诗人和作家密凯尔·果尔德	前哨1：2	1931,8,5
杨昌溪		哥尔德写卓别灵	青年界1：1	1931,3,10

续表

译介者	原作者	译介成果	出处	出版时间
许粤华	米契·哥尔特	卓别麟漫游记	中学生 33	1933，3
方土人	迈克尔·果尔德	《新群众》反对德国法西斯恐怖	出版消息 21	1933，10，1
庞悌勋	果尔特	少年复仇团	中国文学 1：5	1934，5，1
余上沅		高莪德	学文月刊 1：4	1934，8
		哥儿特将有新著出版	文学 3：3	1934，9，1
		哥儿特论跳舞	文学 3：4	1934，10，1
Beibei fanji	Michael Gold	凡宰蒂在死牢里	诗歌杂志 2	1937，2
桂泉		高尔德（Michael Gold）	清华周刊 12：10	1934，12，27
		果尔德在俄国	书报评论 1：1	1931，1，15
洛生	果尔德	流落的犹太女人	前锋月刊 1：3	1930，12，10
凌黛	米克尔·哥尔德	一万二千万	上海金屋书店	1929
邱韵铎	高尔德	碾煤机	上海乐华图书公司	1930
杨骚	果尔特	没钱的犹太人	上海南强书局	1930
杨昌溪	歌尔德	无钱的犹太人	上海现代书局	1931
史晓青	歌尔德	垃圾堆上的恋爱	上海乐华图书公司	1931
周起应	果尔德	果尔德短篇杰作选	上海辛垦书店	1932
		（三）关于德莱塞（Theodore Dreiser）		
开仁	Dreiser	现在俄国的妇女	泰东 2：10	1929，6，1
虚白	德兰散	目睹的苏俄	真美善 4：1	1929，5，16
虚白	德兰散	苏俄今日的妇女	真美善 4：2	1929，6，16
虚白	德兰散	托尔斯泰派的素食馆	真美善 4：3	1929，7，16
虚白	德兰散	旅俄杂感	真美善 4：4	1929，8，16
汉奇	T. Dreiser	布尔塞维克的绘画与文学	金屋月刊 1：5	1929，5
汉奇	T. Dreiser	布尔塞维克的艺术	金屋月刊 1：6	1929，6
钟宪民	特里塞	自由	文艺月刊 2：1	1931，1，30
钟宪民	特里塞	第二次选择	文艺月刊 2：10	1931，10，15
钟宪民	特里塞	失掉了的福伴	文艺月刊 3：2	1932，2，28
钟宪民	德利赛	露西亚（5：4续）	文艺月刊 5：3	1934，3，1
		德莱塞将被判徒刑二十年	文艺新闻 48	1932，3，28
山风大郎		得利赛打刘易士的耳光	青年界 1：3	1931，5，10
		美国著作家特莱散（画报）	现代 2：6	1933，4，1

续表

译介者	原作者	译介成果	出处	出版时间
毕树棠		德莱赛的生平、思想，及其作品	现代5：6	1934，10，1
季羡林	T. Dreiser	旧世纪还在新的时候	现代5：6	1934，10，1
傅东华	Theodore Dreiser	失恋复恋	新中华3：7	1935，4，10
傅东华	Theodore Dreiser	《真妮姑娘》（书评）	新中华4：7	1936，4，10
直声	德莱塞	自由	文学季刊1：4	1934，12，16
伍蠡甫	德莱塞		文学3：1	1934，7，1
傅东华	T. 德莱塞	一个大城市的色彩	译文2：5	1935，7，16
顾仲彝	T. Dreiser	人生的开端	世界文学1：3	1935，2，1
景芳	T. Dreiser	一种情调	世界文学1：3	1935，2，1
F. W		关于Dreiser	世界文学1：3	1935，2，1
明华		德莱塞的生平与作品	读书顾问4	1935，1
赵家璧		特莱塞——从自然主义者到社会主义者	文季月刊1：1	1936，6，1
虚白	德兰散	走失的斐贝	真美善1：5	1928，1，1
汪倜然		《特来塞自传》第一卷	前锋月刊1：7	1931，4，10
韩华恺	Theodore Dreiser	个人主义与莽原	读书月刊3：3	1932，6，10
有乾	Theodore Dreiser	现代婚姻是滑稽喜剧	华年2：36	1933
		奥尼尔与得利赛	小说月报21：3	1930，3，10
	得利赛	中国胜利的条件	抗战半月刊1：4	1937
张万松	得利赛	婚后	上海北新书局	1928
曾虚白	德兰散	目睹的苏俄	上海真美善书店	1929
傅东华	德莱塞	真妮姑娘	上海中华书局	1935
傅东华	德莱塞	失恋复恋	上海中华书局	1935

（四）关于约翰·里德（John Reed）及其他

译介者	原作者	译介成果	出处	出版时间
傅东华	李特	资本家	小说月报20：2	1929，2，10
朝露	雷德	革命者的女儿	北新3：15	1929，8，16
士璋	A. R. Williams	《惊动全球的十日》的作者约翰·里德	北新4：9	1930，5，1
林微音	约翰·里德	百老汇之夜	真美善3：2	1928，12，16
杜衡	John Reed	公判底试验	无轨列车2	1928，9，25
杜衡	John Reed	革命底女儿	无轨列车6	1928，11，25
何公超	约翰·里特	俄国大革命的酝酿期	春潮1：9	1929，9，15

续表

译介者	原作者	译介成果	出处	出版时间
		约翰·李特俱乐部广遍设立支部	文艺新闻43	1932，1，3
		美国约翰·李特俱乐部近讯	文学月报1：3	1932，10，15
邱波	约翰·里特	自由	现代6：1	1934，11，1
杜衡	John Reed	革命底女儿	上海水沫书店	1929
曾鸿	约翰·雷特	震动世界之十日	上海文林社	1930
赵景深		《新群众》及其作家	小说月报21：10	1930，10，10
赵景深		《新群众》作家近讯	小说月报22：2	1931，2，10
赵景深		《新群众》作家续讯	小说月报22：9	1931，9，10
余慕陶		美国新兴文学作家介绍	大众文艺2：3	1930，3，1
陈勺水		现代的世界左派文坛	乐群1：2	1929，2，1
		美国新兴文学运动一九三二之展开	文艺新闻48	1932，3，28
		美国"新群众"社来信	前哨1：1	1931，4，25

后　记

　　20世纪30年代中国的美国文学形象构建，是一项很有意义、很有挑战性的研究课题。我尽管努力结合语境做了些尝试性的还原和阐释，但实际关注的范围非常有限，深入的程度也远远不够。我即便在研究的过程中"触摸"到了一点历史的真相，但也因为学养的有限和叙述的艰难，未能对其展开较为切实有效的还原和恰如其分的阐释。

　　摆在大家面前的这部书稿，是我在2016年6月答辩通过的博士论文的基础上修改而成的。各位评审和答辩专家对我论文的选题意义、基本观点、结构安排和文献运用等给予了较高的评价，也指出了一些切实存在的问题。此次修改，我除了参考各方意见和建议，又结合自己的思考做了部分调整。尽管如此，书稿中依然存在很多的不足，还请各位尊敬的读者批评指正。

　　六年前，我以西北师大外国语学院英语教师的身份，抱着试试看的心态，报考了本校文学院中国现当代文学专业的博士。尽管顺利入学了，但英语教师这一身份，对我选择自己的研究方向造成了一定的"限制"。我最终决定研究20世纪30年代中国的美国文学形象构建，至于学术方面的原因，我已经在本书的"绪论"部分做了说明。做出这一选题，从世俗的角度来讲，主要有两点原因。一方面，我较为系统地学习过美国文学，不想放弃自己的一点点"优势"，但我毕竟攻读的是中国现当代文学专业的博士学位，做毕业论文还得立足于中国文学。对我来说，较为理想的状态，就是把美国文学和中国文学结合起来展开研

后　记

究。另一方面，我毕竟供职于外国语学院，写的东西要是和外语或外语文学没有一点点关系，即便有机会发表和出版相关成果，也似乎不太"好看"。显然，我最终做出的选题，有些许"投机"的成分。

因为资质愚钝，精力分散，好玩厌学，我这几年来学术上的收获着实非常有限，自感非常惭愧。尽管如此，在本书稿即将出版之际，我还是要借着这个机会特别感谢一直支持和鼓励我的许多人。

导师邵宁宁教授在我入学半年之后，就远赴海南师范大学就职，但一直没有舍弃我这个资质平平的弟子。他不但通过各种方式悉心指导了我的学业，还推荐我到中国社会科学院文学研究所访学一年。从论文选题，到最后答辩、定稿，他都耗费了不少心力。本书稿的顺利完成，离不开他的指导和鼓励。另外，在他的悉心指导下，我又适当调整了一下研究方向，以"20年代30年代中美左翼文学交流文献整理与研究"为题，申请了2017年度的国家社科项目，并顺利立项。导师的人品和文品，都是我学习的榜样。

文学院的郭国昌教授和韩伟教授在我攻读博士学位期间，除了为我精心授课，还在其他方面提供了不少帮助。他们都是我的良师益友。在和他们学习、交往的过程中，我着实受益匪浅。

我也感谢博士论文开题、预答辩和答辩中提出宝贵意见的其他老师们。他们是兰州大学文学院的程金城教授和古世仓教授、西北师大外国语学院的曹进教授、西北师大文学院的张晓琴教授和孙强副教授。

另外，我要特别感谢中国社会科学院文学研究所的赵稀方研究员和邢少涛编审。我在北京访学期间，赵先生给予了悉心指导，帮助我开阔了眼界。他的后殖民理论研究和翻译史研究，对我启发很大。承蒙邢先生鼓励，我将本书中论述《现代》杂志的一部分内容，先行发表于《文学评论》杂志。在我修改稿件的过程中，他提出了不少宝贵的建议。

工作单位西北师大外国语学院的相关领导，尤其是曹进教授、凌茜教授、高育松教授和俞婷教授，为我的工作和学习提供了诸多便利。西北师大文学院的韩高年教授、雒鹏副教授、李晓卫教授和西安外国语大学英文学院的张生庭教授等，也一直关心我的成长。对于他们，我在此一并表示感谢。

  我也感谢我的家人，尤其是妻子尹雯。没有她的体谅和支持，我也很难取得一点"进步"。

  最后，我要感谢本书的责任编辑陈肖静女士。她为出版该书，付出了巨大的努力。

张宝林
2018年1月于兰州